100 CRÔNICAS ESCOLHIDAS

RACHEL DE QUEIROZ

100 CRÔNICAS ESCOLHIDAS:
UM ALPENDRE, UMA REDE, UM AÇUDE

1ª edição

JO JOSÉ OLYMPIO

Rio de Janeiro, 2021

CIP-BRASIL. CATALOGAÇÃO NA PUBLICAÇÃO
SINDICATO NACIONAL DOS EDITORES DE LIVROS, RJ

Q47c

Queiroz, Rachel de, 1910-2003
  100 crônicas escolhidas : um alpendre, uma rede, um açude / Rachel de Queiroz.
  – 1. ed. – Rio de Janeiro : José Olympio, 2021.

ISBN 9788503013901

1. Crônicas brasileiras. I. Título.

21-71438

CDD: 869.8
CDU: 82-94(81)

Meri Gleice Rodrigues de Souza – Bibliotecária – CRB-7/6439

© herdeiros de Rachel de Queiroz, 1958

Publicado originalmente como *Um alpendre, uma rede, um açude*.

Ilustração: CIRO FERNANDES

Este livro foi revisado segundo o novo Acordo Ortográfico da Língua Portuguesa.

Todos os direitos reservados. Proibida a reprodução, armazenamento ou transmissão de partes deste livro, através de quaisquer meios, sem prévia autorização por escrito.

EDITORA JOSÉ OLYMPIO LTDA.
Rua Argentina, 171 – 3º andar – São Cristóvão
20921-380 – Rio de Janeiro, RJ
Tel.: (21) 2585-2000

Seja um leitor preferencial Record.
Cadastre-se no site www.record.com.br e receba informações sobre nossos lançamentos e promoções.

Impresso no Brasil
2021

Sumário

Sobre a autora   11

Beau-geste   13
O solitário   16
Cinema   20
Viagem à Europa   24
Conto   29
O garoto   35
História da velha Matilde   39
Um caso obscuro   43
A presença do Leviatã   48
Mimiro   53
Sessão espírita   58
O homem nasce nu   65
Uma carta   69
Quem pecou não peque mais   73
O caso da menina da estrada do Canindé   76
Meditações sobre o amor   80
Enterro de anjo   83
O frio conforme a roupa, a roupa conforme o frio   86
Um alpendre, uma rede, um açude   89
A princesa e o pirata   92
Sacco e Vanzetti   96
O jogador de sinuca   100
Mineiros   105
A "Casa da Morte"   111

A menina de duas cabeças 114
Chegar em casa 117
Cemitério de família 120
Pensamentos de vida e de vivo 123
História de sonho 125
Conversa de menino 130
Resposta a uma carta 133
Dona Ana Triste 137
Formosa Lindomar 141
Nosso eu maravilhoso 147
Pequena cantiga de adeus 154
Fragmento de romance 158
Talvez o último desejo 164
Saudade 168
Amor à primeira vista 171
O rei dos caminhos 174
Jimmy 180
A fama e a realidade 184
Retrato 187
História alegre 190
Tartaruga de arrastão 194
Morrer 197
Luz dos meus olhos 201
Pátria amada 204
Memórias 208
O direito de escrever 212
A impossível convivência 216
Cantiga de navio 221
Bogun 224
Um punhado de farinha 227
Cinquenta e três contos 230
Um homem livre 234
Fazenda velha e açude 239

Riqueza 244
Quaresma 248
Conversa com Maria Inês 252
Viagem de bonde 256
Morreu irmã Simas 260
O homem rico 265
O avesso 272
O homem morreu na serra 275
Os filhos que eu nunca tive 278
Da ética 283
Amistoso 287
Pescaria 291
Praia do Flamengo 295
O viajante 298
História 302
O padrezinho santo 307
Crime perfeito 312
Natal 316
Metonímia, ou a vingança do enganado (Quadro I) 319
Metonímia, ou a vingança do enganado (Quadro II) 322
Metonímia, ou a vingança do enganado (Quadro III) 325
Inverno em 1955 328
Vida 331
Mationã 334
Carta de um editor português 338
Carta a Emília, *Miss* Brasil 342
Felicidade 346
Alegria da pobreza 350
Tempo de surubim 354
Os dois bonitos e os dois feios — I 357
Os dois bonitos e os dois feios — Fim 361
Engano de vocação 366
Amigos 370

Simples história do amolador de facas e tesouras   374
Democracia   378
O arcebispo de Salde   383
Males do corpo   387
Nem tudo é paisagem apenas   390
O homem que plantava maconha ou o Exu Tranca-Rua   395
Menino pequeno   402
O estranho   405
Vida   408
Elites   412

Sobre a autora

RACHEL DE QUEIROZ nasceu em 17 de novembro de 1910, em Fortaleza, Ceará. Ainda não havia completado 20 anos, em 1930, quando publicou *O Quinze*, seu primeiro romance. Mas tal era a força de seu talento, que o livro despertou imediata atenção da crítica. Dez anos depois, lançou *João Miguel*, ao qual se seguiram: *Caminho de pedras* (1937), *As três Marias* (1939), *Dôra, Doralina* (1975) e não parou mais. Em 1992, publicou o romance *Memorial de Maria Moura*, um grande sucesso editorial.

Rachel dedicou-se ao jornalismo, atividade que sempre exerceu paralelamente à sua produção literária.

Cronista primorosa, tem vários livros publicados. No teatro escreveu *Lampião* e *A beata Maria do Egito* e, na literatura infantil, lançou *O menino mágico* (ilustrado por Gian Calvi), *Cafute e Pena de prata* (ilustrado por Ziraldo), *Xerimbabo* (ilustrado por Graça Lima) e *Memórias de menina* (ilustrado por Mariana Massarani), que encantaram a imaginação de nossas crianças.

Em 1931, mudou-se para o Rio de Janeiro, mas nunca deixou de passar parte do ano em sua fazenda "Não me Deixes", no Quixadá, agreste sertão cearense, que ela tanto exalta e que está tão presente em toda sua obra.

Uma obra que gira em torno de temas e problemas nordestinos, figuras humanas, dramas sociais, episódios ou aspectos do cotidiano carioca. Entre o Nordeste e o Rio, construiu seu universo ficcional ao longo de mais de meio século de fidelidade à sua vocação.

O que caracteriza a criação de Rachel na crônica ou no romance — sempre — é a agudeza da observação psicológica e a perspectiva social. Nasceu narradora. Nasceu para contar histórias. E que são as suas crônicas a não ser pequenas histórias, narrativas, núcleos ou embriões de romances?

Seu estilo flui com a naturalidade do essencial. Rachel se integra na vertente do verismo realista, que se alimenta de realidades concretas, nítidas. O sertão nordestino, com a seca, o cangaço, o fanatismo e o beato, mais o Rio da pequena burguesia, eis o mundo de nossa Rachel. Um estilo despojado, depurado, de inesquecível força dramática.

Primeira escritora a integrar a Academia Brasileira de Letras (1977), Rachel de Queiroz faleceu no Rio de Janeiro, aos 92 anos, em 4 de novembro de 2003.

Beau-geste

E RA MEU IRMÃO colaço e, pelas contas que fiz, deve ter morrido na casa dos trinta anos. Chamava-se Horácio. Esguio, ligeiro, tinha a cor escura mas o cabelo bom, puxado da nossa mãe de leite Filomena, cujo cabelo fino e de ondas largas até parecia cacho de moça branca.

Disse que ele era meu colaço porque acho a palavra bonita mas ignoro se lhe cabe exatamente. Pois não foi o leite dele que roubei, e sim o leite que pertencia ao seu irmão anterior, o Antônio; esse, com a idade de vinte anos, desmastreou, ganhou o mundo e já nem sei por onde anda. Se bem me lembro, ouvi dizer que estava embarcado.

Mas vou ao dicionário do velho Antônio de Morais e Silva e eis o que encontro: "A pessoa que mamou leite da mesma ama se diz colaço ou colaça." Então falei certo. A época da criação não importa: tanto eram colaços meus Antônio como Horácio, e colaço igualmente o mano mais novo, Sebastião, que aparece no fim da história.

Horácio não parecia pessoa fadada a morrer cedo. Herdara muito do temperamento do avô, o compadre Antônio Muxió, de quem já falei noutra reminiscência. Era desses qu só espremem da vida o primeiro suco; o bagaço que jogam fora ainda seria riqueza para muitos. Pobre, tão pobre, não tinha a favor de si nada do que os homens dão valor: nem cor de pele, nem dinheiro, nem saber, nem destreza em ofício. Inteligência, isso tinha — mas para o seu uso de diletante e nunca para emprego de utilidade.

A recordação mais antiga que dele guardo é pequenino, pretinho e seminu, correndo atrás dos irmãos e primos que tangiam comboio de lenha para a estação do trem. Depois, molecote, dando recado, trazendo água do açude no jumentinho carregado com duas ancoretas, ou brincando com os bois de osso, junto com meus irmãos.

Por esse tempo deixamos a fazenda do sertão e nos mudamos para o sítio, perto da cidade. Horácio nos apareceu um dia: fizera os duzentos quilômetros do sertão ao litoral, parte de trem, outra parte a pé, acompanhando uns tangerinos que traziam gado para Fortaleza. Fugido não viera propriamente, pois em casa falara na sua tenção de viajar. Aliás, a gente perguntando: "Você veio fugido, Horácio?" — ele próprio explicou: "Não, vim de arribada."

Pelo sítio foi ficando: tomava mal e mal conta da horta que pertencia à nossa babá e madrinha dele, saía para a cidade com o tabuleiro de hortaliças, às quais dava o destino mais inesperado. Mas era tão jeitoso, tinha tão boas palavras, contava tanto caso esquisito que lhe acontecia: — o homem que veio no cavalo desembestado e virou toda a cesta dos tomates; ou a senhora esperando criança, que não trazia dinheiro consigo e sentiu de repente o desejo desesperado de comer um pé de alface ali mesmo na rua. "E eu era de deixar ela perder o menino, minha madrinha?" E nessas bases se ajustavam as contas entre a dona da horta e o seu vendedor.

Depois Horácio foi leiteiro — já estava homem, então — e as mesmas estranhas aventuras que sucediam às couves passaram a suceder ao leite.

Afinal, cresceram-lhe asas e tomou voo. Andou por aí, quebrando a cabeça, como dizia, aprendendo a viver.

Muito tempo passei sem notícias dele. Só uma vez soube que tinha roubado uma moça; parece que casou. E decerto roubou à toa, sem precisão nenhuma, pois, com as lábias que tinha, qualquer pai, por mais carrasco, lhe entregaria até um harém de filhas. Mas não seria Horácio que, podendo ter mulher raptada, ia casar sem graça como todo o mundo.

Ano passado me disseram que estava empregado na cidade, trajando o seu terno branco, calçando sapato pampa com sola de crepe. De vez em quando aparecia, tomava a bênção, contava uns casos de prosperidade, sumia de novo.

Ontem recebi carta de casa, contando o prematuro fim do meu colaço. Morreu de tuberculose galopante, como merecem morrer os poetas: bonito e sem sofrer muito. Transcrevo a carta, textualmente:

"...há um mês atrás estava de pé, todo bem vestido, satisfeito como sempre. Uma semana depois prostrou-se e só durou mais uns dias. Duas horas antes de morrer pediu para dar um passeio de automóvel — 'queria se despedir do mundo'. O irmão mais novo, Sebastião, puxou todo o dinheiro que tinha no bolso e mandou chamar um carro. Andaram até o dinheiro acabar. E antes de chegarem em casa, já o Horácio estava morto. Morreu no automóvel, passeando."

*

Horácio, diziam os mais velhos que não sabias viver; mas bem soubeste morrer. Tomara eu poder fazer o mesmo quando chegar a minha hora, e acabar como acabaste. Adeus, meu irmão.

(Ilha, janeiro de 1946)

O solitário

PROMETI OUTRO DIA vos contar a história de José Alexandre, o solitário do Junco. No sertão de vez em quando acontece aparecer alguém assim, inimigo do mundo e dos homens, que rodeia de cerca um pedaço de capoeira ou se afunda no cerrado da caatinga, e vive à moda de lobo solitário, sem amigos, sem amores, sem mulher nem filho.

Zé Alexandre, que fora soldado na Guerra do Paraguai, escolheu e cercou a sua garra de chão em terras do Junco, no período de interregno entre um dono e outro, logo depois da morte do senhor velho. Quando o herdeiro menino se fez homem e tomou posse da fazenda, já achou o misantropo instalado e antigo no lugar, com suas cem braças em quadro de terra cercadas, roçado de milho, mandioca, feijão. Durante os anos todos que o velho passou ali — e foram talvez mais de trinta — creio que muito pouca gente o viu. O cercado onde morava não tinha porteira e para lá só se entrava pulando a ramada. Diziam que vivia nu, que criava gambá, que criava onça. Se ele estava trabalhando no roçado e pressentia a aproximação de alguém vindo pelo caminho que bordejava os seus domínios, corria a se esconder no mato e cristão nenhum lhe punha os olhos em cima. Evitava fugir apenas à aproximação do senhor-moço — e, assim mesmo, tal homenagem só lhe prestava quando o sabia só Meu pai chegava o cavalo à cerca, gritava umas duas vezes "Zé Alexandre!" e logo mais surgia o solitário. Foi desse modo que o vi, certa vez, decerto porque ele achou que uma menina não fazia tanto medo quanto um adulto.

Meu pai gritou, e de repente saiu de uma moita próxima um caboclo hercúleo, de grande barba lhe caindo pelo peito; vestia uma calça velha já virada tanga, e tinha na mão um chapéu de palha em farrapos. Quando falou, dando bom-dia, a voz lhe saiu rouca como a de um bicho que aprendesse a falar.

Ninguém soube jamais se fora desgosto ou doidice que o levara àquela vida. Falava muita gente, mas sem provas, que ele penava ali por amor de um crime encoberto, que viera esconder-se fugindo aos trinta anos da sentença. O fato é que, escapando ao castigo, o homem se isolara voluntariamente num retiro mais solitário do que o mais escondido calabouço, pois não tinha sequer a companhia do carcereiro, do guarda, dos outros presos. Em compensação tinha o sol, o mato, o céu, os passarinhos e todos os bichos miúdos da mata.

Diversas vezes, num bando ruidoso de primos e primas, fomos em visita ao reino de Zé Alexandre. Ao chegar ao cercado gritávamos, para que o velho se escondesse. Escalávamos a cerca e dávamos com o roçado que ele curiosamente varria, como quem varre um jardim. Não deixava entre os pés de milho e a rama do feijão um graveto, uma folha seca. Varria tudo e punha o cisco do outro lado da ramada, deixando a terra, afora os pés de legume, limpa como a palma da mão. A barraca era de taipa, com teto de palha (jamais nos aventuramos dentro dela), e no terreiro batido viam-se uma porção de cabaças, um pilão velho, uns troncos ocos. Eram a moradia dos amigos de Zé Alexandre: calangos, lagartixas, preás, tejuaçus, diziam até que cobra; mas cobra lá nunca vi. Quando a gente levantava a tampa de uma das vasilhas onde as lagartixas dormiam, era um correr para todos os lados, os bichos estranhando a companhia nova. Passarinho manso também não vi, mas tinha quem contasse que eles desciam diretamente do céu e pousavam sobre o velho, ciscavam no cabelo dele e lhe emaranhavam a barba. Ele alisava com a mão a avezinha, sorrindo e dizendo: "Bichinho, bichinho, bichinho de Nosso Senhor..." Um moleque da minha estimação passou lá uma manhã inteira, espiando, trepado num pé de pau branco que ficava perto, a fim de não ser pressentido. E chegou confirmando essa história.

Quando Zé Alexandre queria sal, fumo ou rapadura, recorria à única pessoa da fazenda cujas relações cultivava, Mané Ramos, o guarda-chaves da estação. Contudo, jamais pude saber como é que os dois chegaram a combinar-se; mas a rotina daquela "amizade" era assim: Zé Alexandre, protegido pelo escuro da noite, chegava ao terreiro da casa de Mané Ramos, na ponta do arruado que vai para a estação. Dava um grito de aviso e deixava encostado à porta um saco de feijão ou de milho. De manhã o guarda-chaves apanhava o saco, levava-o ao bodegueiro que media os gêneros e mandava valor equivalente em artigos necessários ao velho. Vinha a noite; ao fechar a porta, Manuel Ramos punha as compras no batente, e ao amanhecer nada mais se via no local. Isso porém se dava de longe em longe; entrava mês e saía mês sem que Zé Alexandre desse sinal de vida.

Portanto, há alguns anos atrás, quando se prolongou em demasia o espaço entre uma visita e outra do solitário ao seu fornecedor, ninguém se preocupou muito; decerto lhe apertara a caduquice, pois já devia estar bem velho.

Só houve alarme quando levantou urubu no cercado. Meu pai mandou ver o que havia — já não havia mais quase nada. Só acharam uns farrapos da tanga, o chapéu velho e uns ossos limpos, espalhados por toda parte.

(Ilha, maio de 1946)

Cinema

No CINEMA MAJESTIC, lá na minha terra, tinha Sessão Colosso uma vez por semana com sete filmes, sem contar os *trailers*: nacional, desenho, jornal, comédia, complemento musical e duas fitas de metragem grande que em linguagem de exibidor se chamam "os dramas". Mas aqui na Ilha tem sessão colosso todo dia útil ou feriado — e às vezes com mais de sete fitas. A gente entrando para a matinê a uma e meia só sai quando é noite fechada; ou, se entra na sessão noturna que começa às seis e meia, quando de novo enfrenta o ar frio da Praça Djalma Dutra, os galos já estão amiudando e a última barca há muito que chegou no Rio...

Além dos sete filmes temos o espetáculo da plateia, tão divertido que parece que o cinema não é na tela, é no salão. Ali, como no boteco vascaíno, entra homem e entra menino, entra velho, entra mulher. Entra criança de peito que aliás são as melhores, pois a mãe, para ver a fita sossegada, desabotoa o vestido assim que faz escuro, ou mesmo antes, e o garoto mama a sessão inteira; e, quando não mama, dorme, pois sempre no gostoso, no aconchego do colo, não tem o que reclamar. Crianças danadas para incomodar são as de entre um ano e cinco, que se chateiam logo no nacional e pegam choramingando: "Mamãe, quero ir para casa... quero dormir na minha cama..." Outro dia tinha um, sentado perto de mim, que juntava as mãozinhas pateticamente e gemia: "Eu já não disse que tenho medo de cinema?" E a mãe lhe dava um beliscão: "Cala a boca, bobo, olha a fita." O pequeno, entretanto — evidentemente falando com a verdade de Deus na boca — insistia: "Mas eu já não lhe disse? Não disse? Eu toda a vida tive medo de cinema!" Razão tinha ele, coitadinho. Nessa noite passaram, com detalhes medonhos, todos os mortos-vivos de Dachau, em procissão. Mas no dia em que apareceu o enforcamento de um criminoso de guerra, numa cena tão realista que até se ouviu o estalar da corda quando o peso do condenado a esticou, a criançada em massa aplaudiu, entusiasmada, aos urros. Reação de menino é sempre imprevisível.

Garotos maiores, de cinco anos para cima, embora incomodem menos, ainda amolam bastante. Gostam de estar mudando de lugar, passar de uma fila para outra, dar pontapé na cadeira defronte; tem alguns que fazem combinação e, num determinado momento, certo como um piscar de farol, soltam um uivo inarticulado, misto de Tarzan e Lobisomem. E como eu, certa vez, timidamente reclamasse de um deles contra o berro horrendo, ele me retrucou muito sério: "Moça, quem não quer ouvir Tarzan não vem no cinema. Se na tela pode fazer, por que é que eu não posso?" Garoto saliente dos diabos.

Namorado dá muito, mas respeitoso. De modo geral os namorados cá da Ilha não se excedem em público. Amam devagar, com compostura; talvez achem que aqui o céu é perto e não adianta agonia. Ou talvez porque ninguém ligue a **eles e nessas** beiras de praia haja muito escuro, muito esquisito, onde podem desabafar quando o coração desadora. Noto entretanto que os namorados do Rio, por exemplo, podem ser escandalosos, mas por isso mesmo são calados. Os daqui ficam só de mãos dadas feito uns santos, mas escolhem o cinema para liquidar ciúmes, ajustar contas, romper e reatar de novo. Aliás, de modo geral, este cinema da Ilha (não me refiro ao outro, o grã-fino) não é apenas um cinema em si, e ninguém o procura propriamente para ver a fita. É um local de reunião, de palestra, de encontro de ausentes; fuma-se à vontade, come-se amendoim, coco com rapadura, maçã, pera e pêssego, e é muito chique em certos grupos de moleques atirar para cima as cascas de banana-ouro, que voltam revoluteando como falenas. É o lugar onde os meninos por demais fiscalizados em casa praticam no seu cigarro e até no seu charuto. Dá gosto ver a gravidade com que eles pedem fogo ao espectador vizinho. Incidentemente, porque já se está ali, vê-se a fita; o bonde, contudo, é muito mais importante do que o filme e acontece muito camarada entrar do começo para o meio de uma fita, sair do meio para o fim da outra, sem se importar com o início da primeira nem com o desenlace da segunda. Interessa-se apenas pelo letreiro de luz vermelha BONDE, que se acende a determinados momentos ao lado da tela. Às vezes o drama está no seu clímax e a mocinha vai dizer ao detetive o segredo mortal que gerou toda a complicação, quando se dá uma debandada coletiva da assistência, como se o segredo da moça fosse por demais horrível de se conhecer. Da primeira vez fiquei admirada e não entendi. Até assustei. O pessoal se despedindo, saindo rápido, não me deixava ver o que na tela se passava. Com o tempo, compreendi. Não era a tela: era o anúncio do bonde que se acendera, sem ligar ao clímax. E todos saíram achando a fita ótima.

Como dois terços da plateia são compostos de pessoas de poucas letras, os letrados presentes costumam declarar as legendas em voz alta, em auxílio do vizinho. Por isso, de certo modo, o cinema recorda também escola dos tempos de dantes. No dia em que levou *O sinal da cruz,* com o pessoal murmurando as deixas piedosas dos cristãos, quase chorei de saudade da aula de catecismo da escola de Dona Maria José, no Alagadiço.

Quem entra no escuro acende um fósforo ou faz um facho com o programa e procura lugar por seus próprios meios.

Guarda tem, mas são homens de boa paz que não deixam haver morte, nem roubo, nem espancamento dentro do recinto, mas também não vão ligar a tolices, como seja fumante dentro do salão; às vezes admoestam algum rapazinho mais saliente que diga falta de respeito na frente das famílias. E, para fazer justiça, as faltas de respeito são poucas. Nos metrôs da cidade os moços ricos dizem muito mais indecência. Porque aqui na Ilha os próprios espectadores fazem o policiamento e não aguentam nenhum atrevido sair com piada imoral na cara da sua esposa ou da sua pequena.

Um dos costumes mais característicos da gurizada é contar o escore — representado na fita pelos beijos que a mocinha dá ou leva do mocinho. E ficam aos uivos — dois a um, dois a zero, às vezes se engalfinham, discutindo a contagem. Outro dia houve um impasse. A moça já estava oito a cinco com o galã, que era fuzileiro naval; de repente atracou-se com um paisano numa esquina. A garotada rompeu no berreiro habitual: "Nove a cinco!"

Mas aí um maiorzinho ergueu-se, tocou um apito, calou os outros:

— Gol anulado! Gol anulado! Este foi *foul!*

(Ilha, junho de 1946)

Viagem à Europa

SE EU TIVESSE dinheiro e consentimento de quem me manda, faria agora uma viagem à Europa.

Seria uma espécie de visita de pêsames, tão do uso ainda nas nossas províncias; o parente de nojo, no quarto escuro de janelas fechadas em sinal de luto, semideitado numa rede ou atirado num sofá, e em redor a turma bisbilhoteira e compungida de primos e amigos que já foram ao enterro, irão à missa de corpo presente, mas não se fartam e continuam a ladainha: "Como foi? Que pena, tão moço! Mas no céu está melhor que nós..."

Assim eu, na Europa: iria assistir ao final do velório, o varrer das flores murchas, dos pingos de cera no chão.

Não será por irreverência que faço esta comparação. É a única que me ocorre ao tentar supor o que será a vida nesse continente que sofreu pior do que mil terremotos, abalado na sua carne mais íntima por milhões de toneladas de explosivos, vendo as suas cidades que não eram como a maioria das nossas — simples amontoados de casas tão novas que ainda nem têm fisionomia própria — mas relíquias de um passado de mil anos, igrejas, museus, palácios, estátuas que já atravessaram centenas de guerras, reduzidas agora a montões de caliça.

Contudo, o meu destino não seria ver as ruínas — a tanto não vai minha necrofilia; ou antes, digamos que não seria apenas ver as ruínas. Iria ver especialmente o povo, e entre o povo as mulheres — ver como se porta nessa hora dramática a mulher, menina, jovem, mãe de família, avó e mulher da vida.

A sugestão desse inquérito me foi feita por um amigo; e desde então me martela a cabeça, num impulso que é ao mesmo tempo de curiosidade e de solidariedade — vontade de ver e vontade de ajudar — como se me fosse possível ajudar.

Até à guerra de 39 era a mulher europeia, entre os povos da mais alta civilização, a que nos parecia mais protegida, mais resguardada por leis e tradições, mais chegada à sua condição de mulher — ligada milenarmente à terra, aos filhos, a casa, a esse complexo de coisas abstratas e concretas que se chama lar. Salvo a mulher soviética, naturalmente.

Mas o caso da Rússia já será outro, os dados do seu problema bem diversos.

Como viverão atualmente as mulheres da Europa? Quem zelará pela moral das donzelas? Quem lhes vigiará os namoros, as conversas noturnas, os beijos furtivos? Ou será que já não existem mais donzelas? Como se arranjarão as moças que amaram soldados e ficaram com um filho como lembrança desses amores — mormente aquelas que amaram soldado inimigo? Serão como estranhas entre os seus, ou, na miséria comum, se esquecem agravos e pecados? Que terão feito as esposas nas longas ausências que foram iguais a uma viuvez, com o companheiro dado como morto, perdido, aprisionado, combatendo na África, no céu ou nas águas do mar, ou amontado nas montanhas, lutando em guerrilhas?

Quando eles voltaram, como se terão recomposto os casais apartados, quais terão sido os problemas de perdão? Quem sabe, talvez os heróis de regresso tão sedentos vinham de companhia e de amor que passaram uma esponja sobre o passado, sem querer saber, sem querer ouvir, vivendo vida nova, como se a sua união houvesse nascido naquele dia. Provavelmente não haverá uma regra para esses casos e as soluções hão de ser todas individuais. Enquanto João perdoa e ama, o seu vizinho rói-se de ciúmes, mata ou abandona. Sempre foi assim neste mundo.

Mas na verdade será uma experiência única conhecer de perto um punhado dessas soluções e medir em tal emergência a profundidade da alma humana, ver a quanto chega sua grandeza e sua pequenez, ao enfrentar esses dramáticos problemas que nenhum código, nenhuma lei, nenhuma religião prevê. Creio que situação semelhante só a houve na Europa por ocasião das Cruzadas, durante as grandes migrações masculinas para a Terra Santa; mas então as massas humanas eram outras, em proporções e em sentimentos. E, assim mesmo, Deus sabe lá o que houve.

E, além do mais, a coisa ainda não parou; porque a miséria continua, ou antes, piora. Nada foi resolvido, nem sequer os dois problemas essenciais, o da habitação e o do alimento.

Quem fala em habitação fala em lar — e afinal qual será a definição verdadeira de lar? Lar são as quatro paredes de uma casa, ou lar é o local onde vive a mulher, a mãe, a companheira? Como arranjarão os seus lares em buracos do chão, junto às paredes em ruína, em subterrâneos e celeiros, aquelas meticulosas *Hausefraus* alemãs, que traziam sua casa areada e limpa como um alfinete, as paredes cheias de quadrinhos bucólicos, as prateleiras carregadas de bibelôs e recordações, e onde até as panelas da cozinha eram como as joias, transmitidas por herança? Que será feito de suas receitas de tortas e doces, como certa receita de torta de chocolate que uma conhecida alemã me recusou, alegando que era um legado de família, transmitida de mãe para filha desde a sua bisavó e conservada em segredo de geração em geração, como o roteiro de um tesouro? Que será feito de todas as receitas preciosas, inúteis ou perdidas? Receitas de *soufflé* de amêndoas, quando agora não há sequer pão preto e leite para matar a fome das crianças?

E as mulheres que lutaram, que se habituaram à liberdade, à irregularidade da vida de soldado, como voltarão ao lar, como obedecerão aos pais, se acharam os pais; ou aos maridos, quando têm os maridos de volta? Também aquelas que perderam tudo, marido, filhos, família, casa, como estarão se recompondo? Algumas, como o servo de Deus, Jó, talvez esperem que a mão do Senhor desça de novo sobre elas e lhes dê oportunidade de recompor tudo, amar novos homens, dar à luz novos filhos, reconstruir novas casas. Mas haverá também aquelas que nada mais esperam e se entregam ao desespero. Que será feito dessas?

E ainda há as crianças, Senhor, as crianças, todo o maltratado mundo de crianças nevrosadas pela guerra, tornadas adultas antes do tempo, semifamintas ou totalmente famintas, muito semelhantes, decerto, àqueles pequenos flagelados, só barriga e ossos, que nos habituamos a ver nos bandos de retirantes do Nordeste. Crianças que vagueiam pelos campos escavacados, pelas ruínas povoadas de fantasmas, que não esperam de ninguém nem comida nem carinho, crianças nascidas na guerra e para as quais a paz entre os homens é uma estranha novidade.

Seria um milagre da natureza humana se as crianças órfãs de pais se fossem reunir às mães órfãs de filhos. Mas o amor é coisa exigente e específica, e dez órfãos adotados não enchem no coração o lugar de um único filho morto. Antes se sente ressentimento contra os que ficaram, ao pensar que são tantos, tão excessivos, tão abandonados, soltos e sem dono como gatos de rua, e assim mesmo vivem e crescem; enquanto aquele que era adorado e único teve que ser atirado à terra como se ninguém o quisesse mais.

Não sei qual a tremenda lição que a nós, de tão longe e relativamente tão bem amparados ainda, nos daria essa visão da Europa. Talvez nos ensinasse um novo heroísmo; e talvez também nos contagiasse do seu desespero.

(Ilha, junho de 1946)

Conto

O PRAÇA DESENGAJADO pôs-se a andar de rua afora, se sentindo um novo homem, assim mais ou menos como Pedro Malasartes quando saiu pelo mundo em busca de aventuras, dono de si e da sua sorte, sem farda, sem sujeição, sem sargento nem corneta. Mas, curioso, também sentia uma espécie de perda de prestígio, uma diminuição de estatura. Ao recuperar a condição de paisano perdera as prerrogativas de guerreiro — e será que uma coisa compensava a outra? Note-se que não se tratava de um ex-soldado letrado que entendesse de análise íntima. Ele pensava esses pensamentos por linhas tortas, mas nem por isso com gravidade menor. E de uma coisa tinha certeza, absoluta: não ficaria na cidade grande. Queria chão, horizonte, liberdade. Desejava agudamente sentir debaixo dos pés o assoalho dum trem trepidando e comendo terra. Ver-se depressa no Estado da Bahia, e afinal em Pernambuco, na sua cidade, de Petrolina, cujo nome quer dizer cidade do Imperador D. Pedro II. Ou será cidade do petróleo? Hoje em dia tudo é petróleo. De qualquer modo, só recuperaria o seu eu de outrora quando pusesse os olhos na igreja de Petrolina, a qual, flechando o céu com as duas torres em ponta, perdida entre o casario rasteiro de arruado sertanejo, parece traste de rico emprestado em casa de pobre.

No mesmo dia estava na Central, comprando passagem de trem até Belo Horizonte. A primeira coisa que estranhou — estranhou não é bem o termo — que constatou, como característica da sua readquirida situação de civil, foi o fato de pagar passagem. Não só pagar, como entrar na fila, sem poder nem autoridade. Chegou a sentir uma vaga nostalgia da farda; mas o cidadão livre é assim mesmo, não tem papai governo lhe dando tudo na boca, como a menino novo. Abra o mundo com os seus cotovelos, se é homem. E pague o que quer com o seu dinheiro. Pagou, portanto, consumindo na operação quase todo o conteúdo da carteira. Passagem subiu demais, com esta guerra. Como faria depois o resto do percurso? Ora, Deus proveria.

Saindo da Central, fruiu outra sensação inédita, e com delícia: passou por um general que ia saindo do Ministério da Guerra para tomar o automóvel — um general gordo, de ar poderoso, com o peito atravessado de fitinhas — entidade que, nos seus tempos de praça, ele só poderia contemplar de longe e tremendo. Pois quase deu um encontrão no general, sem querer, é verdade, e ficou olhando para ele bem de fito, com o fôlego um pouco alvoroçado, mas dizendo a si mesmo que não havia perigo, não tinha sequer que fazer continência! Isso mesmo, nem sequer continência! E essa ideia lhe despertou a vontade de repetir o prazer. Àquela hora saíam muitos oficiais do Ministério da Guerra, tenentes, capitães, majores, até coronéis. Ele se encostou num poste, defronte ao edifício do ministério, como se esperasse bonde. A princípio teve a impressão de que era como um presidente viajando incógnito. Depois se lembrou da fita do Homem Invisível; o sujeito fica nu, ninguém o enxerga, ninguém pode achar ruim ou bom o fato da sua presença. Para aumentar a sensação de liberdade, desabotoou o colarinho da camisa, enfiou as mãos nos bolsos da calça e se reclinou no poste, na atitude mais relaxada do seu repertório. E foi deixando passar os oficiais, contando mentalmente as infrações que cometia. Negar continência ao seu superior? Quantos dias de cana? Atitude desrespeitosa, falta de compostura na via pública, quantos dias? Colarinho desabotoado, cabeça descoberta, quantos dias? Lembrou-se de um charuto que tinha no bolso, acendeu-o, estufou o peito, bambeou as pernas, e ficou mascando o mata-rato e gozando a impunidade...

Sempre fora indivíduo pouco inclinado aos prazeres da obediência; mas quer se queira quer não, o quartel cria uma segunda natureza. Era isso que o fazia agora sentir-se um pouco criminoso e, apesar de todos os raciocínios, com tendências a se reprimir e a se exceder, simultaneamente.

Depois de uns vinte minutos tornou a andar e foi descendo devagarinho a rua Larga. Olhando vitrina, apreçando umas calças de porta de loja, à toa; parou no canto da rua Camerino, perto da fila de gente que esperava para comprar entrada no cinema Primor. E quando atirou fora o toco do charuto, que já o estava enjoando, bateu com o cotovelo numa pessoa da fila, que lhe ficava à direita. Era uma morena toda roliça, de cabelo esticado a fogo e erguido num topete de meio palmo, vestido de seda lustrosa aberto de renda nos ombros. As desculpas que ele pediu foi num "O' xente!" tão sentido, que a morena sorriu e deu conversa. Pouco depois ela dizia: "A gente logo vê que o senhor é do Norte." Ele concordou que era do Estado de Pernambuco e ela disse que ia ver o filme *Santa* pela terceira vez. Ele então perguntou se a senhorita lhe daria o prazer de deixar pagar a entrada dela. A senhorita respondeu sorridente que não precisava ele tomar incômodo. Ele disse que tomava o incômodo por gosto e repetiu o "O' xente".

A moça então riu, falou que não pensasse que ela era assim com todos, que não gostava de dar confiança a rapaz carioca que não sabe respeitar, que para respeitar não há como nortista. E nesse novo sorriso ele lhe viu um dente de ouro, bem pequeno, quase escondido no canto da boca, que era ver mesmo uma joia guardada em caixa de cetim. Perturbado, baixou o olhar para o chão, e notou que ela tinha as unhas dos pés pintadas de esmalte quase roxo e um sapato de camurça verde, amarrado com fita no gargalo da perna. A moça se apercebeu de onde ele punha a vista e contou que tinha comprado aquele sapato no subúrbio, mas todo o mundo pensava que fora em casa da rua Gonçalves Dias. O rapaz concordou que era chique. — Pois é, no subúrbio, quem sabe comprar, acha de tudo. Seda boa, sombrinha, fazenda da Coordenação... Ele aí interrompeu para arriscar o primeiro galanteio, pois o "O' xente" inicial fora antes um grito d'alma. E disse: "Tem até morena preciosa como você, santinha..."

Ela se mostrou agradada e perguntou-lhe se já estivera em Marechal Hermes. O ex-soldado, que momentos antes se gozara tanto da ausência da gloriosa farda, alegou imediatamente os seus anos de quartel e o seu profundo conhecimento não só de Marechal Hermes como Deodoro, Realengo etc.

Para surpresa do pernambucano, disse-lhe a moça que se soubesse que ele ainda vestia uniforme militar, não dava conversa. Todo soldado é convencido, pensa que não tem moça que não morra por farda. E ele, ouvindo assim refutada uma das suas convicções mais essenciais, perguntou atônito: "E não morre mesmo?" A morena negou; mas negou sem força e ele viu que na verdade elas morrem; farda é uma coisa que assenta tão bem em homem como a espada em São Miguel, e se um rapaz vale dez à paisana, vale cem no verde-oliva. A morena ainda contestou que por isso mesmo eles todos são convencidos e, o que é pior, não podem casar.

Por essa altura já estavam comprados os ingressos. Entraram; a fita tinha começado, estava escuro que era um horror e dificilmente descobriram dois lugares nas cadeiras do fim.

Se sentaram, ele deu um suspiro, mas do suspiro não passou. A morena foi logo explicando que a Santa não era bem santa, era até mulher da vida, e aquele que tocava piano era cego e tinha paixão por ela; Santa porém não ligava muito a ele, queria era o toureiro, também não admira porque o toureiro era um amor. O nosso amigo antipatizou bastante com o toureiro e detestou de imediato o lambisgoia do cego. Prestou mais atenção foi ao cheiro de loção *Organdi* que saiu do lenço da morena quando ela enxugou os olhos na hora em que os dois irmãos de Santa vêm contar a morte da velha mãe. Aí veio de novo o toureiro todo vestido de ouro, e a morena tornou a vibrar. Ele já estava enjoado de tudo; diabo dessas mulheres que se embelezam com figura de homem de cinema. Dá vontade de ensinar para elas que homem de verdade é outra coisa. Mas ficou quieto no seu lugar; ela tinha dito que era moça de família, e não seria por estar no Rio e ter sido soldado alguns anos, que ele ia desrespeitar a moça — nem sendo um fim de mundo como aquele.

Afinal acabou a fita e a morena olhou as horas no relógio de pulso dele. Que horror, tinha de pegar o trem das sete e cinquenta senão que horas chegaria em casa? Mas na saída ele ainda insistiu para que tomassem um refresco de groselha e ela aceitou, mas de carreira. Na Central ele comprou duas passagens de primeira para Marechal Hermes. A morena parece que já esperava a companhia, porque não disse nada. Fez assim como quem pensa que o moço morava por aquelas bandas.

Lugar no trem não tinha mesmo; agarraram-se aos pendentes do teto e foram se rindo, sacolejados, empurrados contra os outros passageiros. Ela disse que parecia a brincadeira da gata, mas foi preciso repetir três vezes porque era quase impossível ouvir, com a trepidação e o arrocho.

O condutor veio cobrar as passagens; o nosso amigo, com dificuldade, meteu a mão no bolso e ofereceu ao homem o cartãozinho. Só deu acordo do que fizera quando o condutor estrilou, reparando no que lhe entregara o passageiro; e ele teve um baque no coração: dera a passagem do dia seguinte para Belo Horizonte, em vez das duas passagens do elétrico para Marechal Hermes. E pior é que o desgraçado do condutor nem sequer pediu desculpas por ter estragado o precioso cartão, com um buraco do marcador! Estonteado, o rapaz erguia por sobre as cabeças dos companheiros de carro o pedaço de cartolina que era a sua viagem perdida, a terra natal, a igreja de Petrolina, as duas torres; levou minutos assim, calado, até que a morena estranhou, levantou a cabeça, viu os beiços brancos do novo amigo e perguntou que coisa tinha acontecido.

Porém quando ele foi explicar, o trem deu uma parada repentina. A morena lhe encheu os braços com o corpo todo, como uma onda macia, mas pesada, que cai sobre a gente, na praia.

E, esquecidos, os dois se uniram na mesma risada.

(Ilha, junho de 1946)

O garoto

OUTRO DIA um cronista falou com muito espírito nas personalidades ilustres que ora habitam a Cidade Jardim Laranjeiras; e, pelo que parece, aquilo está ficando mesmo uma Nova Arcádia Carioca. Pois lá no Jardim Laranjeiras, no canto da rua Badajós com Juçara, subindo para o morro e a pedreira, morou também o pequeno Ed, que seria ilustre algum dia se a mão do destino não dispusesse de outro modo; daquele tamanho e já tinha a pinta do grande homem. Era pequeno, delgado e alvo, de cabelo louro escorrido e olhar faiscante, lembrando um pouco o Jackie Coogan dos tempos do *Kid*. Teria talvez dois anos quando o conheci. Sim, dois anos; lembro-me de que erguia no ar os dois dedinhos, e o gesto tanto servia para indicar a idade como para fazer o V da vitória. Porque Ed, filho de francês e *degaullista*, era um patriota ardentíssimo. Uma das últimas vezes em que o vi, usava no casaco o tope tricolor e trazia na mão a bandeira da Cruz de Lorena. Chegava de uma solenidade onde se disseram versos e discursos, onde se vivara De Gaulle e se cantara a *Marselhesa*; estávamos então naquele período sinistro de França ocupada e França semi ocupada, e os franceses que não podiam combater na resistência ou na África tinham que se contentar com choro e cânticos e festivais de beneficência. Tempos duros; engraçado, como depressa os esquecem.

Ed, vindo da festa, não a considerava concluída, pois não era desses homens céticos que fecham a porta de um entusiasmo como quem, chegado ao térreo, fecha atrás de si a porta do elevador. Entrou em casa cantando ainda "*Aux armes, citoyens!*", me agitou debaixo do nariz a sua bandeira e, como sempre se mostrava um primor de galanteria, ofereceu-me o seu orgulho da ocasião, o tope tricolor que ostentava à lapela.

Pois eu era uma das inúmeras mulheres que houve na sua vida; as outras tinham títulos mais altos — mãe, avó, tias, madrinhas: era eu porém a sua vizinha predileta. Conversávamos por cima do muro, tínhamos longas palestras no banco do jardim, e, sempre que podia escapar à vigilância doméstica, ele me batia devagarinho à porta e chamava, à moda da sua terra: "*Madame? Madame?*" Sim, porque por mais que nos quiséssemos, sempre havia entre nós aquela cerimônia: nunca me chamou pelo nome. Mas o *Madame,* na sua boca, era tão terno e tão sorridente que equivalia a muita palavra de carinho.

Outras vezes me vinha chamar para ver a flor de nenúfar que se abria, muito roxa, no tanque do seu jardim, ou uma rã entocada num côncavo de pedra; o tanque media apenas meio metro de fundo por um metro de largo, mas para Ed era vasto, misterioso e belo como o oceano. Tinha pedrinhas brancas no fundo, folhas verdes miúdas à flor da água, caramujos e uma tartaruguinha ornamental na areia da margem. Nele Ed fazia navegar o seu barco, e a bordo daquele barco navegava o seu coração marinheiro, em busca de aventuras e emoções. A gente perguntava: "Para onde vai esse barco, Ed?" E ele respondia, muito grave: "Vai para a guerra, *Madame.*"

Ai, e a fidalguia de Ed quando vinha trazer um presente! Dessa vez não irrompia pela entrada de serviço, às cambalhotas com a nossa cachorrinha Dolores, que ele adorava e maltratava como um apache; nem me puxava as saias, informando baixinho que "Ed queria biscoito". Tocava gravemente a campainha da porta da frente, entrava, dava três passos, dizia *"Bonjour, Madame"*, bem ensinado como um pajem, e só então me depunha nas mãos a dádiva. Ah, Ed, em qualquer lugar em que esteja você, fique sabendo que ainda guardo o seu retrato tirado no carnaval, e a caixa de pó vazia e tudo o mais que me deu; e nunca os pude ver sem sentir choro nos olhos, garoto!

Certo fatal meio-dia, Ed desapareceu de casa, enquanto os pais almoçavam. A princípio, ao lhe darem pela ausência, não se inquietaram muito, cuidando em que ele, como de costume, fugira para a casa de *Madame*. Mas, passados dez minutos, quinze minutos e nem sinal de Ed, foi a ama indagar, não, Ed não estava lá em casa. Nem se escondera no seu recanto predileto do jardim; nem se metera entre as árvores do morro, ribanceira abaixo ou ribanceira acima, na rua Badajós. Com o coração ansioso, fomos ver se não rolara pela escadaria de cimento que desce da rua Juçara até à praça, no vale. Pensamos nos caminhões carregados de pedra que se despencavam da ladeira como uns furacões. O pai já tremia, a mãe já chorava. Ed! Ed! Passamos duas ou três vezes ao lado do tanque, muito plácido, com a superfície coberta de plantas-d'água. Afinal, quando de novo o procurávamos entre as árvores do morro, ouvimos os gritos da mãe que ficara atrás. Ela adivinhara, afastara as folhas de sobre a água do tanque. Lá no fundo, deitado entre as pedras claras, meio embaraçado nos longos talos do nenúfar, estava o corpinho de Ed. Decerto o reflexo de algum raio de luz, uma flor ou um inseto brilhante o atraíra, fazendo-o debruçar-se e cair.

Mas como perdera os sentidos e se afogara numa água tão rasa? Jamais ninguém o soube.

Talvez no tanque, tão pequeno embora, houvesse uma iara, uma ondina ou uma sereia que, seduzida pelo brilho do seu cabelo louro ao sol, lhe abrisse os braços, chamando-o, e não o soltasse mais. A ele bastava sorrir para fascinar as mulheres.

(Ilha, julho de 1946)

História
da velha Matilde

A VELHA MATILDE é filha de escrava, nascida sob o Ventre Livre e natural do estado do Rio de Janeiro. Não é mulher de muita conversa nem gosta de contar mentiras. Em geral só conta casos que sabe de ciência própria; lá uma vez é que repete um que ouviu dizer, mas nessas ocasiões sempre se louva em pessoa de toda confiança.

A história que adiante transcrevo disse-me ela que a escutou do próprio protagonista, um seu conhecido mineiro que, por via de perseguições políticas, teve que se mudar, depois de velho, para o estado do Rio.

Nos seus tempos de moço partiu esse homem de viagem, em companhia de um camarada, ambos nas suas bestas de sela e levando à arreata uma burra de carga. Iam fazer compras de gado numa terra que tem por nome Piauí, zona de fartura de pasto e de gado gordo, onde ainda se criam mais bois do que em Goiás. O mal de quem vai ao Piauí é ter de passar por outro lugar por nome Ceará, terra de sina muito triste, de povo aflito e pecador. É verdade que alguém, se não quisesse atravessar o Ceará para alcançar os campestres do Piauí, poderia embarcar num vapor do mar e chegar ao seu destino. Mas afinal, por pior que seja uma terra, o mar é ainda mais perigoso. Mormente para quem pretende voltar tangendo gado.

E já tinham os dois viajantes chegado ao Ceará sem mais novidades — somente não encontravam rancho nem mantimentos, e ai deles se não levassem o surrão bem sortido. No fim de uma tarde, iam subindo por uma estrada de alto, com as bestas um pouco estropiadas do pedregulho, quando avistaram correndo de ladeira abaixo uma moça branca, com o cabelo solto lhe batendo na cintura. A pobre arquejava, já sem fôlego; e, mais para trás dela, surgiu no cabeço do alto um bando de homens que empunhavam machados, cacetes, cabrestos e facões, e gritavam perseguindo a pobrezinha, como um bando de cachorros no rastro de um veado.

Assim que a moça emparelhou com a besta do forasteiro, segurou-se no estribo dele a fim de tomar suspiração; e no pegar do loro, mesmo naquela agonia, reparou no arreio e viu que o cavaleiro vinha de fora. Ficou então mais confiada, abraçou-se na perna do homem e pediu que pela luz dos seus olhos lhe valesse.

O homem, meio tonto, com a moça arquejante pendurada na perna e o grupo dos perseguidores se aproximando, indagou que crime era o dela que lhe granjeara perseguição tão medonha.

Sem largar o estribo e o pé do cavaleiro, a moça foi explicando como pôde que não tinha crime nenhum, que se aquela gente toda andava atrás dela, era para lhe tirar a vida e lhe comer a carne.

O homem não acreditou, pensou que a criatura havia de ser uma doida perigosa, ou criminosa fugida da cadeia e que inventara aquelas mentiras levada pela loucura ou pelo medo. Mas sofreou a besta que se impacientava, e compadecido de a ver tão formosa e naquela situação, esperou os homens que já vinham perto.

Quando o bando dos caçadores cercou a caça e o viajante, o mineiro os interpelou. E eles logo lhe confirmaram a história toda da rapariga, alegando a grande fome que os levava àquilo; sem gado, sem criação, sem legumes, iam-se comendo uns aos outros, escolhendo em primeiro lugar as mulheres, que são mais gordas e mais fracas. Andavam de um jeito que nem o de beber tinham. Quando a sede apertava, saíam pelo mato com uma faca até encontrarem uma árvore; riscavam a casca da árvore, esperavam que escorresse o choro do pau — e com aquela gota enganavam a sede...

O forasteiro de princípio ficou sem fala, vendo os desgraçados fazerem sem vexame confissão tão pavorosa. Lembrou-se depois de que a fome a tudo obriga; na história da Nau Catarineta os marujos esfomeados primeiro puseram solas de molho e depois deitaram sortes nos companheiros, escolhendo a qual matar. E, assim pensando, deixou-se estar parado, com as feras rondando, e a moça sempre agarrada aos loros da sua sela. Afinal teve uma ideia:

— Se eu der minha besta de carga para vossemecês comerem, me prometem que deixam a moça em paz?

Boca que mal falaste, nem ele tinha acabado de dizer, os homens mudavam a vista para a besta, viam que tinha mais carne do que a moça; e antes que o camarada desarreasse a carga, já estava a besta estirada no chão, com um golpe no sangradouro. Ainda estrebuchava, quando começaram a esfolar. O mineiro ofereceu a mão à moça, fê-la subir à garupa da montaria, calcou as esporas e saiu correndo como um desesperado; tinha medo até do tropel da besta do camarada, que vinha um pouco atrás, pois se demorara apanhando a bagagem.

Nem chegou a ir ao Piauí. Dobrou caminho na primeira encruzilhada e voltou para a sua terra, onde cristão não come cristão; levou porém como lembrança aquela moça, trocada por caridade pelo preço de uma besta.

E nessa viagem de volta, estando os dois sempre juntos, tomou o mineiro amizade à rapariga. Chegando à sua terra não pôde casar com ela porque já tinha mulher; mas botou-lhe casa, deu-lhe uma negrinha para o seu serviço, e os filhos que com ela teve mandou-os para o estudo, juntos com os filhos do casamento. Um deles chegou a padre, o outro foi doutor formado.

(Ilha, julho de 1946)

Um caso obscuro

NÃO QUERO fazer campanha contra quem acredita em espíritos, quem tem visões ou ouve "avisos". Espiritismo é religião tão respeitável quanto qualquer outra. Quero apenas prevenir meu amigo leitor contra alguma conversão apressada, porque o fato é que as forças da terra muitas vezes se misturam com as forças do céu.
  O caso que passo a contar como exemplo naturalmente que é verídico. Se fosse a cronista inventar um conto, teria que apurar muito mais o enredo e os personagens, dar-lhes veracidade e complexidade. E aliás, como ficção, ele não teria importância nem sentido. O seu valor único é a autenticidade.
  Certa professora de grupo minha conhecida tem uma empregada, senhora cinquentona, de cara séria e jeito discreto, natural de Suruí, no estado do Rio, de onde veio há poucos meses. E lá em Suruí deixou a mãe cega e enferma, da qual não tinha notícias desde que viera para a cidade. Analfabeta, não escrevia nem recebia cartas. Essa gente da roça não acredita muito em correspondência senão para notícias capitais.
  Mas um belo dia acordou a empregada, que se chama Joana, chorando, abaladíssima, queixando-se de estranhas visões. Dizia que passara toda a noite acordada; mas não

pudera chamar ninguém porque de medo ficara sem fala. Sentira uns assopros no ouvido, depois lhe sacudiram a cama como se fosse um terremoto. Por fim vira a mãe, a velhinha cega, estirada num caixão, metida numa mortalha preta. Toda a manhã a mulher chorou e lamentou-se. A patroa, penalizada, ofereceu-se para mandar um telegrama pedindo notícias. Joana porém tinha medo de telegramas: "E mais medo tem minha mãe. Chegando telegrama lá, se ela ainda estiver viva, morre só do susto."

Estavam nisso as coisas, quando ao meio-dia aparece na casa da professora um filho homem de Joana, que também reside na cidade. Trazia na mão um envelope fechado, sem carimbo nem selo. Era uma carta vinda em mão própria da sua terra, explicou o moço. E como também ele não sabia ler, pediram à patroa que abrisse e lesse a missiva — aliás curta e comovente:

"Minha irmã como vai esta tem por fim de lhe dizer que a nossa mãe está às portas da morte já de vela na mão. Joana se apresse senão não vê mais nossa mãe adeus do seu irmão Basílio."

Chegando assim aquela carta, após a série de visões noturnas, era impressionante. E a própria patroa a abrira, excluindo-se assim a possibilidade de conhecimento prévio do conteúdo. Era uma dessas bofetadas que o mundo dos invisíveis atira nos pobres humanos, deixando-os cheios de susto e dúvida. Com seus próprios ouvidos escutara a patroa pela manhã a história do assopro, das sacudidelas na cama, da figura amortalhada no caixão. Com suas mãos recebera a carta, com seus olhos lera o endereço tremido e oblíquo, e depois a lacônica má-nova. Naturalmente deu imediata licença a Joana para a viagem. Grande falta lhe faria em casa, mas quem pode pensar em impedir um filho de despedir-se da mãe, à hora da morte? E deu-lhe mais dinheiro, deu-lhe um vestido preto quase novo, consultou o horário dos trens, forneceu provisões para a viagem. Não era só caridade de burguesa progressista que a animava, mas principalmente o interesse do profano por uma criatura feita instrumento das forças do Incognoscível. E Joana partiu. A patroa ficou contando a história aos conhecidos; contou por boca e por telefone. Chegou a contar por carta. Não a repetiu às crianças no grupo só de medo de assustá-las com essas coisas misteriosas que ficam entre o céu e a terra. O caso era tão simples, tão líquido: resumia-se apenas a fatos dos quais ela própria era testemunha. E fazia cálculos: a carta deve ter partido de Suruí na antevéspera, de modo que a velha bem podia estar mesmo morrendo na hora das visões noturnas de Joana.

Ficou a esperar impaciente a volta da viajante. Sim, porque Joana pediu que o seu lugar fosse conservado; que, consumado tudo, voltaria. "Nem espero a semana de nojo, patroa. Venho logo depois do enterro." E, falando em enterro, rompeu em pranto.

Passados oito dias, chegou Joana, mas ainda com a saia estampadinha de encarnado com a qual partira, em vez do vestido de seda preta que lhe dera a patroa, prevendo o luto. Bem, a velha continuava viva. Contou que a mãe estivera de fato muito ruim, vai não vai, mas de repente melhorara. Por isso Joana se demorara mais, até que a melhora parecesse segura. E voltou a trabalhar como dantes.

Aquela quase ressurreição desorientou a patroa. Afinal a velha aparecera de mortalha, e dera o assopro, e sacudira a cama... Mas, consultando sobre o assunto os amigos espíritas, eles lhe explicaram que era assim mesmo, e tanto o espírito encarnado como o desencarnado poderiam mandar "avisos".

Falaram mesmo em corpo astral e a professora se impressionou muito.

Nesse estado ficou, meio abalada, meio crente, até que um dia sucedeu uma dessas incríveis, dessas raras coincidências que só acontecem na vida real e nos romances de fancaria: recebeu a visita de uma amiga, uma das muitas a quem contara a história da visão. A amiga vinha de propósito lhe narrar a tal coincidência inaudita. Imagine-se que o filho de Joana por acaso fora trabalhar em sua casa, consertando-lhe o jardim. Lá estava fazia uma quinzena, quando inexplicavelmente desapareceu, por uma semana. Passados os oito dias voltou e alegou motivo de moléstia para a ausência.

No jardim, revolvendo os canteiros, podando os ficus, estabeleceu-se entre jardineiro e patroa esse entendimento normal entre companheiros de trabalho. Ela explicava como queria o serviço, ele dizia que na casa do Dr. Fulano fazia assim e assim, que enxerto de mergulho só é bom com lua tal etc. Afinal ela lhe perguntou que doença fora a sua, dias antes. O rapaz, que enterrava umas batatas de dália, ficou encabulado. Depois teve assim como um assomo de consciência e explicou:

— Patroa, falar a verdade é preciso: não estive doente não. Mas o caso é que minha mãe meteu na ideia ir em casa, com vontade de assistir a umas ladainhas que rezam lá, no mês de agosto. Como estava num emprego bom, teve medo que a dona da casa se zangasse com uma viagem assim à toa e não guardasse o lugar para ela, de volta. Então se combinou comigo, só por causa de não fazer a moça se zangar. Pegou a ter uns sonhos com a minha avó, enfiava os olhos na fumaça do fogo para sair chorando. Aí eu mandei um companheiro fazer uma carta chamando, dizendo que a velha estava morrendo, lá em Suruí. A patroa consentiu logo, naturalmente. Tive que fazer companhia à minha mãe, assistimos às ladainhas e agora estamos os dois de volta à nossa obrigação...

A moça ficou espantadíssima:

— Mas criatura, como é que sua mãe teve a coragem de chamar assim a morte para cima de sua avó? Vocês não tiveram medo do agouro?

— Qual, dona! Uma velha daquelas, cega, doente, em cima duma cama, dando trabalho e consumição a todo o mundo, chamar a morte para ela não é agouro; chamar a morte para ela é mais uma obra de caridade. E daí, agouro que fosse, vê-se bem que não pegou...

(Ilha, setembro de 1946)

A presença do Leviatã

Amaldiçoem-na aqueles que amaldiçoam o dia e os que estão prontos a suscitar o Leviatã (Jó, III, 8).

É O LEVIATÃ animal imenso e horrendo. Tem "o corpo como escudos fundidos, apinhoado de escamas que se apertam. Uma está unida à outra, de sorte que nem um assopro passa entre elas. O seu espirro é resplendor de fogo e os seus olhos como as pestanas da aurora. Da sua boca saem umas lâmpadas como tochas de fogo acesas. Dos seus narizes sai fumo, como o de uma panela incendida que ferve. No seu pescoço fará assento uma fortaleza e adiante dele vai a fome. Os raios do sol estarão debaixo dele e ele andará por cima do ouro como por cima do lodo. Fará ferver o fundo do mar como uma caldeira. A luz brilhará sobre as suas pegadas. Não há poder sobre a terra que se lhe compare, pois foi feito para que não temesse nenhum. Todo o alto o vê. ELE É O REI DOS FILHOS DA SOBERBA".

Isso diz o *Livro de Jó*, capítulo XLI, versículos 6 e 7, 9 a 11, 13 e 21 a 25.

E sendo o Leviatã besta assim medonha e inominável, os homens na sua ignorância o identificaram com o crocodilo, com o hipopótamo, com a baleia; os hebreus também lhe davam o nome de Behemot. E hoje há quem o veja nas máquinas de guerra moderna, que também têm escamas de aço e deitam fumo e fogo e são igualmente imensas e pavorosas. Mas baleia e crocodilo, e hipopótamo e tanques lança-chamas são apenas forças brutas; deles difere o Leviatã pela sua influência inteligente, sutil e maléfica. Sempre próximo dos homens, rápido aparece mal o invocam, e logo os subjuga e escraviza. Anda de dia e anda de noite. Serve-se do mal e serve-se do bem. Tanto usa o coração como as entranhas do homem, o seu sono como o seu despertar, o seu estado de sóbrio como o seu estado de ébrio.

Por acaso sentis de repente uma tristeza na alma, uma agonia sem definição e sem causa, um desejo de morte ou uma sensação de culpa, sem pecado nem dor atual que justifiquem essa angústia? Não procureis a causa na psicanálise ou na medicina. O que passou sobre vós está acima do vosso entendimento e dos vossos remédios: fostes roçados pelo sopro fétido do Leviatã, "cujo hálito faz incender carvões e de cuja boca sai chama".

No silêncio e na insônia da noite, sentis a tentação de negros pecados cujo desejo o vosso coração jamais provara antes, sentis um apetite de degradação e de mal; ou, se dormis, vos afundais em sonhos pegajosos, como se vos sovertesse a negra lama do fundo do mar, que jamais viu a luz do sol? Ai, essa lama e esse escuro são o espírito do *Leviatã*, atraído pela fraqueza da vossa mente insone ou do vosso corpo adormecido.

Cruzais a rua e por vós passa uma mulher gorda, vestida de veludo e coisas lustrosas. Ela é moça, mas a gordura lhe devorou a mocidade; os seus cabelos são castanhos, castanhos os olhos com reflexos verdes, verde e castanho o vestido e o calçado — tudo castanho e verde, que são cores demoníacas. A mulher vos sorri com a sua larga boca, mostra os dentes vorazes e vós tremeis de medo, inexplicavelmente, só de vê-la, só de passar por ela. Com razão tremeis e toda vez que tornardes a ver essa mulher lembrai-vos de que talvez não seja uma bruxa, mas é com toda certeza uma filha natural do Leviatã. (Aliás, de modo geral temei os gordos, porque a enxúndia é muitas vezes uma das marcas do Leviatã.)

Andamos descuidosos entre as criaturas e nem sabemos quantos deles serão fruto dos imundos amores do Leviatã. A eles alude o Livro, nestas palavras: "pereça o dia em que foram nados e a noite em que se disse: foi concebido um homem". Aquele polícia que se compraz em pisotear velhos e mulheres, aquele doutor que no mistério do seu consultório por um pouco de dinheiro arranca crianças nonatas do ventre de suas mães, aquele envenenador que transforma em comida da morte o que devia ser sustento do corpo, os vorazes, os ambiciosos, os frívolos, os perversos, os sujos — são todos filhos da Soberba, são descendência do Leviatã. Mas os pobres loucos — os que se supõem reis e os que se supõem criminosos, os que choram sem causa, os que sem motivo bradam e uivam dentro da noite, os que se despem, os que maltratam o próprio corpo querendo remir pecados imaginários, os que não concedem a si mesmos sono nem descanso — esses não são os filhos, são ao contrário as vítimas, os possessos do Leviatã.

E junto com os suicidas e os bêbedos, debalde se rebelam e lutam contra ele; não poderão libertar-se, pois "porventura poderás tirar com anzol o Leviatã e ligarás sua língua com uma corda?" (Jó, XL, 2).

Era uma vez um grupo de amigos, homens normais e virtuosos, que se entretinham com o seu trabalho ou em encontros amenos, onde discorriam da alma e da inteligência, de filosofia, de política e de artes. Mas certa noite morna de dezembro em que estavam reunidos, cometeram a inconcebível loucura de suscitar a presença do Leviatã. Foi como se sobre eles descesse "aquela noite de negra escuridão e tenebroso redemoinho, noite solitária que não se conta entre os dias do ano, nem se numera entre os meses". (Jó, III, 5, 6 e 7) O monstro acorreu, solícito, cobrindo-os com as suas asas de morcego. E os homens buscaram espíritos violentos e se embriagaram. Rasgaram as vestes, perderam o pejo e a medida, e não só clamavam aos brados os seus pecados mais secretos, orgulhando-se deles, como os cometiam à solta, sem que a luz do dia ou o temor dos olhos alheios os contivesse. Os que possuíam esposas traíam-nas com amantes; os que não tinham esposa cobiçavam a mulher dos que a tinham; os casais unidos se abandonavam sem razão aparente; amigos fiéis de velhos anos, amigos de infância, se injuriavam e batiam na face uns dos outros. E todos eles choravam em público, expunham o seu peito nu, rolavam de borco pelas calçadas, a exemplo do Poeta, no dia em que também o arrastou o Leviatã.

E quando findou aquele período de encantação diabólica e os amigos despertaram e encontraram suas vestes rotas, o rosto e o corpo cheios de manchas roxas, a cabeça ainda dolorida dos vapores com que se embriagaram, as esposas chorosas e apavoradas, pareceu-lhes despertar de um pesadelo. Disseram os entendidos que os salvou a forte influência benéfica do Ano Novo. Sei que esses homens ainda hoje baixam os olhos e sorriem trêmulos quando recordam aquele fatal fim de ano, e se afundam mais de rijo nas suas ocupações inocentes e entretenimentos pacíficos. Contudo, em tempo nenhum poderão ser os mesmos, porque dos seus corações jamais se afastará a lembrança dos dias em que estiveram possuídos pelo Leviatã.

(Ilha, setembro de 1946)

Mimiro

SE NOME SE GASTASSE com muito uso, o nome de Mimiro já devia estar no último fio. Porque a toda hora, da madrugada às dez da noite, é menino, mulher e homem chamando por ele: "Mimiro, ó Mimiiiiroooô!" E Mimiro longe. Parece que goza de uma ubiquidade às avessas, isto é, tem o dom de não estar em parte alguma, em hora nenhuma.

A família do garoto é esquisita e numerosíssima. Formou-se, não por via regular de casamento e nascimento, mas por aglutinação. Os dois indivíduos que lhe constituem o núcleo, e são tecnicamente o pai e a mãe, chegaram ao atual estágio através de um longo processo de uniões e separações com outros indivíduos que já desapareceram da história. Junta com esta companheira, larga, fica com os filhos, junta outra vez, larga outra vez, mais filhos, e assim por diante. Por fim — sobejos desses amores curtos mas geradores — temos um pai com filhos de várias mães, uma mãe com filhos de vários pais, que vieram abrigar num só lar (LAR DE PEQUENINA, como diz o letreiro à porta) aquela prole tão heterogênea na origem quanto na cor e no temperamento.

Dito assim, parece confuso. Mas é o seguinte: o nosso amigo Carlindo, de profissão mata-mosquitos, passou por várias experiências sentimentais. Desses amores houve prole.

Homem sem sorte, mas obstinado e pai amoroso, foi ficando com os filhos à medida que as amadas se dispersavam. A primeira morreu, a segunda fugiu, a terceira não fugiu mas saiu de casa abertamente, na hora do almoço, por desaforo. Deixou sentado no terreiro, aos berros, entre os pintos e a ninhada de cachorros novos, o filhinho de oito meses.

A quarta experiência de Carlindo foi Dona Pequenina, mulher também de vasto tirocínio e vida acidentada. Essa não usou, no seu caso, a ordem rigorosa dos amores do companheiro. Amou um pouco ao acaso, e seria mais por acidente que por carinho materno que ia ficando com os frutos dessas uniões rápidas. Em geral, quando nascia a criança, há muito que a mãe mudara de ideia e de cavalheiro. Quando, afinal, cansada de tanta incerteza e disposta a arribar em porto mais tranquilo, aceitou a mão e o nome do mata-mosquitos (e deixou que ele, no primeiro entusiasmo, escrevesse "Lar de Pequenina" no frontão da casa), trazia consigo uma récua de crianças, de variadíssima pigmentação. Menino escuro de cabelo liso, uma cabrocha clara, de olho verde e de cabelo duro, criança loura, criança de toda espécie. E entre esses saiu Mimiro. Há de ter sido a geração de Mimiro um dos piores lapsos sentimentais de Dona Pequenina, porque o garoto em casa é assim uma espécie de enjeitado. O padrasto, então, já nem é só padrasto: para ele é madrasta, e das péssimas.

Mimiro chama-se na realidade Casimiro; tem treze anos e aparenta nove: é moreninho tostado, de fala sonsa e rouca, a perna fina, o olhar baixo, de viés. Nunca foi à escola. Diz que não adianta ir, porque é canhoto. Jamais ninguém lhe viu no pé um tamanco ao menos, nem no corpo uma roupa nova. Usa sempre na cabeça uma carapuça de crochê escondendo o crânio coberto de feridinhas teimosas, que têm quase a idade dele próprio.

Mal amanhece o dia, estão gritando com ele. Para dar capim à cabrita. Para subir no morro e ver se o porco fugiu do chiqueiro. Para apartar os meninos menores, que estão brigando. Para deixar as crianças em paz. Para dar uma carreira na venda. E de vez em quando o padrasto muge, feroz:
— Mimiro, moleque dos diabos, dou-te uma surra! Se conseguem resultado nos chamados, ninguém sabe. Talvez o chamem só por amor da arte, ou por amor do nome. Porque a resposta de Mimiro não se ouve nunca. Ele dá a impressão de ser como uma presença imaterial, que existe apenas graças às invocações dos outros. E presença bem maligna, ao que parece. Dia em que está nos seus azeites, leva a cabrita a pastar na praia do Cocotá, onde não nasce nem erva rebenta-cavalo. Como é que havia de nascer pasto nas pedras do cais? Amarra a desgraçada no pé de oiti da arborização da prefeitura, ensinando-a assim a roer casca de pau, que até parece bode cearense em tempo de seca. Na hora de beber, Mimiro puxa a cabrita pela corda até o mar e empurra-lhe à força o focinho na água salgada. E como o animal recusa, naturalmente, ele explica aos moleques companheiros que a Mimosa há de estar doente, ou então é luxo. Se a gente come de sal, por que a cabra refuga?

Quando está desfalcado de dinheiro, ou com ódio especial do padrasto, assalta os ninhos das galinhas chocas e vai vender "ovos fresquinhos do quintal" aos veranistas da Freguesia ou da praia da Bandeira. É comércio rendoso, apenas com o defeito de não lhe permitir mercar o produto duas vezes na mesma rua. Só passa em cada rua uma vez. Sim, porque já tem vendido ovos que estão com quinze dias debaixo da galinha. Depois, quando "Seu" Carlindo faz alarido que os lagartos estão lhe comendo os ovos da sua criação de galos de briga, é Mimiro que organiza as caçadas aos lagartos e gambás.

55

Não briga de agarrado com nenhum outro garoto; sabe-se magro, esmirrado, e as feridas da cabeça são ponto muito vulnerável a qualquer pancada. Quando se sente ofendido ou de ânimo por demais belicoso, chega junto ao adversário escolhido, diz na sua fala rouca o pior palavrão que sabe (e consta que os sabe raríssimos), e sai correndo para longe. Serve-se então da sua arma de arremesso, põe um projétil no bodoque e não perde um tiro. A gravidade das intenções de Mimiro se traduz pela natureza do projétil, que vai desde caroço de milho até pedra de ponta.

Fez inimizade com um seu vizinho distante. A guerra começou por causa de um nome feio que ele disse à senhora desse homem; prolongou-se depois por amor de um frango carijó. Segundo vários testemunhos, Mimiro liquidou à pedrada a triste ave, esquartejou-a com o canivete, dando depois os pedaços a cada um dos cachorros das redondezas.

O homem é grande, feio, malcriado. Mimiro entretanto zomba dele. Depois do caso do frango e de vários outros casos menores de hostilidade, estava Mimiro um dia na praia do Barão, de cócoras, absorto, capando as pinças de um siri enorme, quando veio por trás o seu inimigo e lhe cortou as costas com umas cinco cipoadas de goiabeira. O pequeno deu um berro curto, largou o siri e foi se esconder no mato, ali perto. O homem ainda blasonou:

— Não disse que um dia ainda te apanhava, malandro?

Mas Mimiro parece que jurou vingança. Sei que certa noite, vinha o homem descendo a rua que é mal iluminada e tem dos lados uma vala de mais de metro de fundo, pois o esgoto ainda não chegou até lá. Vinha descuidado, assobiando a cantiga que saía dum rádio, numa casa próxima. De repente soltou um grito, agarrou a coxa com as duas mãos e o sangue logo escorreu na perna da calça clara. Um casal que estava namorando junto do poste correu para acudir. Abri-

ram-se portas com o barulho, foi saindo gente das casas e em breve se formou ajuntamento. O homem não parava de gemer:
— Fui baleado, fui baleado! Até sinto a bala aqui dentro, ardendo como fogo!

Chamaram a assistência e a ambulância levou o ferido. Mas quando o doutor foi extrair a bala, só achou, bem enterrado na carne, um pedaço de vidro de ponta, um caco de garrafa afiado como um dardo.

Também ninguém tinha visto, na hora do "tiro", a carapuça vermelha de Mimiro emergindo da borda da vala, nem se ouviram os seus passos furtivos enquanto se esgueirava para longe, sem sair da sua trincheira, e com o bodoque na mão.

(Ilha, novembro de 1946)

Sessão espírita

O GUIA DESTE GRUPO deve ser importante na quarta dimensão, onde hoje vive, se é que lá os valores humanos ainda imperam. Segundo conta e se não é gabolice, já foi papa. Não lhe dou crédito sem reservas porque tenho verificado que os espíritos desencarnados, tais como os russos brancos fugidos dos bolchevistas, invariavelmente reclamam para si uma alta posição social na vida anterior. Foram sempre de duque para cima. Este, portanto, diz que foi papa. Que usou na cabeça a coroa tríplice, no corpo as vestes brancas do apóstolo, no dedo o anel do pescador. Só não diz qual papa foi — mas talvez por modéstia. Serve agora de guia a uma pequena comunidade de fiéis espíritas, a qual funciona num subúrbio distante da grande cidade; materializa-se num porão, o que lhe há de parecer cenário bem mesquinho depois dos salões e dos jardins do Vaticano. E, como convém à pessoa que subiu tão alto para descer tão baixo, apresenta-se incógnito e usa o singelo pseudônimo de Padre Ojeda. Não sei se a longa estada no frio éter lhe embotou o entendimento, como lhe estragou a voz de varão. Fala agora em tom de falsete, tal como uma prima-dona gripada, e diz banalidades moralizantes, em português de caipira.

Mas vamos primeiro descrever direito o cenário. Como já foi dito, é um porão. Paredes lisas, escuro, vazio, com uma única lâmpada no teto, e assim mesmo enrolada em papel vermelho. O arranjo das cadeiras é em forma de plateia; um corredor no meio, de um lado homens, do outro mulheres; quando começam os trabalhos, a luz se apaga e a negra escuridão desce sobre os crentes, acha o Padre Ojeda com todo fundamento que é melhor evitar confusões. Num canto remoto oposto à assistência, perto da mesinha com a vitrola portátil, fica a cadeira do médium, encoberta por uma cortina de pano preto. E o médium, moço magro de roupa de xadrez, deixa que o sentem e que o algemem de pés e mãos, à vista de alguns dos presentes especialmente convidados. À luz precária, mal entrevi as algemas que me lembraram pertences de mágico, largas, lustrosas e niqueladas. Talvez as façam assim bonitas para consolar o pobre do médium, coitado, que não tem culpa do seu dom e fica ali agrilhoado feito criminoso, gemendo e se acabando, pagando o mal que não fez, exposto a morrer de repente se acenderem a luz sem aviso.

Encadeado o médium e corrida a cortina, sentam-se todos; os treze da mesa fazem corrente, apaga-se a luz e o presidente começa a orar. Orar é mesmo a palavra, porque o homem tanto discursa como reza. Reza discursando, com autoridade, sentindo-se poderoso e indispensável não só para os viventes que o cercam como para os desencarnados que atendem pressurosos ao seu chamado. E como brilha o cavalheiro! Perora, declama, prega sermões. Ensina aos vivos como devem viver, aos mortos como devem continuar na morte, e até o papa, ou ex-papa, o escuta submisso. Sim, porque se o presidente fechar o tempo, isto é, fechar a sessão e soltar o médium, o guia fica sem boca para falar. Começa o presidente os trabalhos rezando o padre-nosso. Mas como é mesmo original e não quer imitar ninguém, em vez de padre-nosso diz *Pai-nosso*. Talvez seja também para o Padre Ojeda não pensar que é com ele. Segue-se um sermão filosófico, tão chato que os espíritos perdem a paciência e um deles dá partida à vitrola. Manifestação de espírito galhofeiro, fazendo a voz de Linda Batista desacatar num samba. E de repente brilhou no teto uma luz azul, o mulherio presente fez "Ah!" e várias vozes explicaram: "Aquela é a luz do Padre Ojeda, conheço muito bem o jeito da luz dele!"

Era a luz dele. Pois, logo em seguida, com a sua voz disfarçada, Padre Ojeda deu boa-noite. Todos gritaram boa-noite em resposta e iniciou-se a palestra com aquele habitante dos espaços, mas tão íntima e tão frívola como conversaríamos tu e eu, leitor. "Como vai o senhor, está bom?" E Padre Ojeda: "Meio rouco, meio rouco!" Perguntou em seguida por que aquela senhora gorda estava zangada com ele. A senhora disse que estava zangada porque Padre Ojeda não fazia mais conta dela. Se sentia desamparada, com vontade de gritar.

Sim, esqueci de dizer que o disco mudara à chegada do padre. Quem tomava conta dos discos era um espírito serviçal e mudo, por nome Joãozinho. Só se ocupava com a vitrola. Parece que era essa a sua missão no outro mundo: tocador de vitrola. E logo que o disco foi trocado, a moça que sentava junto a mim explicou num sussurro: "Quando o padre aparece, sai samba e entra clássico. Ele só gosta de clássico." Bem, não juro que fosse clássico: era aquele velho fox, *Flor do asfalto*. Parece que o padre o adora. Gosta também de *Amapola*.

Mas continuou a singular conversa: "Quando é que o senhor vai lá em casa, Padre Ojeda?" — "Só posso ir se o médium for." — "Hoje tem materializações, Padre Ojeda?" — "Não, não tem, meus irmãozinhos, porque o médium comeu carne e alguns dos presentes beberam vinho." — "Oh, oh, oh, que pena!" — "Pois é." — "Padre Ojeda, como é o negócio da coleta para fazer as obras do centro? O senhor quer que preste contas agora?" — "Não, irmão. Você sabe que a construção desse centro é a minha missão atual. Dou-lhe plenos poderes; considero bem feito tudo o que fizer." — "Obrigado pela confiança, Padre Ojeda." — "Não tem de que, irmão."

Um senhor fala do fundo: "Padre Ojeda, aqui o nosso irmão César veio de longe só para conhecer o senhor e pedir uns conselhos num negócio que vai empreender..." Padre Ojeda desconversa: "Siga sua consciência, irmão, pratique sempre a caridade!"

Outro homem diz: "Padre Ojeda, nós viemos de Campos para pedir ao senhor que apareça no nosso centro..." — "Não posso, irmão, é impossível. Vocês lá não têm o seu guia? Ele pode não gostar..."

Nesse momento ouviu-se um assobio fino. Padre Ojeda despediu-se às pressas. — "Boas noites, queridos irmãos, boas noites. Já cá está o nosso irmão Belisário. Boa noite!"

A turma insistiu. "Mais um pouquinho, Padre Ojeda! Escute aqui..." Mas Padre Ojeda foi inflexível. Havia de ter alguma obrigação urgente. Com tanta pressa ia que nem acendeu sua luz em sinal de despedida, nem carregou as flores que uma senhora lhe trouxera. Disse já de longe, com o falsete ainda mais fino: "Adeus, conversem com o Belisário!"

Conversar com Belisário é eufemismo. Porque Belisário, que em vida foi músico, apenas assobia, não fala de jeito nenhum. A sorte é que tem gente ali que o entende e vai traduzindo em voz alta. Belisário se anuncia de chegada: "Fi-fi-fiu!" E o pessoal solta uma gargalhada, porque o intérprete interpretou: "Que silêncio!" A vitrola toca coisa saltitante. Belisário, naturalmente, é doido por vitrola e gosta muito mais de tocar do que de ouvir as chateações do presidente. O seu divertimento predileto é adivinhar quais são os discos novos, tocá-los, depois distribuí-los segundo a predileção dos com-

panheiros invisíveis. "Fi-fi-fiu!" (Está dizendo que esse disco é dele!) "Fi-fi-fi-fiu!" (Esse é do Joãozinho!) Uma valsa bem triste: "É do vigário!"
Diz que Belisário só chama o Padre Ojeda de "vigário", ignorando-lhe a tiara. Não sei se o faz por liberdade inocente ou por irreverência. O fato é que, quando lhe perguntam qualquer coisa mais difícil, ele desguia logo: "Fi-fi-fi-fiu!" que quer dizer: "Perguntem ao vigário!"
Em companhia de Belisário a assistência se espalha. "Toque a minha cabeça, Belisário!" Depois a voz da moça, deliciada: "Com tanta força não, Belisário!" E uma cascata de assobios mostra que Belisário está se rindo. Um sabido interroga: "Você sente a presença divina, Belisário?" Mas o assobiador, que está às voltas com uma rancheira na vitrola, afasta o importuno: "Pergunte ao vigário."
"Belisário, você hoje trouxe flor?" Belisário retruca com uma saraivada de flores. Uma margarida me cai ao peito. Está com o caule partido, fanada, talvez devido ao frio dos espaços siderais. "Para mim, Belisário, para mim!", gritam todos. Mas Belisário assobia: "Acabou." Volta aos discos. Sai uma música de realejo, Belisário logo a retira: "Me enganei. Esta é da Teresinha." Teresinha é um espírito de criança que naquela noite não apareceu. "Por que, Belisário?" — "Fi-fi-fi." — "Como?" — "Fi-fi-fï." — "Conte, Belisário!" "Fi-fi-fi-fi..." Aí o intérprete atina: "Ele está dizendo que é só manha!" E o assobio satisfeito de Belisário, coroando a piada, se associa à gargalhada geral.
"Belisário, mostre a sua luz." Mas Belisário naquele dia não pode. Perguntam se é por causa da carne, do vinho. Ele diz que não sabe. Insistem: "Veja se mostra a sua luzinha, Belisário. Nós queremos ver!" Ele diz que vai fazer força. E faz mesmo, porque logo depois, à altura de uns dois metros, começa a tremular uma lágrima fosforescente, do tamanho da

minha mão. "Ah, que luz linda, Belisário. Que luz linda!" Belisário dá uma série de assobios e o intérprete traduz. "Está dizendo que é melhor que a do vigário..."
Aí uma moça se lembra: "Hoje não tem perfume, Belisário?" Belisário diz que não. Um dos homens oferece: "Lá em casa tenho um frasco de perfume *L'Origan* às suas ordens, Belisário." O músico assobia uma frase longa, e que o ofertante compreende logo, maravilhado: "Ele está dizendo que o perfume não é meu, é da minha senhora!" Mas as damas insistem: "Perfume, um pouquinho de perfume, Belisário!" Belisário se cala durante um momento; depois umas gotas frias nos são borrifadas no rosto, nos braços. As moças esfregam o dedo nelas, cheiram: "Mas isso é água, Belisário!" O espírito dá um assobio jovial e explica: "Perfume está difícil."

Nesse ponto a vitrola toca a toda velocidade. Belisário procura intervir mas não adianta. Muda o disco sem resultado, e só se ouve o bater das chapas uma contra as outras. Parece que os espíritos estão brigando, porque momentos depois Belisário assobia um suspiro e declara:

— Vou-me embora. O Joãozinho hoje está impossível.

O presidente toma então a palavra, mas à toa. Joãozinho não ouve doutrina, só quer música, no chão vê-se uma luzinha vermelha que parece uma brasa de acender cachimbo. Há de ser a impertinente, rasteira, escura luz do atrasado Joãozinho, tocador de vitrola.

O remédio é acender a lâmpada para afugentar o importuno. As mulheres suspiram com saudade. Uma, mais atuada, geme ainda: "Belisário, Belisário!" Mas Belisário já anda longe.

Acesa a luz, a vitrola cala a boca. O médium geme fundo e o irmão presidente corre a lhe soltar as algemas. O rapaz vai acordando, geme sempre, se espreguiça e pergunta o que foi que aconteceu. E o presidente ralha:

— Como é que podia acontecer nada, se você comeu carne?

O médium baixa a cabeça, e a reunião se dispersa, passando antes por junto do tesoureiro que reúne os óbolos, a fim de que se cumpra a missão do Padre Ojeda.

(São Paulo, dezembro de 1946)

O homem nasce nu

NASCE O HOMEM NU e só depois é que se veste. Perde a nudez com a inocência; junto com a inocência perde a beleza e, como se sente feio e impuro, começa então a cobrir-se e a envergonhar-se. Isto não são invenções minhas, está na Bíblia, que é o Livro por excelência.

Se nasce nu, nu deveria morrer. Perdendo com a morte a consciência de tudo, inclusive a consciência do bem e do mal, de nada mais se pode temer nem envergonhar, como aliás não se teme nem se envergonha, atirado que foi ao supremo abandono. Os outros homens é que por ele se envergonham e o cobrem, tentando manter no cadáver a identidade do vivo, como se adiantasse para alguma coisa aquele precário e postiço adiamento.

No fundo disso está o velho horror à morte que todos os homens sentem; e, tomados desse horror, tentam fantasiar a morte, encobri-la, procurando lhe dar cores que ela não tem, fazê-la uma espécie de prolongamento da vida, ou aparência de vida, recorrendo para isso a quaisquer artifícios. Enquanto não se desmancha, o defunto ainda é um homem, sujeito às ridículas etiquetas dos homens e, até que a terra o receba e possua, por essas etiquetas é ele governado.

Nessa luta para sustentar uma mentira, esquecem os homens que um corpo morto é coisa repugnante e terrível, que dedos humanos não devem tocar um cadáver — quanto mais para as frívolas, as inúteis atividades da *toilette* fúnebre. Já viste vestir um cadáver, amigo? Eu já vi aprontarem uma velha para o enterro. Tiraram-lhe a camisola, ainda molhada no suor da agonia, e lhe lavaram o corpo flácido que se dobrava grotescamente nas mãos das fúnebres camareiras. Sentaram-na despida na cama, enxugaram-na, pentearam-lhe o cabelo comprido, ralo e branco e lhe fizeram um coque e até lhe alisaram faceiramente os bandós, segundo ela os usava quando ainda era gente. Depois lhe passaram uma camisa limpa, aberta de rendas no peito — sim, rendas — e sobre a camisa enfiaram a mortalha, que era um hábito de freira, com um grosso cordão atado à cintura. Calçaram-lhe meias, esticaram-nas com cuidado nas pernas e até lhe puseram ligas — para que, não o sei. E lhe enfiaram uns sapatos de cetim preto, os sapatos de gala da velha, que fechavam com um pequeno botão de cristal, ao lado. Na sola ainda se viam restos de espermacete, da cera que havia sido espalhada no soalho da sala de danças, na festa de aniversário de um dos netos da morta, meses atrás. Depois lhe arranjaram os olhos, compuseram o melhor possível o mal fechado das pálpebras, cingiram o rosto com o véu de freira, substituindo o lenço que segurava a maxila relaxada. E já então rígida, com os pés amarrados por um laço de fita preta, foi ela mudada para o caixão; lá lhe reclinaram a cabeça num travesseirinho de seda, entre os dedos cruzados ao peito enfiaram o rosário, e assim a entregaram ao culto da família, à temerosa curiosidade dos estranhos — severa, hierática, com um vago sorriso postiço descobrindo de leve a dentadura postiça. E que mais não seria postiço? Tão grotesco e inútil quanto os dentes de porcelana era tudo mais que levava a morta. Para que precisava de roupas quentes de lã, de meias, o corpo que horas mais tarde já nem corpo mais seria, e que parara de sentir frio ou calor? Para que sapatos em pés que deixaram de andar? E travesseiro sob a cabeça que jamais teria cansaço e pois não pediria repouso? Para que fingir vida e necessidades de vida, naquilo que já deixou de ser gente para virar uma simples coisa inanimada? Claro que só se faz esse atentado contra os mortos como um desesperado e último recurso de combate à morte. Para disfarçar o nosso medo e manter as marcas e os sinais da vida naquele sinistro despojo. Nem é por outra razão que gritamos tão alto o nosso respeito aos que morreram: para estar em oposição à morte, teimando em venerar aquilo que ela não respeitou. Por isso ainda usamos de metáforas, dizemos que os defuntos dormem, chamamos à morte o último sono. No entanto nada há mais diferente: sono é vida, é presença, é recuperação, é movimento para diante; e a morte é justamente o contrário — decomposição, dissolução, ausência, movimento para trás.

Pela mesma causa se embalsamam os mortos; e ainda por isso se inventaram os sarcófagos herméticos que retardam a decomposição; e se guardam como joias, dentro de chumbo, de madeiras balsâmicas, de veludo, de prata, aqueles transitórios detritos da vida. E são postos depois em mausoléus de mármore, ou de concreto impermeável, para que o finado se decomponha em seco, tal qual um rato morto numa gaveta abandonada. E cobrem aquilo com flores: verdade que isso das flores ainda é o mais justo, porque flores também são despojos, também estão mortas e se vão destruir e virar pó, seguindo o caminho de tudo que viveu.

Quanto a mim, já roguei a quem me ama, e torno a pedir solenemente agora: não me manejem o mísero cadáver, nem lavem irrisoriamente aquilo que já é sujo e podridão, nem o enfeitem, nem o vistam. Por recato, apenas, por amor aos olhos dos outros, consinto que o enrolem num lençol da cama onde se finou, ou na rede — e assim enrolado e sórdido, fezes da vida que é, sem caixão, sem carro, sem acompanhamento, sem túmulo de cimento que o isole da terra, à terra o entreguem. E a terra depressa dará conta da sua tarefa, logo o reduzirá à lama a que se destina e, ou o fará virar-se no seu próprio húmus generoso dando seiva às plantas, ou com ele há de garantir o alimento dos bichos obscuros das profundas, que também são viventes e também têm o direito ao seu sustento natural.

(Ilha, fevereiro de 1947)

Uma carta

É UMA DESSAS CARTAS que exigem resposta — de uma moça de vinte e cinco anos chamada Aspásia e que, segundo diz, sabe que vai morrer. Na verdade são duas coisas díspares: vinte e cinco anos e a certeza da morte próxima. Mas afinal quem lhe deu essa certeza? A medida da vida e da morte nunca está na nossa mão. E às vezes o que a gente pensa que não dura um dia, acaba durando anos e anos.

Vamos crer entretanto que isso não represente apenas um pressentimento mórbido, que você esteja bem informada, que a sua doença seja sem cura, e que o repouso a que a obrigam, em vez de prenúncio de restabelecimento, seja a preparação para um repouso maior.

Ai, não se doa tanto assim de ir embora, Aspásia. Afinal, embora iremos todos, e mais gastos, mais velhos, mais corrompidos, mais cheios de feridas do que você. Parece que só nisso está a vantagem de viver mais. Refere-se tão amarga aos seus dias contados; e, entretanto, quem é que não tem os dias contados?

Depois você fala, com certo desprezo por si própria, na sua incapacidade de se matar. Mas não seria no seu caso matar-se uma criatura precisamente por medo de morrer? Matar-se só deve ser solução para aqueles que veem a morte muito longe e para ela apelam como um recurso supremo. Veem diante de si a obrigação de viver, a perspectiva de longos, longos anos de desespero, ou desgraça, ou vergonha, sei lá! E então fogem. Sim, fora de toda literatura e de toda intenção moralizante, matar-se é sempre um gesto de medo, de supremo medo; um gesto de recuo, de incapacidade. Falta de coragem para apreciar o espetáculo até o fim. Mas você, se, como diz, tem a morte às ordens, para que adiantá-la? E se todo o seu desgosto é partir do mundo quase sem o ter conhecido, por que ir mais depressa ainda?

Desculpe, Aspásia, estou tentando lhe falar com o coração nas mãos, mas a verdade é que não sei consolar nem dar conselhos. Sempre achei que a vida põe uma responsabilidade enorme nos nossos ombros, mormente nos ombros dos moços. Por que terá você a obrigação de saber morrer, aos vinte e cinco anos, quando saber morrer é tarefa de velhos? Por isso suas revoltas, seus desesperos. Pensar nas coisas que não conheceu, no amor que não provou. Decerto é essa a mágoa maior. E o que lhe digo, Aspásia, é que não o lamente tanto. Afinal o amor, tal como você o queria, não tem importância assim grande. Nada há de pior memória do que o corpo. A hora vivida é hora perdida, e aquilo que é sensação violenta hoje, no dia seguinte é sensação esquecida — bochecho de água que se engoliu, passou pelo corpo e se eliminou. Nada mais.

Se me atrevesse a lhe dar um conselho, dar-lhe-ia este: não se entregue de todo àquele sentimento destruidor e vazio que os ingleses chamam de *selfpity*. Ter dó de si próprio, mormente quando há um pretexto real para esse dó, é quase uma autofagia, limita o indivíduo em torno de si mesmo, tira-lhe toda generosidade, toda capacidade de se esquecer, priva-o até de morrer bem. Esqueça-se de si o mais que puder — sincera, humildemente. Olhe os outros com olhos desprevenidos, olhe o mundo, olhe as coisas. Transforme-se em espectadora e, enquanto seus olhos puderem enxergar, quantas coisas terá para ver! Quer um modelo, uma espécie de santa, de madrinha? Pense na minha amada Emily Brontë, que também morreu rapariga, inexperiente, pura, solitária, vivendo entre gente rústica, na charneca brava, num condado mal povoado do norte da Inglaterra. No entanto, a impressão que deixa a quem lhe acompanha a existência curta, não é de frustração, é de realização. E é principalmente de grandeza. Se lhe resta pouco tempo, viva esse resto com naturalidade. Lembre-se dos milhares que irão embora ao mesmo tempo que você, e lembre-se também com um pouco de piedade dos outros — os que ficam. Tenha a certeza de uma coisa: viver não é experiência exterior, é principalmente uma experiência interior. Deitada na sua cadeira de repouso, um pedaço de céu à sua frente já pode representar uma extraordinária aventura. Não se suponha uma exceção injusta e dramática. Pense apenas que todos também vão, uns mais cedo, outros mais tarde, e quem sabe com quantas dores. Se não partirmos agora, ao seu lado, iremos todos dentro de alguns anos e logo não se falará mais de nós e sim dos que vierem depois de nós.

Diz você: "Qual a compensação que tenho em viver mais um ou dois anos, repudiada, se não espero eliminar pecados e alcançar o céu?"

E eu, por minha vez, lhe pergunto: que compensação terão todos os outros em viverem por mais três, cinco ou vinte anos? Ninguém tem compensações, nem ninguém vive por compensações. Vive-se porque se nasce, vive-se para morrer. Não reclame nada da vida, porque a vida não é uma promessa. Nós é que lhe atribuímos como compromissos todos os nossos desejos. E quando eles não são cumpridos, culpamos a vida, que afinal de contas não abrira a boca para prometer nada, e apenas nos mostrara a dura obrigação de tocar para diante. E se a obrigação se interrompe mais cedo, não será antes uma vantagem do que uma desvantagem?

(Ilha, fevereiro de 1947)

Quem pecou não peque mais

"QUEM PECOU NÃO peque mais" — era isso que recomendava o Padre Cícero na sua bênção vespertina. "Reze o *Eu Pecador*, faça penitência e peça misericórdia." O mais difícil há de ser a escolha do que é bem e do que é mal; cada um tem que consultar a própria consciência e ver a qualidade do seu erro, onde foi que traiu o espírito ou traiu a carne, pois a carne também tem as suas leis e a sua ética. Aquele que peca de gula, por exemplo, peca contra a carne. E aquele que mente, é claro que peca contra o espírito. E quem diz que ama sem amar, simulando os gestos do amor sem amor sentir, peca ao mesmo tempo contra a carne e contra o espírito, porque aí são o corpo e a alma os ofensores — ou os ofendidos.

Disse acima que pecam os que mentem, mas há os que mentem e não pecam. Sua mentira não é nem jocosa, nem oficiosa, nem perniciosa — e são só essas três as qualidade de mentiras padronizadas pelo catecismo. Digamos que é mentira poética ou mentira artística, embora os mentirosos dessas mentiras não as ponham no papel impresso, nem na tela, nem no mármore. Dispersam as invenções pelas conversas de café, de salão e de esquina. São homens de coração piedoso e imaginação ardente, e se compadecem e buscam evasão desta feiura de mundo em que vivemos; criam por isso um jardim de mentiras e convidam os seus amigos a colher flores naquele jardim. Falam de riquezas que nunca tiveram, de amores que nunca sentiram, viagens que nunca viajaram. Inventam terras que não existem, façanhas jamais executadas por heróis que ainda não nasceram; ou se encarnam eles próprios nesse herói nonato, fardam-se de pirata ou de cavaleiro, embarcam na galera aventurosa ou cavalgam o negro corcel. Para esses mentirosos não há pecado, naturalmente. E talvez no seu céu encontrem realizadas todas as esplêndidas mentiras com que sonharam e fizeram os outros sonhar.

Pecam, sim, os que mentem para colher proveito, os que levantam falso testemunho, os que se gabam por vaidade ou por impostoria.

Quanto aos que bebem, pecam os que bebem para encher o estômago ou encher a tripa. Mas não pecam os que bebem na ânsia de encher um coração vazio ou para saciar a alma ressequida. Desses sei de certeza que têm igualmente no céu o seu lugar reservado — um recanto plantado de girassóis e lírios que cheiram a lança-perfume. E lá os bêbedos gozam da bem-aventurança, sem ressaca nem aspirina, declamando poemas, fazendo confidências, planejando suicídios, chorando mágoas alcoólicas, debruçados sobre o alvo ombro do seu anjo da guarda.

Pecam os cobiçosos, os que se afadigam atrás de dinheiro e poder. Mas não sei se fará parte dessa mesma feia ambição o desejo de possuir a terra, de agarrar-se à terra. Porque a terra é o nosso princípio e o nosso fim, e possuí-la, ser dono dela, ter de seu um pedaço de chão, é um pouco como voltar ao ventre de nossa mãe, ou aumentar aquele chão à nossa carne e ao nosso sangue. Direi que é quase como o mistério do amor, esse aumento de uma outra coisa viva ao nosso ser vivo, é uma outra maneira de nos prolongarmos, de continuarmos, nos reproduzindo em plantas e em bichos, como nos reproduzimos em filhos. Não, nada com a terra pode ser pecado.

Enfim, pecam sem remissão os mesquinhos, os covardes — quero dizer, os covardes que usam a fraqueza dos outros para exercício da sua crueldade. Pois aqui também cabe uma ressalva: os medrosos não pecam, antes pecam os bravos porque são arrogantes. O medo é o mais antigo e fiel companheiro do homem e é o medo que nos faz conhecer nossas limitações e nos torna humildes. E não há outra virtude que mais agrade ao céu do que a humildade, nem outro pecado mais desagradável do que a soberba. Soberbo foi Lúcifer, espírito de orgulho, que rolou nas profundas perseguido pela espada de fogo de São Miguel Arcanjo.

No fim de tudo, a verdade positiva é que só o homem, lá dentro do seu coração, sabe quando pecou. Ele é que cria o seu bem e o seu mal; e muitas vezes peca fazendo bem, porque o tem como mal e, sendo a sua intenção de malícia, pode ter toda aparência de bem, que bem não será.

(Ilha, fevereiro de 1947)

O caso da menina da estrada do Canindé

ORA, ESTE CASO de hoje se deu no ano da seca de 1915. Em tempo de seca sempre acontecem coisas; com o flagelo, parece que os homens perdem o temor de tudo: quem nunca tinha feito mal a nada, vira besta-fera, porque a fome é má conselheira e miséria não tem pena de ninguém.

Na estrada que vai para o Canindé, a oito léguas do lugar outrora chamado Castro, mas que hoje se chama Itaúna, morava um homem viúvo com a sua filha de doze anos. Não era propriamente um fazendeiro; mas tinha de seu a garra de terra onde morava, o roçado de algodão, uns quatro pés de feijão e milho para o legume do gasto, umas poucas cabeças de gado, um cavalo e um chiqueiro de criação à direita da casa de taipa.

Era portanto arranjado; mas veio a seca do 15, matou-lhe logo duas vacas, transformou o roçado num pedaço de terra liso como a palma da mão; e uma criatura que vivia da terra, se a terra lhe negava tudo, que haveria de fazer? Decidiu-se a vender o que achasse comprador — menos a terra, que não tinha pé para fugir nem vida para morrer, e todo o tempo em que o dono voltasse estaria ali esperando por ele.

Era bom oficial de uma arte, já não sei se carapina ou pedreiro, e resolveu sair em procura de uma cidade; não aguentava mais ver a filha, que já se punha mocinha, sem um trapo com que cobrir o corpo nem um punhado de farinha para atirar na boca.

Vendido tudo, apurou exatamente seiscentos e quarenta mil-réis. Hoje em dia isso não parece nada, mas há trinta e dois anos atrás era um começo de vida. Combinou ele então que iria a Castro a fim de ultimar uns negócios derradeiros. Como eram dezesseis léguas ida e volta, só podia regressar no dia seguinte; mas estaria em casa cedo, que devia entregar o gado e a criação ao novo dono. E a menina, para não passar a noite só, era melhor que fosse dormir na casa de uns vizinhos, a menos de quilômetro de distância.

A mocinha, entretanto, por falta da mãe se acostumara a ser dona da sua casa e era rapariga caprichosa que não gostava de deixar nada ao deus-dará. Até à hora de entregar os bichos e sair para tomar o trem, iria lidando, ajeitando as coisas — talvez fosse essa a sua maneira de se despedir do que era seu. Deu ao gado a rama que o pai deixara cortada, recolheu as cabras ao chiqueiro, fez isto e fez aquilo, esqueceu-se de si, e quando deu fé já era noite cerrada. Aí pensou que teria muito mais medo de sair por aquele caminho escuro em procura da casa do vizinho, do que ficar na casa sua, com a lamparina acesa e as trancas passadas nas portas e janelas.

E como o pensou o fez. Fechou-se toda, deu duas voltas na chave do baú que guardava o dinheiro do pai, armou a rede no quarto, deixando a lamparina acesa no caritó. Mas, altas horas, acordou com o barulho de uma das trancas rolando no chão. Levantou-se com muito medo, pegou a luz e foi ver o que era. Um homem forçara a janela e estava de pé no meio da sala, olhando em redor, como se procurasse alguma coisa. Logo o reconheceu a rapariga — era o vizinho de perto, o mesmo em cuja casa o pai lhe recomendara que dormisse. Sentindo a luz, o homem virou-se rápido e ainda gritou: "Apaga esse gás, diabo!", mas viu bem que falara tarde, porque já fora identificado. Tomou então a lamparina, chegou-a à cara da pequena, puxou com a mão esquerda a faca que trazia no quarto, e, sob a ameaça do ferro, mandou-a dizer onde estava o dinheiro do pai, os seiscentos e quarenta mil-réis. Ela imediatamente ensinou que o dinheiro estava no baú de cedro, perto da porta do corredor; e por si mesma foi buscar a chave que amarrara com um cordão no punho da rede.

O ladrão pegou a chave, abriu o baú, revirou a roupa, achou o dinheiro. Contou devagar as cédulas, meteu-as no bolso e, sem sair da sua calma, explicou:

— Não vim aqui com 'tenção de lhe matar. Se você tivesse ido dormir lá em casa, conforme seu pai mandou, ou se ao menos ficasse sossegada na rede e não pusesse a lamparina na minha cara, mal nenhum lhe sucedia. Uma vez porém que me viu, tenho que dar cabo de si, para amanhã não ser descoberto.

A pobrezinha sentiu um medo tão grande que nem pôde rogar piedade. Só tentou correr, mas o homem a agarrou com o estirar do braço, entrou com ela no quarto, desfez o lençol em tiras, atou-a de pés e mãos e assim amarrada a deitou na rede. Aí declarou que sendo vizinho e amigo, deixava-a escolher a qualidade de morte que preferisse: ou com um golpe de faca, ou enforcada num caibro do telhado.

A princípio a garota não respondeu; no fundo da rede, com os olhos pretos arregalados, parecia um bichinho preso na armadilha. Mas vendo o homem tirar de novo a faca da bainha, murmurou:

— Prefiro morrer enforcada, para não ver o meu sangue.

O homem foi lá fora, apanhou um cabresto de corda grossa que estava pendendo dum armador. Junto à parede da salinha tinha um desses bancos compridos que se usam no sertão, chamado banco de encostar: tem quatro pés, dois dos quais abrem para fora, como pé de todo banco, mas os outros dois, que ficam do lado da parede, são perpendiculares ao chão e não oblíquos; é pois muito relativo o equilíbrio do banco quando desencostado. Pois foi um banco desses que o homem puxou para o meio da sala a fim de preparar o laço. Trabalhava devagar, com capricho, sabendo bem que o pai não voltava senão de manhã. Feito o laço, achou-o pequeno e pensou que não abarcaria a cabeça da menina; tratou de o experimentar na própria cabeça, mas ao fazê-lo não sei que jeito deu no corpo, o banco perdeu o precário equilíbrio, fugiu-lhe debaixo dos pés, o laço correu, apertou-lhe o pescoço, e o desgraçado ficou balançando no ar, enforcado na forca que preparara para a inocente.

Da sua rede, através da porta do quarto, a menina via tudo. Tivera medo da faca, medo da corda, porém de tudo o que lhe fez mais pavor foi aquele corpo solto balançando na ponta do laço, com a língua de fora, que logo ficou preta como carvão. Gritou, coitadinha, gritou até ficar sem fala. Pela madrugada, por fim, exausta de chorar e do pavor, acabou adormecendo.

Quando o dono da casa chegou de manhã, achou a porta aberta, o enforcado já duro pendurado da corda e, na rede, toda amarrada, a menina dormindo, com o rosto inchado de pranto; respirava entretanto tão serena que o pai logo conheceu que nada lhe acontecera. Era como se a pobrezinha não houvesse saído nem um instante debaixo das asas do seu anjo da guarda.

(Ilha, março de 1947)

Meditações sobre o amor

> "...*e quero que a senhora, pelo amor de Deus, me responda se isto é amor ou não é. Gosto dele, mas me revolto com certas exigências, me irrito com certos defeitos, desejava que fosse diferente. E no final de contas, não posso dizer se amo, ou se apenas quero bem.*"
>
> (Trecho de carta de "uma fã")

EM PRIMEIRO LUGAR, moça, deveria dirigir-se à minha ilustre colega do consultório sentimental, não só em consideração à boa ordem da revista, mas porque ficaria muito melhor aconselhada. Como entretanto pede pelo amor de Deus, vá lá a resposta pelo amor de Deus...

Aliás, para que me pergunta se ama? Claro que não ama. Amor é jogo forte, só vale no tudo ou nada: amar é uma aventura heroica e insuperável. "*Give the world for love and consider it well lost.*" Fora disso, tudo é perfumaria, amor suposto, talvez querer bem ou gostar — amar, nunca. Saiba ainda que, ao contrário do que se pensa, amor é coisa rara. Não é a todos que se apresenta oportunidade de amar, nem se encontra capacidade de amar em todos a quem a oportunidade se apresenta. É mister que se reúnam capacidade e oportunidade, ocasião e pessoa. Quanto ao objeto do amor — isso é somenos. Todos sabem que é melhor amado aquele que menos o merece, ou aquele que nem sequer tem consciência do amor alheio por si. Porque jamais os olhos ou a inteligência ajudam o coração amante, ou, se o ajudam, fazem-no de um modo passivo: apagando-se, deixando de enxergar e de discernir, fugindo ao exercício do seu ofício natural que é prevenir o dono contra surpresas e maus passos.

E pois, se você ainda tem olhos para enxergar feiuras no seu suposto amado, se tem cabeça para lhe descobrir defeitos, é porque não ama. Se ele não lhe parece belo, irresistível, único — é porque não ama. Se por amor dele não está disposta a perder tudo, nome, fama, amor-próprio, corpo, sangue, alma e divindade — então não ama. Se não se sentir capaz de repetir a frase daquela mulher que rezava assim: "Minha Nossa Senhora, fazei com que ele não me bata, porque se ele bater eu sei que aguento!" — se não é capaz de rezar essa reza, para que ilude a si e aos outros falando que ama?

Se qualquer outro homem do mundo, seja embora um artista de cinema (seja embora Gregory Peck ou até Antônio Vilar), se qualquer homem lhe parecer mais bonito e mais interessante do que ele — então não o ama.

Jamais se cansar da presença dele — mesmo quando ele é chato; jamais lhe enjoar a voz, as anedotas repetidas, os gestos, os cacoetes; jamais ficar farta dos seus carinhos; jamais, oh, jamais, recordar nada nem ninguém, nem rememorar o passado ou evocar o futuro, se acaso ele não for personagem desse passado ou candidato a esse futuro — isso é que é amor. Achar explicações e desculpas para todas as suas debilidades e fraquezas: se bebe é porque considera este mundo mesquinho demais e na bebida se evade da prisão terrena; se é pequeno —

não são os pequenos frascos que encerram as grandes essências? se é enfermo, ou fraco, ou débil — é que a grandeza da alma foi excessiva para o carnal invólucro; se é magro, é porque a chama do espírito consome nele a vil matéria; se é gordo, será porque não sofre inquietações nem remorsos, e é natural que se desdobre em repouso a carne sem pecado. Se é inteligente, perdoem-se-lhe as maldades por amor do talento; se é burro, leve-se em conta a bondade, que um grande coração supre todas as falhas da inteligência. E se, em último caso, é burro e mau — ai, decerto o pobrezinho ficou assim porque muito penou neste mundo, aprendeu a defender-se, a ficar amargo e a inteligência se lhe embotou nessa luta. E mais carecido deve estar de quem, à força de carinho, faça renascer uma centelha de luz mental e um calor de bondade naquela alma em trevas.

E há ainda o recurso inesgotável dos complexos de infância, há toda a vasta desculpa proporcionada pela psicanálise. Antigamente, diante de um impossível psicológico ou sentimental, a gente "botava para Deus" e continuava amando. Hoje ainda é mais fácil — bota-se para Freud.

As malvadezas, as crueldades, as mesquinharias, as infidelidades, tudo se explica por complexos apanhados na infância. Foi a mãe que o não tratou bem, ou o tratou bem demais; foi o pai que se fez rival do filho e o oprimiu ou ignorou.

Enfim, moça, se não quer passar fome ao seu lado, se não achar bonito não ter o que comer, então não ama, e pronto.

Em matéria de amor, senhorita, de amor de verdade — só existe Amélia e nada mais.

(Ilha, junho de 1947)

Enterro de anjo

ORA AFINAL, o coitadinho teve a sua festa. Já nasceu doente e o pouco que conseguiu viver foi sempre triste, amarelo, com dor de barriga. A face chupada, o olhinho fundo, a perninha magra, seca e torta. Nem o batizado aproveitou; porque sendo de nascença tão movidinho, a mãe teve medo de que o filho morresse pagão e pediu que o batizassem logo no primeiro dia. Não vestiu camisa bordada e comprida, não teve mesa de doce, não ganhou presente, nem sequer teve a presença do padrinho que não recebeu aviso a tempo. Foi tudo improvisado, sem graça nem alegria, o padre com pressa, a velha bacia de louça da vizinha servindo de pia batismal, posta em cima da mesa na sala de jantar.

Tirando tudo o que podia das suas forças de pinto, foi o garoto atravessando o pouco tempo de vida que lhe estava destinado. Enquanto os outros da sua idade já procuravam engatinhar e brincavam de bilu-bilu, ele continuava a rolar tristemente no colchão, gemendo baixo, com cólica. Não gostava de mamar, não gostava de dançar nos braços do pai; talvez o seu único prazer fosse ficar ao sol, deitado no matinho ralo do quintal, enquanto a mãe ensaboava roupa e ele punha os olhos melancólicos na ninhada de cachorros novos que davam cambalhotas à sua frente, como se fossem um pequeno circo, a trabalhar para o divertir.

Nas horas de melhor humor, quando não chorava ou não dormia o seu sono de respiração curta e ansiada, fazia uma graça: contava os dedinhos.
Cada dia que se passava, comia menos. E parece que também em cada dia ia respirando menos ar, e com dificuldade maior. Até que afinal numa madrugada resolveu abandonar a luta, cansado do esforço de encher e esvaziar as costelinhas magras. Fechou os punhos, fechou a boca, morreu.
Parece que ia então começar o pedaço mais triste da sua curta passagem por este mundo; mas, ao contrário, foi esse o pedaço mais alegre.
Logo chamaram a moça que sabe preparar os anjos; ela veio, lavou-o com sabonete especial, perfumou-lhe todo o corpinho rijo com água-de-cheiro. Calçou-lhe os pés com sapatinhos de lã cor-de-rosa, atados com laços de cetim. Vestiu-lhe uma camisa de seda, comprida que ia até os pés. Penteou-lhe o cabelinho em pequenos cachos, saindo em auréola da touca de renda e fita que ele nunca chegara a usar. Deu-lhe um ar de *rouge* nas faces, avivou os lábios com batom. E assim o puseram no caixãozinho branco, todo rodeado de flores, com uma rosa branca entre os dedos cruzados. Ficou feito um cromo, de tão lindo ele, coitadinho, que sempre fora tão feio. Isso mesmo diziam as mulheres comovidas, de mãos postas a admirá-lo, como se fosse uma boneca de louça na caixa, ou um Menino Deus no presépio.
De vez em quando entrava uma menina com um buquê. Tanta flor depois de morto e talvez, em vida sua, jamais houvesse ele brincado com uma flor.
O enterro saiu a pé, debaixo do sol alegre, o caixãozinho branco e dourado parecia um embrulho grande, um presente de Natal. Os acompanhantes andavam ligeiros, como ligeiras andavam as carregadoras, mal sentindo o peso do fardo leve. Ninguém pensara em preto, ninguém pensara em luto. Não

havia velas, nem outra coisa que recordasse defunto. As próprias meninas que seguravam as alças do caixão vinham de branco, mas traziam no cabelo laços de cor, verdes e encarnados. Era festa de mulheres, evidentemente: quase não se avistavam homens, só o pai e uns dois companheiros. E até mesmo os homens deixaram de vestir roupa escura de enterro, traziam o brim claro, sem gravata, de todo o dia.

Só a mãe chorava um pouco. O pai talvez chorasse também, porque tinha os olhos vermelhos; isso mesmo era feito discretamente, porque é pecado chorar por anjos. Feliz do pai que tem um anjo no céu, rezando por ele. "Mais deles os tivesse eu a esperar por mim", explicava uma portuguesa velha, magrinha e trigueira, de fichu à cabeça; "...mais os tivesse. E para lá mandei oito, dos onze que dei à luz. Que os da terra ficaram-me a pecar e a dar cuidados, enquanto os do céu lá estão a folgar na sua glória."

As meninas carregadoras se revezaram, ao alcançarem o portão do cemitério. Lá dentro o sol batia nos poucos mármores e na grama feia, enxertada de carrapichos. Mas os passeios estavam varridos num asseio de terreiro pobre. A pequena cova já fora aberta, bem para os fundos, no meio do mato.

A mãe abraçou-se com o marido quando o caixãozinho desceu e a terra foi batendo em cima. Mas nem então teve coragem de chorar alto. Soluçava baixinho, humildemente. Não queria zangar os poderes lá de cima, e muito menos afligir com pranto o anjinho sofredor que afinal se libertara e fora folgar na sua glória.

(Ilha, junho de 1947)

O frio conforme a roupa, a roupa conforme o frio

UM DESGOSTO de que nunca me consolarei será ir para a cova sem jamais haver conhecido frio de verdade, frio com neve, fogo aceso, agasalho até ao nariz, luvas de lã. O pouco que o inverno carioca me dá a conhecer a respeito de frio, faz-me ter o pressentimento de que hei de adorar um rude inverno europeu ou norte-americano. Algum cearense que me leia talvez encolha os ombros com desdém e me chame de esnobe. Pois que o frio, na nossa terra — não sei por quê — é considerado um requinte, quase um prazer de grã-finos. Decerto é porque só viajando, gastando dinheiro, podemos nós sentir frio; e também pela ideia de terra civilizada que o frio nos sugere: lareira, capa de peles, gravura de Natal com neve cobrindo castelos e igrejas. Quando alguém embarca para o Rio, é comum ouvir dos conhecidos: "Vai gozar o frio, hem?" E é comovente a obstinação com que certas elegantes, depois de uma estada de alguns meses na capital, insistem em sair de bailes, em plena Fortaleza, com a sua raposa prateada — ou fazem compras metidas no costume de casimira, ou pelo menos teimam nas luvas de pelica, de cano comprido, com que brilharam em Copacabana, no saudoso esplendor carioca. Porém até as mais heroicas acabam desistindo — e a indumentária hibernal vai para os gavetões e a naftalina. Não é fácil conservar calçada uma luva de *suède*, sentindo o suor escorrer pelo pulso.

Poucos lugares do mundo possuem uma estabilidade de clima igual à do Ceará. Se não fora o problema do recato cristão, ou o desejo de ornato, poderia um homem na minha terra nascer, viver oitenta anos, sem jamais sentir a necessidade de um trapo em cima do corpo. E não é que o calor seja tremendo; o sol é quente, mas a ventilação é ininterrupta — todo o Ceará é como uma grande praia varrida incessantemente pelo vento do mar. E, salvo a região das serras (onde o clima é realmente molhado e frio), a temperatura mantém-se a mesma, o ano todo, suave, seca, com uma aragem agradável soprando constantemente — o doce aracati da hora do crepúsculo, por exemplo.

No sertão, criança de gente pobre só vai conhecer roupa quando a decência reclama, pedindo que se lhe tape a nudez. Faz-se uma exceção para a camisa de batizado, presente da madrinha. Ao nascer, herda o inocente algum barrete de meia ou duas camisas de pagão que já foram do irmão mais velho (o pouco uso da roupa de recém-nascido fá-la passar quase de geração a geração); um cueiro bordado ou aberto de renda — se a mãe não é muito pobre ou muito relaxada. Mal o pequeno se senta — é costume sentá-lo numa espécie de cova, de meio palmo de fundo por palmo e meio de comprimento, aberta no chão de terra batida — já vive nu. Nu aprende a andar, nu como um índio vai riscando o corpo de arranhões no marmeleiral próximo à casa; nu ainda, já toma conta da criação, já dá de comer ao porco, já pastoreia os bezerros se o pai labuta com o gado, dá adjutório na roça. Nu, de dedo na boca, vai ver o trem passar, na beira da linha. Nu, sem colcha nem lençol, dorme na sua tipoia de pano ralo, armada precariamente em dois enxaiméis, na parede de taipa.

Quando a grita das comadres começa a alertar a mãe — "um menino tão grande, bom de usar roupa" — é o nosso herói munido de uma camisola; aliás, o uso da camisola vai caindo e hoje é mais comum começar a vestir os meninos com uma calcinha de suspensórios de pano, sem blusa nem camisa, é claro — que isso já são luxos de homem feito. Porém, mesmo entre os homens, adultos, o costume de usar roupa ainda representa, na sua essência, mais do que um imperativo do corpo, um preceito de moral e um refinamento de elegância.

É muito comum mandar o fazendeiro chamar um dos seus cabras, em dia de domingo, e aparecer um dos filhos do convocado, dando esta explicação que ninguém estranha:

— Papai manda dizer ao senhor que não pode vim não, porque tá nu dentro de casa; a mãe foi pro açude bater a roupa dele...

Aquele homem tem cinco, seis, dez filhos, tem galinha no terreiro, tem o seu pedaço de roçado, tem a sua espingarda para caçar, tem às vezes o seu porco, o seu bode — e só possui uma roupa!

(Junco, julho de 1947)

Um alpendre, uma rede, um açude

CLARO QUE ESSES três são apenas os termos essenciais: o alpendre é o abrigo, a rede o repouso, o açude a garantia de água e vida. Mas fora isso há os complementos — a casa, por exemplo. Fica a cavaleiro do alto e, além do alpendre largo de três metros que dê uma boa rede atravessada, tem a sala ladrilhada de tijolos de barro vermelho, com a mesa e os tamboretes; a camarinha com o baú e a outra rede que a gente procura nas horas frias da madrugada; o corredor e a cozinha, com o fogão de barro ao canto, o pilão deitado e a cantareira dos potes bem fresca, posta na correnteza do ar.

À mão direita da casa o roçado — só uma garra de terra com quatro pés de milho e feijão para se ter o que comer verde. O chiqueiro da criação, com a sua dúzia de cabeças, entre cabras e ovelhas. Talvez uma vaca, dando leite.

E o açude pequeno e fundo, ali ao pé, tão perto que não seja um esforço apanhar uma cabaça de água, ou descer de casa para mergulhar e refrescar o corpo, nas horas de sol mais forte.

Um anzol pequeno de cará, um anzol maior de traíra, talvez uma espingardinha de chumbo para atirar num mergulhão ou numa marreca. O pau de matar cobra, o caco de enxada, o facão, a cuia de tirar leite.

Nada mais. Nem trabalho nem ambição. Nem algodoal de colheita rica, nem pomar, nem curral cheio de gado fino.

Nem baixio plantado de cana, nem engenho, nem alambique. Logo adiante do terreiro batido o mato cresce por si, sem carecer de plantio nem limpa — Deus o faz nascer em janeiro e o próprio Deus o seca em julho. Só a paz, o silêncio, a preguiça. O ar fino da manhã, o café ralo, a perspectiva do dia inteiro sem compromisso nem pressa. Vez por outra um conhecido que chega, conta as novidades, bebe um caneco de água, ganha de novo a estrada. Qualquer coisa enche a panela e o estômago; o corpo quando dá pouco, pede pouco.

O esforço maior será mesmo o roçado, que é mister cercar ao menos com uma ramada de garrancho espinhento, abrir as covas, plantar ao romper das primeiras chuvas, dar uma ou duas limpas de enxada antes de apanhar o feijão e quebrar o milho. Assim mesmo, se se atirar aqui e além umas sementes de melão, jerimum ou cabaça, a rama alastra entre as covas do legume e não deixa o mato crescer.

No mês de janeiro rebenta verdinha a babugem do chão e as galinhas-d'angola semisselvagens que moram no juazeiro do quintal começam a tirar suas ninhadas. Com o correr das águas cresce o pasto, as cabras e a vaca dão cria. Se o ano for de bom inverno, talvez então o açude sangre, e o peixe sobe em cardume pela cachoeirinha do sangradouro, tanto e tão desnorteado que até se pega com a mão. No mês de maio as moitas de mofumbo se abrem todas em flores amarelas e enchem o ar com o seu cheiro doce de mimosa; em maio também devem estar em flor os aguapés na tona do açude.

Em junho se quebra o milho e em julho é a floração dos paus-d'arco; quase ao mesmo tempo começa a murchar a rama. Em agosto o mato perde a folha que em setembro já forma um tapete quebradiço e ininterrupto no chão.

Daí por diante, com a caatinga seca, o mato cor de cinza na terra cor de cinza por baixo do céu limpo e azul, começa a grande paz do verão. Os bichos pastam o capim seco e vêm beber pacificamente, sempre no mesmo lugar e a horas certas. A rede no alpendre balança e refresca a quentura do mormaço e recebe a gente no colo, maternalmente.

E embora aconteça que o verão se prolongue janeiro afora, e não venha chuva, e o ano seja péssimo, para isso mesmo ali está o açude com água para três anos — e nunca houve seca mais longa do que três anos. Ali estão os juazeiros, o pé de mandacaru para de tarde se dar rama à vaquinha e ao garrote. As cabras deixe estar que elas cuidam de si; as ovelhas é que talvez morram — mas que falta faz uma ovelha?

O chão não se acaba — e afinal de contas só do chão precisa o homem, para sobre ele andar enquanto vivo e no seu seio repousar depois de morto.

(Junco, agosto de 1947)

A princesa e o pirata

Foi só ALGUNS DIAS depois do fatal piquenique em Paquetá que eles dois apareceram. A maré trouxe primeiro o corpo da moça, logo identificado por causa do maiô de sarongue, todo de flores amarelas. O dele apareceu mais tarde, a uns cem metros de distância. Coitado, nem então ficaram juntos. Identificar não o identificaram propriamente, que não dava para isso, tal o estrago feito pelos peixes. Mas se quase de par com o corpo dela outro corpo aparecia, tinha que ser o dele, pois não? No fim de contas, não se dera pela falta de mais ninguém, só daquele casal.

*

A primeira vez em que a viu foi no baile da primavera, no seu clube de subúrbio. Estavam elegendo a rainha do mês de maio, e ela corria na frente do páreo. Afinal, se rainha não saiu, por causa de uma dúzia de votos, saiu contudo princesa, teve o seu trono de veludo ao lado do trono maior, também ganhou brinde e também foi coroada. Ele teve a honra de ser o seu par na hora da valsa real, que foi, como é sempre, o *Danúbio Azul*. E quando a sentiu nos braços, apertou-a como coisa sua e lhe disse ao ouvido:

— Seus votos só chegaram para princesa, e nem isso você carecia ser: para mim há de ser sempre uma rainha...

Ela porém o afastou de si, não zangada, mas dengosa, se defendendo:

— Não atraca, seu pirata, que isto aqui não é cais do porto.

Talvez falasse assim linguagem marítima, em homenagem à farda que ele vestia: a túnica cor de sangue, a calça branca engomada e o casquete matador, posto de lado no cabelo repartido, com as fitinhas pretas tremulando no ar, aos rodopios da valsa. E nem o par da rainha, o presidente do clube, tinha um décimo sequer do airoso aprumo do par da princesa — tudo de acordo com a ordenança militar: barriga pra dentro, peito saliente e olhar terrível.

*

Com tudo isso, não foi dessa vez que começou a amar a morena e seu cativo se tornou, como se a ela pertencesse de tinta e papel.

Foi no outro dia em que estava sentado à toa no banco da praça e viu descendo do bonde um par de sapatos desses que chamam de *ballet*, e umas pernas de garrafa, e o joelho redondo, e a barra da saia estampada. Só então levantou os olhos, viu-lhe a face e o lenço do cabelo, viu os olhos e viu-lhe os brincos de arrecadas à portuguesa. E a boca tão pintada que parecia uma flor de papel pregada no meio do rosto, e o pescoço delgado saindo do laço da gola, e a cinturinha fina apertada no cinto de oleado. Por fim, deixou de a olhar assim, pedaço por pedaço, reconhecendo aquela cintura onde pusera a mão, os olhos e o cabelo: fitou-a em conjunto e logo recordou quem era. Quem seria, senão a princesa do mês de maio?

E ao reconhecê-la, então, foi como um cachorro de rua que encontrasse a dona e não quisesse mais se apartar dela.

Chegou para perto e se entregou. Disse tudo, ofereceu tudo. Princesa tão perigosa há muitos anos não reinava. Constava que, por ela, dois malandros já se pegaram a navalha, um chofer se suicidou com formicida, um pai de família largou a família, três noivos deixaram as noivas, cinco estudantes sentaram praça e sete funcionários públicos deram desfalque.

— E eu, que poderá fazer o triste de mim, princesa, que sou apenas um pobre naval apaixonado? Me matar não posso, porque do vosso amor já morri. Matar outros, mas antes que eu deles chegue perto, sei que o vosso olhar os liquidou. Sentar praça já sentei; dar desfalque, como seria, se a mim não confiam nada? Largar família, ai de mim, princesa, que me criei enjeitado, nunca tive esposa ou noiva; vós é que sereis minha gente e meus amores, pai e mãe que nunca tive, filhos, sobrinhos e netos! Princesa, deixe que eu amarre o cordãozinho do vosso sapato. Deixe que eu deite no chão para você pisar. Maltrata, princesa, maltrata, que estás maltratando o que é teu!

Assim falava o naval apaixonado. A princesa, se o escutava, fingia que estava longe. E a bem dizer fez tudo que ele mandava e depois fez muito mais: pisou, judiou, escarneceu, desprezou — embora só moralmente, com o sorriso desdenhoso e a palavra de pouco caso dita na ponta do beiço.

Como seu, só o aceitava para maltratar. Com outros saía, com outros dançava. Ele porém não a largava, sempre a acompanhá-la, sempre a alguns passos no seu rastro, e se não o comparo com uma sombra é porque sombra não sofre e o pobre sofria muito.

*

Afinal sucedeu o piquenique em Paquetá. Nem uma vez ela o olhou durante a hora e meia de viagem na barca. Nem uma vez lhe falou entre embarque e desembarque, e o passeio de bicicleta e depois o banho de mar. Mas foi na hora do banho de mar que ele sumiu de repente e voltou minutos depois remando numa canoa. Passou bordejando por ela que boiava na flor da água como uma alga amarela no seu maiô de cetim. Como se brincasse, ofereceu carona. E ela, num capricho, aceitou. Quase virou o bote ao subir. O naval ficou na popa onde estava e não a tocou sequer, procurando ajudar. Depois puxou pelo remo, e a pequena embarcação se escondeu por trás da pedra da Moreninha.

O que se passou naquele barco, só Deus saberá. Os companheiros foram dar pela falta dos dois quando desceram na barca da Cantareira. E assim mesmo pensaram que o par tinha se sumido de propósito no meio da multidão.

O homem do restaurante em Paquetá é que estranhou o seu bote aparecer emborcado. E, como se disse no princípio, só depois de vários dias é que os peixes e a maré devolveram os dois banhistas.

(Ilha, novembro de 1947)

Sacco e Vanzetti

Um jovem de vinte anos escreve-me de Belo Horizonte e, reportando-se a uma referência feita em crônica anterior, pede que lhe fale a respeito de Sacco e Vanzetti. Com gosto atendo ao seu pedido, rapaz. Com gosto, e comovida, pois o drama de Sacco e Vanzetti marcou com um traço inapagável os que éramos então adolescentes. Nós não fôramos criados num mundo de horrores como o foram vocês — antes vivíamos numa espécie de idade de inocência ou num palácio de mentiras, considerávamos o Mal e o Bem apenas um binômio metafísico e não as duas forças realmente em luta pela posse do mundo. E a tragédia de Sacco e Vanzetti de certa maneira condicionou o destino de muitos de nós — tirando-nos daquele caminho descuidado que por todas as razões pareceria ser o nosso.

Mas isso já é outra história, e o que você deseja é um resumo do caso famoso, que tentarei lhe dar em poucas linhas.

A 15 de abril de 1920 foi assaltada uma fábrica de calçados no Estado de Massachusetts, USA, em dia de pagamento do pessoal. Eram dois homens os assaltantes, os quais, além de levarem o dinheiro da folha, assassinaram o guarda e o pagador.

As pesquisas da polícia — segundo se diz, deliberadamente mal dirigidas — indicaram como responsáveis pelo crime dois operários de origem italiana, Nicola Sacco e Bartolomeo Vanzetti; descobriu-se que ambos usavam armas de fogo e, pior ainda, reclamaram a posse do carro que a polícia identificara como tendo servido aos criminosos. O que entretanto mais militava contra os dois acusados era a sua qualidade de líderes radicais, agitadores, anarquistas.

Porém a verdade é que Sacco e Vanzetti não eram culpados. No julgamento a que foram submetidos na cidade de Dedham, em Massachusetts, apresentaram várias testemunhas que provavam a ausência de ambos da cena do crime. Esses testemunhos, contudo, não foram levados em conta. A maioria das provas apresentadas contra os acusados durante o julgamento foram depois refutadas — e nem isso valeu de nada aos desgraçados. Afinal de contas — diriam os puritanos de Boston — aqueles homens eram ou não eram inimigos da ordem estabelecida, anarquistas perigosos?

Em 1927 ainda se arrastava a causa e o governador de Massachusetts, Fuller, premido pela opinião pública não só da sua terra mas do mundo inteiro, nomeou uma comissão investigadora a fim de apurar a culpabilidade dos réus. Formavam essa comissão o presidente da Universidade de Harvard — Lowell —, o presidente do Instituto de Tecnologia do Estado — Stratton — e o juiz Robert Grant. Tão parcial era a comissão que, apesar do depoimento de um sentenciado, o *ex-gangster* Madeiros, antigo membro da quadrilha que organizara o assalto à fábrica de calçados, e no qual depoimento Madeiros negava totalmente qualquer culpabilidade de Sacco e Vanzetti — as sentenças de morte foram confirmadas.

Nesse tempo o nazismo ainda estava no limbo, Mussolini era um ditador na infância da ditadura, muito longe ainda vinha a guerra da Espanha e nem mesmo se falava nos expurgos sangrentos da Rússia stalinista. O mundo não se acostumara ainda com massacres em massa, ignorava que em breve se iriam assassinar não apenas dois homens inocentes, mas milhares e milhões de homens, mulheres e crianças inocentes — e tudo em nome dos mesmos preconceitos, da mesma criminosa intolerância que naquele momento exigia a vida dos dois agitadores. De todos os recantos do globo partiam para o governador Fuller, que poderia comutar a pena — súplicas, petições, apelos. Mas o governador e sua gente fecharam os ouvidos à opinião livre do mundo — e exatamente no dia marcado, na hora marcada, foram os dois inocentes sacrificados ao ódio de classe, à brutalidade todo-poderosa, à cegueira fanática de uma casta que santificava o seu predomínio através da tradição e do privilégio.

A imprensa dedicava páginas e páginas à tragédia — reportagens quase sádicas, com todas as minúcias da fúnebre cerimônia — o retrato do juiz, o nome do carrasco, reproduções da cadeira elétrica com todos os seus detalhes técnicos, a carta de despedida de um dos condenados — a qual é hoje considerada uma obra-prima literária. E no mundo inteiro homens e mulheres liam os jornais, de olhos rasos d'água — e houve muita senhora religiosa a quem a propaganda fascista ainda não ensinara a odiar e a pedir sangue, que fez novena e rezou rosários por alma dos dois mártires. Ai, como já disse acima, esse era um tempo de inocência e tolerância, entre nós. No dia fatal acompanhava-se em cada casa a marcha da tragédia — e, tal como nos sucedeu a mim e a minha mãe, a muitos pareceu que viam também baixarem as luzes, no minuto supremo, tal como devera estar acontecendo na casa da morte.

Muitos escritores americanos deram o seu testemunho e lavraram o seu protesto contra o assassínio legal desses dois homens. Sinclair Lewis serviu-se do tema para argumento do seu romance *Boston*, no qual a feroz intolerância da velha cidade nos é mostrada nas suas cores mais negras. Maxwell Anderson nele se inspirou para duas peças, *Gods of Lightning* e *Winterset*; a poetisa Edna St. Vincent Millay escreveu, oferecidos a Sacco e Vanzetti, os seus famosos *Two Sonnets in Memory*. E muito ensaio, muito estudo sério se fez sobre o assunto — destacando-se entre eles o trabalho de Felix Frankfurter.

É esta, em linhas gerais, a história dos dois anarquistas, espécie de predecessores dos vários milhões de mártires massacrados mais tarde — os quais, por sua vez, serão predecessores dos outros milhões que ainda estão por ser martirizados muito em breve, se Deus não puser a sua mão no meio.

(Ilha, dezembro de 1947)

O jogador de sinuca

UM DIA VOS HEI de falar da coleção do *Moniteur* que existe na biblioteca de São João del-Rei, nas virtudes radioativas dos banhos de Água Santa, nos milagres do Bom Jesus de Congonhas.

Mas antes quero discorrer acerca de alguém que nem é santo de pedra-sabão nem querubim banhado a ouro, mas criatura vivente como nós, jogador de sinuca na cidade de Conselheiro Lafaiete, estado de Minas Gerais.

E entre parênteses deixai-me fazer um pequeno louvor ao nobre jogo de sinuca, que justamente me foi revelado pelo jogador herói desta história, num meio-dia de sol quente, à sombra do salão do Bar Campestre, na dita cidade de Lafaiete.

Vínhamos nós comendo légua e paisagem desde Juiz de Fora e paramos à porta do bar de nome tão convidativo em busca de um refrigerante. Na rua ficara o jipe, muito empoeirado e de ar diligente, sofrendo uma vistoria minuciosa por parte de uma dúzia de moleques.

O bar tinha tudo, ou quase tudo: cerveja gelada e telefone para o Rio, pastéis de carne de porco e duas mesas de sinuca novas em folha, com todos os seus acessórios.

Ao chegarmos estavam ambas vazias. Porém mal nos sentáramos diante da cerveja e dos pastéis, entram salão adentro dois aficionados, combinando uma partida.

O primeiro deles era um moço alto, cara de menino, fala baixa e terno de tropical cinza muito à moda, de calças à altura do estômago. Apesar dessas demasias de janota, dava uma impressão de timidez, quase de *gaucherie*, que fazia a gente sentir vontade de lhe rogar que não se atirasse com tanta inocência às goelas do leão.

E o leão era o outro: de pequeno só tinha o tamanho, as mãos e os pés. No mais era gigante — nos passos, na prosápia, na cabeleira negra ondulada, no perfil de índio americano, na voz grave e arrogante, nos sapatos cor de abóbora com solas de sete andares.

Já da porta desabotoava o jaquetão azul-marinho, como um magarefe ansioso de dar serviço à musculatura, embora musculatura não tivesse, apesar da sugestão de Hércules que dava aos outros — Hércules magro e miúdo.

Tirando o casaco todo, exibiu a camisa de seda amarela, os suspensórios transparentes de matéria plástica, o cinturão idem; e não só essas utilidades brilhantes e inofensivas exibia, como também um revólver de verdade, metido num coldre de couro estampado, e de cano tão comprido que lhe descia de quadril abaixo, quase até à coxa.

Posto em mangas de camisa, atravessou a sala, desafivelou o cinturão, retirou a arma e a depositou na caixa.

Nesse gesto, como em tudo, nunca vi ninguém produzir tal impressão de eficiência. E então o cerimonial com que iniciou o jogo — a carteira de cigarros e os fósforos equilibrados à borda da mesa, as mangas da camisa magistralmente arregaçadas; o primeiro cigarro aceso com lentidão, e os anéis regulares de fumaça que subiram para o forro; depois a escolha dos tacos: media-os, apalpava-os, tateava-lhes as pontas com a polpa dos dedos — só os faltava lamber. Em tudo traía o profissional ou, no mínimo, um campeão de amadores. Chegava a ser um massacre premeditado a escolha

101

do parceiro que, do outro lado da mesa, parecia encolher-se, depois de apanhar ao acaso um taco qualquer e o esfregar automaticamente no giz, sem tirar os olhos dos preparativos infernais do contendor.

*

Bem, claro que já sabeis o desenlace do caso: o campeão, o famanaz, acabou apanhando como um judas de capim.

Apanhou de tal jeito que na primeira partida não fez um ponto, na segunda nenhum também e a terceira abandonou-a no meio, quando o escore já estava em 49 a 0.

Contudo, esta história não mereceria ser contada, se não fora a atitude da criatura no decorrer daquelas três partidas. Era um fenômeno, era um teatro, era o príncipe Hamlet da Dinamarca exibindo paixões e desdéns.

Do começo jogava a bem dizer com severidade, disposto a dar uma lição de sinuca clássica ao atrevido rapazelho que, embora o ultrapassasse quase meio metro em altura — tal a força moral do adversário — parecia por isso mesmo ainda mais fedelho e desamparado.

E toda vez em que o garoto, prudente, encestava a sua bola vermelha, marcando um triste ponto, ele dizia alto: "Sorte, hem, menino!"

Que ele, só se passava para as bolas de cinco pontos para cima — a azul, a cor-de-rosa, a preta. E falhava, infalivelmente. Parecia um sortilégio: o homem ensaiava as jogadas mais sensacionais; fazia cálculos, dormindo na pontaria, punha o taco vertical, horizontal e oblíquo; punha-o às costas jogando com os braços para trás; dava a tacada com a mão esquerda, com os olhos fechados, com os olhos abertos. E fosse de que jeito fosse, o resultado era sempre este: zero. Aliás não só zero, porque era também menos que zero — sete, cinco, três pontos a menos, inúmeras vezes. Nem também lhe valia o jogar normal — o escore não variava nunca a seu favor. E pelo meio da primeira partida, já a mais dos 40 x 0, o herói começou a enfezar. Fumava incendiariamente e uma nuvem de fumo o envolvia como a Jeová no alto do monte.

Xingava o taco, o pano e as bolas, explicava ao público assistente que na véspera surrara em cinco partidas consecutivas um sujeito que tinha fama de campeão em Barbacena — nem empate tinha havido. Agora era aquela sorte mesquinha...

Pegou então do taco, que lhe chegara a vez, apontou modestamente à bola marrom (só quatro pontos) e o que conseguiu foi meter a própria bola branca no buraco.

Aí não só nós, por trás dos nossos óculos verdes, como inclusive o homem da caixa, atrás da registradora, soltamos um risinho irreprimível.

O grande jogador nos encarou de fito, como se fosse reagir; mas decerto leu nos nossos olhos a covardia e o arrependimento e resolveu nos desprezar, como nos desprezou efetivamente.

E continuou sem dar uma dentro, enquanto o menino das calças altas ia encestando de uma em uma, até que engoliu a preta, a última.

Da segunda partida em diante a gente só sentia uma vontade: levantar, chegar à mesa de sinuca e convidar o herói para ser nosso inimigo, figadal e por toda a vida.

Desvairado de orgulho ferido, o homem parecia um vulcão querendo explodir, papocando as crostas de lama seca, *ploc-ploc*, e deitando fumaça venenosa. Que miséria esta fraca pena ser incapaz de descrever espetáculo tão singular, embora repulsivo!

De repente parece que o atacou um acesso de masoquismo, porque ele arrancou o giz do parceiro, que até então vinha fazendo as marcações no quadro, e passou a registrar as próprias derrotas. Menos dez para si, mais quatorze para o outro, era de mal a pior, só variava para aumentar. Se arranjava um pontinho, logo o perdia numa jogada atrevida e o outro, como sempre, de grão em grão ia encestando.

Começada a terceira partida, o ambiente já ficara dramático. Da porta um moleque de "sereno" arriscou um assobio. O homem do bar pôs-se a abrir e a fechar as gavetas da registradora, assanhando campainhas nervosas. E até o mocinho, parceiro do herói, começava a descontrolar-se — tanto que em vez de jogar na bola amarela, que era a da vez, jogou na azul — e acertou. Acertou em seguida a saltada amarela, depois a verde, e só foi errar na marrom.

Então o herói pegou do taco como se empunhasse uma lança de guerra; afiou-o no giz, cuspiu no dedo, fechou um olho, fez pontaria na bola preta, que era a sua favorita, e, pela segunda vez, suicidou-se, atirando a bola branca no buraco.

Um silêncio de mau agouro nos envolveu. Lentamente o homem lançou o taco no pano verde, cuspiu no ladrilho e correu o olhar desvairado pela assistência. Depois, no seu passo forte, encaminhou-se à caixa e pediu o revólver.

O adversário, muito branco, apagava no quadro-negro os últimos sete pontos que o parceiro perdera, como se quisesse considerar o dito por não dito.

Mas o herói dava-lhe as costas. Lentamente pendurou o coldre com a arma no seu cinturão de vidro. Depois dirigiu-se ao cabide, de olhar sombrio, enfiou a manga da mão direita, errou a esquerda, enquanto todos o contemplávamos fascinados, e por fim saiu para o sol da rua, pisando duro, sem se despedir de ninguém, como um conquistador.

(Congonhas, março de 1948)

Mineiros

Num passeio de três semanas pela zona do ouro, no país dos mineiros, o que afinal mais seduziu o interesse do viajante não foram propriamente as serras nem o barroco, mas o mineiro propriamente dito, o nativo, o habitante, homem tão singular, tão diferenciado do brasileiro comum, mormente do nordestino, do carioca, ou do paulista, que são os que melhor conheço. Não é que no tipo físico difira ele grandemente dos nortistas: tirando a cabeça chata que em Minas pouco se encontra, é a mesma pequena estatura, o corpo franzino, a pele azeitonada e pálida; nem a fala se distingue apreciavelmente da nossa — também cantada e lenta, apenas mais sibilante nos *ss* finais, mais doce e de vogais menos abertas.

Louve-se nos mineiros em primeiro lugar a sua presença suave. Mil deles não causam o incômodo de dez cearenses. Não gritam, não empurram, não seguram o braço da gente, não impõem suas opiniões. Para os importunos inventaram eles uma palavra maravilhosamente definidora e que traduz bem a sua antipatia para essa casta de gente: ao importuno os mineiros chamam de "entrão".

Não têm arroubos, nem arrogâncias, nem contam vantagem. Donos de terra tão rica e tão ilustre, mostram uma espécie de humildade naquela posse e ao mesmo tempo uma segurança tranquila que não lhes deixa margem para bazófias. Os tesouros deles a gente é que os tem que descobrir; pois, na sua discrição, o gosto dos mineiros é fingir que os ignoram. No entanto, sabem muitíssimo bem o que possuem. Em qualquer das igrejas antigas de Minas, já não digo o sacristão ou a zeladora, mas os próprios moleques que brincam no adro são capazes de nos informar com exatidão o nome do autor e a idade de qualquer obra de arte. Os padres, é curioso, são os que se mostram menos informados. Como o frade franciscano de São Francisco, em São João del-Rei, que nada entendia da sua igreja, ou o vigário de certa venerável matriz, toda em ouro por dentro, que apenas podia dizer que aquilo tudo era muito velho, do tempo do Reino.

E contudo, nessa discriminação dos seus tesouros artísticos, nunca ouvi nenhum mineiro arriscar uma opinião incerta, gabar-se de ter o que não tem. Quando um sacristão ou coroinha nos diz que tal púlpito ou tal portada é do Aleijadinho, ou que tal pintura é do Ataíde, pode-se ir ver no livro que é mesmo. Em geral eles afirmam meio reticentes: "Diz que essa aí é do Aleijadinho... no arquivo da igreja tem a conta que pagaram a ele. Mas aquela ali diz que não é..."

A gente descobre uma outra talha e indaga: "E esta, menino, também é dele?" O garoto baixa os olhos: "Uns diz que é, outros que não é..." Vai-se verificar no livro, e realmente lá está: "trabalho *atribuído* ao Aleijadinho."

Ou como aconteceu na Matriz da Conceição, em Congonhas: a gente se extasiava ante uns castiçais velhos, aparentemente de prata, e o sacristão, muito amigo da sua igreja porém mais amigo da verdade, retificava: "Mas não são de prata, não senhora. Podia ser, não é? Mas é só banhado..."

Ou ainda o sacristão da igreja das Mercês, em São João del-Rei, que me impressionou especialmente. É velho, toma conta do templo desde rapaz e tem por ele um amor idólatra.

Às antiguidades chama de *antigório* e sabe a idade de cada torneira da sacristia, de cada banco da nave. Mas não há quem o faça declarar antigório legítimo a menor coisa duvidosa. E até se comentando o famoso Cristo inacabado do Carmo, que é um dos orgulhos da cidade, perguntando a gente se era também antiguidade, ele abanava a cabeça: "ninguém sabe quem fez, não é mesmo? E não sabendo quem fez como é que pode saber a idade? E pois não se pode dizer se é antigório..."
Vivendo assim o tempo todo junto às suas maravilhosas igrejas, entrando nelas como entram em casa, os mineiros tomaram intimidade com as exterioridades do culto e aparentemente dão mais valor a essas exterioridades do que à ortodoxia religiosa. Vestem e despem os santos, arrumam altares, carregam andores, envergam opa a qualquer propósito. Mas deixam a teologia aos padres — muito diversos, nisso, das nossas beatas do Ceará que leem Léon Bloy e Santo Tomás de Aquino e que podiam até ser professoras de seminário. Lá em Minas beatos e beatas não especulam essas coisas, apegam-se às suas tradições coloniais de vias-sacras e procissões noturnas, e apegam-se principalmente aos seus santos de outro tempo, alguns tão caídos da moda que a gente tem dificuldade em os identifi car. O culto a Santa Teresinha é por lá dos mais discretos e, de santos novos, só vejo com muito prestígio o Coração de Jesus. Os mais amados e mais encontrados nos altares são, por exemplo, Santa Bona e São Lúcio, ditos os "Bem-casados"; São Luís, Rei de França, de coroa, manto de arminho e bigodes de mosqueteiro; o profeta Elias, ou "Santo Elias", como o chamam, subindo ao céu no seu carro de fogo; Santa Teresa, a Grande, de livro e pena na mão; Santa Efigênia, negra, Santa Bárbara e Santa Luzia, São Lourenço segurando a grelha onde foi assado; São Manuel com um prego enfiado em cada ouvido e outro prego no peito, e que os sacristãos gostam de ver a gente confundir com o mártir São Sebastião, porque também é

representado seminu, atado e trespassado; a diferença é que um foi crivado de setas e o outro de pregos. As Nossas Senhoras são igualmente as santas de antiga devoção: do Carmo, das Mercês, do Pilar, da Conceição e do Parto. Ou nossa Senhora da Boa Morte, vestida de noiva e deitada no seu caixão de vidro. E a Senhora Santana, e São José, e Santo Antão, e Santo Onofre, e São Pedro, e Santo Ivo, e o Bom Jesus da Cana Verde, todo ferido e cheio de medonhas equimoses. E uma infinidade de imagens do Senhor Morto, de cabeleira comprida, posto ao pé dos altares num realismo tão fúnebre que muitas vezes assusta. Santos na maioria feitos de pau, inteiriços, com as vestes douradas a fogo, ou de corpo composto apenas por uma grade, a que as roupas de veludo e seda encobrem e emprestam formas.

É muito comum ver em Minas uma igreja aberta, de luzes acesas, música e orações saindo de lá — e dentro nenhum padre, os próprios fiéis tirando a reza, num cerimonial as mais das vezes nada ortodoxo. Parece que o clero não chega para dar conta de tantos templos, e o povo, que não abre mão das suas igrejas velhas, vai realizando o culto na medida do que pode.

*

Outra coisa que muito se sente no meio daquelas montanhas é uma espécie de nostalgia, de tradição do mar. Lembrança do português marinheiro, do negro transatlântico? As cantigas falam em mar, as gentes não o esquecem, e na sua vida terrestre conservam quanto podem a tradição de fala dos litorâneos, chamando de "praia" o braço do rio das Mortes que atravessa uma cidade, ou dizendo que quem viaja de trem "anda embarcado".

*

Mas conversando sobre mineiros, não se pode deixar de aludir à sua famosa economia que é mesmo uma realidade, tão diversa da louca escola de desperdício em que nos criamos no Norte — descuido estimulado, decerto, pela insegurança da seca. Enquanto o mineiro sabe que, se conservar o que é seu, seu o terá por toda a vida.

E não se envergonha da sua poupança, antes a cultiva em público como virtude que o é. É o agente dos Correios que nos intima a usar o Correio Aéreo Militar, tão mais barato que o outro, ou o costume universal do guarda-pó nas viagens a fim de poupar a roupa, ou a modicidade das gorjetas, ou uma indiferença geral por aparências brilhantes e custosas.

Poupança que tem uma certa grandeza de princípio e que só apresenta um aspecto realmente desagradável quando se traduz nas mesquinhas rações de comida oferecidas despudoradamente pelos hoteleiros: pratos tão pequenos que não sei onde os arranjam assim miúdos, decerto os encomendam de propósito nas fábricas; fatias de doce do tamanho e da espessura de uma hóstia, pedaços de queijo tão minúsculos que o garfo não tem onde os espetar, pão que vem para a mesa já com a pouquíssima manteiga, café servido doce no bule a fim de não deixar o açúcar à mercê do desbarato dos fregueses.

Mas esse é apenas o lado do avesso de uma virtude, a porção negativa da economia mineira. Que ela tem os seus belos lados positivos, representados entre outras coisas pela miséria lá muito menor do que aqui no Rio. Note-se, por exemplo, a ausência de favelas, tanto ao longo das estradas rurais como nos arredores das cidades. Em centenas de quilômetros que percorremos na estrada real do Rio a Belo Horizonte e em muitas outras estradas laterais, raras são as casas de sopapo nu que encontramos, poucas as de palha, nenhuma de lata velha ou tábuas ou até mesmo de estopa, como aqui. Não afirmo que não haja pobreza — disseram-me que as condições de vida dos trabalhadores nas betas de ouro são das mais precárias; mas é pobreza que fica muito acima desta horrível miséria carioca. A poupança fá-los cuidar do que é seu, principalmente das estradas. Se gastaram tanto dinheiro a construí-las, seria um desperdício estúpido deixar que se acabassem pois não é? Dizia o meu avô de criação, o velho Muxió, que há gente que vive "porque vê os outros viverem". Bem diferentes disso são os mineiros. Eles lá vivem como entendem, ao contrário do que muitas vezes se espera, inconscientes da sua originalidade, mas tremendamente agarrados a ela.

Sendo filhos de uma terra onde o chão é uma loteria e onde o pobre de hoje pode num golpe de mágica se transformar em rico, descobrindo um filão de ouro até mesmo ao cavar um poço no quintal — por sua natureza contraditória não contam nunca com esses imprevistos, ou vivem tão desenganados dessas promessas doiradas que não as incluem nos seus cálculos. E assim se livram da febre do ouro na terra clássica dos garimpeiros, e só dão valor neste mundo à posse tranquila dos bens visíveis — a terra, o gado, as casas e a simples e leal moeda.

(*Ilha, março de 1948*)

NOTA DE 1957: *Isto é para vocês verem as voltas que o mundo dá!*

R.Q.

A "Casa da Morte"

F ALAMOS OUTRO DIA no drama de dois humildes emigrantes italianos, um peixeiro, o outro sapateiro e ambos anarquistas, chamados Nicola Sacco e Bartolomeo Vanzetti. A consciência do mundo, revoltada, tirou-os da sua obscuridade para a grande luz da história, reconhecendo nesses homens as vítimas do parcialismo implacável do Tribunal de Massachusetts, que cegamente procurava eletrocutar, na pessoa dos dois inocentes, as ideias "abomináveis" que eles defendiam.

O leitor, movido na sua piedade e no seu interesse pela rememoração dessa tragédia de há vinte anos, nos tem pedido com insistência, em correspondência vinda de muitos lugares do Brasil, que publiquemos a famosa carta dirigida por Vanzetti ao filho de Sacco, na véspera da eletrocussão. Sendo a carta longa — talvez até exceda o espaço de que dispomos nesta página — damo-la sem comentários. Aliás, para que comentários? A carta de Bartolomeo Vanzetti é um desses gritos espontâneos de uma alma que, na sua singela autenticidade, abrem caminho até o mais fundo das outras almas suas irmãs, dispensando quaisquer intermediários ou explicações.

Aqui pois a apresentamos, na tradução portuguesa do nosso poeta máximo, Manuel Bandeira.

*"21 de agosto de 1927
Da Casa da Morte na prisão de Massachusetts*

MEU CARO DANTE:

Ainda espero, e combateremos até o último momento, reivindicar o nosso direito de vida e de liberdade, mas todas as forças do Estado e do dinheiro e reação são implacavelmente contra nós, porque somos libertários ou anarquistas.

Escrevo pouco a respeito disto porque és ainda muito criança para compreender estas e outras coisas sobre as quais eu gostaria de conversar contigo.

Mas hás de crescer e compreender o caso meu e de teu pai, os princípios meus e de teu pai, princípios pelos quais nos vão matar dentro em pouco.

Digo-te agora que, por tudo que sei de teu pai, ele não é um criminoso, mas um dos homens mais direitos que já conheci. Um dia compreenderás o que te estou dizendo. Que teu pai sacrificou tudo o que há de mais caro e sagrado ao coração e à alma humana pela justiça e liberdade de todos. Nesse dia terás orgulho de teu pai, e, se fores bastante corajoso, tomarás o seu lugar na luta entre a tirania e a liberdade e vingarás o seu (os nossos) nome (s) e o nosso sangue.

Se de fato morrermos agora, saberás um dia, quando te tornares capaz de compreender esta tragédia em toda a sua extensão, como teu pai foi bom e corajoso contigo, teu pai e eu, durante estes oito anos de luta, tristeza, angústia e aflição.

Desde este instante mesmo serás bom e corajoso com tua mãe, com Inês e com Susie — corajosa e boa Susie — e farás tudo para as consolar e ajudar.

Gostaria também que te lembrasses de mim como camarada e amigo de teu pai, de tua mãe, de Inês, de Susie e de ti, e te afianço que também não sou um criminoso, que não cometi nenhum roubo nem morte, mas apenas combati modes-

tamente para abolir os crimes entre os homens e para defender a liberdade de todos.

Sabe, Dante, que quem disser o contrário de teu pai e de mim é um mentiroso a insultar dois mortos inocentes que viveram como homens de bem. Sabe também, Dante, que, se teu pai e eu tivéssemos sido cobardes e hipócritas e renegadores de nossa fé, nos teríamos salvado. Não se condenaria nem mesmo um cão leproso, não se executaria nem mesmo o escorpião mais venenoso com fundamento nas provas que forjaram contra nós. Conceder-se-ia novo julgamento a um matricida e criminoso relapso, se apresentasse recurso como o que apresentamos para obter novo julgamento.

Lembra-te, Dante, lembra-te sempre disto: não somos criminosos; forjaram uma traça para condenar-nos; negaram-nos um novo julgamento; e, se formos executados depois de sete anos, quatro meses e dezessete dias de indizíveis torturas e injustiças, será pelo que já te disse: porque éramos pelos pobres e contra a exploração e opressão do homem pelo homem.

Os documentos do nosso processo, que tu e outros coligirão e preservarão, te hão de provar que teu pai, tua mãe, Inês, minha família e eu fomos sacrificados por e a uma Razão de Estado da reação Plutocrática Americana.

Dia virá em que compreenderás a causa atroz das palavras acima escritas, em toda a sua extensão. Então nos honrarás.

Sê sempre bom e corajoso, Dante. Abraço-te.

P.S. — Deixo o exemplar da *Bíblia Americana* para tua mãe, pois ela há de gostar de lê-la, e passará às tuas mãos quando chegares à idade de a entender. Guarda-a como lembrança. O livro testemunhará também como Mrs. Gertrude Winslow foi boa e generosa para com todos nós. Adeus, Dante.

BARTOLOMEO"
(Ilha, março de 1948)

A menina de duas cabeças

Dos pés até aos ombros era uma criança como as outras, perfeitinha, miúda e cor-de-rosa. Mas, quando chegava nos ombros, o pescoço se bipartia como o caule de um ramo com dois frutos, e cada um daqueles dois pescoços sustentava uma cabeça — ambas perfeitas e bem proporcionadas, tal como todo o resto do corpo. De tal maneira fora formada que o conjunto não era feio, nem repulsivo, nem monstruoso, embora de monstro o chamem os médicos — "monstro duplo, teratodídimo, monosômio, derodídimo" — salvo erro, conforme descobri num livro do professor Leitão da Cunha.

Mas conversa de médico é sempre assim rebarbativa; para as menores coisas e as mais amáveis que o nosso corpo apresente, logo eles inventam um nome grego e inamistoso que em nada corresponde aos nossos sentimentos para com aquele acidente corporal. Fique portanto claro que o tal monstro derodídimo etc. nada tinha de feio ou de monstruoso no sentido por que entendemos a expressão: era antes comovente e inesperado, como uma floração de rosas em duplicata no ramo onde se esperasse uma rosa única.

Nasceu aqui na Ilha, já ia me esquecendo de dizer. E parece que viveria, se não fosse a grande demora no trabalho do nascimento. Quando a assistência acudiu, já era tarde, fazia horas que a cabecinha direita tentava nascer e não podia, por causa da esquerda, o que determinou a morte do corpo todo. Não fosse isso, provavelmente teria vingado, uma vez que dentro da arca do peito não lhe faltava nada indispensável à vida, e possuía ademais duas cabeças com dois cérebros e duas colunas vertebrais com duas medulas.

E já que poderia viver, o curioso é indagar como seria essa vida. Em primeiro lugar ocorre o problema espiritual: alguém que tem duas cabeças e portanto dois cérebros, duas sedes de pensamento, será apenas uma pessoa ou serão duas pessoas distintas? Em outras palavras, se a meninazinha de duas cabeças houvesse vivido, teria duas almas ou uma alma só? E tendo ela duas almas, qual das duas governaria o corpo? Ou o governariam ambas, alternada ou simultaneamente? E uma pecando, e obrigando o corpo a lhe obedecer no pecado, a outra teria parte na responsabilidade das ações desse corpo que também seria o seu? E sendo acaso uma cabeça boa e outra ruim, o corpo de ambas pagaria por inteiro os crimes a que só a ruim o arrastasse? E nesse caso, de que corpo disporia a boa para se abster de pecar e depois gozar o prêmio da sua virtude?

Foi pena, portanto, que morresse, por culpa da inabilidade humana, mais esse milagre da natureza. Quem sabe não vinha essa menina de duas almas destinada a consertar os erros do mundo de hoje, tendo sido assim marcada por sinal tão diferente. Quem sabe está a sua vinda prevista no Apocalipse, no meio dos prodígios que hão de marcar o fim do mundo. Pois esta terra anda carecida é justamente de prodígios — não aqueles de invenção humana, contrafações astuciosas de mecânica, mas simples prodígios saídos diretamente das mãos d'Aquele que não pode ser imitado. O fato de viver entre nós uma menina de duas cabeças, que falasse e pensasse por cada uma dessas duas cabeças, e dissesse palavras de verdade por ambas as suas bocas, seria isso prova de que realmente os poderes divinos a tinham mandado, e que se deveria escutar a sua voz. Porque mesmo que o homem disponha de toda a sabedoria do maligno, será capaz de inventar as máquinas mais diabólicas e os raios mortíferos mais pavorosos, porém não será capaz de fazer com que seja engendrado e nascido um vivente com duas cabeças: e assim, pois, já o simples fato de haver nascido selaria a origem da menina de duas cabeças.

Infelizmente ela morreu, não podendo o seu frágil sopro de vida vencer o esforço de nascer; e com ela foram embora todas as esperanças de milagre que poderia significar.

Dizem porém que a mão de Deus não se cansa. E se esse rebento da sua vontade singular morreu antes de romper a terra, outros prodígios hão de acontecer, e podem nascer meninos não só com duas ou dez cabeças, mas até com mil cabeças. E quando essas mil cabeças clamarem e pedirem caridade e misericórdia, então talvez os ouvidos moucos ouçam, e os corações de pedra abrandem, e o sangue não seja mais derramado, e cresça o milho e cresça o trigo onde antes se guerreava, e nos cemitérios se plantem menos homens e mais flores.

(Ilha, maio de 1948)

Chegar em casa

FALA-SE TANTO EM chegar em casa, mas saberás realmente o que é chegar em casa, irmão? Depois de anos e anos de ausência intermitente, a sensação de recuperar o que era nosso e largamos — a casa, dantes casa nova, virada agora em casa velha, vergando ao peso da massa de trepadeiras que outrora eram apenas finos fios verdes se enrolando em festões em torno das colunas do alpendre.

E as mangueiras, que deixamos com alguns palmos de altura, enchem de sombra braças de chão; e o cajueiro de seis meses caiu com o vento e assim mesmo deitado cresceu e engrossou, já sem fazer diferença, com tanto tronco e tanta resina velha, dos cajueiros mais antigos que estão aqui diz que desde os tempos dos índios.

Os cachorros não são mais os cachorros antigos, nem se conhece a origem do casal de gatinhos que miam ao pé do fogão, tão mais donos da casa, os pequenos intrusos, do que nós próprios, que a ajudamos a construir com as nossas mãos. As laranjeiras não têm flor e em vão se aspira o ar, procurando a única coisa que pode evocar o nome de primavera nestas latitudes quase equatoriais: o cheiro do laranjal. Lá está quebrado, junto ao banheiro velho, o coqueiro onde cantava a nossa graúna de estimação que o morcego degolou há vinte anos atrás. Degolada também vê-se no armário da sala a

compoteira de cristal da minha avó, quebrada no fim da haste esguia como uma rosa decepada bem perto da corola.
   Contudo, o que mais mudou é o que aparentemente não mudou nada. No açude velho, por exemplo, a água é nova; e quanta água nova já o encheu, já se evaporou, já correu pelo sangradouro, desde o tempo em que nele nos banhávamos? Aguapés que nós moças arrancávamos e tecíamos em colares, sereis avós, bisavós ou apenas antepassadas remotas dessas que hoje abrem a corola leitosa de cheiro doce na penumbra da boca da noite? E já que falamos em linhagens — quantas gerações de piabas descobriremos que se sucederam em dez anos, se quisermos apurar direito a genealogia destas piabas dagora que nos rodeiam na água e nos beliscam as pernas, com a impudência, o atrevimento cândido que nem a passagem dessas centenas de gerações, nem lei nenhuma de evolução consegue alterar? Quantas saíram do ovo, simples fio gelatinoso dentro da água, e depois de comer e engordar se fizeram piabas adultas e amaram outra piaba, e tiveram filhos e por fim morreram? E tal como as piabas são as formigas tracuás, presentes em toda parte, e os aruás encaramujados nos degraus do banheiro do açude, e libélulas que lambem a água e tremulam as asas ao sol. Não é o mesmo. Tudo parece o mesmo mas a verdade é que nada é o mesmo. Do que houve e já passou só resta a cópia em série das gerações seguintes — e as folhas dos manacás, e os insetos, e os bichos grandes, e os patos que pescam na água parada debaixo do carnaubal — tudo é novo. Por isso que ao chegar e ao correr de coisa em coisa — tudo aparentemente igual e imutável — o primeiro e obscuro sentimento que nos atinge é de saudade, uma saudade que de início não se explica direito. Só aos poucos compreendemos que a vida da gente é comprida demais em comparação com a curta vida de quase tudo que amamos, seja um cachorro, uma planta ou um passarinho.

*

E carecemos de nos habituar à casa velha como se se tratasse de chegada em casa nova e desconhecida. Pois isso mesmo é o que ela é: nova e desconhecida. A sua própria velhice é uma novidade acrescentada ao novinho em folha das pinturas e da telha, no nosso tempo. Iguais são só as aparências; a realidade essencial de tudo mudou completamente. E correndo os quatro cantos do casarão e do pomar, no nosso coração se renova a sensação pungente e nunca mais esquecida do dia em que cruzamos na rua com a filha adolescente da nossa amiga de infância. Íamos nos dirigindo para ela de braços abertos, no alvoroço daquela semelhança que fazia do encontro primeiro um real reencontro. E eis que a moça passa por nós sem uma pausa de reconhecimento, indiferente, estranha, deslizando por nós o olhar ignorante, como luz pela vidraça — simples cópia em carne e osso da amiga de infância que nos amou e que era quase nossa irmã e há tantos anos está morta debaixo do chão. Mortas ambas, aliás — a amiga e a infância.

(Pici, setembro de 1948)

Cemitério de família

É SÓ UM QUADRADO de muro branco e a capela no meio; o portão de madeira rangedor nos gonzos velhíssimos. Nem catacumbas engavetadas, nem anjos de mármore, nem grades de bronze, nem placas de granito preto. Quase o simples chão natural com a saliência das covas e, espalhadas irregularmente, as cruzes de madeira, na maioria anônimas, ou riscadas rudemente com tinta branca com os *nn* e os *zz* às avessas. De raro em raro uma pedra com um nome e duas datas. A capela caiada, nua por fora e por dentro, tem no canto do altar um simples nicho que abriga um antiquíssimo santo de pau, de cara dolorosa e corpo de anão.

Por fora, na várzea, ainda se vê rama verde e, no açude pertinho, a água encobre a represa toda. Mais além, descendo a encosta, a escola, a "rua" de casas, e o pequeno largo nu com a igrejinha no centro. Para além da ponte, a casa-grande da fazenda que tem à esquerda os currais de cerca de aroeira e à direita a fábrica, com o engenho moendo e apitando, de fornalhas acesas e bagaceira alta.

*

Aqui neste canto, debaixo de uma cruzinha de ferro que já tem mais de trinta anos de ferrugem, dorme a minha tia Julieta que foi loura e morreu moça, deixando fama de linda e de santa, além de dois filhinhos órfãos. Mais além, o Avô e a Avó — ele nascido em 1824, ela em 1823 — lembranças obscuras de infância, velhinha que morreu, quando nasci e o bisavô que ainda recordo, deitado na sua rede branca de varandas que arrastavam pelo chão.

Um pé de riso-do-prado, todo aberto em flores roxas, sombreia o cimento liso debaixo do qual descansa o meu tio. E outras pedras, outros quadrados de cimento resguardam tios e primas, alguns que se foram anjinhos inocentes, outros que a idade extrema quase virou em anjos também. Mais uma tia aqui, morreu de parto — e essa eu conheci e amei. Lá para o fundo, neste ângulo morto, deve estar a cova do velho Muxió que foi a bem dizer meu avô de criação. Mas é impossível identificar direito o local, pois os próprios filhos do finado já esqueceram onde o guardaram. E em todo este trecho que o mato quase encobre, dormem os parentes mais humildes, os moradores, os compadres e os afilhados. Dormem sem luxos, sem caixão nem alvenaria, atirados diretamente da rede onde vieram no seio da terra nossa mãe.

Na manhã nascente, o sol sobe depressa enquanto os homens abrem uma cova. Do lado de fora do muro o pé de pau-branco está cheio de passarinhos; as vacas se espalham em procura do pasto e um cordeiro perdido da mãe vai balindo e correndo ao longo das moitas de mofumbo.

O chão é duro, os cavadores suam. Mas não se queixam — antes parece que rasgam a terra com amor, com reverência. Vivos e mortos, todos nos sentimos ali unidos e companheiros. Enquanto alguns já descansam, nós esperamos a nossa vez. E quando afinal soarem as trombetas no dia de Juízo, lá estaremos todos juntos e nos levantaremos e nos reuniremos num só grupo, e nos abraçaremos uns aos outros, parecendo-nos menor o temor, porque entre nós não haverá inimigos nem intrusos.

(Pici, setembro de 1948)

Pensamentos de vida e de vivo

NÃO, NÃO TE APIEDES de quem morre. Porque a piedade supõe uma condição de superioridade e a gente só se pode compadecer de quem sofre mais do que nós. Porém saberás se não vais sofrer muito mais do que aquele que estás vendo morrer, se a dor do teu trespasse não te vai ferir muito mais fundo e com horror muito maior do que o seu próprio trespasse o feriu a ele? Vês o morto e logo o imaginas distante e diferente, um estranho; no entanto a coisa única que te separa dele é uma questão de tempo — que pode ser apenas de minutos ou de horas. E então onde está a tua vantagem? Por que razão ter pena de quem talvez foi mais feliz do que tu? O teu instinto é te considerares imortal e invulnerável. Mas talvez no momento em que recuas com horror diante do corpo frio de alguém que tu conheceste ou amaste — talvez nessa hora o mal que te vai consumir já esteja incubado no teu corpo, ou o automóvel que te vai matar já esteja rodando para o fatal encontro, ou a água que te vai afogar te espere como uma armadilha, dez passos além. Choras com desespero o teu morto, parece-te que aquela coisa horrenda e única só lhe sucedeu a ele que é uma espécie de privilegiado da fatalidade. Ora, deixa em paz o morto. Quem sabe a sua parte foi mais branda do que será a tua. Ele afinal correu o seu caminho, venceu a sua etapa; prepara-te pois para a tua e vê se sairás dela tão galhardamente, tão silenciosa e discreta e humildemente quanto ele se saiu da sua.

Não, não tenhas pena. Também não tenhas medo — melhor é te habituares com a ideia. Nem te suponhas garantido porque és moço, porque és forte, porque és são. A vida é como um gás volátil, tem tendência a se expandir e sumir-se; não importa a robustez do vaso, sempre dá jeito de encontrar uma fissura por onde fugir.

Mas se te digo que não tenhas medo da morte é principalmente porque a morte é estado tão natural quanto a vida — ou mais natural ainda. A vida é simplesmente um meio, enquanto a morte é um fim em si. Se nascemos para alguma coisa, se há uma lei comum regendo o nosso fim neste mundo, não há de ser para triunfar que nascemos, porque nem todos triunfam, nem para gozar porque a maioria o que faz é sofrer, nem para amar apenas, nem para ser bispo ou para ser soldado, nem para o bem nem para o mal; nascemos todos e vivemos os poucos ou muitos anos do nosso lote com o fim único de morrer. Outra coisa não é a vida senão a preparação desse fim — e a cada dia que passa, pensamos que estamos crescendo, ou engordando, ou aprendendo inglês, ou ficando calvos, ou nos tornando ricos — mas na verdade estamos é consumindo mais um dia, mais uma semana, mais um mês, e nos aproximando cada vez mais do prazo, chegando cada vez mais perto do termo da nossa obrigação ou da nossa caminhada.

O mal é se traçar essa barreira de pavor entre mortos e vivos, como se separação efetiva houvesse realmente entre vida e morte. Quando afinal o morto é apenas o vivo que concluiu o trabalho de viver, o vivo acabado de aprontar para a morte. Que a última demão é justamente aquilo: a imobilidade e o silêncio. E então a obra se conclui.

(Ilha, outubro de 1948)

História de sonho

ESTA NOITE SONHEI com Portugal. Queria saber contar sonhos, porque foi um sonho bonito. O medo que a gente tem (embora na aparência se trate apenas de um sonho inocente e até lírico), o medo são os amigos interpretadores, capazes de tirar uma história de sete cabeças do sonho mais inofensivo. Hoje em dia não há quem não tenha as suas tinturas de psicanálise e não entenda de sonhos; e o resultado é que ninguém mais sonha com receio dos freudistas. E quanto bom palpite, quanta centena e milhar de sorte por culpa disso não se perderá?

Pois como dizia, sonhei com Portugal. Não via mapa, nem letreiro, nem explicação formal, mas que era Portugal, não tinha dúvida. A gente ia num barco por um rio tranquilo, muito largo e com pedras à margem. E aos poucos se avistava uma cidade ou aldeia com casas antigas, abarracadas, subindo um morro; e eram tantos os pomares que de repente o rio se afundava entre as árvores e se virava num riachinho à toa; depois já não tinha riachinho, nem barco, nem nada, a gente estava dentro de uma das casas do lugar, na sala grande com móveis pesados de talha, e umas cortinas vermelhas de veludo. E na sala estavam duas velhas e um velho, sendo que uma das velhas se sentava numa cadeira de balanço e tinha um gato branco no colo. Os três falaram comigo, e eu sei que me sentia mal por haver penetrado ali naquela sala particular e tão tranquila sem pedir licença, mas a velha de pé me tranquilizou — talvez dissesse que era costume receberem turistas; a velha sentada não dizia nada, continuava se embalando e sorrindo. Depois os três iniciaram uma história, mas era muito aflitivo porque eu não conseguia entender quase nada do que eles diziam; só me dava a impressão de que era fala das fitas de cinema português, cujo diálogo a gente nunca sabe se o compreende tão mal porque é mesmo difícil de entender a língua deles ou se é porque o aparelho de som está ruim. Aliás, lembrando bem, eles falavam mesmo com voz de cinema, tinha até uma música de fundo. E aí eu perguntava à senhora da cadeira de balanço quanto é que custava uma casa naquela aldeia — assim bonita e antiga como aquela. E ela respondeu um preço que não recordo, mas que achei muito barato; se bem que a velha falasse em escudos — mas decerto no sonho eu entendia de câmbio de escudos, porque só o que me espantou foi a barateza do preço. Fiz então umas contas de cabeça, calculei que vendendo isto e aquilo aqui no Brasil dava para comprar aquela casa. Sim, aquela. Com a intensidade maior da minha vida, embora eu não tivesse coragem de o dizer às velhas, assaltara-me a cobiça de ser dona da casa delas, daquela e nenhuma outra — com aqueles móveis, e a pequena escada sumida na sombra da sala grande, e os três velhos e a cadeira de embalo com o gato branco.

    Nesse ponto o sonho entrou a escurecer e a confundir, esfumou-se em *fade-out* e não sei se acordei logo, ou se caí num sono pesado e sem consciência de nada. Só sei que me levantei de manhã com o mesmo desejo no coração, e por mais que as horas se passem ainda tenho presente na lembrança as mãos claras da velhinha, e a vista que se enxergava da janela e o soalho da casa de tábuas areadas e bem largas.

Conto este sonho à toa. Mesmo porque, diz que é tolice contar sonho. Mas diz também o povo que a gente não contando ele não acontece. E a verdade é que eu queria satisfazer este sonho, descobrir aquela casa, aquele rio, aquelas velhas. E conversar outra vez com elas, prestando bem atenção, para consertar esta angústia de não ter entendido as palavras que elas me disseram com o aparelho do som funcionando tão mal. Porque parece que era coisa importante, coisa essencial que eu ouvisse e entendesse. Depois o desejo de ver Portugal. Embora, como já foi dito acima, ninguém me dissesse que era Portugal — não tinha placa explicando, nem vinhedos, nem trigais, nem cachopas. Só sabia que aquilo era Portugal, uma espécie de Pasárgada de identificação absoluta no meu coração. E por sinal, quando o rio se estreitava em riacho e se metia entre pomares, as árvores eram tão densas e sombrias que mais parecia a mata amazônica. Mas não adiantavam esses disfarces amazônicos, pois com árvores ou sem árvores, nem um segundo deixei de saber que aquilo era Portugal mesmo, país onde nunca estive e que talvez morra sem ver. E também agora me lembro que não teria areias — ou teria? À margem do rio, teria praias de areia, areias de Portugal? Ou talvez não as tivesse, porque afinal de contas sonhei com rio e não com mar. E as areias de Portugal são as areias do mar.

Também ninguém pense que estou inventando um apólogo, que no fim haverá uma moral ou uma explicação. É um sonho e nada mais, naturalmente anárquico e sem sentido. Já falei que o conto à toa — fazendo um papel que nunca fiz, imagine contar sonho, tanta tolice sem sentido. Mas me deixou melancólica e cheia de saudades, incapaz de escrever coisas sensatas, como seria da minha obrigação. E o fato é que não consigo tirar da cabeça, nem a casa velha nem as senhoras idosas, nem o gato branco e a cadeira. Sempre fui pessoa de poucos sonhos, acordados ou dormidos. Sempre me satisfiz com o meu pedaço de pão e jamais cobicei a galinha gorda dos outros. Mas me parece que hei de morrer de paixão se não comprar um dia aquela casa. Pois tanto a casa como a sala hão de existir em algum lugar, não acredito que o meu sonho as inventasse assim, lhes erguesse as paredes caiadas, e compusesse os florões dos móveis de talha, e até as franjas de borlas das cortinas vermelhas. E as velhas, então, as velhas. Ah, esqueci de dizer que o velho sumiu, no próprio momento em que falavam a conversa que não consegui entender: de repente só se viam as duas senhoras, não havia mais o velho debruçado à janela que cheirava a jasmim. Também esqueci de contar este detalhe da janela com o jasmim. Era uma das coisas mais agradáveis dali, aquele jasmim-estrela miúdo e de cheiro, cuja massa verde se amontava contra a parede do oitão, desprendendo galhos finos janela adentro. O gato não miava nem se movia; nem sequer ronronava, agora recordo bem. Quem sabe se estava morto ou empalhado? E, meu Deus, será azar sonhar com gato empalhado? O que vale é que embora empalhado ou morto, era branco e não preto. Azar de gato preto não precisa ninguém dizer, é coisa sabida e antiga. Branco, não; branco, sendo o contrário do preto, naturalmente dá sorte, vivo ou morto, que isso da vida e da morte não faz grande diferença em matéria de azar.

 E pode ser muito bem que, sendo caso de intuição, ou segunda vista, ou lembrança subconsciente — sei lá, há muitos nomes para essas coisas — talvez alguém conheça o lugar ou as pessoas e queira me contar onde fica. Alguém que tenha paciência de ler isto tudo até o fim. Quem não tiver paciência de ler, o que é justo, mude a vista; há muita coisa no jornal, tanta colaboração de primeira; passe adiante que ninguém repara, nesse ponto o país ainda é livre, pessoa nenhuma é obrigada a ler o que não gosta, graças a Deus.

(Ilha, novembro de 1948)

Conversa de menino

AMANHECEU ABERTA uma rosa, uma rosa grande e rubra, na roseira do meu jardim. Modesto jardim à moda antiga, um pedaço de grama, um pé de manacá, um coqueiro-anão, um jasmim-do-cabo, algumas roseiras. Nem jardim propriamente é. Mas para o meninozinho que nasceu num décimo primeiro andar, que tem pai comerciário e mãe oficial administrativo — para aquele garoto o meu jardim é um parque, um reino. Ele mal foi saltando do carro, juntou as mãozinhas, riu e disse que lá estava um balãozinho de papel encarnado em cima daquela planta. A mãe, que tem hábitos pedagógicos, logo explicou que aquilo era uma rosa numa roseira. O menino entretanto não concordou, disse que só se era então um "balão de roseira". E quando insistiram em que se tratava de uma flor, o rapaz perdeu a paciência: "Flor é pequenininho, e só dá na feira." Nativo da Zona Sul, natural que pense que as flores e os legumes nascem nas barracas.

Depois entrou em casa: entrou e parece que não gostou ou não entendeu. Foi perguntando onde é que ficava o elevador. E sabendo que não havia elevador, indagou como é que se ia para cima. Nós explicamos que não havia lá em cima. Ele ficou completamente perplexo e quis saber onde é que o povo morava. E não acreditou direito quando lhe afirmamos que não havia mais povo, só nós. Calou-se, percorreu o resto da casa e as dependências, se aprovou, não disse. Mas, à porta da sala de jantar, inesperadamente, deu com o quintal. Perguntou se era o Russell. Perguntou se tinha escorrega, se tinha gangorra. Perguntou onde é que estavam "os outros meninos". Claro que achava singular e até meio suspeito aquela porção de terra e árvores sem ninguém dentro. Todas essas observações, fê-las ainda do degrau da sala. Afinal, estirou tentativamente a ponta do pé, tateou o chão, resolveu explorar aquela floresta virgem. Sacudia os galhos baixos das fruteiras, arrancava folhas que mastigava um pouco, depois cuspia. Rodeou o poço, devagarinho, sem saber o que havia por trás daquele muro redondo e branco, coberto de madeira. Enfim, chegou debaixo da goiabeira grande, onde se via uma goiaba madura, enorme. Declarou então que queria comer aquela pera. Lembrei-me do Padre Cardim — não era o Padre Cardim? — que definia goiabas como "espécie de peros, pequenos no tamanho" —, onde se vê que os clássicos e as crianças acabam sempre se encontrando. Decerto porque uns e outros vão apanhar a verdade nas suas fontes naturais.

Fi-lo subir na goiabeira. Com o bracinho gordo a dobrar o ramo ele próprio apanhou a fruta. Em seguida desceu — não sem tentar balançar-se um pouco, e fez questão de escorregar sozinho pelo tronco liso, embora esfolasse ligeiramente a mão. E não houve maneira nem meios de o fazer morder a goiaba (já a essa altura lhe sabia o nome certo). Ele explicava: "Esta goiaba é *minha*. Não posso comer ela porque *ela é minha*. Fui eu que tirei. Se comer estraga." E insistia, ante a obtusa incompreensão da gente grande: "Fui eu mesmo que arranquei do lugar." Feito memorável, portanto, que lhe conquistara aquele *souvenir,* o qual não poderia ser mordido, quanto mais comido, já que deveria ser conservado pelos séculos dos séculos.

Depois sentamos embaixo da jaqueira, a conversar. Fala nisso e naquilo, falou-se na irmã mais velha que estudava *ballet* e queria ser cantora. Lembrou-se um menino de casa, que pretendia estudar para médico. E, naturalmente, perguntou-se o que ele pretendia ser. O guri parece que esperava a pergunta, porque, respondeu rápida e positivamente: "Queria ser cachorro."

A mãe ficou vexada: "O quê, filhinho, que bobagem é essa? Você não disse que queria ser fuzileiro — não se lembra, com a farda vermelha, e o gorro de fitinhas?"

Mas o garoto não cedeu. Encarou a mãe e repetiu, mais positivo ainda: "Isso foi no outro dia. Agora, o que eu queria ser era mesmo cachorro."

(Ilha, 1949)

Resposta a uma carta

A.S.A.I., o príncipe Dom Pedro, em Petrópolis

ALTEZA:

Por culpa de uma viagem que andei fazendo, extraviou-se em caminho, entre a redação da revista e a nossa casa, um pacote de cartas que só agora apareceu. No meio dessas retardatárias contava-se uma carta de Vossa Alteza, datada de novembro do ano passado. Eis por que só agora lhe dou resposta, pedindo muitas desculpas pelo atraso involuntário. E peço-lhe também muitas desculpas por outra falta, igualmente involuntária — certas expressões meio ásperas que empreguei com referência à família de Vossa Alteza, em artigo publicado pouco depois de estar a sua carta escrita e aparentemente chegada ao seu destino. A mais comezinha delicadeza me impediria de usar palavras azedas em relação a alguém que me dissera palavras tão amáveis; afinal, os tempos de hoje são rudes, mas ainda não chegou à moda de se responderem a finezas com má-criações.

Há de ter percebido Vossa Alteza que esses ataques frequentemente feitos por jornalistas à família imperial são uma espécie de cacoete de republicanos; e eu, então, já trago essas coisas na massa do sangue, tão entranhadas que nem sei se as aprendi ou se as digo por simples força atávica. Não vê Vossa

Alteza que, entre a sua família e a minha, reina uma velhíssima pendenga. Pendenga que tem bem mais de um século — o que pode parecer pouco tempo para pessoas como Vossa Alteza que remontam os seus avós à era dos reis godos, mas que, para gente como nós, é antiguidade venerável. Desde a revolução de 1817 andam os meus parentes em luta aberta com os seus; foi então que os prepostos do Senhor Dom João VI mandaram prender por delito de rebelião minha quinta avó Dona Bárbara de Alencar e os seus filhos Tristão e José Martiniano, que por sinal resistiram a mão armada e seguiram presos do Crato a Fortaleza — cem léguas — acorrentados, com gargalheiras e algemas. Em vão outro avô meu (esse tinha o nome de Queiroz) raptou os presos para os livrar: denunciou-os um traidor, foram recapturados, e só se viram soltos em 1821.

Nas guerras da Independência tivemos uma trégua nas nossas disputas — é verdade que motivada apenas pelo fato de estar a família de Vossa Alteza desunida e uma parte dela aliada aos nossos. Mas logo voltamos às turras. É padrão de glória para a minha gente o fato de terem sido os Queirozes, em 1824, os promotores do movimento da Câmara do Quixeramobim (pequeno burgo sertanejo no qual Vossa Alteza decerto nunca ouviu falar), a qual, em sessão memorável, escandalizada com a lusofilia da política imperial, verberou a "horrorosa perfídia do Senhor Dom Pedro I" e recomendou a proclamação de uma "república estável e liberal". Não sei se Vossa Alteza compreenderá o nosso ponto de vista e enxergará o sublime atrevimento daquele punhado de matutos que, lá do seu sertão agreste, ousavam desafiar o Imperador na sua Corte.

A isso logo se seguiu a Confederação do Equador da qual foi presidente, no Ceará, o meu quarto avô Tristão Gonçalves de Alencar Araripe, filho daquela Dona Bárbara já falada *acima. Como sabe, perdemos a guerra, as tropas imperiais mataram Tristão no combate de Santa Rosa, mutilaram-lhe o cadáver e o entregaram aos bichos, para escarmento dos liberais. E o meu outro avô, Leonel de Alencar, também foi morto, e à traição, pela gente imperial. Dona Bárbara andou vários anos presa e outros tantos foragida, e ninguém sabe por que milagre não a mataram também. Dos outros, Alencares e Queirozes, não houve um que não sofresse prisão ou fuga, e precisou vir a Regência do Padre Feijó para se pôr cobro a tanta desgraça e perseguição que padeciam. Vê assim Vossa Alteza que não sou maldizente gratuita; depois de tanto sangue derramado entre nós, não podia eu ter na boca palavras de mel para falar de príncipes.*

*

Contudo, o mundo gira, e a verdade é que a minha família, em 1889, acabou ganhando da família imperial.
Ganhou para quê?, perguntará Vossa Alteza. E eu repetirei melancolicamente a pergunta: sim, para quê? Na sua carta fala Vossa Alteza do 13 de Maio e dos desastres que acarretou, e diz que eu talvez estranhe ouvir tais conceitos de um neto da Redentora. Não, não estranho; pois o mesmo lhe digo eu da República, e afinal também há de parecer singular que fale assim uma neta de Tristão Gonçalves. Ai, para que tanta luta, tanto idealismo, e aquele bom sangue honrado vertido? Para isto que aqui temos: esta tristeza, esta degradação — esta feitoria de maus feitores.
Vossa Alteza, no fundo do seu coração, talvez, lá um dia ou outro, se sinta meio anacrônico quando se lembra de que ainda é monarquista, nos tempos de hoje. Mas, e os que ainda amam e zelam pela boa tradição republicana, serão eles menos obsoletos, neste país?

E *assim pois, em agradecimento à sua amável carta, tão humana e tão honesta, retiro com prazer as frases que tenho escrito por aí e que talvez tenham magoado Vossa Alteza, se acaso as leu. As nossas decepções nos aproximam: Vossa Alteza não é rei, eu não sou homem nem soldado; para que, portanto, me obstinar sozinha no culto dessa pendenga que já não tem razão de ser? Antes choremos juntos as nossas mágoas; e ao mesmo tempo nos consolemos com o pensar de que se fôssemos viver a vida que viveram os nossos avós, na certa incorreríamos nos mesmos erros: Vossa Alteza provavelmente não resistiria à tentação de assinar a Lei Áurea e ganhar a Rosa de Ouro; e eu, no lugar de Dona Bárbara, também haveria de sacrificar vida, fazenda e filhos, por amor de um absurdo ideal de república e de igualdade.*
SUA PATRÍCIA — R. Q.

(Ilha, abril de 1949)

Dona Ana Triste

EXISTE no cemitério de Fortaleza, à mão direita de quem entra, um singelo túmulo de alvenaria com uma cruz no topo, onde se lê o seguinte epitáfio:

> AQUI JAZ ANA TRISTE DE ARARIPE,
> VIÚVA DE TRISTÃO DE ALENCAR
> ARARIPE, PRESIDENTE DO CEARÁ
> NA CONFEDERAÇÃO DO
> EQUADOR EM 1824.
> NASCEU EM 1789 E MORREU EM
> 1874. DILEXIT PATRIAM ET
> VIRTUTEM COLUIT.

E debaixo daquelas pedras e daquele latim repousa a mulher que foi talvez a mais completa heroína romântica da nossa história, pois na sua longa vida não teve outro gosto nem outro interesse senão o de amar, e de a esse amor se votar por completo.

O nome de Ana Triste tomou-o ela depois de viúva, como o único que lhe convinha. Antes fora a bela Donana Lima Verde, linda flor da cidade do Crato, onde conhecera e amara o moço Tristão, com ele casando no ano de 1810. Também ele, nesse tempo, era só Tristão Gonçalves de

Alencar; depois, na revolução nacionalista de 17, é que tomou o nome de Araripe, renegando, como os demais companheiros de ideal, o antepassado europeu, e passando a usar como seu o nome do chapadão de serra a cuja sombra nascera.

Com o nome de Araripe começaram as tragédias na vida da moça Donana; as tragédias e os heroísmos, porque ela, embora não se mostrasse varonil e política como a sua sogra, a famosa Dona Bárbara, sabia também ser heroína ao seu modo. Acompanhava sem desfalecimento o glorioso marido — na conspiração, na batalha, na derrota e, depois da derrota, na prisão. Presa com ele ficou em Fortaleza, na repressão do movimento de 17. E quando Tristão foi transportado, posto a ferros, para a Bahia, à Bahia também se encaminhou Dona Ana, e só com ele voltou, depois das anistias da Independência.

Dois anos mais tarde rebentou a revolução do Equador: Tristão era o chefe do movimento no Ceará — e atrás do vulto do herói, caminhava sempre a sombra apaixonada da esposa; só nas ocasiões em que a rapidez da marcha ou as dificuldades da campanha não permitiam que mulher e crianças acompanhassem os soldados republicanos, Dona Ana se acolhia à casa de um parente ou de um amigo, o mais perto possível da zona da luta — e lá continuava rezando e chorando, à espera do marido.

No fim da campanha, quando Tristão, com o seu último punhado de companheiros, travava a derradeira batalha e caía morto à traição, em Santa Rosa, Dona Ana se escondia na velha fazenda dos Queiroz, a Casa Forte, na ribeira do Sitiá. Lá recebeu a notícia de que Tristão, abatido por um tiro de bacamarte, fora ainda trespassado à espada pelo miserável José Leão; que lhe foram decepadas uma orelha e a mão direita, carregadas como troféus pelos imperiais; que o corpo nu do herói nem sepultura recebera — encostado a um tronco de jurema, ficara a ressecar-se ao calor do verão, sem que entretanto o tocassem bichos da terra ou aves de rapina, mostrando nisso os brutos mais respeito e caridade do que os apregoados cristãos; e por fim, reduzido o cadáver a múmia mutilada, fora assim carregado para o povoado de Santa Rosa e, posto de pé, junto a um pereiro por trás da capela, era apedrejado pela gente do vigário, que prometia indulgências em troca de cada pedra atirada nos restos amaldiçoados do republicano, do mação, do pedreiro-livre.

Tudo isso soube Dona Ana, escondida na Casa Forte. E nem chorar podia, nem se vestir de preto, como lhe pedia o coração. Porque a fazenda velha, conhecida como um covil de rebeldes, era constantemente varejada pelos imperiais, em busca dos homens da casa, revolucionários eles todos. E que troféu não seria para a gente do governo descobrirem e trazerem a ferros a viúva e os filhos do amaldiçoado Tristão! Felizmente não punham reparo naquela mulher de branco, entre as outras senhoras da família; nem podiam identificar os netos de Dona Bárbara misturados com as demais crianças, descendentes do patriarca da Casa Forte, o velho Antônio Pereira de Queiroz. E assim encoberta, Dona Ana ficou na fazenda um ano inteiro, até que em 1825 o seu irmão, Padre Lima Verde, veio ser capelão no Quixadá, sede do município a que pertencia a Casa Forte. Foi Dona Ana para a companhia do irmão — mas nem então pôde contar quem era, pois a perseguição não abrandara: passava por parente distante, pobre, viúva e cheia de filhos, que a caridade do padre acolhera. Depois da seca de 1825, a grande miséria que reinava no sertão fez com que o Padre Lima Verde abandonasse a ribeira do Sitiá, levando a irmã e os sobrinhos para Mecejana; e em Mecejana, em 1830, nascia mais tarde José de Alencar, cujo pai, irmão de Tristão, lá fora morar, atraído pela companhia da cunhada e dos sobrinhos.

Só então, passado o terremoto revolucionário, pôde Dona Ana dar largas ao seu desgosto; e a esse desgosto se entregou com paixão desmedida, como se quisesse desforrar-se de tantos anos de lágrimas encobertas. Cortou os cabelos, encerrou-se como uma freira. Nunca mais pôs em cima do corpo uma coisa que não fosse preta; diz a tradição da família que na sua casa até os bichos eram pretos — os gatos de colo, as graúnas das gaiolas, as galinhas no terreiro. E a viúva abandonou os apelidos de família, passando a usar e a assinar apenas os nomes com que a dor e a guerra a haviam crismado: a si mesma chamou-se Ana Triste; e, como legado do herói, conservou o sobrenome de Araripe, que ele adotara durante a revolução.

Morreu velhinha, aos oitenta e cinco anos de idade. E essa longevidade prova que lágrimas não matam; não matam, mas mumificam. Que a bela e feliz moça Ana, ao desposar no Crato o filho de Dona Bárbara, estava tão longe da ressequida viúva de Tristão, que durante cinquenta anos penou pelo mundo, quanto pode estar longe uma viva de uma morta. E nem sequer o nome elas tinham em comum — uma fora a feliz Donana Lima Verde — a outra era apenas a velha Ana Triste.

(Ilha, 1949)

Formosa Lindomar

Escreve cartas para a revista, sempre gostou muito de ler. Confessa o nome que ela mesma acha bonito: Lindomar. Se contasse a história da sua vida daria um romance. Ou se não desse um romance, pelo menos daria uma fita de cinema, dessas com muito beijo e muita ilusão de mocidade. É empregada num consultório médico da Esplanada, atende à freguesia de um pediatra pela manhã, das oito ao meio-dia. Almoça no SAPS, demora-se na biblioteca lendo até uma e quarenta. Às duas horas volta para o trabalho — então com os doutores que alugam o consultório à tarde — e fica de serviço até seis, às vezes mais. Fez vinte e cinco anos mas parece dezenove.

É franzina, tem um jeito precioso, as mãos bem tratadas, a cintura fina, a cabeça bem pousada no pecoço longo, sob a touca de enfermeira. Sem o uniforme não realça tanto — mas é essa a vantagem de qualquer farda. A gente vê por aí um rapazinho à toa, não dá nada por ele se está à paisana; mas ponha o rapaz a sua farda, qualquer que seja, até o verde-oliva de manga arregaçada, e logo na insignificância de dantes brota a imponência do guerreiro. Assim a farda da enfermeira — mesmo que se trate de simples atendente de consultório, como é o caso de Lindomar: o avental e a touca branca lhe dão certa graça monástica, e se a cara que vem junto com os atavios é bonitinha, teremos uma beldade completa.

Bem, falei que a roupa de enfermeira dá sugestão monástica, mas com isso não estou querendo dizer que tenha Lindomar nada de monja. Pelo contrário, é moça de temperamento que no mínimo se pode chamar susceptível. Contudo, não tem tido sorte em amores. Diz ela que se ainda existisse cassino por aí, iria lá uma noite e tinha a certeza de rebentar a banca. Porque não é possível que também não fosse feliz no jogo, para compensar. O que se pode chamar o seu primeiro caso sentimental sucedeu na era dos americanos; aliás não era o moço propriamente americano, mas um polaco americanizado por nome Jan, que servia na U.S. *Navy* (ela até hoje ainda não se habituou a chamar a U.S. *Navy* de "Marinha Americana". Até lhe parece que é outra coisa). Lindomar, por ser ele praticamente o primeiro — já que os outros não tiveram importância nenhuma —, amou-o com entusiasmo. Muitas vezes faltou ao emprego, que nesse tempo era consultório de dentista, para mostrar ao seu polonês o Pão de Açúcar, o Corcovado, a Barra da Tijuca e outros encantos naturais. Deixou nesses enlevos, mormente num piquenique em Paquetá, algumas pétalas da sua inocência, mas afinal não todas, nem as essenciais. Um dia o polaco embarcou sem aviso. Lindomar só foi saber que o perdera quando recebeu um postal com carimbo de Dacar. A esse postal seguiu-se o silêncio — e Lindomar tem a convicção íntima de que ele morreu na guerra africana, feito um dos heróis daquele filme de Humphrey Bogart: *Sahara* — filme que por isso mesmo ela assistiu duas vezes, e chorou muito em ambas. Alguns meses (depois do filme) passou considerando-se uma espécie de viúva de guerra, muito tristonha, quase sem pintura e cheia de desdém para os rapazes que viajavam no mesmo horário de barca que o seu. Aos poucos, felizmente, foi sarando. Afinal a carne é fraca e o coração é de carne, não de ferro. Lindomar acabou se engraçando pelo próprio dentista com quem trabalhava, solteiro, quarentão, começando a engordar, com um belo trabalho protético na risada clara, bem barbeado, bem cuidado; usava no consultório aquelas blusas de linho branco abotoadas de lado, que dão a quem as veste um certo jeito romântico, senão de dançarino russo, pelo menos de russo a caráter. Lindomar, a princípio, só enxergava nele o patrão; mas, começando a amar, passou a amá-lo com submissão e ardor e vagas esperanças de casamento. No fim de contas os dois eram solteiros, pois não? E ambos querendo, qual o impedimento? Ela, apesar de pobre, não tinha tara nem vergonha na família. Para falar a verdade, não tinha mais nem família, a não ser a irmã casada com quem morava. Ele, contudo, parece que não quis. Não acreditava em casamento, acreditava em boêmia e amor livre — e se imaginava boêmio. E depois, tinha um costume que maltratava bastante a sensibilidade da menina: costumava desassociar as duas funções, de patrão e namorado. Nas horas de serviço era só o patrão, e ríspido, reservando as ternuras para depois do expediente. Não que ela pedisse beijos e abraços durante o trabalho; mas também não era mister aquela dureza. E ademais, era só com ela esse racionamento. Porque com as clientes — e duas delas com especialidade — Lindomar até jurava que as relações entre elas e o dentista não eram estritamente profissionais. Por causa disso brigavam frequentemente. E o pior é que nas brigas ele gostava de virar patrão — o homem, naturalmente, já era prático nessas estratégias de consultório. E enquanto isso, outras pétalas se foram, outras, embora, felizmente, o desfolhar da flor não resultasse em fruto.

    Até que um belo dia — certa tarde em que o pilhou beijando a tal cliente que estava fazendo coroa de jaqueta no incisivo lateral direito — Lindomar esperou que a mulher saísse, armou uma cena e ameaçou demitir-se. Ele disse que fosse para o inferno, ela pegou na palavra e no dia seguinte já estava trabalhando com o médico do quarto andar — o pediatra do horário da manhã — que sempre a encontrava no elevador e várias vezes lhe fizera oferta de emprego. Por sinal que ordenado muito melhor, pois até nesse golpe era mestre o dentista, tirando no ordenado o que dava em carinho. Fugindo à ação de presença do homem, rapidamente o esqueceu; ela tinha isto de feliz: a memória não a atormentava com saudades inúteis. O dentista é que não se conformou depressa, várias vezes a foi procurar no novo emprego e numa delas até abordou o patrão e falou em falta de ética. Mas Lindomar, os sentimentos fortalecidos pelos trezentos cruzeiros de aumento, e já também interessada num jogador de futebol que aliás só lhe serviu para ajudar na travessia daquele período de transição — resistiu com bravura. Passou o jogador em três semanas apenas, dois cinemas e um baile na sede do clube meio chinfrim onde ele atuava. Lindomar transferiu o coração para novo dono — e a esse vem sendo firme, até agora. Moço distinto, diz que é solicitador, anda sempre com uma pasta cara debaixo do braço, terno escuro e bigode idem. Tem de trinta a trinta e cinco anos, boa conversa, cita Pitigrilli e sabe sonetos. Ninguém acredita, mas muita mocinha hoje em dia ainda cai por Pitigrilli e sonetos.

Começaram encontrando-se no café, na ocasião do lanche; depois ele passou a acompanhá-la nas viagens de barca, às sete horas, e muitas vezes já havia luar sobre a baía. Era justamente esse o momento dos sonetos — os dois juntinhos debruçados na amurada de cima, e ele murmurando em ritmo: "Essa que passa por aí, senhores" e etc. nunca falava em matrimônio, mas dessa vez as esperanças de Lindomar pareciam ter o maior fundamento. Se aquilo não era amor, meu Deus — a constância nos horários, a maciez inalterável da voz, o jeito de chamá-la "Meu bem", aquele acompanhar na barca, duas horas ida e volta, e morando como morava, no

Catete. Porém o mundo da pequena desmoronou um dia ao receber, no consultório, um telefonema anônimo em que voz de mulher lhe explicava que o rapaz era casado. Sim, casado; ele próprio o confessou depois de interpelado, embora, para abrandar o golpe, esclarecesse que não se dava bem com a mulher, que nunca tiveram filhos. Um desses erros de mocidade. Pobre Lindomar — que faria? Só lhe restava romper ou conformar-se, e para romper não tinha coragem. Pensando bem, o fato de ele ser casado não lhe destrói a voz carinhosa nem o bigode, não lhe destrói principalmente o coração amante. E que ele ama, ama. Disso Lindomar não tem dúvidas. Coração de mulher conhece. Chega até a ter receio de que ele acabe fazendo como o rapaz do crime da mala, o tal que matou a esposa por amor de uma bailarina — e não vá liquidar a outra por causa dela. Ele é também do Norte, e com gente do Norte ninguém sabe. Por isso evita desesperá-lo, e muda de assunto e fica muito meiga toda vez que ele ameaça fazer uma loucura dizendo que aquela situação é um inferno. A mulher também já sabe do caso, ou pelo menos desconfia; certo dia foi ao consultório fingindo perguntar os horários de um dos doutores; mas com tanta sorte que Lindomar tinha faltado nesse dia e fora substituída pela loura do doutor vizinho, muito sem graça e de dentes postiços. E no dia seguinte ele lhe apareceu contando o caso, rindo, dizendo que a esposa lhe passara uma descompostura, por ele "andar se engraçando com uma lambisgóia sem carne no corpo nem dentes na boca..." Decerto quem avisou a mulher foi a mesma pessoa que descobriu a Lindomar, pelo telefone, o estado civil do namorado. Supõe Eduardo — já contei que o nome dele é Eduardo? — pois supõe Eduardo que se trata de uma vizinha de apartamento, com quem outrora teve um caso, e que nunca mais deixou de o trazer debaixo de vistas.

Vida complicada, desgraçada, atormentada. Isso pensa Lindomar, embora também reconheça que tem as suas compensações. Porque os seus vinte e cinco anos, perto de vinte e seis, ainda são anos de primavera — apesar de há muito haver a pequena se despedido do que no início chamamos de flores da inocência. Mas, como dizia o outro — quem é que anda atrás das flores de antanho? Lindomar, bela Lindomar, há muito as esqueceu. Ama, é amada, isso consola. Há outras que nem isso têm. Eduardo promete que, se vier o divórcio, será ela a sua esposa até à morte. E com isso mostra as suas boas intenções. Claro que daqui a uns tempos terá passado Eduardo, e depois de Eduardo passarão outros. Uns com mais demora, algum talvez alugando apartamento, e quem sabe um mais rico lhe deixará joias de verdade e capa de peles. Filhos não os terá; já foi o tempo em que filhos aconteciam, sem mais nem menos. Não é à toa que estamos na era da bomba atômica. Daqui a uns dez, quinze anos, Lindomar há de ser uma mulher madura, amarga, solitária. Mas ainda custa. E enquanto durar o amor, tudo está bem.

Cada coisa tem sua hora e cada hora o seu cuidado.

(Ilha, maio de 1949)

Nosso eu maravilhoso

VAI NO ESTRIBO do bonde e faz acrobacias incríveis a fim de conseguir, como o conseguiu, fugir ao pagamento dos duzentos réis do condutor. No pé não tem sequer um tamanco que o defenda da poeira das ruas; a calça, remendada e suja, do joelho direito abaixo não existe; no peito traz o que resta de uma camisa de meia, na cabeça qualquer coisa que foi há muito tempo uma casquete militar. Na boca, como recordação de que já teve dentes, conserva algumas raízes. Magro, faminto, evidentemente enfermo — bem o mostra nos membros esqueléticos, no peito fundo de tísico. É, em resumo, alguém que já chegou ao limite mais extremo da penúria humana e que, material e moralmente, não tem mais nenhuma degradação a recear, porque já as consumou todas. E descrevendo-o assim, parece que o coitado deveria sentir-se mais ou menos como é, escória miserável da espécie ou da sociedade, dono de nada, nem do seu próprio corpo ou da sua própria alma, humilde, reverente ante a superioridade alheia, já que não deve haver nesta humanidade tão grande ente nenhum que não lhe seja superior no todo ou em parte. Pois escute o que o camarada conversa com um magricela de olho arregalado que se agarra no mesmo balaústre: "Ele é que está muito enganado comigo. Eu, hem? O mal dele é pensar que é melhor do que os outros... Pois eu não preciso dele e já lhe disse isso mesmo. Não sou soberbo, mas até o dia de hoje ainda não precisei de ninguém!" E é sincero. Roubem-lhe tudo, roubem-lhe a derradeira fé, a última esperança — e ele ainda acreditará em si mesmo. E há de ser em verdade essa única centelha realmente divina no coração do homem, que lhe dá ânimo para seguir adiante, enfrentar as durezas que enfrenta; ela que explica o progresso, a virtude, o sábio e o herói.

Do momento em que nasce até a hora de soltar o último suspiro, qual o primeiro e o derradeiro sentimento da criatura, senão a consciência da sua própria importância? Até mesmo o suicida — ou principalmente o suicida — se se mata, não é porque se ache indigno de viver, ao contrário: renuncia a um mundo que é indigno de si. E sempre o faz com a maior pompa e aparato, deixando cartas, preparando cenário, plenamente inteirado de que está dando um grande espetáculo.

O sistema planetário como o concebemos, o sol no meio e o resto dos planetas gravitando ao redor, é a representação perfeita do conceito que o homem faz de si e dos seus semelhantes: ele o astro central e o resto das gentes lhe girando em torno. Recém-nascido, a primeira coisa de que se apercebe é da sua própria pessoa: que tem fome, que tem frio, que tem sono. Depois que começa a sentir e ver o mundo ao redor, continua a só se interessar por pessoas, objetos e acontecimentos que lhe digam respeito, e só aprende a nomeá-los de acordo com a relação que tem consigo. A mãe, não a distingue por qualquer qualidade externa, a cor do cabelo ou o som da voz, não repara se é mãe de outros, se faz outra coisa além do ofício maternal que o toca; o que lhe importa é a função daquela mulher em relação a si, e chama-a não pelo nome que todos os outros usam, mas de "mamãe", "minha mãe": *mãe dele*... E o dia e a noite giram para o seu serviço: se anoitece é hora de nanar, se amanhece é hora de brincar; vê a fruta, o leite — não os distingue a um porque é redondo e colorido, a outro porque é branco e líquido: ambos são o "comer", o "papar", em referência estrita à utilidade que lhe têm: o comer dele, o papar dele. E da inocência da infância até à velhice extrema, continuará exatamente assim, só atribuindo interesse e grandeza àquilo que está a serviço da sua pessoa e da sua importância.

Converse com aquele senhor idoso: tem o bigode muito branco, a mão bem trêmula, aquece-se ao sol no banco da praia, vigiando um menino que brinca perto. Parece um santo, assim alvinho e curvo, tão bem-posto no seu paletó à moda antiga, o colarinho duro, a bengala de castão de ouro. Tão perto da morte, e aparentemente esquecido de si, contempla a criança... Pois fale com ele. Elogie o garoto. E o velho, imediatamente acordando da cisma, lhe dirá em segredo e em primeiro lugar a grande revelação: que o pequeno é seu neto, sangue do seu sangue, fruto da sua própria semente; talvez até mesmo se chame Fulano de Tal, Neto, a fim de perpetuar o nome do avô. Depois lhe contará as graças do menino: como quer bem ao vovô; como tem a mania de só dormir quando vovô chega; como aprecia os brinquedos que vovô lhe deu; como tem o gênio assomado e teimoso — então sorri: puxou ao avô... Depois, sempre aparentemente absorvido no neto, lhe dirá os planos que fez para o futuro do pequeno, o que sonha que ele seja, o que lhe reserva em apólices ou em prédios para quando ficar homem feito. "Eu já estou com o pé na cova", concede o velho ante a realidade inexorável, "mas espero que meu neto..." Sim, e é por isso que o ama: porque espera que o neto não o deixe esquecido, que continue e prolongue o seu nome, a sua vida, os seus sentimentos, a sua fortuna, até mesmo os seus defeitos; consolado ao verificar que aquela coisa preciosa e mágica e única que é a sua personalidade, não será perdida quando se vir forçado a morrer.

Escute duas pessoas verazes e honestas contando uma discussão que tiveram entre si. O que o narrador disse, o que retrucou. As inépcias do outro, como ficou achatado ante as verdades luminosas com que o confundiu, os argumentos irrespondíveis que usou. Claramente deixa ver que só por piedade ou prudência não levou a discussão a extremos mais esmagadores. E a versão de ambos os contendores será idêntica, deduzindo-se apenas as diferenças de temperamento e expressão. Por eles, nunca se saberá quem venceu. E nenhum mentiu, são pessoas verazes, segundo foi dito. Mas cada um guardou a memória da discussão através de si. E imagine agora se essa história a contasse um mentiroso!

Ouça a descrição de um desastre. O trem descarrila, não sei quantos feridos, vinte mortos, viúvas chorando, crianças mutiladas, um horror. Cada uma das testemunhas do acidente — continuemos sempre lidando com gente veraz e honesta — cada uma contará o que viu com a verdade de Deus na boca: "Eu vinha chegando na estação — por sinal que atrasado, parece que adivinhava que ia perder o trem — e imagine o meu horror quando a coisa aconteceu de repente. Nem sei como não tive uma vertigem, que susto horrível. Se desta vez não fiquei sofrendo do coração, também nunca mais fico. Já vi muitos desastres, mas nunca na minha vida tinha assistido a uma coisa assim. Os carros se engavetando, parece que escutava os ossos do pessoal se partindo e estalando junto com a madeira do trem. E eu ali, sem poder fazer nada. Cada grito, que me arrepiava todo. E fiquei ainda mais horrorizado quando me lembrei dos companheiros de viagem de todo o dia que vinham naquele horário. Foi a Providência Divina que fez o desastre ser antes do trem chegar à estação, e não depois. Imagine que, por meio minuto mais, eu teria embarcado. Não foi mesmo o meu anjo da guarda? Me senti tão aflito que não pude mais continuar olhando; tive que fechar os olhos e me sentar na calçada, com uma náusea; estava mesmo me sentindo mal..."

Tanta gente morta, tanta desgraça, coisa tão medonha, mas o que é que interessa ao narrador do acidente? As suas reações, os seus arrepios, a sua premonição, as suas experiências com desastres anteriores, o cuidado especial que teve a Providência em impedir o seu embarque naquele trem, os seus conhecidos, a sua náusea.

E o maquinista, se sobreviver, lhe contará as emoções por que passou tentando governar a máquina desgovernada, e até o defunto no céu explicará a São Pedro não a catástrofe em si, mas a parte que lhe tocou em relação à mesma catástrofe.

Olhe esse magro funcionário lendo o seu jornal na barca. Passa com tédio a primeira página, a segunda: lista dos candidatos ao Prêmio Nobel, suspensão do bloqueio de Berlim, o estado de saúde do rei da Inglaterra, as inundações em Fortaleza, o presidente Dutra nos Estados Unidos, o assalto a Xangai. O homem lê com displicência crescente, cada vez com mais nojo e indiferença. Mas eis que no cantinho da quinta página, espremida na massa de notícias da Prefeitura, vem a lista dos funcionários que entraram em férias na semana anterior. E aquele homem que desdenhou os sete sábios da Grécia, que não se comoveu ante a inundação, a fome e a guerra, que pulou o parágrafo do presidente e não deu um segundo de atenção à possível morte do soberano de todos os ingleses, esse homem arregala o olho comovido, cata um lápis no bolso, sublinha a notícia sensacional, pensa melhor, acha que sublinhar não foi bastante, abre a pasta que traz sobre os joelhos, pesca lá uma tesourinha e recorta a notícia, a preciosa notícia que está ali informando ao país e ao mundo que O CONTÍNUO JOSÉ DOS PRAZERES ENTROU EM GOZO DE FÉRIAS NO PERÍODO QUE VAI DE 10 A 30 DE MAIO. Maior do que Xangai, do que

Dutra e o Prêmio Nobel, porque trata da sua própria e especial pessoa, das suas férias; e o seu nome, na imortalidade do papel impresso, tem um milhão de vezes mais importância do que os dois bilhões de outros habitantes do planeta.

Direis que isso não passa de simples vaidade. Pois é engano, engano. Vaidade não é uma causa, vaidade é consequência daquela noção exaltada da nossa própria existência, fenômeno inefável e para sempre maravilhoso. Não somos vaidosos, propriamente. Apenas sentimos que em nós, em cada um de nós, está o eixo do mundo. Aquele que acredita em Deus, imagina-se não feito à imagem de Deus, mas concebe Deus de acordo com a sua própria imagem. E por isso o bom reza a um Deus bom, e o mau reza a um Deus mau, ou ao diabo. Quanto ao ateu, a diferença que faz do deísta, é que ele próprio é o seu deus.

Pode o homem renunciar a tudo, riqueza, poder, glória, amor; pode renunciar até à própria vida. Mas não renuncia a si. Nem quando aparentemente se renega, esconde a própria origem, esconde o seu nome, usa um nome de empréstimo. Pois, se se envergonha da sua origem e do seu nome, é porque não os considera dignos de quem os usa; e assumindo nome e identidade novos, está procurando vestir uma pele que faça mais justiça ao próprio mérito.

O santo, que bate no peito e faz confissão dos seus pecados, fugirá ele à regra comum? Na verdade, considera-se o maior de todos os pecadores; sabe que lá estava o inferno de boca aberta, com um lugar especial a esperá-lo, porém a mão de Deus, com graça especial, o retirou do mau caminho. Que a sua ingratidão para com Deus não tem limites, e em paga o Senhor lhe concedeu graças absolutamente excepcionais. Se lhe manda provações é porque o ama. E as alegrias, por pequenas que sejam, um raiar de sol, um perfume de flor, por elas dá graças como prova do minucioso cuidado que tem o Monarca Supremo no seu consolo e no seu bem-estar. E não é maravilha que entre tantos, o Senhor, na sua infinita bondade, o escolhesse como instrumento de Sua misericórdia?...

(Ilha, maio de 1949)

Pequena cantiga de adeus

Q∪EM QUISER MANDAR recados e lembranças, aproveite que estou às ordens. Em breve já não serei aqui. Saudades, a bem dizer levo poucas, pois quem mais amo vai comigo. Passa por cima de mar, passa por cima de rio. Setecentas léguas de terra, voando por cima delas. Céu tão azul que dói nos olhos; sobe, sobe, não tem nuvens, só a branquidão do sem-fim: e o avião cai nos buracos de vento quente, bate as asas, se equilibra, só Deus sabe o que lhe custa, que o céu é leve demais.

Chega nas serras de Minas. Foi-se embora o frio úmido do Rio, o ar não se aquece, mas parece refinado e a friagem abandona os pés e as mãos, entra é pelo sangue, como vinho, esquenta a cor das faces, chega a ter gosto de flor.

Corta as matas da Bahia. Voa, voa, acaba a serra e acaba a mata, começa a caatinga, que vista do alto não é verde como o outro mato comum, é cor de sépia ou cor de prata e às vezes cinza-negro. E de repente, primeiro um lampejo de um cinza mais claro, lá longe, depois se desenrolando todo, se espreguiçando no meio da terra quase nua — o rio: Senhor São Francisco. Tendo sorte, às vezes se avista um navio da Baiana, fumegando e batendo roda, andando tão devagar que até dá a impressão de parado. E daí talvez esteja mesmo parado, tomando lenha, pescando o peixe do almoço do comandante, ou conversando com alguém que se equilibra e dá risada à borda do barranco. Ou comprando pedra preciosa do garimpeiro que amarrou o cavalo num pé de pau à beira d'água e tira as pedrinhas de um saco de camurça e vai discutindo os preços com os passageiros apinhados na amurada do barco. Até que o comandante manda o navio apitar, o cavalo se assusta, o homem recolhe as pedras, a roda de popa torna a girar lentamente e a fumaça preta sai aos borbotões da chaminé.

Horas seguidas o avião acompanha o rio, parece que sente saudade de ir mais longe. Desta vez não é fumaça que se avista, mas a vela branca dum paquete, é feito um inseto deslizando na correnteza.

Afinal se acaba o rio — corta Pernambuco, entra no Ceará velho todo salpicado de açudes. Dava vontade de viajar de hidroplano e baixar em cada prato-d'água, demorar um pouco, conversar com os conhecidos. Afinal a igreja da Parangaba levanta entre o casario as suas torres quadradas. A cidade surge espalhada à beira-mar, as casas novas se conhecem pelo telhado vermelho e o campo do Cocorote é feito um açude seco onde o avião senta aos pulos, entrega a gente aos de terra e vai embora em busca do Piauí.

Mas nem é para ali que eu vou. Para onde eu vou ficou atrás, passei voando por cima, doeu-me os olhos de tanto procurar e afinal não identifiquei nem a estação do trem, nem a casa velha e o açude — via tanto açude, tanta casa velha, tanta estação, mas nunca os três juntos, que era o sinal de certeza. Tenho que voltar de trem. E esperar dia certo, que trem é dia sim, dia não.

Bem, já disse que saudades não levo. Saudades irei matar, e criar saudades novas para trazê-las comigo, fresquinhas, piando dentro do peito como passarinho recém-nascido. Saudades irei chorar, dentro da casa vazia de quem se foi, os armadores sem rede, as redes sem gente dentro. Os livros que ninguém lê; a chuva e os relâmpagos que ninguém espia, a água no pluviômetro que ninguém mede mais. Ver como é que se portam as coisas sem o seu dono. Se elas têm mais vida do que os viventes, como é que continuam sem mudança, desamparadas da mão que as criou. Mal comparando, é quase a experiência de ver como andaria o mundo feito por Deus, depois que Deus fosse embora.

Morre tudo e a terra fica. Viúva pode ser, mas dando filhos, amando outros donos, florindo para novos olhos, já que os antigos não a enxergam mais. Quero ver. Quero ver se ainda encontro algum sinal das mãos que se foram dali. Ou escuto o eco da voz perdida, ressoando como dantes no pátio da fazenda velha. De tardinha, quando as vacas descem o alto, mugindo apressadas, enquanto de cá responde o choro dos bezerrinhos — será que ainda verei o vulto de quem as esperava encostado à porteira do curral? A novilha predileta, a Flor do Pasto, essa entrava devagar e o fitava, como se entendesse, com os olhos grandes amorosos.

Na calma do pôr do sol, quando os passarinhos se aninham barulhentos na umarizeira centenária à margem do açude e os peixes saltam à flor da água morna como em procura de fresco — estará perdida, à beira d'água, a marca dos seus rastros, quando vigiava a marcha irregular das ovelhas em caminho do telheiro? E em que alturas do ar estará pairando a vibração do seu riso manso, zombando com ternura da menina que carregava no colo o cordeiro enjeitado?

Se nada se perde no mundo, se luz, som, pensamento, alma, tudo tem substância e tem força — onde estarão a voz, o pensamento, a alma daqueles que fecham os olhos e se entregam às mãos dos outros, e são traiçoeiramente escondidos entre duas camadas duras do chão?

Tudo o que ele fez, mundo tumultuoso de esperanças e temores, o que aprendeu e não teve tempo de passar adiante,

tudo isso para onde foi? Eco das palavras ditas, onde estará? Amor tão grande que enchia o seu peito, para onde terá ido depois que esfriou o coração? O morto é um estranho que ninguém conhece, chegou uma tarde, uma noite, partiu. Mas para onde foi o vivo que nos amava?
 Setecentas léguas de terra e água, não de barco, não de avião ou de trem, mas andando com os pés descalços no chão duro, setecentas léguas andaria eu com gosto, para o buscar. Ou setecentas vezes setecentas. Mas no fim de cada caminho as encruzilhadas estão vazias; só se encontra outro caminho. E esse estará vazio também.

(Ilha, julho de 1949)

Fragmento de romance

LEONOR ACABOU de fechar a valise e olhou pela janela. O trem já parava, o guarda-freio agitava a sua bandeira verde, os meninos vendedores de pão de ló tomavam de assalto as escadas dos carros.

A moça apanhou as revistas na rede, abandonou de propósito a cesta quase cheia de laranjas e saiu, depois de cumprimentar de leve a senhora de frente, que dava de mamar à garota.

Olhando o povo que se aglomerava na estação, cuidou a princípio que ninguém viera esperá-la. Mas logo avistou Manuel Amador, todo encourado como se acabasse de chegar do campo, enfiando a cabeça pelas janelinhas dos carros de primeira. A meio caminho avistou-a. Sorriu, tirou o chapéu.

— Bom dia, dona. Fez boa viagem? Minha madrinha mandou lhe trazer o cavalo.

— Só um cavalo? E as minhas malas?

— Veio também um moleque com um jumento.

Leonor procurou na bolsa os conhecimentos da bagagem, passou-os a Amador que saiu em procura do agente, prometendo que não demorava nada.

Nisso apareceu o moço português, na saída do carro-restaurante; deu logo com os olhos em Leonor, aproximou-se muito solícito, com o gorro de viagem na mão, estranhando que a estação dela houvesse chegado tão depressa, explicando que não conhecia direito aquela linha, pois, como explicara, estava mais habituado a fazer as praças na Bahia... E perguntara como é que a poderia rever, se na sua volta, que seria na quinta-feira seguinte, ela por acaso não apareceria na estação?

Leonor abanou a cabeça. A fazenda era longe, não sabia. Depois daquela ausência tão grande, tinha muito que fazer em casa...

O moço sorria, suplicava:

— Mas um passeio a cavalo, pela manhã... Até lhe faz bem à saúde! E por que não vem à missa? O trem passa aqui às oito e meia, já indaguei!

Leonor sorria, amarrando nervosamente debaixo do queixo as fitas pretas do chapéu de palha.

Nesse momento Amador voltava. Tocou de leve com os dedos na aba do chapéu de couro, saudando de má vontade o intruso, depois virou-se para a moça, respeitoso, mas firme:

— As selas estão esquentando no mormaço, dona.

Leonor sentiu como a sombra da voz da mãe, na voz do vaqueiro. E reagiu como de costume, obedeceu, estendeu a mão, disse adeus, afastou-se, enquanto Manuel Amador apanhava a valise e seguia atrás da patroa. Mas andados uns três passos, Leonor sentiu como sempre a revolta que lhe vinha em seguida a todo ato automático de obediência à velha; e voltou-se ostensivamente em direção ao moço que ficara imóvel, ainda descoberto, meio espantado com aquela saída brusca. Sorriu-lhe, fez um adeusinho com a mão — que noutra circunstância jamais se permitiria — e falou de modo que ele ouvisse bem:

— Até quinta-feira!

Manuel Amador olhou-a, espantado. Mas baixou a cabeça sem se atrever a um comentário. À sombra do tamarineiro os cavalos esperavam: Leonor viu a sua sela em Tuã, muito bem protegida contra o mormaço, coberta com o coxim. Era incrível como Amador se atrevia. Parece até que a velha tinha previsto a conversa com o moço e dera ordens para a interrupção. Amador não era mesmo que um cachorro para ela? — e como bom cachorro, havia de lhe adivinhar os pensamentos. Imagine se ela estivesse ali, com que gosto não teria pegado a filha pelo braço...

Pararam junto aos cavalos. Manuel Amador entregou o pequeno rebenque a Leonor, depois curvou-se e ofereceu as duas mãos trançadas para que ela pusesse o pé, ao montar. E vendo-lhe as costas dobradas, a rapariga sentiu um impulso cego de chicoteá-lo — com aquele mesmo rebenque que ele lhe pusera na mão. Depois fosse contar à madrinha... Era assim que ela devia tratar os espiões, os paus-mandados da velha... A chicote. Mas não adiantava bater nas costas, protegidas pelo gibão de couro. Devia bater era na nuca que se avistava entre a aba do chapéu e a gola — bater uma, dez vezes, até o cabra cair com a cara no chão, pedindo desculpa pelo amor de Deus...

Estranhando a demora, Manuel Amador soergueu-se, virou-se:

— Falta alguma coisa, dona?

Leonor apertou nervosamente o chicote entre os dedos e saltou para o silhão, mal tocando com a ponta do sapato na mão do vaqueiro. Riscou com o chicote a espádua do cavalo, Tuã recuou, como sempre fazia, e depois saiu em galope baixo.

Passaram pelo bondinho de burro, já cheio de gente, que esperava a saída, atravessaram quase que só a galope a cidade meio adormecida ao calor do sol forte. O mormaço parecia subir do chão, como uma fumaça.

Chegaram à estrada. As juremas em flor, nos dois lados do caminho, tinham um perfume mais pungente, ao calorão. Numa das voltas da estrada apareceu de repente a casa amarela da Veneza; na calçada de cimento o velho primo Bernardo agitou os braços, muito hospitaleiro, convidando-a para descer. Leonor sofreou o cavalo, sorriu, disse que tinha pressa, que a mãe a esperava. O velho insistiu, falou no sol, num café...

— Não posso, primo Bernardo. Amanhã venho cá e então demoro. Adeus! — E a moça ergueu a mão, agitando o chicote no ar. Tuã assustou-se, encolheu-se de novo, quis saltar. Manuel Amador, que desde a saída da estação marchava atrás de Leonor, carregando a valise na lua da sela, num momento já lhe estava ao lado, segurando as rédeas de Tuã, contendo o cavalo. Mas logo se afastou e falou como se pedisse desculpa da intervenção:

— Este cavalo deu para se espantar à toa. Se continua assim, minha madrinha retira ele para o campo.

Leonor virou-se, furiosa:

— Se entregarem meu cavalo aos vaqueiros dou um tiro nele, ouviu? Mato com as minhas mãos! Cavalo meu não vai para o campo servir a vaqueiro, nem que a sua madrinha mande dez vezes! É melhor você ficar sabendo logo, Amador!

O vaqueiro mordeu o beiço e calou-se. Pôs-se de novo a marchar atrás, embora a estrada larga desse até para seis de frente.

Quase uma hora caminharam assim, em silêncio. Leonor, passado o rompante de raiva, tinha vontade de perguntar notícias — se a Amélia já dera à luz, se a água do açude baixara muito, se a mãe teria mesmo mandado cortar o pau-branco do terreiro, conforme ameaçara. Mas conteve-se para mostrar dignidade, para o cabra compreender que aquela sua explosão de há pouco não fora um repente de criança, como Dona Clara gostava de dizer.

Afinal a casa apareceu ao longe, primeiro o telhado com o seu penacho azul de fumaça, depois as colunas brancas do alpendre, a cerca de madressilvas na frente. O pau-branco fora mesmo derrubado. Agora no terreiro não havia mais sombra. O pátio estava limpo, sem nada atrapalhando a vista, como Dona Clara queria. E Leonor parece que estava vendo a sombra dos grandes ramos na noite de lua, o seu choro desesperado, escondida junto do tronco, a voz do gramofone chegando da sala, e depois o abraço do Dr. Silveira, a voz dele dizendo baixinho: "Não chore mais... meu bem, não chore mais..." Será que a mãe vira qualquer coisa? Mas não podia, estava no sofá, conversando com Padre André...

Pois se não vira, adivinhara. Senão, como é que ia ficar com aquela ira contra o pé de pau-branco, que já contava com mais de vinte anos ali?

O cachorro Cometa veio fazer festa, ganindo, sacudindo-se todo. Amador, já do chão, oferecia-se para ajudar a moça a apear-se; mas Leonor dispensou a ajuda e deslizou da sela para o chão.

Dona Clara a esperava no alpendre, sozinha. Na janela da sala as meninas metiam a cabeça espiando, sorrindo.

Leonor pediu a bênção, beijou os nós dos dedos da mãe. Dona Clara perguntou se o trem chegara na hora, se não tinha havido poeira demais. Leonor fitava o rosto branco, os olhos ainda mais azuis do que os seus, e muito mais frios, parecendo até de vidro ou de gelo. Foi respondendo sim — sim, muita poeira, como está a senhora do seu reumatismo, trago um vidro de salicilato francês, conforme a receita. Dona Clara encaminhou-se então para Amador, reclamando umas encomendas. Leonor entrou na sala, foi tirando as luvas devagar, parou diante do retrato de Laurindo, que sempre a surpreendia penosamente toda vez que entrava ali, depois de uma ausência — tão vivo, o cacho do cabelo preto caindo sobre a fronte, a boca bonita, os olhos tristes... No jarrinho de cristal havia flores frescas — ai, os seus amores-perfeitos. Então já estavam florindo. Tantos! — Quatro, cinco, nove, dez... Decerto não ficaria um só no pé. Até os seus amores-perfeitos. Quando é que ela possuiria uma coisa só sua, que não fosse desviada para servir ao culto de Laurindo? Ao culto do *finado* Laurindo, do *finado*...

Dona Clara tinha entrado na sala com o seu passo leve. A filha voltou-se assustada quando a ouviu falar. A velha lhe corria com os olhos o vestido preto, a gola afogada, as mangas compridas:

— Estou admirada, vendo você de preto. Pelas notícias que recebi, pensei que chegasse aqui de encarnado...

Leonor tentou abrir a boca para responder. Mas como sempre, sentiu a garganta cerrar-se, as lágrimas quentes lhe chegaram aos olhos; encarou a mãe um instante; tapou a boca com as costas da mão, virou-se, saiu correndo para o seu quarto, entrou e bateu a porta com toda a força que tinha.

(Ilha, novembro de 1949)

Talvez o último desejo

Pergunta-me com muita seriedade uma moça jornalista qual é o meu maior desejo para o ano de 1950. E a resposta natural é dizer-lhe que desejo muita paz, prosperidade pública e particular para todos, saúde e dinheiro aqui em casa. Que mais há para dizer?

Mas a verdade, a verdade verdadeira que eu falar não posso, aquilo que representa o real desejo do meu coração, seria abrir os braços para o mundo, olhar para ele bem de frente e lhe dizer na cara: Te dana!

Sim te dana, mundo velho. Ao planeta com todos os seus homens e bichos, ao continente, ao país, ao Estado, à cidade, à população, aos parentes, amigos e conhecidos: danem-se! Danem-se que eu não ligo, vou pra longe me esquecer de tudo, vou a Pasárgada ou a qualquer outro lugar, vou-me embora, mudo de nome e paradeiro, quero ver quem é que me acha.

Isso que eu queria. Chegar junto do homem que eu amo e dizer para ele: Te dana, meu bem! Dora em vante pode fazer o que entender, pode ir, pode voltar, pode pagar dançarinas, pode fazer serenatas, rolar de borco pelas calçadas, pode jogar futebol, entrar na linha de Quimbanda, pode amar e desamar, pode tudo, que eu não ligo!

Chegar junto ao respeitável público e comunicar-lhe: Danai-vos, respeitável público. Acabou-se a adulação, não me importo mais com as vossas reações, do que gostais e do que não gostais; nutro a maior indiferença pelos vossos apupos e os vossos aplausos e sou incapaz de estirar um dedo para acariciar os vossos sentimentos. Ide baixar noutro centro, respeitável público, e não amoleis o escriba que de vós se libertou! Chegar junto da pátria e dizer o mesmo: o doce, o suavíssimo, o libérrimo te dana. Que me importo contigo, pátria? Que cresças ou aumentes, que sofras de inundação ou de seca, que vendas café ou compres ervilhas de lata, que simules eleições ou engulas golpes? Elege quem tu quiseres, o voto é teu, o lombo é teu. Queres de novo a espora e o chicote do peão gordo que se fez teu ginete? Ou queres o manhoso mineiro ou o paulista de olho fundo? Escolhe à vontade — que me importa o comandante se o navio não é meu? A casa é tua, serve-te, pátria, que pátria não tenho mais.

Dizer te dana ao dinheiro, ao bom nome, ao respeito, à amizade e ao amor. Desprezar parentela, irmãos, tios, primos e cunhados, desprezar o sangue e os laços afins, me sentir como filho de oco de pau, sem compromissos nem afetos.

Me deitar numa rede branca armada debaixo da jaqueira, ficar balançando devagar para espantar o calor, roer castanha de caju confeitada sem receio de engordar, e ouvir na vitrolinha portátil todos os discos de Noel Rosa, com Araci e Marília Batista. Depois abrir sobre o rosto o último romance policial de Agatha Christie e dormir docemente ao mormaço.

*

Mas não faço. Queria tanto, mas não faço. O inquieto coração que ama e se assusta e se acha responsável pelo céu e pela terra, o insolente coração não deixa. De que serve, pois, aspirar à liberdade? O miserável coração nasceu cativo e só no cativeiro pode viver. O que ele deseja é mesmo servidão e intranquilidade: quer reverenciar, quer ajudar, quer vigiar, quer se romper todo. Tem que espreitar os desejos do amado, e lhe fazer as quatro vontades, e atormentá-lo com cuidados e bendizer os seus caprichos; e dessa submissão e cegueira tira a sua única felicidade.

Tem que cuidar do mundo e vigiar o mundo, e gritar os seus brados de alarme que ninguém escuta e chorar com antecedência as desgraças previsíveis e carpir junto com os demais as desgraças acontecidas; não que o mundo lhe agradeça nem saiba sequer que esse estúpido coração existe. Mas essa é a outra servidão do amor em que ele se compraz — o misterioso sentimento de fraternidade que não acha nenhuma China demasiado longe, nenhum negro demasiado negro, nenhum ente demasiado estranho para ao seu lado sentir e gemer e se saber seu irmão.

E tem o pai morto e a mãe viva, tão poderosos ambos, cada um na sua solidão estranha, tão longe dos nossos braços.

E tem a pátria que é coisa que ninguém explica, e tem o Ceará, valha-me Nossa Senhora, tem o velho pedaço de chão sertanejo que é meu, pois meu pai o deixou para mim como o seu pai já lho deixara e várias gerações antes de nós, passaram assim de pai a filho.

E tem a casa feita pela nossa mão, toda caiada de branco e com janelas azuis, tem os cachorros e as roseiras.

E tem o sangue que é mais grosso que a água e ata laços que ninguém desata, e não adianta pensar nem dizer que o sangue não importa, porque importa mesmo. E tem os amigos que são os irmãos adotivos, tão amados uns quanto os outros.

E tem o respeitável público que há vinte anos nos atura e lê, e em geral entende e aceita, e escreve e pede providências e colabora no que pode. E tem que se ganhar o dinheiro, e tem que se pagar imposto para possuir a terra e a casa e os bichos e as plantas; e tem que se cumprir os horários, e aceitar o trabalho, e cuidar da comida e da cama. E há que se ter medo dos soldados, e respeito pela autoridade, e paciência em dia de eleição. Há que ter coragem para continuar vivendo, tem que se pensar no dia de amanhã, embora uma coisa obscura nos diga teimosamente lá dentro que o dia de amanhã, se a gente o deixasse em paz, se cuidaria sozinho, tal como o de ontem se cuidou.

E assim, em vez da bela liberdade, da solidão e da música, a triste alma tem mesmo é que se debater nos cuidados, vigiar e amar, e acompanhar medrosa e impotente a loucura geral, o suicídio geral. E adular o público e os amigos e mentir sempre que for preciso e jamais se dedicar a si própria e aos seus desejos secretos.

Prisão de sete portas, cada uma com sete fechaduras, trancadas com sete chaves, por que lutar contra as tuas grades?

O único desabafo é descobrir o mísero coração dentro do peito, sacudi-lo um pouco e botar na boca toda a amargura do cativeiro sem remédio, antes de o apostrofar: Te dana, coração, te dana!

(Ilha, dezembro de 1949)

Saudade

CONVERSÁVAMOS SOBRE saudade. E de repente me apercebi de que não tenho saudade de nada. Isso independente de qualquer recordação de felicidade ou de tristeza, de tempo mais feliz, menos feliz. Saudade de nada. Nem da infância querida, nem sequer das borboletas azuis, Casimiro. Nem mesmo de quem morreu. De quem morreu sinto é falta, o prejuízo da perda, a ausência. A vontade da presença, mas não no passado, e sim presença atual. Saudade será isso? Queria tê-los aqui, agora. Voltar atrás? Acho que não, nem com eles.

A vida é uma coisa que tem de passar, uma obrigação de que é preciso dar conta. Uma dívida que se vai pagando todos os meses, todos os dias. Parece loucura lamentar o tempo em que se devia muito mais.

Queria ter palavras boas, eficientes, para explicar como é isso de não ter saudades; fazer sentir que estou exprimindo um sentimento real, a humilde, a nua verdade. Você insinua a suspeita de que talvez seja isso uma atitude. Meu Deus, acha-me capaz de atitudes, pensa que eu me rebaixaria a isso? Pois então eu lhe digo que essa capacidade de morrer de saudades, creio que ela só afeta a quem não cresceu direito; feito uma cobra que se sentisse melhor na pele antiga, não se acomodasse nunca à pele nova. Mas nós, como é que vamos ter saudades de um trapo velho que não nos cabe mais?

Fala que saudade é sensação de perda. Pois é. E eu lhe digo que, pessoalmente, não sinto que perdi nada. Gastei, gastei tempo, emoções, corpo e alma. E gastar não é perder, é usar até consumir.

E não pense que estou a lhe sugerir tragédias. Tirando a média, não tive quinhão por demais pior que o dos outros. Houve muito pedaço duro, mas a vida é assim mesmo, a uns traz os seus golpes mais cedo e a outros mais tarde; no fim, iguala a todos.

Infância sem lágrimas, amada, protegida. Mocidade — mas a mocidade já é de si uma etapa infeliz. Coração inquieto que não sabe o que quer, ou quer demais. Qual será, nesta vida, o jovem satisfeito? Um jovem pode nos fazer confidências de exaltação, de embriaguez; de felicidade, nunca. Mocidade é a quadra dramática por excelência, o período dos conflitos, dos ajustamentos penosos, dos desajustamentos trágicos. A idade dos suicídios, dos desenganos e por isso mesmo dos grandes heroísmos. É o tempo em que a gente quer ser dono do mundo — e ao mesmo tempo sente que sobra nesse mesmo mundo. A idade em que se descobre a solidão irremediável de todos os viventes. Em que se pesam os valores do mundo por uma balança emocional, com medidas baralhadas; um quilo às vezes vale menos do que um grama; e por essas medidas pode-se descobrir a diferença metafísica que há entre uma arroba de chumbo e uma arroba de plumas.

Não sei mesmo como, entre as inúmeras mentiras do mundo, se consegue manter essa mentira maior de todas: a suposta felicidade dos moços. Por mim, sempre tive pena deles, da sua angústia e do seu desamparo. Enquanto esta idade madura a que chegamos, você e eu, é o tempo da estabilidade e das batalhas ganhas. Já pouco se exige, já pouco se espera. E mesmo quando se exige muito, só se espera o possível. Se as surpresas são poucas, poucos também os desenganos. A gente vai se aferrando a hábitos, a pessoas e objetos. Ai, um dos piores tormentos dos jovens é justamente o desapego das coisas, essa instabilidade do querer, a sede do que é novo, o tédio do possuído.

E depois há o capítulo da morte, sempre presente em todas as idades. Com a diferença de que a morte é a amante dos moços e a companheira dos velhos. Para os jovens ela é abismo e paixão. Para nós, foi se tornando pouco a pouco uma velha amiga, a se anunciar devagarinho: o cabelo branco, a preguiça, a ruga no rosto, a vista fraca, os achaques. Velha amiga que vem de viagem e de cada porto nos manda um postal, para indicar que já embarcou.

*

Não, meu bem, não tenho saudades. Nem sequer do primeiro dia em que nos vimos, aqueles primeiros e atormentados dias de insegurança e deslumbramento. Considero uma bênção e um privilégio esse passado que ficou atrás de nós, vencido. Afinal, já andamos bastante caminho, temos direito ao sossego, a esta desambição, esta paz. Vivemos, não foi? Fizemos muito. E nem por isso deixamos de ainda ter muito o que fazer. A velhice que vai chegar com as suas doenças e trabalhos. E ainda virá a grande crise da morte em que um dia um de nós, necessariamente, terá que ajudar o outro. Espero que aquele que ficar só, embora triste, se sinta tranquilo, na segurança de que a sua vez não tarda. Que aí, só lhe resta a pagar a última prestação.

(Ilha, 1950)

Amor à primeira vista

(para o LEO)

Vê-lo e amá-lo foi obra de um minuto. Assim diz a modinha e assim é verdade. Meu Deus, eu já tinha ouvido falar nele. Já tinha mesmo apreciado um retrato. Contudo, não esperei que fosse assim. Com aqueles olhos amendoados, o misterioso sorriso esquecido na boca e aquele abandono confiado de quem conhece muito bem a que braços se entrega, de quem só espera o bem, pois nem sabe que existe mal.

O principal, como já falei, são os olhos. E depois a meiguice. E o beicinho que se encrespa quando faz manha; e como é cheiroso, Senhor, cheiroso. Cheira a flor e a talco, mas cheira principalmente a fruta madura, talvez a maçãs no momento em que são colhidas, talvez àquelas uvas que dão vinho rosado, doces e queimadas de sol.

E sereno. Tranquilo, natural e pacífico, ainda intocado pela pressa do mundo.

Ficou no meu colo bastante tempo, quase imóvel, agitando vagamente um braço ou uma perna, me fitando com aqueles olhos que são o seu encanto maior. Olhos tão inocentes e que trazem dentro de si, por isso mesmo, toda a sabedoria das coisas que nascem completas. Mas não eram olhos vagos de recém-nascido, eram olhos de quem já enxerga, de quem assinala uma pessoa e, fitando-a, de certo modo toma posse dela e a incorpora ao seu mundo. Houve um momento em que ele pôs a mãozinha no meu rosto e deixou-a estar assim vários minutos. Parecia fazê-lo intencionalmente, como para mostrar o seu poder, dizer "Se eu quisesse, você era minha, bastava que eu fizesse mais força com a mão: pois não estou vendo que já está cativa, que tem os olhos cheios de água, que era capaz de ficar de joelhos olhando para mim o resto da sua vida?" Por fim retirou a mão e sorriu — mas não sei para quem sorriu.

Ainda não é homem, ainda não é nem mesmo gente, mas também já não é mais anjo, já participa da condição humana, já chora, já sofre dor, já tem medo, já deseja as coisas, já possui criaturas e objetos, já tem preferências e antipatias. E pensar que naquele corpinho de flor, que cabe quase todo nas palmas das minhas mãos, está um homem em potência. Já está o ser inteiro ali, completo e indivisível, com o seu destino marcado com a sua personalidade escolhida, tal qual está a árvore dentro da semente. Aquelas mãozinhas de miniatura vão ser mãos de homem, destinadas ao trabalho, ao trato com máquinas, com livros, com utensílios do seu labor de homem — quem sabe até com armas de guerra, se mais tarde ainda houver guerras. E aqueles pés que nunca sentiram o contato do chão, que a seda mais fina pode ferir, irão calcar a terra com força, e firmarem-se nela tomando posse do seu lugar ao sol, e percorrerão caminhos e escalarão montanhas. E aquela boca vai tomar o desenho que compete a uma boca viril e irá aprender todas as palavras, palavras de amor com que há de enganar as mulheres, e palavras ásperas de luta e negócios entre homens, e repetirá teoremas, e recitará versos, e falará línguas estranhas. E aquela cabecinha miúda irá abrigar pensamentos de homem, e conhecimentos, e verdades e talvez mentiras, se mentiras lhe ensinarem. E o pequeno coração que pulsa agora como um brinquedo engenhoso, vai receber toda a carga comum ao nosso triste coração humano, e conhecerá o amor e a cólera, e, se Deus quiser, a alegria e a coragem, a felicidade de viver e o prazer do trabalho fecundo.

Agora é uma coisinha de amor, a que só amor tem direito. Mas deixai que se passem alguns anos, e a misteriosa coisinha que nos palpita nos braços, que cheira a fruta madura e nos rouba o coração sem saber o que faz, terá se virado num ente adulto e grave, um homem com todo o seu poder e todos os seus recursos de homem, senhor da sua vida, capaz de escolher entre o bem e o mal — que só o bem escolherá, naturalmente, benza-o Deus.

(Rio, janeiro de 1950)

O rei dos caminhos

Fosse eu homem e andasse em começo de vida, não queria saber de estudo, de farda, nem de profissão liberal: tirava a minha carta de chofer interestadual, vendia o que tivesse de meu para apurar algum dinheiro e comprar o carro; ou, dinheiro não tendo, arranjava quem me fiasse o caminhão e, com ele, ia ganhar a vida pelo sertão do Nordeste.

Quem vê assim falar em caminhão, pensa logo em coisa bruta, profissão de pegar no pesado, mas qual o quê! O motorista sendo o dono, não passa da direção, no seu bom assento da boleia, almofadada de couro. Às suas ordens está o batalhão dos ajudantes e aprendizes de motorista e de mecânico que fazem o serviço sujo, se metem por baixo do motor, trocam pneu, botam manchão e remendam câmara de ar. Se é na hora de carregar ou descarregar, para isso tem a capatazia. O motorista está sempre de longe, olhando, dando opinião, achando ruim, e pode andar no seu macacão branco de brim engomado, que não pega uma mancha de óleo — nem poeira, que o para-brisa e os passageiros do lado o defendem.

É o caminhão a moderna diligência sertaneja; vai onde nem sonha ir o trem, onde automóvel jamais passou, ou mesmo — como me dizia Neném, filho de índio da Borborema, chofer do caminhão Ciganinho — vai em lugar onde até avião não se atreve... Destronou o comboio de burros, e hoje não tem comboeiro que pense no futuro e não ande atrás de uma vaguinha de ajudante de caminhão, para aprender a guiar.

É com o caminhão e não com o trem que contam os beneficiadores de algodão para lhes levar ao porto os seus fardos de pluma; para isso lhe abrem estradas, arranjam carros a crédito, botam fornecimento de gasolina nos lugarejos mais esquecidos, onde nem bodega existe. Porque é o caminhão que descongestiona os centros de produção e que abastece as povoações isoladas. Que seria de Goiás sem caminhão?

Contudo, não é do meio de transporte, do instrumento civilizador, que desejo falar; quero é cantar as excelências da vida de chofer de caminhão nas estradas sertanejas — uma das poucas existências de homem independente e feliz, fazendo contraste com o mundo sem liberdade e sem ventura, onde todos penamos hoje em dia.

Não tem patrão nem horário. O carro é seu, nele mora e nele trabalha, e em geral nele mesmo dorme. Anda quando quer; faz o seu domingo e feriado no dia que entende, pois não conhece quem o obrigue. Não tem quem lhe ordene a hora da chegada ou da saída; e significando isso mesmo foi que certo motorista meu conhecido batizou o seu carro com este nome: MEU RELÓGIO É O CORAÇÃO. Chega quando Deus é servido, dorme onde bem lhe apraz. Dorme até no meio do caminho, se lhe dá na veneta; se por acaso o frio da noite lhe entorpece as mãos na roda do guidom ou a vista se embaça com a ressaca da festa da véspera, é só encostar o carro na beira da estrada e deitar em cima da carga, sob o toldo de oleado. Não tem garagem, nem tabela de preço, nem lotação máxima, não paga multa, não depende de ninguém. Não carece de pedir carga a patrão nenhum — os patrões é que vêm chorar atrás dele, rogando pelo amor de Deus que lhes leve aqueles fardos de lã, ou uns vinte sacos de milho, ou lhes traga um arame farpado da cidade, ou lhes conduza uns parentes. Enche com a carga a carroçaria até aos fueiros e por cima ainda acomoda tantos paraquedistas quantos caibam — por lá não anda Inspetoria de Veículos a meter o nariz nessas coisas. E fora os paraquedistas ainda ganha com os passageiros da boleia, onde cabem de três a quatro, conforme o corpo — e pagam passagem tão cara quanto de automóvel; aliás levam vantagem, pois na verdade viajar em boleia de caminhão é muito melhor, sem choque e sem poeira, do que em carro.

Nem sequer é obrigado a dirigir todo o tempo. Pois sempre traz consigo algum aprendiz adiantado, ansioso para pegar na direção toda vez que o timoneiro titular necessita dum cochilo.

É o ai-jesus das morenas — não inveja nenhum marinheiro dos sete mares com a clássica namorada em cada porto. Ele tem uma namorada em cada povoado, faz recadinhos das moças, traz-lhes encomendas da cidade, corte de seda, figurino e vidro de cheiro — e não será uma vez nem duas que terá carregado moça escondida, para si ou para servir um amigo.

Cada carro tem a sua buzina especial, que é como um grito de guerra para ser conhecido de longe, com duas gaitas, três gaitas e até seis gaitas; e quando, a quilômetros de distância, ouve-se a música sair de dentro de uma nuvem de poeira, já se sabe quem vem, já se bota a água no fogo para o café ou se mata a galinha para a canja, se é lugar de parada.

E além da buzina diferente, cada um tem o seu nome, escrito bem à vista na testada da cabina. É O DESCULPE A POEIRA, é o FÉ EM DEUS E PÉ NA TÁBUA, é o SENHOR DAS MORENAS, é o QUEM ME SEQUE, é o TROVÃO DO CARIRI, é o ATÉ AMANHÃ, é o LEÃO DA TERRA, é o MEU BEM ME ESPERA, é o VOU NA FRENTE; e até um, todo escangalhado, sem paralamas, a carroçaria chocalhante e o capuz que já nem fechava os queixos, trazia pintado este letreiro: AMAR FOI A MINHA RUÍNA...

Se há festa em qualquer lugar o caminhoneiro abandona os carregamentos, se lava, se embandeira e vai conduzir romeiro ou turista; e faz isso sem prejuízo — pelo contrário, ganhando mais do que na carga comum, porque festeiro o que quer é ir, paga o preço que se cobrar. E então quando a influência é de santo ou de milagres, como está acontecendo agora com o padre do Rio Casca — aí para o chofer é o mesmo que tirar a sorte grande. Peça até loucura, cobre preço de deboche, que o pessoal paga. E se sujeitam a ir de qualquer maneira, iriam agarrados nas rodas, se ele mandasse.

No inverno é que a vida piora; desaparecem as estradas que não são estradas direito, mas caminhos mal destocados, rasgados na caatinga, as mais das vezes pelo próprio carro ajudado pelos poderes de Deus. Mas ele aproveita esse tempo para tomar descanso, fazer os consertos maiores, e sempre roda um pouco pela cidade onde parou. Assim porém que baixam as águas, secam os atoleiros e os rios dão passagem, lá se espalham os caminhões pelo sertão, comendo légua, inventando caminho, subindo serra, tirando fogo em pedregulho, à beira de precipício.

Por causa desses altos e baixos, os motoristas se habituam à aventura, só pegam em dinheiro muito, só negociam em câmbio negro — é a gasolina, é o pneu, a peça sobressalente — e também o açúcar, ou o sal, ou o gênero que está em falta e pode ser trazido de longe. O hábito de conceder caronas lhes ensina uns ares de grão-senhor; acabam nem respondendo mais aos pedidos de "goteira" ou de "bochechas" — que é como lá se chamam os penetras — apenas diminuem a marcha do carro, e apontam majestosamente para trás, indicando ao goteira que suba.

Conhecem o sertão inteiro como a palma da mão; o São Francisco e o Parnaíba são os córregos do seu terreno. Dão notícias de desastres de avião, sabem de ciência própria quem foi que mandou matar o delegado, em que dia chega o ministro itinerante ou o americano que vem comprar oiticica. Sabem hoje de uma novidade em Juazeiro da Bahia, e com poucos dias já estão transmitindo a notícia nos confins dos Inhamuns, quase mais ligeiro do que o telégrafo; e com uma vantagem; o telégrafo não conversa com ninguém, só dá notícia para terra onde tem jornal, e o chofer de caminhão é o jornal falado, pode ser comparado até com rádio — sendo que vai onde rádio nunca foi, porque não precisa de eletricidade e, por onde vai passando, vai dizendo o que sabe.

Além de notícia carrega socorro: é o soro para o menino de crupe, a injeção para mordida de cobra, a vacina de tifo; até carrega doente, bem protegido debaixo do toldo, de rede armada ou deitado nuns sacos de carga macia, como se fosse ambulância. E quando se presta a fazer enterro, carrega tudo de uma vez — defunto e convidados, e família do defunto, e até mesmo o padre para a encomendação.

Outras vezes o caminhão conduz um preso, aliviando a escolta da caminhada penosa ao sol quente; por isso mesmo os soldados de destacamento do interior tratam os motoristas de potência para potência. Chegam a adular um pouco, porque não é raro o praça ou o cabo que faz uma diligência a pé e vai cortando o pedregulho com as reiunas, quando aparece um caminhão amigo e lhe dá descanso ao corpo. E o povo já diz que macaco da polícia, embora fale grosso com todo o mundo, a chofer de caminhão pede as coisas por favor e só falta tomar a bênção.

Às vezes, verdade se diga, acontece um desastre. Em geral escapa tudo. Se acaso há morte, sempre quem morre primeiro é o chofer, com o peito esmagado na direção. Mas é morte limpa e rápida; e fica para sempre na memória do povo, como morte de herói. Anos e anos depois do caso sucedido, ainda tem quem o recorde e, passando pelo lugar do desastre, repete o nome do finado motorista e conta as suas façanhas. E quisera muitos de nós depois de morto deixar o nome na lembrança do povo, na saudade das mulheres, e na boca dos cantadores, que hoje em dia cantam os feitos dos motoristas valentes como cantavam, os dos tempos de dantes, as histórias de Antônio Silvino e de Lampião.

(Ceará, 1950)

Jimmy

A GENTE CHAMA de botequim, mas na verdade é bar e restaurante. Quase à sombra da velhíssima torre de Saint-Germain, foi entretanto decorado à moderna, todo em metal ondulado e luz indireta. A *patronne,* por trás do balcão, é jovem, loura e tem um doce olhar azul de águia, que nem um segundo perde de vista os fregueses e os dois garçons carecas. A parede ao longo da qual corre a *banquette* onde a freguesia se senta, é feita de espelhos de alto a baixo; deixa a gente com a sensação de que está dando as costas a si mesmo e que há outro bar cheio por trás, nos espiando. Na mesa junto da porta um francês gordo, de gabardina e guarda-chuva, faz roda com uma mulata de ar distinto e suéter cor de ciclame e um rapaz cabeludo fantasiado de existencialista. E mais uma pequena pálida, cujo cabelo muito crespo, emaranhado, lembra um gorro de lã lhe encimando a testa curta, o olho dormente; pelo que parece ela está ou vive bêbeda e lê para os da roda os poemas de um livrinho que abre junto do rosto. Logo aos primeiros versos o gordo de gabardina diz uma palavra feia mas só quem ri é o existencialista: a mulata se agita na cadeira, constrangida, e a poetisa não escuta nada, continua recitando o seu refrão:

"*Le coeur 'sur' la tête, la main sur le coeur...*"

No balcão, um americano bêbedo parecido com Randolph Scott pede mais um copo de *vin ordinaire*; a *patronne* o serve, sorrindo com ternura. O gordo da roda repara no americano e começa a gritar: "Jimmy, Jimmy!" e a convidá-lo a escutar os versos para ver se entende — ninguém os entende: "Como é mesmo, *mademoiselle? Le coeur dans la tête...*"

Obediente, mas sonolenta, a poetisa retifica: *"Le coeur, sur la tête..."*

Mas Jimmy não se interessa, afasta com um gesto de mão a poetisa, o gordo e o seu apelo e abaixa-se a fim de apanhar debaixo do tamborete o seu grosso bengalão de cana. Um moço argentino que toma sopa de cebola *gratinée* na segunda mesa, chama discreto o garçom e pergunta se o gordo de gabardina não é um escritor conhecido — tem a ideia de já lhe ter visto a cara num jornal. O garçom encolhe os ombros — qual, aquele é um cliente antigo, M. Jules, *commis de vins*. O moço argentino paga a sopa e sai na direção dos cafés ilustres, onde deve aparecer Simone de Beauvoir. Na mesa que ele abandona sentam-se duas mulheres, uma gorda e clara e a outra alta, morena e de perfil de medalha, ambas já na metade mais triste da década dos quarenta. Leem num *menu* só, com as cabeças bem juntas, e se chamam uma à outra de *mon chéri*. Pedem pé de porco grelhado e uma garrafa de vinho Máscara. Jimmy se apaixona à primeira vista pela quarentona de perfil clássico. Faz-lhe gestos, lá do balcão. Recita Verlaine com sotaque: e silva um psiu enérgico contra a poetisa que ainda está na lengalenga do *"coeur sur la tête"*, enquanto os outros dão risada e a mulata fica em pé e se despede. Porém a morena não olha para Jimmy, bebe o vinho e acende um cigarro, Jimmy se desprega do balcão, aperta a bengala ao peito e chega à segunda mesa: *"Madame, je vais vous dire des insolences, mais très gentiment..."*

Nesse momento entra vivamente no bar uma senhora magríssima, com os dedos sujos de tinta verde, e segura Jimmy pela gola do paletó. Ele lhe diz distraído *"Allô, mon amour"* e ela fala enérgica a respeito da bagagem e de *vacances*. Jimmy liberta-se com um safanão, recusa-se a acompanhá-la, recusa-se a partir em *vacances* no dia seguinte, volta ao bar e segura-se com toda a força à beira do balcão. A dama magra enfia-lhe a mão no bolso e surrupia uma carteira cheia. Ele não vê ou não liga, pede outro *vin ordinaire*. Mas *a patronne*, por trás da sua registradora, levanta uma sobrancelha interrogativa para a outra; a mulher abre a carteira, tira de dentro uma nota que passa à *patronne*. Sai.

Jimmy agora esta amando uma senhorita sozinha, vestida de verde, que toma uísque na ponta do bar. Começa a lhe falar baixinho, no ouvido. A moça ri: Jimmy, triunfante, volta-se para o público, segura o cabelo ruivo da moça, muito liso, preso na nuca por um laço preto, e declara que aquele cabelo lhe faz lembrar a cauda de um potrinho que viu escaramuçando num dia de sol. A moça pergunta onde foi. E Jimmy aponta com a bengala para qualquer ponto indefinido e diz que faz muito tempo.

A roda da poetisa se dissolveu. O gordo e o existencialista partiram, deixaram a moça sozinha com a cabeça lanzuda repousando sobre a mesa, aparentemente dormindo. Mas quando um garçom lhe passa perto, ela ergue o rosto, e oferece o livro: — São trinta francos.

Volta a mulher magra, agora envolta numa capa vermelha de celofane, como um presente de Natal; salta de um táxi que fica parado à porta, esperando. Ela não entra, grita apenas: "Jimmy!". Jimmy emborca o resto do vinho, encara a *patronne*. A *patronne* sorri, abana a cabeça. Jimmy então abandona o copo e sai cabisbaixo para a porta. A moça cujo cabelo parece a cauda de um potrinho dá-lhe adeus com a mão. Jimmy volta-se numa derradeira vez, ajoelha no passeio molhado, estende os braços e a bengala, dá um soluço e diz *"Pardon!"*. A mulher magra o segura pela gola e o arrasta para a porta aberta do táxi.

(Paris, setembro de 1950)

A *fama e a realidade*

GOSTARIA DE PODER me explicar direito, mas há casos em que é difícil a gente se manifestar. Tenho pensado neste assunto muitas vezes, tento comentá-lo e não consigo. Vamos ver se dá certo uma comparação.

O homenageado está sentado à mesa do banquete: o charuto na boca, o sorriso na face, o ouvido atento ao discurso de louvor. Ao seu lado os grandes do mundo, e o mundo inteiro, grandes e pequenos, aos seus pés. Que coisa doce é ser célebre, que experiência agradável é a fama, que sensação de plenitude deve dar a gente se sentir o *maior*, seja *boxeur*, bailarino, tenor, craque de futebol, herói aéreo, pintor laureado.

Pois é a respeito disso, justamente, que tenho dúvidas. Vendo o indivíduo assim celebrado, logo penso que ele não recebe nada daquilo grátis. Paga um preço alto, altíssimo: o esforço permanente de se manter em forma, a vigilância em não decair e, acima de tudo, a responsabilidade no momento dramático e solitário em que deve realizar a *performance* que é a fonte da sua fama, que o coloca acima das demais criaturas. O grande tenor lírico mora nos grandes hotéis, anda em carro de luxo, recebe a adulação da turba e das elites, é um rei, vive em Pasárgada. Mas na hora em que enverga o travesti e pisa o palco, e dá começo à ária dificílima que justifica a sua celebridade — nessa hora sua grandeza evaporou-se. Chegou o momento que certo autor americano chama *deliver the goods* — entregar a mercadoria. Aí de nada vale a sua condição excepcional — antes o atrasa. Aí ele tem que trabalhar com o suor do rosto, com o ar dos pulmões, com a mísera garganta que talvez esteja travada de emoção ou de receio, com os músculos tensos, sozinho, sozinho, porque nada o ajuda. Antes, a expectativa ciumenta do seu público o espreita como um olho de inimigo.

O ás da aviação — a gente o vê no momento em que desembarca e é recebido com banda de música. Mas, e a hora de tensão e terror lá em cima, quando as vísceras se encolhem no protesto da carne contra a velocidade desumana, vísceras que não diferem em nada das tripas de um covarde? E o fôlego que falta sofrendo a altitude inimiga da vida, e a luta contra a máquina, o cheiro da máquina, a brutalidade da máquina, a falibilidade da máquina? Poderá haver maior desamparo?

Os exemplos podem se repetir até o infinito. É o pianista ídolo do público, isolado como um náufrago diante do mar negro que é a plateia, enfrentando o instrumento, apelando desesperadamente para os seus dedos hábeis, treinados — mas de carne e osso como os dedos de todo o mundo —, apelando para a memória que também corre o risco de falhar, sabendo que não pode esquecer uma nota, que tem de dar tudo — e que está ali sozinho, sozinho, como o estava na hora em que nasceu, como o estará na hora em que morrer.

É o craque de futebol que enfrenta o gramado, a capacidade sempre temível do adversário, as incertezas do jogo. É o trapezista na hora do duplo salto mortal, a contemplar lá de cima o chão duro, ou a morte — e a separá-los não há senão a sua destreza e a sua coragem. E o toureiro, que desafia a fera, o grande ator vivendo o drama imortal.

Até o pobre diabo do escritor, com a folha de papel em branco diante de si; sabem lá o que é o desespero de não poder inventar, a agonia de se sentir fracassar, a boca que não diz nada, a mente vazia, sem riqueza de ideia, sem desenho de forma, poço seco onde só há areia e pedra? E assim mesmo o relógio correndo, a obrigação de ter inteligência e ter espírito, a luta desesperada por um fiapo de frase que se desfaz, de pensamento que aborta antes de se exprimir em palavras?

Sim, passado o momento decisivo da criação, ou da ação, há o aplauso, o dinheiro, o renome. Mas, antes, tem-se que pagar o preço disso tudo, em dor, em suor, em medo. Desculpem a aproximação — pode ser brutal mas é verdade: como uma cortesã, paga-se com o corpo. Por mais que se doure o cenário, por mais que se idealize o ofício e o oficiante — tem-se o luxo, o amor do povo, o retrato nas revistas, as palmas, a inveja. Mas quando chega a hora de "entregar a mercadoria", com o velho corpo é que se paga — quando também a alma não vai de roldão, misturada com o suor, o tremor da perna, o medo e a fadiga.

(Rio, 1951)

Retrato

NÃO GOSTO DE TIRAR retratos. Ou são instantâneos de amador e nos pegam desprevenidos sempre no momento pior de todos; ou são retratos de estúdio, sofisticados, retocados, espiritualizados, que a gente acaba se envergonhando de mostrar aos amigos, de tal modo eles nos traem, revelando-nos antes como sonháramos ser do que como somos.

Ademais, desde o nascimento do fascismo até hoje, retratos se transformaram em arma política, e usar retrato de alguém ficou sendo a mesma coisa que usar braçadeira: põe-se o sigma na manga do casaco, ou a cruz gamada, ou se põe o retrato do velho na botoeira ou outro lugar conspícuo. E o velho no caso tanto pode ser o nacional como um dos outros falecidos velhos que tanto gostavam de ver a sua efígie nos cartazes, nos monumentos, nos edifícios públicos e nas casas de família. De uma casa de alemães me lembro que tinha retrato de Hitler até no banheiro e na copa; e, gente meticulosa, respeitadora da cor local, no banheiro puseram o Fuehrer com calça de tirolês, que era o seu retrato público trajando algo mais parecido possível como maiô de banho; na copa penduraram um instantâneo de banquete, no qual ele contemplava com ar faminto o marechal Goering a cortar um pastelão.

Assim pois não é de admirar que esses meninos nascidos após o quatriênio Washington Luís, em vez de nossas idiossincrasias, sintam antes uma fé danada no poder de sugestão da imagem impressa. Têm que acreditar em tudo que lhes ensina a propaganda — acreditam em hora do Brasil, em salvador, em polícia especial e, claro, acreditam na influência mágica de retratos distribuídos às dúzias.

A menina da rua paralela à minha, por exemplo. Foi num fotógrafo da rua Larga — um que se acha diplomático porque funciona perto do Itamarati e já tirou muito retrato de passaporte — pois a pequena foi nesse fotógrafo, bateu uma chapa igual a certa pose de Lana Turner — só que para o gosto de muitos ela ficou ainda mais picante que a louríssima, com o laço de veludo no cabelo, o colar de duas voltas e os ombros roliços emergindo como uma fruta madura do vestido sem alças, preso sob palavra, como chamam.

Mandou reproduzir duas dúzias das fotos e daí danou-se a distribuí-las com tal afã que não perdia para um candidato a vereador. Tinha lá os seus motivos: andava com a ideia de ser a "Miss Praia do Barão", no concurso de *Mi-carême*.

Mas acontece que o progresso neste mundo sempre caminha com passo desigual: quando uns vão adiante, os demais ainda se arrastam lá atrás. Por exemplo, enquanto Einstein formula teorias novas que deixam a da relatividade no chinelo, ainda tem muita gente neste mundo que pensa que a terra é chata com o céu por cima, o inferno por baixo e o mar salgado em redor. Assim, se a menina acreditava em retrato somente como fator de publicidade pessoal e, distribuindo-os, supunha que estava apenas fazendo anúncio de si própria, o mesmo não pensavam dois rapazes da sua rua: esses ainda eram do tempo em que moça só dá retrato como sinal de muito amor. E como prova de amor particular e único receberam os seus exemplares e os colocaram na carteira, por baixo da folha de celofane que os fabricantes põem nas carteiras justamente para esse fim.

Como os dois chegaram a confrontar as carteiras, não se sabe direito. Talvez um deles quisesse exibir a suposta namorada. O fato é que o outro achou ruim, mostrou o seu retrato também e acabaram ambos se engalfinhando. Briga de meninos, parece; mas meninos já homens, que brigam com sangue. Sei que um furou o outro com o canivete — furou três vezes, aliás, no peito e na garganta, e deixou-o por morto junto à vala, na rua. Daí afastou os colegas que o queriam apanhar, ameaçando-os com a arma e foi esperar a pequena na cerca da casa dela — a garota fora ao cinema com as amiguinhas. Com o mesmo canivete feriu-a também; queria pegar no coração, mas a mão resvalou, ou doeu-se de cortar o seio tão belo, e só feriu os braços e a costela. Quase só deu para o susto.

Satisfeita a sua ira — que ele considera justa — o criminoso evadiu-se sem que as moças apavoradas nem ao menos gritassem. Dizem que está homiziado em Niterói, no morro do Cavalão.

E aí vêm os jornais e dizem que os dois crimes tiveram motivo fútil — motivo fútil, imaginem. E ao mesmo tempo publicam em cima da notícia o retrato matador — sim, aquele mesmo retrato de colo descoberto, fita de veludo e colar de duas voltas, copiado de uma pose de Lana Turner. Porém muito mais fatal.

(Ilha, fevereiro de 1951)

História alegre

ERA UM ARIGÓ de cara larga, largo de ombros, largo de passos, riso mais largo ainda. Vestia uma roupa surrada, as calças remendadas no joelho, tamanco no pé. Mas a sua alegria não era apenas a famosa alegria do homem sem camisa: era mais complexa, de causa mais filosófica. Ele não gozava a simples satisfação animal de viver; sentia-se um predestinado, um querido dos deuses.

— *Homem, não vê, dona — eu sempre fui pessoa de sorte. Desde o começo. Minha mãe teve onze filhos, veio o garrotilho e matou três num dia só, depois mais três foram morrendo de um em um, de doença de criança, e quando apareceu o paratifo no 32, matou o resto. Quero dizer, matou o resto menos eu. Fiquei sozinho com os velhos. Continuei vivendo nem sei como, que por esse tempo era esmirrado, amarelo, comedor de terra. Lá pelos quinze anos foi que comecei a botar corpo de homem; também comia tanto que até fazia vergonha. E mode não ver a velha ralhar, acabado o almoço eu ia na bodega escondido e comprava de bolacha o tostão que tinha no bolso, pra poder confortar o estômago. Comendo em casa alheia, saía sempre com fome.*

Sim, por esse tempo o velho meu pai já tinha morrido de uma dor que lhe deu, bem aqui no vazio — lá nele. Minha mãe foi lavar roupa na casa duma gente rica, e eu tive que ir trabalhar à distância de dez léguas, num açude do governo. Porque me esqueci de dizer que era seca brava, nesse ano em que meu pai morreu. Aí a velha também deu para ficar doente — era uma dor, era um cansaço, uma falta de fôlego — com pouco foi-se embora também, dizia ela que pra junto do finado e dos dez anjos que tinha no céu. Isso ela falava quando já estava variando, a bem dizer de vela na mão.

E eu, acabou-se o serviço do açude, houve um inverninho escasso, me encostei nuns tios, trabalhando com eles. Mas sempre com esta minha sorte esquisita, quando dei fé morreu o tio, a família se espalhou, a viúva minha tia foi morar com um genro. Desta vez fiquei mesmo só no mundo. Me meti com uns tangerinos, levando gado do Quixeramobim para a cidade. Trabalho ingrato, porque com esses anos ruins o gado não engorda nem bota força, cai à toa, é raro se chegar com o lote de reses inteiro. Sempre morre um bocado em caminho.

Com a idade de vinte e dois anos, fiquei noivo de uma moça. E lá vem a sorte de sempre. Quero dizer...

(Ele aí fez uma pausa e sorriu meio envergonhado, como se fosse contar que trapaceara com a sorte.)

...eu ia dizer que ela também morreu e não mentia; mas a verdade é que morreu porque eu furei ela de faca. Descobri que andava de namoro com o cunhado, marido da sua própria irmã dela. E nem namoro não era só, coisa pior ainda, que o desgraçado tinha era feito mal à criatura. Deus que lhe perdoe, a todos os dois. Se bem que ele não morreu, a facada pegou muito embaixo, furou só a tripa e o doutor da Santa Casa costurou outra vez.

No júri só peguei seis anos e assim mesmo me soltaram com quatro, porque teve uma revolta na cadeia e eu ajudei os guardas a pegarem os presos; tive uma pendenga com o chefe fujão, nos pegamos mesmo na hora e atrapalhou-se tudo.

Quando saí da cadeia — isso foi em 47 — fui trabalhar na estrada de ferro e tornei a ficar noivo e me casei. Mas não digo à senhora que minha sina é de sempre acabar só? Minha mulher morreu nos nove meses de casada, e com ela morreu a criancinha, na hora de nascer. Dessa vez fiquei desgostoso. Não é por ser minha mulher, mas era uma moça boa, trabalhadeira, me fez muita falta, que eu lhe tinha amizade e ela a mim.

Continuei uns tempos na estrada e por duas vezes escapei de morrer de desastre; primeiro foi um trole que virou com todos os meus companheiros, justamente no dia em que eu tinha faltado ao serviço. Depois um trem doido que apareceu fora do horário, pegou a turma toda num corte da linha, escapamos por milagre, com as costas enterradas na barreira e os carros passando, tirando fogo no peito da gente.

Chegou 50, 51, cada vez pior, trabalho acabou-se, a necessidade atacou todo o mundo, acabei resolvendo me chegar para cá, arrumei o dinheiro da passagem e embarquei num pau de arara desses. A senhora não viu falar num caminhão que virou na serra, com quarenta e seis pessoas dentro? Pois eu vinha nele. Saiu gente ferida, uns morreram, outros aleijaram — mas eu escapei sem quebrar uma unha que fosse.

(Deu a sua gargalhada clara e feliz.)

Não é uma sorte engraçada? Acho que pessoa mais feliz do que eu, neste mundo não há. Agora trabalho numa pedreira; lido com dinamite, que é objeto perigoso danado. Os outros todos têm medo, menos eu. Sei que se aquele diabo estourar de mau jeito, pode pegar os companheiros, a mim não pega. Não é corpo fechado, não é reza, nunca fui homem de usar patuá; é sorte mesmo, sorte feliz. Dizia a finada minha mãe que era o anjo da guarda; quando eu era menino talvez fosse; mas hoje em dia, Deus que me perdoe se for pecado, não acredito que o anjo da guarda fosse andar atrás dum bicho feio e ruim que nem eu...

E hoje estou por aqui, rolando... Por ora me dou bem, neste Rio de Janeiro. Casar não me caso mais, nem mesmo sigo esta moda de ajuntar, que aqui se usa muito. Gosto duma moça, mas falar a verdade, tenho medo... com essa sorte que eu tenho... A gente afinal de contas não gosta de ver os outros morrer... mormente se tem amizade, não é mesmo, dona? Deixa a pobrezinha continuar vivendo...

(Ilha, fevereiro de 1951)

Tartaruga de arrastão

O CASO DEU-SE AQUI na Ilha, numa pescaria de arrastão. Da primeira redada veio um tal peixe que causou espanto: ninguém podia crer que naquele côncavo de mar morasse tanto peixe assim. Havia de ser alguma piracema que ia passando; para lá de três toneladas de pescado foram apanhadas de uma só vez — e tudo piraúna, decerto um exército de piraúnas que se encaminhava para alguma empresa de além-baía e fora colhido de surpresa.

Na segunda redada nada veio, ou quase nada — fugira a piracema ou fora toda colhida pela rede. Mas no meio daquele quase nada apareceu entretanto um bicho estranho: uma tartaruga do mar. Tartaruga diferente daquelas fluviais que a gente conhece, tartaruga das profundezas salinas, meio peixe, porque em vez de pernas tem nadadeiras.

Primeiro ela se debateu e tentou de todas as maneiras furar a malha. Depois foi agarrada e atirada ignominiosamente na areia, de barriga para cima; perdeu toda a dignidade, agitava as nadadeiras e uma menininha que estava perto disse que era direito um bebê na hora de mudar a fralda. Imagine, dizer isso de uma tartaruga daquelas, negra e velha, o casco todo eriçado de caracas. Por fim puseram-na em posição normal; e ela, recuperando imediatamente a compostura, estirou o pescoço enrugado e correu em torno de si um olho temeroso.

Não sei se os presentes compreenderam quanto havia de surpresa, terror e pasmo nos olhos da tartaruga. Muito pior que um bicho da terra pego numa rede: este pode estranhar a prisão, mas afinal continua dentro de um elemento conhecido, pisando chão, vendo as árvores familiares, sentindo o cheiro da terra. A tartaruga não: para ela, nascida e vivida no mar, que nunca pusera pé em terra (se nem pés tinha), aquela era a mais estranha, a mais inacreditável e terrível das aventuras. Pode-se pensar ainda que a um peixe apanhado também sucede a mesma coisa, mas não é. A diferença está em que o peixe, basta sair da água, morre. Não chega a ter a sensação de penetrar no elemento estranho, porque esse elemento lhe é imediatamente fatal. A tartaruga, entretanto, dada a sua natureza de anfíbio, podendo viver no ar da superfície e tolerando a vida terrestre, para a tartaruga, que não morre como o peixe mas conserva toda a lucidez, e, digamos, todo o espírito crítico, para aquela tartaruga era o mesmo que seria para um de nós vermo-nos transportados subitamente, sem dano físico, até o fundo do mar.

Imagine que estranho, que portentoso e medonho não parece. As caras desconhecidas de ignorados animais — no caso, homens. A bela moça de dentes brancos e afiados, sorrindo para a pesca inesperada e pensando em *turtle-soup* e discutindo com os demais todos os aspectos daquele problema culinário (Tartaruga do mar é como tartaruga de rio? Come-se assada ou serve apenas para sopa? Assada no casco ou fora dele?), a bela moça devia lhe parecer terrível como uma estranha divindade canibal. E todos, todos, canibais ou pior que isso — pois bem sentia ela sobre o seu casco grosso, sobre a carapaça encaracolada, o olhar doce e atento e cobiçoso dos comedores de carne.

A sorte da coitada foi ninguém chegar a um acordo sobre a forma de abatê-la. Falou-se em degolar, em sangrar, saiu até folclore que ensina a matar bicho de casco com aspa de chapéu de sol. E sorte maior o fato de ninguém, pessoalmente, querer se responsabilizar pela carnificina naquela quinta-feira santa. Mas levaram-na para o galinheiro — que ignomínia, uma veterana dos sete mares ser atirada entre as galinhas, na noite que devia ser a última da sua vida; e depois o seu casco seria atirado em monturo — junto a penas e cisco — ela que decerto esperava sepultar-se entre areias claras, nalgum maciço colorido de anêmonas do mar.

Mas felizmente para a tartaruga, incerto é o coração do homem, incertos os seus impulsos. Tanto vai para um lado como para o outro, tanto procura devorar hoje o seu irmão bicho, como amanhã o festeja e liberta. O fato é que um coração se apiedou da tragédia que lavrara sob a carapaça negra dentro de um outro coração embora regado a sangue-frio. E houve mão que abriu a porta da capoeira e encaminhou a marcha rampante do bicho marinho em direção da praia, em direção do mar, sua pátria. Ela também não esperou arrependimento, não hesitou, não agradeceu. Seguiu em frente, vagarosa mas intrépida, chamada pela maresia que vinha cheirando no vento. Cortou a areia deixando um rastro longo, penetrou na água como um barco a deslizar do estaleiro, mergulhou, emergiu, voltou a cabeça ainda assustada para aquele mundo sujo, escuro, inimigo, onde viviam os homens, onde esperava nunca mais voltar; e mergulhou de novo, abraçando toda a água que podia entre as nadadeiras abertas.

(Ilha, abril de 1951)

Morrer

ANTEONTEM VISITEI um homem que vai morrer. Condenado, condenado, tão condenado quanto *Monsieur* Verdoux de camisa aberta ao pescoço em marcha para a guilhotina. Talvez dure um mês, disse o médico. Talvez nem isso. Quinze dias, uma semana. Ou horas, se lhe der um ataque repentino. A aparência do enfermo não é péssima, mas é bem ruim; a cor encerada, o emaciamento do corpo tão pronunciado que parece lhe haver reduzido até mesmo o vulto dos ossos, os olhos crescidos (que a gente já enxerga meio vidrados), o lábio seco, a fala rouca.

E ele sabia; não era possível que não soubesse, afinal não está cego e enxerga tão bem quanto os outros o próprio corpo, a própria miséria. E provavelmente desconfia que a gente também sabe. Pois assim mesmo, sabendo e sabendo que a gente sabe de toda a triste história — os seus dias contados, e que a vida para ele é assunto provisório, e que a Magra está ali rondando, medindo com riso mau cada grama de carne que lhe desaparece debaixo da pele — era de esperar que a nossa conversa fosse tensa e dramática, e que não cuidássemos naquele breve encontro senão do grande mistério que ele está tão próximo de resolver. Mas não foi assim; estranho, mas não foi. Nenhuma angústia metafísica, nenhuma inquietação espiritual, ou sequer intelectual. O homem não estava de modo nenhum interessado no eterno, continuava apegado ao frívolo, como se ainda tivesse cinquenta anos de vida diante de si.

Olhava ao seu redor os objetos familiares e as pessoas amadas com expressão de apego forte, mas não desespero o nem despedida. Muito menos ternura. Ao contrário, impertinente, ríspido. E intensamente preocupado consigo próprio, em cuidados ínfimos e supérfluos; a barba crescida que o barbeiro não veio fazer, a unha quebrada, o enjoo de estômago que o atacara pela tarde e que ele atribuía malignamente aos mingaus, à dieta.

E quando se distraiu daquele cuidado doentio com o triste corpo, foi para indagar de coisas miúdas igualmente — a nota baixa do neto na escola, o preço do telefonema para São Paulo (e, meu Deus, quando for paga aquela conta de telefone, provavelmente o desgraçado já há de estar debaixo do chão). E ouviu atento e risonho os mexericos da filha a respeito da moça de fora que vem ao apartamento do rapaz que mora ao lado.

Alguém falou que fizera uma promessa a Santa Teresinha para obter as melhoras dele; o homem agradeceu, aliás também ele fez promessas e reza, que é católico. Mas com a mesma fé tíbia e irrelevante de dantes, de sempre. Contou que se confessou, comungou, e elogiou o padre — bom latinista, fez curso em Roma no Pio Latino-Americano; só não chegou ainda a monsenhor porque não tem ambição...

Fosse eu, Senhor, tivesse aquela fé que ele pretende e aquela maravilhosa oportunidade, queria lá saber mais de vida, de parentes, de médico! Mandava tudo embora, me trancava em *tête-à-tête* com o meu Criador, no desespero de reaver, naqueles curtos dias, o esperdício de uma vida inteira. Ele, não. Não se comove, não se exalta. Continua pecando os seus pecadinhos veniais, já que para os pecados mortais não tem

ocasião nem energia. O seu pouquinho de gula, o seu tanto de ira, e até certa concupiscência vesga e dessorada, bem evidente quando se contavam os referidos escândalos da moça com o vizinho. Mas tudo em ponto reduzido, mesquinho.
    Achei a palavra. É assim que ele espera a morte: mesquinhamente. Nada de dignidade da despedida. E parece que transmite à família inteira o seu estado de espírito, talvez por contágio, ou talvez porque sofrem todos de uma pobreza interior igual à dele.
    Em certo momento deu-lhe uma dor e ele quase foi embora. Aplicaram-lhe uma injeção, outra injeção, pediram pelo telefone um balão de oxigênio. Mas, não tardou, o homem abriu os olhos, respirou forte, resmungou contra o travesseiro baixo, tornou a alegar fraqueza por culpa da dieta. E pensar que andara por um fio — uma batida mais que falhasse no coração e estaria do lado de lá. Que teria sentido? Um grande frio, um roçar de asas, como a passagem de um anjo? Já vi uma fita de cinema onde um velho moribundo diz isso mesmo, que está sentindo a presença de um anjo.
    Cheguei perto, comovida, peguei-lhe na mão, indaguei do que estava sentindo. Ele me encarou com olhar azedo e disse secamente que estava com azia. Então levantei-me, servi-lhe o bicarbonato. Disse-lhe "Adeus", em seguida, apoiando na palavra com certa perversidade. Ele porém não se deu por achado, respondeu "Até logo", e me recomendou que voltasse para a semana.
    Será então que ele não sabe? Meu Deus, e se ele realmente "não sabe"? Mas qual, sabe, sim. Conversou com tantos médicos, leu livros, viu outros casos parecidos com o seu. E há de sentir a verdade nos modos dos que o visitam, no choro escondido das mulheres de casa. O que é possível é que, apesar de "saber", não "acredite". Olha os seus magros dedos, contempla de soslaio o corpo mais magro ainda por baixo do

pijama cor-de-rosa, mas não vê a magreza, não vê a sua liquidação física; o que sente é o sangue ainda morno correndo nas veias, sente é o apetite de vida que não esmorece, e o que enxerga é o próprio vulto vivo — consumido, talvez — mas vivo! E decerto se considera belo e imortal e invulnerável; e uma coisa lá dentro, uma certeza estranha lhe afirma que aquelas previsões fatais são sonhos, que todos estão loucos, que a morte é coisa longínqua e alheia, feita para os velhos, feita para os outros...

(Ilha, julho de 1951)

Luz dos meus olhos

A LUZ SEI QUE VEM DE DEUS, ou do sol, ou das esferas; não, das esferas, não. O que vem das esferas é a música, música das esferas, não é como se diz? Mas venha a luz de onde venha, só se torna preciosa quando passa pelos nossos olhos, quando é por eles filtrada e possuída, transformada em imagens e lembranças. Essa sim, é a luz dos olhos, a luz dos meus, dos teus olhos, o bem mais rico de todos, acima de poder, dinheiro ou saúde. E quando se encontra alguém que vale por tesouro tão caro quanto a luz que os olhos alumeia, então esse alguém de "luz dos olhos" é chamado. Que não há exagero nem demasia nesse apelo: quando muito haverá ênfase. Mas a ênfase e a pura verdade, verdade das verdades, não se opõem, antes se reforçam quando juntas em palavras de amor.

*

Ai, amor. Falta de prática recente, falta de mão leve para lidar com assunto tão franzino, falta de voz e de afinação para entoar uma cantiga de amor. Pois a mocidade é canora do seu natural, basta-lhe abrir o bico e encher o peito feito passarinho. A meia-idade entretanto já traz consigo uma compostura diferente, imposta pelos anos vividos, tantos anos, tão pesados, e as suas experiências e a velhice que ameaça. E assim já não cabe ao seu peso e à sua gravidade cantar e muito menos dançar minuetos de primavera.

*

Contudo, luz dos meus olhos, se a casa dos quarenta já não usa gerânios vermelhos à janela, cultiva num canto de muro as suas flores mais discretas, rosas-chá, violetas e resedás. Demais, para que preocupar-se com flores? Flores cheiram a velório, podem ser sinal de vida, porém são muito mais sinal de morte. Melhor que as flores são as árvores, que dão sombra e dão fruta e dão amizade; mas só atingem tamanho e força depois de anos, muitos anos, aqueles anos que talvez tenhas vontade de chorar, como meninos mortos. Não estão mortos, fizeram crescer as árvores.

*

Dizem que o coração não envelhece. Tolice. Envelhece sim e mais depressa do que a cabeça que não prateou ainda, do que o corpo que mal acusa a fadiga de por tanto tempo andar de pé. A singularidade do coração é que ele envelhece com graça. As chamas da juventude não o consomem, apenas o douram e lhe dão sustância, como ao pão o forno.

Cada ano que sobre ele passa, cada esperança e dor deixam nele a sua marca. Mas são marcas bonitas, não são cicatrizes; quando muito são tatuagens, marinheiros e havaianas, borboletas, serpentes, âncoras e bandeiras de vários países dançando entrelaçados nas paredes do maduro coração.

Por que ter medo da idade quem não tem medo da morte? A idade é morte de todos os minutos, sutil e silenciosa, gastando gentilmente a força do guerreiro para que a luta do fim não seja bruta demais. Quarenta anos ou oitenta anos, que adianta? O que ficou para trás, que importa? Nem o sol nem a lua deixam riscos no céu, marcando os dias passados. De cada sol fica apenas a lembrança; e lembrança só dói quando fresca. Depois de curtida é consolo. Luz dos meus olhos, que palavras digo? Palavras que não sejam loucas, risíveis ou melancólicas? Meu Deus, me sinto como uma tartaruga lírica, abicada à praia, tentando uma cantiga ao luar. Será que a lua entende? Mas no fundo também não importa. Porque a tartaruga entende. E afinal é ela que canta, ou pensa que canta.

(Ilha, agosto de 1951)

Pátria amada

EU VINHA ANDANDO de bonde, redescobrindo a cidade. Apreciando, amando. Senhor, como é amável, como é bela, e acima de tudo querida que ela é! Cidade que afinal de contas não é minha, todos sabem. Nasci longe. Mas que coisa será essa que nos faz sentir tão bem no Rio ou em Jaguarão, RGS — você que nasceu na rua Senador Pompeu em Fortaleza? Tão longe um lugar do outro — como assim de França para a Suécia, ou pior. E no entanto compare um de nós com um de Jaguarão e compare um francês com um sueco.

Pois é. Isto é Pátria. Essa coisa de nos entendermos. De nos sentirmos irmãos, mesmo que às vezes se tenha raiva do irmão. Então pensando, pensando, pode-se dizer assim: Pátria é amor.

Porque é a língua, mas não é só a língua. É a História, mas será apenas a História? Todos temos recordações comuns, D. Pedro I e Feijó e a Guerra do Paraguai. O moço de Jaguarão talvez evoque mais o general Osório, a moça do Ceará conhece de preferência o general Sampaio. Um era gaúcho, o outro cabeça-chata. Mas Sampaio e Osório, os dois juntos, são uma coisa só. E passados tantos anos, não fossem os nomes de rua, em Fortaleza e Jaguarão, já não se saberia qual o de lá, qual o de cá...

Pátria, só se sente bem o que é quando se sai dela. Pode ser numa leviana viagem de turismo; você parte rogando pragas por causa da ineficiência disto e daquilo, as moscas no aeroporto, a safadeza do táxi que lhe cobrou trezentos cruzeiros, as transferências do horário do avião; passa pelo Recife ainda resmungando, diz que tem vontade de bater o pó dos sapatos, como fez Dona Carlota Joaquina. Pensa que é um apátrida, um renegado que odeia esta terra errada. Desembarca em terras além. Vê Vaticano, ursos de Berna, bebe vinhos de Dijon, anda nas autoestradas germânicas, passeia pelos gramados dos parques londrinos numa extemporânea manhã de sol. E ainda está certo de que viveria feliz em terras civilizadas, em terras com história ilustre, em terras com polícia, mormente em terras em que a política fosse ao menos jogo limpo, não esta vil cabra-cega. De repente, no dobrar de uma esquina (você estava longe de pensar que a embaixada era ali) — de repente lhe salta aos olhos, penduradinha no seu mastro diplomático, a bandeira nacional. Que lhe dá então? Lhe dá uma dor no peito. Sim, apátrida, renegado, exilado voluntário, enojado da bagunça nacional, você lhe dói o peito de saudade e, naquela hora humilde e agoniada, não mais vinhos, não mais *Old Vic*, não mais civilizados laboristas chamando o Sr. Presidente de *speaker!* O que você quer é bagunça, o que você quer é isto mesmo — é Brasil que você quer!

    E assim, pois, que diremos que é Pátria? Ai, diga-se também que Pátria é uma dor no peito.

*

    Pode ser o vulto da bandeira na sua forma material, surgindo aos seus olhos na terra estrangeira. Pode ser uma citação, aquela evocação da bandeira num verso em que jamais se reparou, de tão recitado e escutado automaticamente, nos perseguindo desde a escola — "auriverde pendão de minha terra"... Pode ser um pouco de português carioca falado de súbito numa mesa de bar, em Lugano. Pode ser o time do Vasco na tela do cinema, em Florença. Pode ser um simples anúncio de café do Brasil que lhe causa o choque, lhe renega e destrói a sofisticação internacionalista.

*

Mas aqui dentro, aqui dentro, a ternura se esconde e quem sabe se desvanece. Fica o desgosto. Às vezes a cólera, outra vez o desespero ou o desânimo. Tanto amor que a gente tem no peito, para quê? Afinal, somos todos como o filho pequeno que assiste ao padrasto bater na mãe da gente. Ou enganá-la; ou liquidar a herança do finado. E se a gente se juntasse todos? Mas menino não se junta. Menino é como doido, é como jogador de futebol brasileiro, não age de combinação. E contudo, todos os filhos, mesmo descontando os que não ligam ao quarto mandamento e não honram pai e mãe, mesmo descontando os que punem pelo lado ruim, ainda ficavam milhões e milhões, não era mesmo? E não fazemos nada, a não ser chorar um pouco. Ficamos no nosso canto, encolhidos, detestando, engulhando de aborrecimento, pedindo a Deus uma *chance*, uma economia, uma bolsa de estudos que nos permita de novo o exílio e o esquecimento.

Mas nem isso é possível. E se fosse, para quê? Pátria não se arranca como tiririca. Se basta dar com os olhos na placa da Place Rio de Janeiro ao lado do Parc Monceau e repara como é tão diferente Paris do Rio, e a saudade apertar no peito justamente por causa da contradição que se procurou? E querer voltar de qualquer jeito, querer sofrer, e vir para cá nem que seja para dar a carne aos ladrões e a alma à polícia?

Melhor ficar e estudar Geografia. Se a História e os jornais não dão consolo, a gente ao menos aprende os limites, providencia um certo orgulho — pois, diga-se o que se disser, este Brasil é grande, não é mesmo?

(Rio, 1952)

Memórias

No SERTÃO, memória significa talento. É como fala o cantador:

> *Não há homem como o rei,*
> *Nem mulher como a rainha,*
> *Nem santo como meu Deus,*
> *Nem memória como a minha...*

Quer dizer, não há também poeta igual a ele, com tanta memória, inspiração e verve. E a gente fica pensando se o talento não será memória mesmo, ou pelo menos fica a calcular quanto a memória não ajuda a empurrar o carro do talento. Explico-me: no complexo de elementos que constituem o talento literário, quanto haverá de simples recordação, e como é pequena ou nenhuma a contribuição da inventiva.

Até no modo de falar — nós todos, que temos de falar gracioso porque esse é o nosso meio de vida, que temos de dizer de modo gentil o que os outros pensam mal ou dizem mal (e é isso o estilo), quanto haverá de originalidade no nosso estilo, ou simples repetição nas fórmulas que supomos inventar? Talvez o talento seja, em verdade, apenas a faculdade inconsciente de escolher entre a sucata que a memória armazenou. Ou, pior ainda, talvez o talento seja exclusivamente memória, mais nada. Uma memória mais discriminativa que as outras, uma memória com bom gosto.

Aliás é ponto pacífico a incapacidade de que padece o homem de conceber coisas fora da sua experiência. Essa incapacidade se mostra especialmente quando se procura atingir o fantástico, o futuro, o irreal, e não se pode fugir a combinações de formas conhecidas, e quantidades conhecidas. Os autores desses filmes de *science-fiction* que agora estão em moda, jamais conseguem sair dos caminhos trilhados pela natureza, ou por Deus Nosso Senhor, conforme se queira dizer. Eles apelam para marcianos e venusinos e selenitas, fazem anões e homúnculos, homens-ave, homens-peixe, homens-fera, homens-vegetais, mas são todos incapazes de imaginar um ser qualquer que não tenha forma antes inventada pela natureza. O melhor que conseguem é uma cruza mais ou menos repulsiva de polvo com passarinho, ou um inseto pensante, ou um repolho inteligente — e nem Freud, nem Cristóvão Colombo, como dizia minha irmãzinha quando era menor, seriam capazes de fugir à batida rotina do já existente.

Isso tudo me ocorre a propósito de certa carta de um rapaz de província, muito jovem e inteligente, na qual me pede para lhe dizer o que é que "faz" o romancista. Eu deveria começar a lhe responder explicando que não sou propriamente uma romancista e, assim, não me sinto qualificada para opinar. Ainda outro dia, num jornal de São Paulo, numa crítica que me pareceu muito lúcida e justa (e à qual sou bastante grata, pois a gente gosta de ser inteligentemente interpretada e classificada), disse Ruggero Jacobbi que eu, como ficcionista, sou "fragmentária, dispersiva e impressionista", faltando-me "aquele impulso centralizador que faz do romance uma síntese compacta". E é assim mesmo. Por isso, justamente, nunca me considerei realmente uma romancista, e se tenho consentido que se ponha a palavra "romance" na capa de meus livros, é à falta de outra, ou, como ainda o diz Jacobbi, por "classificação editorial". Sempre senti que às minhas histórias faltava essa coisa básica do romance que é o enredo. Um sistema compacto de narrativa, tal um rio no seu curso. Comigo é como uma paisagem de lagoas: poça de água aqui, poça de água ali, tudo salteado, descombinado, sem continuidade — e mormente sem a força de corrente que o rio tem. Água parada.

Mas não era eu que estava em discussão, era a arte de fazer romances. E opinando portanto "de fora", e não "de dentro", do romance, insisto em afirmar ao meu correspondente que creio realmente ser uma boa memória a qualidade básica do romancista. Memória para fatos, memória para a vida, principalmente memória de si mesmo. Ir enrolando a meada enquanto vive, para a desenrolar enquanto escreve. Naturalmente que há o comentário pontuando as lembranças e há a escolha do que recordar, e há os disfarces mascarando as recordações. E há a linguagem, que é a *mise-en-scène*. Mas memória, memória do consciente e do subconsciente, lembranças acumuladas, imagens, recordações — isso constitui a matéria-prima. Que seria de Proust, ou antes, existiria Proust, se não fossem as suas memórias?

É esse o motivo de serem melhores os romances em que o autor, sob a capa de ficção, narra a sua própria experiência interior. Fora casos de intuição excepcional, sempre o escritor conta melhor, quando *se lembra*. Por isso é que o romance "romântico" fala tão pouco à nossa alma, ao contar experiências imaginosas, todas fora da experiência do novelista. E também nos deixa frios o romance realista, reportagem que narra coisas vistas "de fora" e não "de dentro". O escritor que vale, o que comove, o que impressiona, é o que põe as próprias vísceras à mostra, das mais nobres às mais sórdidas — coração ou tripa — e conta como se portaram elas em tais e tais circunstâncias. O que se vira pelo avesso e se dá todo, sangrando, chorando. O que saqueia a infância, a adolescência, a força do homem, os seus mais sagrados santuários, revolve amores e ódios, a baixeza ou a pequena grandeza de que seja capaz, e atira isso tudo às feras, quero dizer ao público, o grande canibal. Canibal que nos devora vivos e às vezes se sente indigesto com o mais fino dos nossos sonhos, ou atira fora, como caroços de azeitona, os pedaços mais rijos do nosso coração partido. Mas não era isso mesmo que nós queríamos?

(Ilha, 1952)

O *direito de escrever*

Q<small>UEM MAIS SOFRE</small> desse mal é o artista de cinema em Hollywood. A padronização do público, a opinião do público, a pressão do público. Deanna Durbin fracassou, por quê? Porque o público gostava da menina Deanna Durbin, magrinha e adolescente, cantando coisas ingênuas, por exemplo *Noite feliz,* no telefone, para o papai ouvir. Mas Deanna ficou mulher, quis ser cantora adulta, o público achou que estava sendo desconsiderado, refugou Deanna. Nós, que jamais gostamos de Deanna, menina, moça ou velha, não ligamos para a sentença do público; e por causa disso não percebemos a tragédia da rapariga. Mas tragédia houve, e dessas, por lá, estão acontecendo todo dia. O público gosta de receber aquilo a que está acostumado. E detesta que um camarada a quem ele se acostumou, mude de cara ou de sistema.

O sujeito escreve uma coisa de determinada maneira, ou apresenta certo tipo no palco, ou compõe uma música para ser cantada de madrugada, entre bêbedos. O público gostou, aplaudiu. Nas águas do primeiro êxito o sujeito em questão — escritor, poeta, ator ou músico — prepara nova obrinha parecida com a primeira. O público torna a aplaudir. Pronto, aí o pobre sujeito está perdido. Porque passou a pertencer ao seu êxito, fica escravo daquele sucesso (sei que é galicismo, obrigada; digo porque acho bonito, que é que tem?) — fica pois escravo daquele sucesso, e do trilho inicial não pode mais se afastar. Pode lhe vir inspiração em qualquer outro sentido. Pode ser ele tentado a seguir caminhos novos — mas é arriscadíssimo deixar-se cair em tentação. É quase certo que o seu público não gostará. O público provavelmente achará péssimo. Se o cronista Rubem Braga, um dos amados do público, deixar de repente de fazer suas crônicas e passar a escrever poemas lindíssimos, tão lindíssimos quanto as crônicas, o público que até hoje o amou lerá os poemas com a sensação de que está sendo furtado; sim, furtado de todas aquelas crônicas que ele estava esperando e que, sub-repticiamente, às suas costas, sem o seu consentimento, foram viradas em poemas. E reclamará, e não comprará o livro de poesias como comprava o livro de crônicas, embora um seja tão bom quanto o outro; mas acontece que, *com poemas, ele não está acostumado.*

Outro ponto a debater é a exigência de imparcialidade que ousam fazer à gente. Por que ser imparcial? Todo artista produz para externar suas paixões, seus recalques, seus conflitos íntimos. Então como é que pode ser imparcial? Por uma comparação: se eu faço uma crônica a favor do Flamengo, todo o mundo cai em cima de mim dizendo: "Ela só escreve isso e aquilo porque é Flamengo." Ora, meu Deus do céu, e haverá motivo mais legítimo para se escrever pró-Flamengo — do que ser Flamengo? (que eu, aliás, sou Vasco, com muita honra!).

Pessoas que escrevem, como as que pintam ou representam, são pessoas complicadas, parciais, cheias de personalismos, preferências, tais como as demais pessoas do mundo. E o público gosta da gente justamente quando lhe lisonjeamos as preferências e os personalismos. Aquele de nós que tem mais êxito é precisamente aquele cujas referidas paixões, personalismos etc., melhor coincidem com os da maioria.

De onde se conclui que, além de impraticável, é ingênua essa exigência de imparcialidade. Imparciais, impassíveis e frios são os compêndios de geometria. E quem é que paga para ler um compêndio de geometria?

Não, a exigência da imparcialidade só aparece quando a gente está contrariando a opinião do leitor. Ele então, pensando que se mostra muito justo (mas está é danado da vida), vem logo com a história da imparcialidade. O que ele quer dizer porém é isto: "Já que você não concorda comigo, pelo menos não dê opinião — que eu assim tiro as conclusões que mais me agradem..." Pois eu me recuso. O distinto público desculpe, mas recuso. Não abro mão do direito de opinar, e opinar errado, inclusive. Se o distinto público acha ruim, paciência. Sei que, como escribas assalariados, nós todos, para viver, dependemos do dinheiro do distinto público. Mas como é que dizia aquele boticário que vendeu o veneno a Romeu, no quinto ato da tragédia? "Tu compras a minha pobreza, mas não compras o meu consentimento." A tradução é livre, mas a ideia é essa. O distinto público compra os nossos escritinhos. Paga às vezes mal, às vezes generosamente. Mas compra só o direito de ler. O resto é nosso. Goste ou jogue fora, não nos obrigue a cortejar as suas opiniões. Se eu sou Vasco, continuo Vasco, até o dia do Juízo. Falo bem de quem quero, falo mal de quem acho que devo. Amo, detesto, prezo e admiro, zombo de quem meu coração pede. E já que começamos com citações, citemos Marion de Lorme, sim, aquela moça heroína do drama de Victor Hugo — outro colega que também sofria da mania de ter opiniões próprias e pagou o diabo por isso. Sim, citemos Marion, logo no primeiro ato:

Je fais ce que je veux, et je veux ce que je dois.
Je suis libre, monsieur!

(Ilha, janeiro de 1952)

A impossível convivência

É AGORA TEMA DA MODA esse assunto de "convivência dos contrários". Muito distinto, muito democrático, dá a ilusão de que somos civilizados, de que somos a bem dizer uns ingleses.

Mas seremos na verdade uns ingleses? Pior ainda — no nosso mundo, realmente, haverá lugar para essa concepção ideal de ingleses?

Convivência de contrários seria possível, ou é possível, num país em que só uma classe manda e as duas ou mais parcialidades que dividem entre si o governo são apenas subdivisões dessa classe. Na própria Inglaterra, tudo corria bem enquanto houve apenas liberais e conservadores se revezando na chefia. Mas depois que apareceram no jogo os trabalhistas (fossem embora os amenos e rosados trabalhistas ingleses), a convivência se azedou, a cordialidade e a cortesia desapareceram.

Porque as separações que hoje dividem os homens, especialmente os homens da política, são por demais fundas, por demais básicas, para permitirem qualquer aproximação cordial, fiada na boa-fé recíproca. Se a nossa principal divergência está em não acreditarmos na boa-fé do contrário! Atravessamos hora muito dividida, no mundo da bomba atômica. Política há muito tempo deixou de ser esporte de salão, mudou-se para os campos de concentração e para os campos de batalha. Política de hoje é carne, é sangue, é vida e morte, não podemos ter cordialidade com o nosso adversário, porque ele é, na verdade, o nosso inimigo. Representa o contrário da nossa concepção de segurança, representa, de fato, uma ameaça à nossa sobrevivência.

Se eu acredito que o Sr. Fulano de tal é um traidor, se penso que ele está mancomunado com os stalinistas, que está aliado a Perón e Franco tramando contra a nossa liberdade, ou que explora a miséria do povo em benefício do seu grupo econômico — como é que posso dar a mão a esse homem, comer com ele na mesa, a pretexto de que somos todos democratas e de que devemos portanto conviver cordialmente? Começa que democrata ele não o é — pelo menos o que eu entendo por democrata. E depois — qual realmente a vantagem desse convívio e dessa cordialidade? A mim parece que a vantagem justamente está no oposto — em manter a vigilância acesa, as arestas aguçadas, as divergências sem ponte.

Claro que entre homens de centro, de partidos democráticos, é possível e é desejável entendimento. O Brigadeiro é UDN, o Sr. Raul Pila é PL, o Sr. Amando Fontes é PR. Mas são todos democratas e acreditam nas mesmas coisas, têm os mesmos conceitos de honra política e pessoal, estarão juntos nas horas graves. Suas diferenças são apenas de rótulo, é natural que convivam e se estimem. Mas, Deus do céu, que vantagem pode haver para o país e para ninguém, se o Brigadeiro ficar de cama e pucarinho com o Sr. Plínio Salgado?

Convivência é coisa perigosa. Não foi à toa que os dirigentes do Partido Comunista, gente realista e de boa psicologia, decretaram o seu famoso artigo 13. É que os homens, vistos de perto, são todos muito semelhantes. Políticos, até mesmo os ursos soviéticos, recebem todos um certo polimento de salão, sabem manter uma conversa agradável; o fato de ser reacionário, desonesto, perigoso, não impede a um homem de ser amável e até espirituoso. Quer dizer, se privamos com um homem, a nossa tendência é lhe perdermos o medo, ou o nojo, ou a prevenção que nos causa, nos acostumarmos com ele, mais facilmente nos entendermos com ele. Se você considera Getúlio um papão, tem muito mais dificuldade em aderir do que aquele que o sabe um senhor amável, inteligente e de boa prosa. Pois não há nada como a convivência para preparar o caminho da tolerância. E qual será a vantagem da tolerância neste mundo feroz em que vivemos, dentro do qual a intolerância representa talvez uma das formas mais seguras do instinto de conservação?

Sim, a pergunta principal é esta: entre um democrata autêntico, ou um socialista honesto, e um fascista (ou um soviético, que é a mesma coisa que um fascista), qual a vantagem de um entendimento? Acho que só pode causar perigosa confusão. Criar compromissos de camaradagem, condescendências arriscadas. Vamos supor um exemplo: o senador Hamilton Nogueira é um democrata exemplar, um homem de cultura, de convicções liberais, de limpíssimo passado político. Que benefício resultará para o país, para a democracia ou para qualquer um de nós, se o senador Hamilton passar a viver de braço no pescoço com o seu colega, senador X... homem de passado negro e ideias perigosas? Hamilton não regenerará X..., é lógico. E, felizmente, X... não corromperá Hamilton. Mas, na convivência diária, Hamilton acabará se habituando a X..., há de lhe conhecer os lados melhores, a ternura por filhos e netos, se os tem; provavelmente não haverá a recíproca, porque X... não tem entranhas e não se comove com nada; mas breve teremos um Hamilton amolecido em relação a X..., seu camarada, seu conviva; e quando chegar a hora de o combater, encontrará em si o senador democrata a mesma flama, a mesma implacabilidade de que usaria em relação a um desconhecido ou mesmo um simples conhecido? — Mas há ainda outro perigo; é o eleitor, o contribuinte, o humilde espectador. Atônito, desorientado, não entenderá por que Hamilton, homem bom em quem ele confia, convive cordialmente com X..., homem mau que ele teme. Será então que o diabo não é tão feio como o pintam? — pensará o patrício anônimo. E aos poucos terá muito menos prevenção contra X... e ficará indeciso quando X... lhe pedir votos e lhe oferecer vantagens. Se o seu amigo Nogueira não desdenha a companhia de X..., por que a desdenhará ele? "O que serve para Hamilton, senador, também serve para mim, pobre diabo." E daí para votar em X... é apenas um passo, mormente se lhe acenam com qualquer vantagem ínfima.

Tolerância é virtude para os fracos. Tolerância, na verdade, é tibieza. A Igreja Católica, que é uma das maiores forças do mundo, que é a única instituição terrena com dois mil anos de existência e autoridade, a Igreja Católica faz da intolerância uma das bases da sua segurança. Ela não cede uma linha, não transige um passo, não entra no menor compromisso.

Tolerância seria bom entre iguais. Mas entre adversários de morte é romanticismo superado, é suicídio. E hoje, ninguém se engane: vivemos lado a lado com o nosso inimigo, com o nosso delator, com o nosso carrasco. Duvidam? Pois então pensem no que teria sido feito de nós se o falecido Sr. Plínio Salgado tomasse o poder, quando andou tão perto dele. E o que será feito de nós, se o tomar o Sr. Luís Carlos Prestes. E o que foi feito de muitos de nós quando este democrático Sr. Getúlio Vargas de hoje, tomou o poder em 37. Já esqueceram a rolha, a borracha, o tribunal de segurança, os trucidamentos policiais? Será que "eles" conviviam cordialmente conosco e perguntavam a nossa opinião a respeito de política e literatura? Estão aí muito bonzinhos porque estão de mãos atadas. Mas tomara a eles apanharem outro 37...

Não, não há entendimento possível. Ou são eles, ou somos nós, nada há que justifique ilusões de fraternidade. Se eles nos pegam de jeito, bebem-nos o sangue. Quem for homem e forte, se prepare para a briga, que cedo ou tarde há de chegar. Eu, por mim, fraca mulher e que não brigo, só posso prometer vigiar, fugir, denunciar. E minha mão a eles, minha palavra de amizade, isso não dou não. Não dou nem bom-dia, se puder evitar: nem sequer digo saúde, quando espirram.

(Ilha, fevereiro de 1952)

Cantiga de navio

Em cima da água salgada corre o navio do mar. Navio navegando dia e noite, noite e dia, entre onda e tempestade, navio para onde ides?

Vou para o Amazonas, minha gente; minha rota é para o Norte. Vou levar este bando de retirantes pra ganhar dinheiro, pra tirar borracha, tremer de febre e de fome se acabar na mata perdido.

Navio de ouro e prata, que navegas no Amazonas — será navio encantado, navio aceso da boiuna, descendo na correnteza, procurando a pancada do mar?

Ai, minha gente, nem de prata nem de ouro, mas de ferro; sou feito de ferro frio, vou descendo para o Sul. Vou levando retirantes para o estado de São Paulo. Plantar café, trabalhar nas fábricas, rodar caminhão, brigar de faca com os japoneses, brigar de garrucha com os italianos. Vou de rota pra São Paulo, levar estes cabeças-chatas a aprenderem a sofrer frio e tiritar na garoa, labutar de sol a sol; vão ficar ricos e também vão sentir o que é solidão no meio da gente estranha.

Que é isso, tanta rede na vossa proa, navio do mar salgado?

Ora, minha gente, isso tudo é retirante que eu vou levando de volta; minha rota é pro Nordeste.

Mas tanta rede vazia, tanta rede balançando sem ninguém dentro, tanta rede!

Ora, meu Deus, que pergunta! São as redes dos que ficaram. Ou pensa que tudo volta? O Amazonas é verde por fora e preto por dentro, quem para lá se bota vai correndo o seu risco. Sei lá quantos a sezão pegou, sei lá quantos a onça comeu, cobra-d'água laçou dentro do rio? Menino de barriga grande, mulher magra de tosse funda, homem de cara balofa — tudo isso decerto ficou. Eu só os recebo e despejo, não conto quem vai nem quem volta. Não sou guarda de ninguém.

Navio branco e cinzento, jogai a vossa escada para baixo, olhai como descem poucos! Indo cem, voltando cinco, como é que isso pode ser?

Ora, desde que o mundo é mundo, tem sempre de novo os cem do começo, querendo por sua vez aventurar. Por mais que se acabem, sempre nascem outros. Basta a seca espirrar com eles na caatinga, vai ver como há tantos, tantos. Deixa eu seguir meu ofício, deixa as redes balançando. Vão cheias, voltam vazias; mas ainda enchem outra vez.

Navio do mar salgado, mentira. Agora não vem ninguém. Eles estão plantando, com pouco estarão colhendo. Mandai tirar essas redes da proa, comandante!

Ai, minha gente, todo ano chove, todo ano seca. Deixa as redes no lugar. Espera outubro e novembro: de novo elas estarão cheias.

Comandante do navio, tirai as redes dessa proa. Não vedes, comandante, que elas estão cheias de almas do outro mundo?

Deixa as almas nas minhas redes, criatura. Deixa as almas nas redes, espera setembro e agosto, logo haverá gente viva.

Espera fins-d'águas. Marinheiro espera setembro, manda remendar as redes.

Navio no mar andando, que apito o seu mais sentido! Adeus, adeus, que me vou.

(Ilha, fevereiro de 1952).

Bogun

SIM, O GATO SE CHAMA Bogun; depois explico por quê. Não há como um nome inspirador para estimular a criatura, e aquele nos parecia adequado. Gato cinzento, cor de nuvem escura, olhos elétricos, pelagem de seda, de raça persa azul, tão boa e tão antiga quanto a raça dum mandarim — e, tal como um mandarim, nascera ele com estrela de ouro por cima do berço.

A princípio, como pesava apenas quatrocentos gramas (e trezentos deveriam ser apenas o pelo) — não se lhe podia exigir muito. Afinal era apenas um *baby*, um filhote, desmamado antes de tempo e que um pires de leite morno deixava bêbedo. Mas como já era insolente, audacioso, cônscio de si! Que vida poderia caber dentro daquele novelo de quatrocentos gramas de seda gris? Talvez fosse pouca, mas pouca embora, era como uma faísca elétrica, que é só um risco fino de luz e mata um homem. Assim o gatinho: tão débil que um sopro forte o derrubaria — mas trazia dentro de si aquela centelha de independência e individualidade, aquela consciência de si, isolando-o, identificando-o entre todos os seres do mundo, gatos e elefantes, peixes e panteras. Um aperto com dois dedos o mataria; mas enquanto o não matassem ele era só ele, o gatinho Bogun, capaz de enfrentar o mundo inteiro, destemeroso de bichos e de homens e de quaisquer outros inimigos; capaz de bocejar displicentemente na cara de um estranho, de estender a unha afiada para o nariz do cachorrão que o farejava intrigado; e depois que o cachorro recuava, Bogun fechava os olhos, displicente, como se dissesse: "Ora, é apenas um cão..."

Nunca miou. Solta às vezes um gemido áspero, quando tem fome ou tem raiva. Se tem medo, bufa. Porém miar, jamais.

Por tudo isso ganhou o nome de Bogun. Bogun se chamava o mais valente de todos os cossacos, moço-herói de um romance de cavalaria que nós dois aqui em casa adorávamos, na nossa adolescência. Bogun, bravo como um lobo, belo como um dia de sol, orgulhoso como Satanás. Olhamos os olhos amarelos do gato — iguais aos olhos do cossaco, que eram como dois topázios (assim dizia o livro) — e achamos que ficava bem.

Hoje Bogun cresceu. Belo, não se nega. Mais belo até do que prometia quando filhote. Mas o caráter — onde? Nada da inteireza, da valentia simples, da falta de complexidade do herói. Bogun é complicado e dúbio, tortuoso e imprevisto. Sibarita e displicente. Por exemplo — de pequenino, parecia ter alma de caçador. Era capaz de perseguir durante horas uma formiga ou um besourinho. Hoje ainda caça, sim; mas só se interessa por cigarras e mariposas. Um dia, por acaso, um rato de campo lhe atravessou o caminho: ele se afastou com dignidade e nojo e, durante dias, evitou aquele trecho do quintal cruzado por tal vermina. Às vezes acompanha de longe o voo dum passarinho — mas é como um devaneio, sem desejo e sem impulso. Creio que jamais conheceu na boca o sabor do sangue vivo de um bicho, abatido pela sua garra; suponho até que sentiria asco. Ele só gosta de filé malpassado, de risoto, de peixe magro — sem molho. Leite, só tépido. E gosta de banho, sim, adora banhos! Num gato, não é uma espécie de degenerescência? Fica de olhos entrecerrados, ronronando sentado na bacia, enquanto o ensaboam. Depois consente deliciado que o enxuguem na toalha felpuda, que o escovem, que o ponham ao sol, a secar. Por fim, fofo, macio, perfumado, quente do sol, quase tirando faísca no pelo cor de aço, vem se exibir orgulhosamente na sala, arqueia o dorso, ergue a cauda frocada — para que todos vejam quanto ele é lindo e rico, e gozador, e precioso, e inimitável.

Quando afinal satisfaz a vaidade, escolhe a cadeira de palhinha (detesta almofadas, acha-as ou quentes ou vulgares) bem fina, bem fresca, boceja, encrespando a língua rósea e áspera, espreguiça-se, estira elasticamente a garra afiada, repousa a cabeça entre as patas dianteiras e dorme. E enquanto dorme, sem um cuidado, tem a certeza que o bando de servos, de inferiores, que somos todos nós, lhe velam o sono.

(Ilha, março de 1952)

Um punhado de farinha

Foi agora, no carnaval. Um bêbedo chegou no botequim-restaurante, meteu a colher de pau na farinheira e jogou na boca uma colherada de farinha. Mas no próprio momento em que levantava a colher, o português do balcão interferiu, gritou-lhe que "respeitasse a higiene!". Por causa do susto, ou da pontaria errada, o fato é que a farinha caiu no goto do homem, e quase o matou sufocado. Foi preciso bem um copo de cachaça para desengasgar. E depois, como aparentemente o atacara uma vontade irresistível de comer farinha, o bêbedo, para evitar novo engasgo, mandou encher outro copo de cachaça, jogou dentro um punhado de farinha, misturou e comeu o pirão de colher. Ao acabar, foi dormir na areia da praia e, segundo me contaram, só acordou horas mais tarde, quase afogado pela maré que subia.

*

E esse engasgo com punhado de farinha me recordou uma história que minha avó Rachel contava, passada no tempo dela, há muitos anos. Era assim:

Diz que um velho saiu da sua fazenda para visitar a do filho, três léguas ao nascente. O filho mandou matar um carneiro gordo, pôs o bicho todo na mesa: primeiro a buchada, depois as costelas cozidas, depois o colchão assado. Comida a carne, veio a rapadura, veio o café; e, quando acabou de tomar o café, o velho enfiou a colher no prato da farinha e jogou um punhado de farinha na boca. Dois vizinhos que estavam na mesa se entreolharam, sorrindo. E o filho, apanhando aquele olhar e aquela risada, ficou grandemente irado e levantou-se do seu lugar:

— Meu pai, o senhor não tem o direito de me desfeitear na minha casa. Se depois de almoçar o senhor ainda tem fome para comer farinha seca, é porque a comida que eu lhe dei não chegou.

O velho se voltou admirado; meu Deus, que maior tolice! Então aquele menino não se lembrava de que ele toda a vida tivera o costume de comer um punhado de farinha quando acabava o almoço e a janta? Era só vício, não era fome. Mas o filho não se acalmava:

— Isso o senhor pode fazer na sua casa. Na minha é desfeita. Mulher! — A mulher veio correndo, assustada com o grito. — Mande matar um frango bem gordo, cozinhe, e faça um pirão com dois litros de farinha. E correndo! Traga tudo aqui, já, já, mode meu pai confortar o estômago, que ainda está com fome.

A mulher se benzeu, saiu correndo como viera. O velho foi se levantando da mesa. — Meu filho, que loucura é essa, que foi que lhe deu? Será espírito maligno? Mande selar minha besta que eu já vou embora.

Mas o filho não escutou nada, pôs a mão no ombro do velho:

— Se assente e espere a comida, senhor meu pai.

O velho aí se agastou, quem era ele para lhe forçar a vontade, se lembrasse que era filho e tinha sujeição. Mas o filho só repetia, branco de raiva:

— Guarde o assento, meu pai. — E então o velho esperou.

Com pouco mais chegou o frango, nadando na gordura, e ao lado a tigela de pirão, feita com dois litros de farinha. Puseram tudo diante do velho, que naturalmente se recusou a comer. Então o filho puxou a faca, espetou a ponta dela na madeira da mesa e obrigou o pai a engolir, senão era sangrado ali mesmo.

O velho, o jeito que teve foi comer tudo. Mas quando se levantou, depois da última colher de pirão, agarrou com as duas mãos a barba branca e amaldiçoou o filho desalmado, pediu castigo do céu para ele. Foi tão medonho que todo o mundo ali ficou arrepiado. Só o filho não se importou: mandou encostar no alpendre a besta que já estava selada e berrou pelo moleque para ajudar o velho a montar.

— Agora o senhor aprende a nunca mais fazer pouco na pobreza de ninguém.

Diz que o velho, quando chegou na casa dele, nem apeou da besta: caiu, já morto.

O filho, desgraçado, desde àquela hora em que foi amaldiçoado, nunca mais pôde engolir um bocado. Porque repugnava toda qualidade de comida, sua natureza só lhe pedia para comer farinha seca. Mas assim que jogava na boca o primeiro punhado, engasgava e se danava a tossir que era mesmo um desespero. Também durou pouco. Foi esmirrando, esmirrando, até ficar seco como uma vara. Um dia, já não se aguentava de fraqueza, teimou em comer o derradeiro punhado de farinha — e foi aquele que o matou: porque a farinha da goela foi para os bofes, sufocou a criatura por dentro, e com pouco ele estava morto, roxo, com a língua preta de fora. Era ver um enforcado; e o povo diz que é assim mesmo: maldição de pai à força leva.

(Ilha, abril de 1952)

Cinquenta e três contos

A MOÇA ESTAVA SENTADA na delegacia, muito pálida, só a boca pintada de vermelho-ciclame aparecendo no rosto sem cor. As mãos tremiam, tremiam, e o beiço inferior tremia também, mormente quando ela era obrigada a falar. Os olhos porém se mantinham secos; via-se que era rapariga de muito controle e coragem. Fosse outra, na certa estaria aos gritos. Ela não: continuava fitando no comissário os olhos enormes e desolados e só de vez em quando murmurava para si: "Cinquenta e três contos — exatos. Cinquenta e três..."

O comissário examinava a bolsa de lona, cortada com um golpe de gilete. Por ali o larápio enfiara a mão, achara o envelope com o dinheiro. Na certa já conhecia bem aquelas bolsas, sabia exatamente onde procurar os valores...

*

Ela desembarcara no Galeão, algumas horas antes; olhou para as enormes salas de recepção, talhadas no antigo quartel, e sorriu consigo: não viu um conhecido, ao menos. Nem sequer aquele rapaz da Cruzeiro do Sul que lhe confessara trabalhar num boxe do aeroporto, embora se dissesse aviador para o resto do pessoal da terra, quando lá fora de férias. Ela espiou bem os boxes de todas as companhias — depois lembrou-se; não era no Galeão que ele trabalhava, mas no outro aeroporto, no Santos Dumont. Respirou mais aliviada: era um amigo que continuava na reserva, na grande cidade onde os tinha tão poucos.

Veio um moço da Panair lhe dizer que o ônibus de passageiros já estava à espera. E a bagagem da senhorita? A senhorita não trazia bagagem quase nenhuma, fora a pequena maleta e aquela bolsa grande de lona.

É assim que se começa uma aventura, com quase nada. Mesmo porque — que coisas tinha ela para trazer? Deixou tudo para trás. Os sapatos melindrosos de salto altíssimo, os vestidos de organdi e de seda estampada, que todo o mundo veria logo tinham sido feitos para deslumbrar os rapazes nas noites de avenida, na praça da igreja, lá na sua cidadezinha natal. As roupas de usar no Rio teriam que ser outras — roupas sérias de moça que trabalha, em vez dos trajes vaporosos da menina de família que procura pescar o promotor. Fizera tudo com muita meditação, muito cuidado. Olhou-se satisfeita; os sapatos fechados, o costume de tropical comprado feito em Fortaleza. Passou a mão no cabelo curto, sem permanente. Tudo de acordo, como convinha. A roupa e a figura é que fazem a gente. Sentia-se bem, sentia-se outra. Vida nova, roupa nova. Quem havia de dizer — alguém que a conhecera no Quixeramobim, iria reconhecê-la hoje? E agarrava com força a alça da bolsa de lona onde trazia num pequeno embrulho as cinquenta e três notas de mil cruzeiros, dinheiro novo, recebido do rapaz da agência do Banco — que por sinal até fora seu flerte, no Natal passado... Cinquenta e três contos... Louca, todo o mundo dissera. Os irmãos, principalmente. Ora, ela que sabia. Vendera tudo: as seis vacas, a sua sexta parte na casa da rua, o cordão de ouro e as colheres de prata — tudo que lhe coubera na partilha. Liquidara o passado completamente — e não apenas o seu próprio passado, mas o de quantas gerações! Aquela casa da rua fizera-a seu bisavô, as reses vendidas representavam também quantos anos de criação! Tinham sangue de gado turino raceado do Hereford que o avô importara no começo do século; tinham sangue do casal de holandeses que o tio trouxera do Norte; e tinham bastante sangue de zebu, com que o padrasto, antes de morrer, tentara melhorar o rebanho pé-duro...

E foi quando pensava essas coisas, já dentro do grupo apertado de gente que se dirigia à condução, que viu uma peça de pano se escapando da bolsa de lona, pelos lados, através de um corte grande... Apavorada abriu o fecho *éclair* e verificou que já não estava ali o embrulhinho com os cinquenta e três contos...

*

Ela assim tão quieta, a gente via que até o comissário tinha pena. E ele prometeu fazer tudo. Quase certo descobririam. Esses punguistas de aeroporto e estação de trem eram conhecidos... Perguntou se ela ainda trazia algum dinheiro. A moça sorriu com amargura; abriu a bolsinha de mão, que também vinha dentro da bolsa de lona, tirou a carteirinha: quinhentos e vinte cruzeiros... separados para as despesas de viagem.

— A senhora já tem emprego aqui?

(Bem — claro — decerto tinha trabalho... viera trabalhar... Onde? no rádio, no teatro, na imprensa... não sabia ainda... costumava cortar recortes dos jornais do Rio... Mas como é que iria explicar ao homem as suas esperanças?...)

— Esperava viver com o meu dinheiro, enquanto não me empregasse...

— E residência? Vai para a casa de parentes?

— Não... talvez pensão... trouxe aí uns endereços...

O comissário fez sinal para o mesmo policial bonito da guarnição da R.P., que trouxera a moça até o distrito. Disse-lhe que a acompanhasse a um hotel decente... ou melhor, uma pensão... pensão familiar... mais barato — pensando bem, só com quinhentos e vinte cruzeiros...

Ela entrou no automóvel e sorriu para o rapaz. Bonito, bem vestido, ninguém diria que fosse polícia. E teve a sensação de que, agora sim, começava vida nova. Porque o dinheiro ainda era um laço. Um laço, um elo. O automóvel partiu. A cidade começou a correr dos dois lados do vidro. E ela levantou a cabeça, num desafio. Vamos ver quem pode mais.

(Ilha, maio de 1952)

Um homem livre

O RAPAZ É MEU CONHECIDO antigo. Estava de calção de banho e pescava siri na ponte da Ribeira, no dia em que fui receber uma encomenda que deveria chegar pela lancha das onze. Mas, como sempre, não houve lancha das onze, talvez chegasse às onze e meia ou meio-dia, o papel era esperar. Fui me encostando à amurada, espiando a pescaria e lá estava o conhecido amarrando a isca no puçá. E ele, sentindo gente perto, levantou o rosto, viu-me, sorriu.

Começamos a falar nas lanchas, na saudade do tempo das barcas, depois na vida; perguntei notícias de certa namorada dele, minha conhecida também — e ele falou vago, o que me admirou pois era namoro firme, já em conversas de casamento. Depois passou o pessoal da Shell que ia almoçar, e aí se falou em Ministério do Trabalho, indenização, essas coisas — e eu, a propósito, disse uma brincadeira: — afinal, não fosse a lei de férias, como é que tamanho homem poderia vir pescar siri, dia de semana, ao meio-dia em ponto.

O rapaz de repente me encarou, ficou calado um instante. Depois, num desabafo, disse que não estava de férias não, tinha mesmo era largado o emprego. E por causa disso rompera o namoro. — Imagine que ela falou que eu sou um louco.

— Bem, se você largou o emprego sem motivo...

Ele me olhou de novo, meio ressentido:

— Tudo que se faz contra a opinião dos outros, chamam a gente de louco. Se bem que ela está repetindo as palavras da mãe e da irmã. Mas o meu juízo quem sabe sou eu. Quem me quiser, é como eu sou. Não posso pensar diferente para satisfazer ninguém. Vem logo alegando que eu joguei fora um rendimento de quatro contos e quinhentos! Rendimento! Que rendimento era esse, chupando as minhas horas de vida? E depois nem eram quatro contos e quinhentos — era pouco mais de quatro e trezentos, com os descontos. E — dizem elas — onde é que vou arranjar emprego melhor, se não arranjo nem igual? Mas o negócio é que não estou pensando em arranjar emprego nenhum. Aí elas falam que eu quero ser é vagabundo. Pode dizer, mas o que eu não quero ser é escravo, não sou negro de ninguém. Esse pessoal não entende, um homem pode morrer explicando — se não for ganhar dinheiro, abrir crediário, caderneta da Caixa Econômica, elas dizem que é loucura ou então é malandro. Não é pelo trabalho. Pouco me importa de trabalhar até de estivador. Tenho músculo, a senhora não está vendo? Não é à toa que fui sócio-atleta do Fluminense tantos anos. Mas esporte também é uma espécie de emprego disfarçado, me chateei, larguei. É pelo cativeiro; ficar toda a vida pregado naquele escritório, acordando às sete, tomando condução, entrando às oito e meia em ponto. Isso toda a vida, toda a vida até o dia do Juízo. Enche.

Fez uma pausa, atirou na água o puçá com a isca fresca, ficou um instante quieto, a testa franzida.

Comentei com um suspiro:

— É, é duro. Mas a gente se sujeita à escravidão em troca de uma porção de coisas. Segurança, estabilidade.

— Isso é o que elas dizem. Mas para que a gente quer estabilidade? Falam nisso como se fosse um prêmio. Mas o que é estabilidade? Pode ver no dicionário. Ficar parado, no mesmo lugar, sem movimento. Estabilidade, no final de contas, é o mesmo que cadeia. Todo o mundo tem pena quando um cara vai condenado a quinze, vinte anos. Mas, a gente, condenam para a vida inteira e ninguém tem pena. De segunda a sábado, trabalho; sábado de noite faz uma farrinha, domingo tem ressaca e banho de mar, cinema com a garota, e lá entra a segunda-feira outra vez.

O siri pegava. Entrou na rede. O moço subiu o puçá, devagarinho, capou o siri que era enorme, cada patola que parecia uma tenaz. Depois continuou:

— Esse negócio de emprego é uma coisa de doido. A gente entra aos pouquinhos, quando vê está perdido para o resto da vida. Pensando nos dois contos, nos cinco contos certos, todo mês, e acabou-se. Ela não entende. Mas a senhora já pensou? Passar o resto da minha vida fazendo a mesma coisa, sem nunca poder mudar de profissão, senão perde tudo. E se eu quiser ser corredor de bicicleta, ou caçador de onça no Araguaia, ou fotógrafo de lambe-lambe na Quinta da Boa Vista? Posso? Não, por causa do emprego hei de largar o emprego. Não posso nem ser comunista. Não é que eu seja. Acho até esses comunistas um bando de chatos. Mas se eu quisesse ser, podia? Não podia. O chefe achava ruim, dava parte, me demitiam, me punham na rua sem nem ao menos indenização, e lá iam embora a pensão, o instituto, a aposentadoria, todas as vantagens. Inclusive os descontos que já paguei. Elas aí dizem que eu não tenho é caráter. Mas falta de caráter é fazer as coisas contra o juízo da gente. Nem senso de responsabilidade, dizem que não tenho; responsabilidade com quê? Quando eu nasci não tinha responsabilidade nenhuma. Responsabilidade é mais é medo. Eu sou homem, não sou rato, não tenho medo de responsabilidade nenhuma. Se passar fome, que é que tem? — Riu. — Tem tanta gente que passa fome para ficar elegante. Ando malvestido — e depois? Acha que não vou ter com que sustentar mulher e filho, se casar? Pois então não se case comigo. Não estou chorando por ninguém. Uma cidade grande como esta tem muita coisa bonita. Mas eu posso apreciar? Não posso. Passo o ano inteiro sem ver uma loja aberta, porque é na hora do emprego. Sem ver cinema vazio, sem ver o que é uma praia durante a semana. Outro dia quis acompanhar uma procissão. Não sou religioso mas gosto de procissão desde menino. Fiquei espiando da janela, e o chefe ainda reclamou. Uma missa de sétimo dia, não vou, ao menos! Missa de defunto só se não for em dia útil...

— É, o cativeiro é o preço da segurança.

— Segurança? E se um automóvel me pegar de repente? Se me der um nó na tripa, um apêndice estourado? Que é que eu vou fazer da segurança? Para que me serviu a vida estragada? Montepio, por exemplo: todo pai de família quer montepio para deixar. Mas se enviuvar? Se se desquitar? Se não nascer filho? Não, é passar amarrado a vida toda, esperando por uma coisa que não ficou de aparecer. A irmã dela acha que eu falo assim porque sou moço, não tenho experiência. Mas, eu sendo moço, não posso pensar por cabeça de velho. Que só com emprego posso ter conforto. Ora, cadeia também dá conforto; célula na detenção é ver apartamento moderno — banheiro, pia, até rádio tem. Comigo, não. Eu, solto, o mundo é meu.

— Mas, de que é que você vai viver? Por menos que gaste, afinal tem que comer. Siri só não alimenta...

— Vou viver de biscate. Este siri, por exemplo, não é pra comer, é pra vender. Turista de domingo é louco por siri. A questão é não ter preconceito nem amor a luxo. Não se importar com posição, nem com qualidade de trabalho, pegar o que for aparecendo. Eu hoje pesco. Amanhã posso lavar automóvel, posso carregar cesto na feira. Largar essas besteiras de trabalho intelectual. No braçal é que está a liberdade. Posso ser casaca-de-couro, em circo. Sempre tive vontade. Sei lá quanta coisa posso ser! Até me dá nervoso — fico feito criança em loja de brinquedo. Nem sei o que escolher.

Fez nova pausa, capturou mais um bicho, que espumava e agitava frenético as oito patas peludas. Rematou:

— Jornal por aí fala muito em liberdade. Diz que papel leva tudo, mas está aí uma coisa em que eu acredito: é em liberdade. E por isso mesmo resolvi ser um homem livre.

Apelei para o último argumento. Lembrei-me da carinha da namorada, miúda e ansiosa, as esperanças, o enxoval começado. Suspirei:

— Coitadinha da Aparecida...

— Coitadinha? Sabe o que ela me disse? Disse que se aqui no Brasil botassem uma lei para linchar vagabundo, eu estaria em primeiro lugar para ser linchado!

*

A lancha encostara; a encomenda não vinha. Fiz um aceno de despedida ao homem livre. Mas ele nem me viu, mergulhado na sua revolta, ou ocupado em imobilizar outro siri.

(Ilha, novembro de 1952)

Fazenda velha e açude

CARTAS DE LEITORES me pedem de vez em quando para contar como é uma fazenda do Nordeste e, dentro da fazenda, o que é propriamente o açude.

Diz um: pelo que lê nos nossos romancistas, o açude lhe dá a impressão de "ser o núcleo, o coração da fazenda". Isso mesmo; fazenda sem açude é um casco morto, sem gado, sem moradores, sem plantio. O açude é o símbolo da riqueza do fazendeiro — ou da sua ruína.

Veja o açude do Junco. Mas primeiro devo dizer o que é o Junco: neste mundo tão grande, não há pedaço de terra mais preso ao meu coração do que aquele trecho bravio do município de Quixadá, a cento e oitenta quilômetros do Oceano Atlântico. Engraçado, lá não nasci. Mas por lá deveria andar antes de nascer e para lá hei de voltar depois de morta, se por acaso sobrar de mim alguma coisa, além do triste corpo que a terra vai comer. Já entenderam que o Junco é uma fazenda. Uma fazenda à velha moda do Nordeste, com matas de caatinga subindo e descendo por cabeços cobertos de pedregulho, vastos campestres de capim-panasco, coroas férteis de riacho, lagoas que secam no verão; tudo, aliás, ali, seca no verão, e o viajante que por lá passar nos meses de estiagem, jamais poderá entender quanto de riqueza e senhoria se esconde no cinzento da paisagem nua. Tudo seca, menos o açude.

À direita da casa-grande, que nós lá chamamos simplesmente "a fazenda", se estende o prato de água que é a vida dos homens, dos bichos e das plantas. Foi feito por mão de escravos, no tempo em que ainda não se usavam vagonetes. A terra subia à barragem arrastada em couros puxados por bois, ou em padiola pela mão dos negros. Fez-se a parede devagarinho, em anos. Não vê que de princípio aquilo era uma lagoa, alimentada por sete riachos que só correm no inverno. Aos poucos o dono foi levantando uma barragem, procurando armazenar mais água; construía sem risco no papel, meio ao acaso, que o lugar nem era próprio para açude: uma lagoa aberta, sem nenhuma elevação aos lados, onde firmassem os ombros da parede. Assim mesmo o açude crescia. O porão se fez fundo a poder de aterros e não como nos outros açudes, num boqueirão natural. De modo que a obra está toda errada como técnica: basta dizer que a parede é côncava, e não convexa em relação à água; mas, como sempre acontece na vida, os erros não lhe prejudicaram a solidez. O açude do Junco já anda perto de dobrar o século e meio, e nesse tempo todo de existência só arrombou uma vez, no inverno de dilúvio de 1924. Aliás, nesse ano de 1924, sangrou pela primeira vez o famoso açude do Cedro, obra do Imperador, e que até então jamais enchera a ponto de atingir o sangradouro.

 A água do açude do Junco tem uma cor ferrugenta, tinturada pelo barro vermelho do fundo. Mas é boa, sadia e doce como água de chuva. A parede lhe cerca mais da metade, enorme, curva e lembra uma muralha de cidadela. Na represa que se espraia do outro lado, ficam as vazantes sempre verdes, povoadas de galinhas-d'água e jaçanãs. Na ponta da parede, a marcar o início do porão, uma umarizeira velha e sombria se debruça à beira da água. Era lá que, de noite, eu deixava minha espera de traíra e na madrugada seguinte achava presa no anzol cada traíra de dois palmos, bicho feio de dente agudo, boca rasgada de tubarão.

Quando as águas do açude atingem determinada altura, a sangria começa; o sangradouro é um paredão de pedra e cal, com quatro metros de altura, por onde a água se despenca numa lâmina só, violenta e cor de prata. E quem quiser sentir uma coisa que nunca sentiu, se meta pelo túnel formado entre a muralha de pedra e a parede da água: o coração fica pequenino, a alma míngua, as pernas tremem, o fôlego sufoca; a gente nem sabe como arranca forças para romper a barreira líquida e emergir ao ar livre, porque só dá uma vontade suicida de ficar lá dentro, naquela sombra translúcida, debaixo da cortina de água, mas sem tocá-la, morrer feito um besouro numa caixa de vidro.

*

Falei no açude mas não falei na casa, nem no pátio, que é um quadrado aberto, com uns quinhentos metros em cada face, limpo de árvores, e se estende pela várzea até a estação do trem; no tempo das águas cobre-se de mata-pasto grosso, é salteado aqui e além por uma moita de mofumbo cheiroso e, mais raro ainda, um pé de juazeiro ou mulungu. O pátio é tradição das antigas fazendas de criar; nele se junta o gado nos dias da vaquejada e, da casa-grande, que sempre o domina de uma elevação nos extremos, se descortina de longe quem chega, amigo ou inimigo, se vem de paz ou vem de guerra.

A casa velha do Junco é toda de taipa, com o madeirame de aroeira, o envaramento amarrado com tiras de couro cru. Tem mais de cento e quarenta anos de idade, e ainda é a mesma; tirando um quarto a mais, um corredor a menos, faz pouca diferença de como a deixou o seu construtor e primeiro dono, o velho Miguel Francisco, meu tio-bisavô. Casa-grande sem senzala, que lá temos dessas anomalias. Os escravos da sala e da cozinha dormiam na própria casa da fazenda, e os escravos de campo, vaqueiros na maioria, eram todos casados, tinham família, moravam em casa sua, possuíam galinheiro, roçado e chiqueiro de criação, quando não tinham curral de gado. Só deviam mesmo ao senhor a obrigação de tomar a bênção. No mais, eram em tudo iguais a homens livres. Palavra que nunca se ouviu por aquelas bandas foi o nome de feitor e muito menos ainda o de capitão do mato. Negro do Junco não apanhava nem fugia. Isso de negro judiado eram coisas mais para a Bahia e Pernambuco, terras de senhores duros, aflitos por tirarem do açúcar todo o dinheiro que ele desse, fosse ou não misturado com sangue de cativo. Mas nas nossas fazendas a cana era pouca e de sal, o gado pé-duro vivia quase por si, sem exigir sacrifício de ninguém.

Mesmo o açude, que se fez a poder de braço de negro, levou anos construindo, e a bem dizer se construía de adjunto ou, como diz aqui, de mutirão. E não eram só os negros que trabalhavam nele, mas também os caboclos forros, que todos tinham interesse na obra: talvez fosse aquele o primeiro açude fechado, capaz de varar ano sem secar, em muitas léguas ao redor.

Contei que ele arrombou em 1924. Já tinha mais de um século de construído. Foi um inverno terrível, veio vindo uma enchente em cima da outra, a várzea cobriu-se de água, e só se podia ir da casa-grande à estação a nado de cavalo. Ia-se também por cima da parede do açude: mas o caminho pelo alto da muralha de terra batida, roído pela erosão da chuva, tornara-se tão estreito e tão escorregadio que mal dava passagem perigosa a uma pessoa. Logo os entendidos começaram a ver no sopé da parede uns sinais de revência. E quando começou uma carga-d'água que durou quatro dias com quatro noites, até parecia que a fazenda velha tinha virado uma arca de Noé. As vacas medrosas se apinhavam no curral do lado, as galinhas se agasalhavam na cozinha, as ovelhas no alpendre, os porcos se metiam por baixo das mesas, na queijaria. De repente, no silêncio da madrugada, ouviu-se um ronco surdo de pororoca; e depois, à luz dos relâmpagos, enxergou-se a cabeça-d'água que escondia toda a parede do açude e depois se atirava para a várzea.

Começou o corre-corre de gente. Acudiam os moradores, as mulheres se atiravam de joelhos no terreiro, debaixo da chuva, como se aquele dia fosse o fim do mundo. Muitas diziam que era castigo.

Mas castigo de quê? E afinal se viu que castigo não era. Porque com oito dias tapou-se o rombo. E peixe nunca se viu tanto assim, até parecia milagre. No verão seguinte a parede tornou a se levantar, definitiva, tão segura e serena quanto a outra, feita por meu tio Miguel e seus negros. E até hoje se conserva, vinte e oito anos passados, dando toda a esperança de continuar segura por outros cem anos.

(Ilha, dezembro de 1952)

Riqueza

Outro dia, em artigo de jornal, andei comentando esse assunto de riqueza, mas nem por isso me consegui libertar dele; ficou-me na cabeça e torno a debulhá-lo aqui com vocês. Foi problema que sempre me interessou, esse de ser rico. Ser rico — quer dizer, ter em mãos as possibilidades de poder e os privilégios que o dinheiro dá — é o sonho universal das criaturas. Todo o mundo precisa, quer dinheiro, o pobre para enganar a miséria, o rico para ficar riquíssimo, o pecador para satisfazer seus desejos, o santo para as suas caridades. E isso não é para admirar, pois o dinheiro representa realmente o denominador comum de tudo que tem valor material nesta vida, inclusive coisas de caráter subjetivo, como o poder, o prestígio, o renome etc. Diz que até o amor.

Tudo isso é o dinheiro. E contudo não há coisa mais limitada do que o dinheiro, a riqueza. Pois que ele só nos vale até certo ponto, ou seja até se chocar com os limites dessa coisa intransponível que se chama a natureza humana.

Você, por exemplo, que tem o seu contadíssimo orçamento mensal, para você dinheiro é um sonho, representa mundos impossíveis — conforto, luxo, viagens, prazeres — o ilimitado. Querer uma coisa e simplesmente assinar um cheque para a obter. Um jardim, um apartamento de luxo, um grande automóvel, ou mesmo o seu avião particular. *Boîtes,* teatros, Nova York, Paris! A roda da grã-finagem internacional que também se chama o *café-society* ou os *idlerich,* os ricos ociosos. Jogar bridge com a duquesa de Windsor, dançar com o Ali Khan.

E entretanto — e aí é que bate o ponto — é bom notar que isso tem um limite bastante rígido. Fora uma cota de prazeres e conquistas sociais, no fundo mais subjetivas do que objetivas, além não se pode ir. A riqueza, sendo capaz de nos proporcionar apenas o que está à venda, não nos pode dar nada de genuíno, de autêntico, de natural. Se você perde a perna num acidente, o dinheiro lhe dará a melhor perna artificial do mundo — mas *artificial.* Tanto no milionário como no pobrezinho com perna de pau, o coto mutilado é o mesmo, porque a natureza não se vende. E assim, quem compra cabelos supostos não pode esperar razoavelmente senão uns postiços, como já o dizia José de Alencar. E quem fura um olho, possua embora o dinheiro do Rockefeller, terá que se arranjar com um olho de vidro, como qualquer de nós.

Sem falar nas limitações do cotidiano. Pode-se ser rico como se for, não se pode aumentar em nada as extremas da nossa natureza. Comer mais do que cabe no estômago, dormir mais que as horas normais de sono, divertir-se mais do que a nossa capacidade de vigília, amar mais do que a nossa medida de amor. Nem o homem ou a mulher amada podem ser diferentes em nada da mulher do padeiro ou o namorado da copeira. Mais bem lavados, mais bem vestidos, mais refinados, porém na essência os mesmos; têm todos olhos, nariz e boca, duas mãos e dois pés. E ainda não nasceu o rico que, para mostrar o seu poder aquisitivo, procurasse uma mulher com dois narizes ou quatro braços. A riqueza, por mais que o deprave, não lhe tira o horror do monstruoso, que é uma das pedras de toque da natureza humana. O mais que ele faz é chegar a um compromisso e, em vez da mulher de dois narizes, arranjar duas mulheres. Mas aí esbarra com outro limite, pois só se pode divertir com uma mulher de cada vez, e assim, no fim de contas, ter duas ou mais vem dar na mesma coisa que ter uma só.

Mas todas as desgraças do excessivamente rico ainda não estão em nada disso, estão em coisa pior. É que, passada certa quantidade de riqueza, o dinheiro deixa de ser nosso servo para nos transformar em servo dele. Um homem que possui um pequeno diamante, pode andar com ele no alfinete de gravata, em qualquer parte, sem grande perigo de roubo, esquecendo até que o carrega consigo. Mas o dono do Regente ou do Kullinan não pode trazer o seu brilhante no pescoço, tem que o guardar em cofre fortíssimo, tem que o pôr no seguro, tem que viver à espreita do ladrão, do vigarista, do assaltante que, por astúcia ou violência, o tentará despojar do seu tesouro. Em vez de ser ele o dono da pedra, a pedra é que é dona dele, já que a pedra, em vez de o servir, constantemente o traz ao seu serviço. E o mesmo acontece com as grandes fortunas em dinheiro: um grande capitalista passa os dias e as noites não a gozar o seu dinheiro, mas a cuidar dele. A procurar empregos sólidos de capital, a vigiar as oscilações da bolsa e do mercado, a temer revoluções, a tremer dos prejuízos. Nós, que pagamos no máximo alguns contos anuais de imposto de renda, não podemos calcular as ginásticas que faz para se livrar de taxas o homem que as paga aos milhões.

Moralidade: não tenha inveja dos ricos. Não tenha inveja de ninguém, que é melhor. Mas se quer invejar, inveje o simples abastado que pode satisfazer as suas necessidades e, na medida do possível, alguns dos seus sonhos. E quando nem a abastança pode ser atingida, um bom consolo para o pobre é pensar que, quer com o seu salário mínimo, quer com as rendas vertiginosas do tubarão, tanto um como o outro estão trancados nesta nossa mesma prisão de carne, este "saco de tripas" de que falava o velho Gorki; e se dentro dele pouco podemos, fora dele, então, nada nos adianta, nem dinheiro, nem grandeza, nem poderio. Ai, só a terra fria, nada mais.

(Ilha, 1953)

Quaresma

Bem, CONFESSAR eu confesso, mas o padre que se aguente — ela disse muito séria, o beiço tremendo.

Que essa história de carnaval é muito bom, não fosse a Quaresma depois e a mãe da gente aperreando para se preparar a comunhão da Páscoa. Protestante não tem disso, protestante não se confessa, se entende lá com o seu Deus, se quiser se arrepende, se não quiser ninguém sabe. Mas católico, a menor tolice que faz lá vai ajoelhar no confessionário, e tem que explicar tudo direitinho senão foi confissão sacrílega e morrendo naquela hora já cai direito no inferno. Ah, meu Deus, se ela tivesse coragem virava protestante.

Espírita também é bom — espírita dá outra liberdade. Sessão é de noite, não tem missa domingo de manhã logo na hora do banho de mar. O ruim de espírita é que a gente tem medo de alma; foi a uma sessão para nunca mais, enganando que ia ao cinema das dez. Aquelas pancadinhas na madeira, e a mulher gorda estrebuchando em cima da mesa, falando com voz de homem, se coçando toda, cruzes! Chegou em casa até vomitou, tanto foi o medo. Deus te livre, se a mãe soubesse onde tinha andado.

Mãe é coisa engraçada. Mãe pensa que a gente não cresceu. Só enxerga que a gente tem corpo de mulher na hora de achar ruim o maiô de duas peças ou o vestido tomara que caia.

Das outras horas parece que a filha dela é uma criancinha de mamadeira, não pode sair de noite com o namorado, não pode andar em carro de rapaz estranho, não pode ir a baile sem companhia conhecida, só falta dar ataque quando a gente diz que vai se inscrever no concurso de sereia. Também, já disse, ela podia entrar na polícia que tinha jeito. O que vale é que basta se contar uma mentira à toa, ela engole — engole linha, anzol e caniço. Chega até a dar remorso. Carnaval por exemplo. Bastou dizer que a mãe da Iara acompanhava a gente, estava tudo certo. Mal sabia que a mãe da Iara é uma balzaca doida por carnaval, como ela diz — só uma vez por ano tira a velha forra. Se mete numa calça de homem, põe uma máscara escondendo os pés de galinha, entrega as meninas pros namoradinhos delas, dizendo que se comportem, fiquem passeando na avenida direitinho e voltem para casa cedo, que ela marcou um encontro com a turma e vai para o High-Life, onde criança não pode entrar... E virando para a gente fez uma cara safada, dizendo que não conte nada à mamãe, afinal quem é que tem interesse que a sua mamãe saiba, não é mesmo, meu bem?

    E agora duas pequenas, cada uma com seu namorado, ia-se ficar batendo pernas pelas ruas? Carnaval de rua é pra moleque, foi o que eles disseram. Podemos ir a um baile de família. Neste Rio tem cada coisa. Pensei que baile pago só nos clubes, High-Life, Democráticos, Bola Preta, Automóvel, ou então nas *boîtes*; mas qual, tem casa de conhecido que dá baile e só paga bebida e a cota da orquestra. Fomos numa ladeira que sobe para Santa Teresa, e lá não pergunta se é menor nem maior; como dizia o rapaz da porta, a pequena mostra a cara e se é boa vai levando. Quem anda atrás da idade dos outros é sorteio militar... assim que ele disse. E lá dentro uma confusão, gente dançando até na área de trás, o pessoal foi subindo, lá em cima eram os quartos e não tinha um lugar onde se bebesse sossegado — eram duas garrafas de uísque que eles arranjaram e mais uma de gim-tônica — (gim-tônica, não, só diz assim no bar) — era gim puro mesmo. Também não namoro mais aquele bobo, ficou bêbedo, mas bêbedo que metia nojo. E a louca da Iara já tinha saído de fininho com o cara dela. E aí aquele rapaz distinto, que nem estava fantasiado, ficou fazendo companhia à gente enquanto o outro tornava da bebedeira; mas qual, não havia jeito de tornar, a gente chateada, e afinal estava-se ali era para pular, não era? E aí saímos e estava muito calor e o rapaz tinha um carro mas era um *big*, e fomos tomar um pouco de ar no carro, e que rádio que aquele carro tem! E depois o rapaz ficou loucamente apaixonado por mim, e afinal eu não sou jeca para ter medo de nada, se fosse nos Estados Unidos aquilo tudo era tão natural, nos Estados Unidos não tem preconceito tolo, eu já sabia e ele disse, que já esteve lá.

E o dia já estava claro quando afinal ele parou na porta do edifício e eu nem tinha chave, toquei a campainha e quando mamãe abriu com uma cara daquelas, perguntou pela Iara e a mãe dela, dei um suspiro, graças a Deus nenhuma das duas tinha telefonado, perguntando por mim. Também como é que podiam, depois eu soube, a Iara voltou às quatro mas tinha bebido além da conta e a velha só chegou às sete e com uma ressaca que só faltava comer a caixa de bicarbonato.

E depois o louco foi telefonar para mim e mamãe que atendeu e ele perguntou quem estava falando e mamãe disse que era a criada só para espionar, e ele disse que era o amiguinho da terça-feira. E mamãe passou o fone e pela conversa ficou vendo tudo, e me botou debaixo de confissão. E a gente sem querer contar nada, e ela aí fez a gente jurar pela alma de papai que ia preparar a comunhão da Páscoa, e que se não contava a ela contava ao padre.

Meu Deus, pela alma de papai não posso jurar em falso, e confessando não quero ir para o inferno, e assim é mesmo como eu disse, o padre que aguente, que é que eu posso fazer?

E a gente chorando, e a mamãe ainda diz que a filha dela além de mentirosa é cínica, queria que fosse ela, no lugar da gente!

(Ilha, fevereiro de 1953)

Conversa com Maria Inês

O DIA HOJE AMANHECEU mais triste do que os outros. Um sol desagradável, um céu pesado, passarinho nenhum cantando no pé de jambo. O café amarga na boca quando a gente pensa que ele está custando cinquenta cruzeiros o quilo, os jornais estampam grandes clichês de meninos da seca, um homem desmaiado de fome, uma velha que não espera mais por nada. De política nem se fala, cada vez pior e desarrumada; o nosso coração se aperta, com um sentimento de culpa e de futilidade. A gente não fez o mundo, mas arranjou jeito de viver nele e engordar, enquanto tantos passam mal. E o santo que há dentro de cada um de nós, mas que os nossos pecados mataram, como que se revolve no nosso peito onde está sepultado, e diz que tudo poderia ser diferente. Sim, poderíamos ser tristes, mas sem remorsos, e tristeza sem remorso é uma tristeza doce, uma espécie de tristeza alegre feita tristeza de anjo.

Temos que nos debruçar sobre este gravíssimo problema, diz o homem no seu discurso. Debruçar a gente pode — mas para quê? Com tanta voz gritando, quem quer saber de ouvir mais uma? Desde que o mundo é mundo as vozes clamam e ninguém as escuta. Aliás é por isso que não adianta fazer pregação — no meio da gritaria, na hora de dizer *"oyez, oyez!"*, de repente dá um desânimo — todo o mundo sabe daquilo, não se faz porque não se quer; tudo tão inútil, valerá a pena? Afinal, a gente sofre, muitos sofrem, mas felizmente o sofrimento é repartido pela geografia, pelo tempo, pelas pessoas. Que sendo a vida tão curta e o corpo tão limitado, não chegam para esgotar a dosagem inteira de sofrimento que anda espalhado por aí. Cada um bebe o seu cálice, cai para trás, morre e pronto. Chama outro.

Ora bem que chega o rapaz com uma carta cheia de retratinhos; são os meninos lá de casa e, no meio deles, a minha sobrinha e afilhada que por sinal ainda não conheço; Maria Inês se chama. E o coração da velha dindinha se abre como planta meio murcha ao estímulo de um raio de sol. Tanta alegria engraçada, tanto atrevimento na carinha redonda, nos olhinhos que se entrefecham à luz forte; a mãozinha rechonchuda segura a barra do velocípede com displicência de antiga prática, o laço de fita no cabelo parece um passarinho pousado na cabeça loura.

Meu Deus, que grande remédio para uma hora de melancolia é um retratinho assim, de meninos amados, distantes, saudosos. Estão sorrindo e o sorriso contagia. E você, tão viçosa e decidida, Maria Inês meu amor, dá à gente coragem de viver. Pensando que você, tão pequenina, daqui a pouco estará moça feita, bonita, dançando, tomando banho de mar, namorando o seu cadete...

Mas ai, para que fui pensar em você grande? Em vez de me animar, a ideia me deu foi cansaço, e uma preguiça! — preguiça, no seu lugar. Tem você um ano e dois meses de idade e uma vastidão de vida na sua frente. Vai passar tudo que eu já passei — isso não, longe o agouro, perdoe, meu coração! Não vai passar nada do que eu passei, vai achar é muita felicidade no seu caminho, muito amor, muita alegria, benza-a Deus. E assim mesmo — assim mesmo, quantos anos compridos, Maria Inês! Tanto trabalho, tantas horas no relógio, e esperas, e decepções, e pequenas amarguras — pois mesmo quem é feliz tem amarguras, todo o mundo sabe. Cada ano doze meses, cada mês quatro semanas, e a semana sete dias, e o dia tem a manhã, a tarde e a noite.

Você vai ter o trabalho de crescer, virar essa miniatura de anjo que é o seu corpo, num corpo grande, vulnerável, de mulher. Vai amar e, o que é pior, vai ser amada; pois ser amado é bom e indispensável, mas pesa e dá trabalho. Vai botar filhos no mundo, e cadê então a alegria descuidosa da menininha que anda no seu velocípede? Serão os filhos a andar no velocípede e você a se preocupar com os buracos do caminho.

Vai ver tudo o que nós já vimos, o mundo andando, os homens lutando, sofrendo; e morrendo ao seu redor aqueles a quem você quer bem.

Sim, Maria Inês, que preguiça. Aliás, quando olho para diante, pensando em você, ou quando olho para trás, pensando em mim, sinto ao mesmo tempo preguiça e alívio — se a preguiça é por você, o alívio é por mim, que já vou tão na sua frente. Quando você estiver moça, e quando você for mulher feita enfrentando a vida, a sua velha madrinha já será defunto antigo, de osso branco debaixo do chão.

E acontece que ninguém pode viver pelos outros, minha filha. Vida é uma tarefa que não se divide com ninguém. Se eu, em vez de ser sua tia e madrinha, que já é muita coisa, fosse sua mãe de verdade, que é muito mais — sim, sua mãe que eu fosse, com amor de mãe dentro do peito, não poderia viver sua vida por você. Vida, a gente tem que viver sozinha, sozinha. E quanto mais depressa se entende isso, melhor.

E pode ser egoísmo mas, para os mais velhos, essa descoberta não deixa de ser um consolo, querida. Saber que, por maiores os sacrifícios a que o amor nos obrigue, não nos pode obrigar a viver a vida dos nossos amores — seja embora amor de filho, que é o maior de todos.

Você é que tem que dar conta da sua, tal como nós demos conta da nossa. Felizmente, para isso, parece que não lhe faltam forças e apetite. Se você agarrar a vida como agarra a barra do velocípede, está tudo muito bem. Com força e desembaraço, deixando as mãos trabalhando pacientes, mas a cabeça atrevida atirada para o sol, num sorriso tranquilo. Até consola a gente. Pois o que é feito com gosto e coragem, é feito muito melhor. Sem este desânimo, este desalento e esta fatal preguiça.

E tendo coragem, segurança e paciência, de que precisará mais você para tocar adiante esse velocípede, minha filha?

(Ilha, março de 1953)

Viagem de bonde

ERA O BONDE Engenho de Dentro, ali na Praça 15. Vinha cheio, mas como diz, empurrando sempre encaixa. O que provou ser otimismo, porque talvez encaixasse metade ou um quarto de pessoa magra, e a alentada senhora que se guindou ao alto estribo e enfrentou a plataforma traseira junto com um bombeiro e outros amáveis soldados, dela talvez coubesse um oitavo. Assim mesmo, e isso prova bem a favor da elasticidade dos corpos gordos, ela conseguiu se insinuar, ou antes, encaixar. E tratava de acomodar-se gingando os ombros e os quadris à direita e à esquerda, quando o bonde parou em outro poste, o soldado repetiu o tal *slogan* do encaixe, e foi subindo — logo quem! — uma baiana dos seus noventa quilos, e mais uma bolsa que continha o fogareiro, a lata dos doces, o banquinho e o tabuleiro. E aquela baiana pesava os seus noventa quilos mas era nua, com licença da palavra, pois com tanta saia engomada e mais os balangandãs, chegava mesmo era aos cem. E esqueci de dizer que junto com ela ainda vinha uma cunhãzinha esperta que era um saci, que se insinuou pelas pernas do pessoal e acabou cavando um lugarzinho sentada, na beirinha do banco, ao lado de uma moça carregada de embrulhos e que assim mesmo teve o coração de arrumar a garota. Também o diabo da pequena conquistava qualquer um, com aquele olho preto enviesado, o riso largo de dente na muda.

Esqueci de falar que tudo isso se passava no carro-motor. No reboque, atrás, a confusão parecia maior. Muita gente pendurada entre um carro e outro, e havia um crioulo de bigode à Stalin, muito distinto, tinha cara de dirigente no Ministério do Trabalho, que muito sub-repticiamente viajava sobre o pino de ligação entre os dois carros ou, para dizer melhor, com um pé na sapata do carro-motor e o outro pé na sapata do reboque. E quando o condutor aparecia para cobrar a passagem, se era o condutor da frente ele punha os dois pés no reboque, e se era o condutor do reboque, que vinha com o "faz favor" ele então executava o vice-versa. Sei que não pagou passagem a nenhum dos dois e devia fazer aquilo por esporte; não tinha cara de quem precisa se sujar por cinquenta centavos. Esporte, aliás, que todo o mundo aprova e aprecia, pois quem é que não gosta de ver se tirar um pouco de sangue à Light? E aí o bonde andou um bom pedaço sem que ninguém mais atacasse a plataforma. A turma que chegava ocupava-se agora em guarnecer os balaústres, formando com os pingentes uma superestrutura decorativa. Mas alcançando-se o abrigo defronte à Central, quase chegou a haver pânico. Porque no momento em que a multidão da calçada assaltava o veículo, a baiana quis descer, e não era façanha somenos desalojar aquela massa da pressão onde se encastoara, sem falar na pressão de baixo para cima feita pelos que tentavam subir, contra quem pretendia descer. Mas afinal já a baiana aterrisara na calçada e o vácuo por ela deixado era instantaneamente ocupado com uma violência de sorvedouro, o condutor tocara o seu tim-tim de partida, quando ressoaram uns gritos agudos cortando o ar abafado. Era o pequeno saci de olhos pretos a clamar que o povo subindo não a deixara descer. E a tensão geral explodiu em cólera e ternura, e todo o mundo tocava a campainha, alguns confundiam, puxavam a corda do marcador de passagens, o condutor vendo isso pôs-se a imprecar em puro linguajar da Mouraria, uma voz berrava: — Já se viu que brutalidade, impedir a criança de descer; a baiana, em terra, chamava a filha com voz macia, o motorneiro, para ajudar a mostrar que não tinha nada com aquilo, desandou a tocar aquela espécie de sino que fica embaixo do pé dele. E enquanto os passageiros compassivos desembarcavam a garota, um senhor que vinha em pé no meio dos bancos pôs-se a declamar que era assim mesmo, que motorneiro, condutor e fiscal, em vez de se aliarem com o povo, não passavam de uns lacaios da Light, mas quando chegasse na hora de pedir aumento de ordenado, haviam de querer que a população ajudasse com aumento nas passagens. O povo é que é sempre o sacrificado. E o condutor aí se enraiveceu também, e começou a convidar o homem para a beira da calçada, e o senhor disse que não ia porque não se metia com estrangeiros, e um engraçadinho deu sinal de partida e o motorneiro que já estava por demais chateado partiu mesmo, deixando o condutor em terra, vociferando; só foi dar pela falta do condutor quando chegou com o carro bem defronte do sinal; parou então, e enquanto o condutor corria, o guarda começou a apitar, que o bonde tinha parado no meio da luz verde aberta para os carros em direção contrária; parecia o dia de juízo, o bonde parado, os automóveis buzinando, o guarda apitando e sacudindo os braços, o pessoal do bonde rindo que era ver uns demônios. Afinal o bonde partiu, tudo pareceu acalmar um pouco, mas aquele senhor em pé que xingara os pobres empregados da Light de lacaios do povo canadense mostrou que era homem afeito a comícios, não se dava de uma interrupção tumultuosa. Estava acostumado a falar até em meio da fuzilaria, assim que ele disse. E que isso tudo acontecia porque o governo promete mas não cumpre o dispositivo constitucional — sim, meus senhores, constitucional! Da mudança da capital da

República. Imagine que delícia o Rio ficar livre de toda a laia dos burocratas, dos automóveis dos políticos e dos políticos propriamente ditos. Imagine, o Getúlio em Goiás e com ele a alcateia dos lobos, os cardumes de tubarões, os rebanhos de carneiros! Isso aqui ficava mesmo um céu aberto. Pelo menos um milhão de pessoas iria embora, e que maravilha o Rio com um milhão de vagas nos transportes, um milhão de vagas nas residências, um milhão de bocas a menos, para comer o nosso mísero abastecimento! As favelas se acabam automaticamente, o arroz baixa a quatro cruzeiros! Saem a Câmara e o Senado, e os Ministérios com todas as suas Marias Candelárias. Pensando nos Ministérios — será apenas um milhão de gente que nos deixa? Calculando por baixo, talvez saia mais de um milhão! O que virá em muito boa hora, pois no Rio sobram uns dois milhões!

E aí o bonde inteiro aplaudiu, cada qual só pensava na vaga a seu lado. E, se aquele bonde fosse maior, talvez nesse dia, no Rio de Janeiro, houvesse uma revolução. Talvez o povo do Rio de Janeiro desse ordem de despejo para o seu governo, lhe apanhasse os trastes, lhe apontasse a estrada, que é larga e vai longe. Mas, feliz ou infelizmente, o bonde era pequeno e, apesar de conter tanta gente, não dava nem para um bochincho. E o governo, pensando bem, também é de carne como nós — e só um coração de ferro tem coragem de deixar este Rio, assim mesmo apertado, superlotado, sem comida, sem transporte, sem luz e sem água. Como disse um paraíba que vinha junto com o soldado: — Qual, se no céu faltasse água ou luz, por isso os anjos haveriam de largar de lá? Céu é céu, de qualquer jeito...

(Rio, março de 1953)

Morreu irmã Simas

No nosso jornal *O Povo,* de Fortaleza, que recebi por avião, diz que foi um dos enterros mais bonitos que já houve na cidade; o caixão carregado a mão pelos antigos alunos e, no enorme acompanhamento, todo o mundo soluçando de saudade.

Oh, a senhora morta, enterrada, e eu tão longe, Ma-Soeur. Doente tantos meses, e eu tão longe; no fundo do meu coração talvez a acreditasse acima da morte, como os santos e os heróis que nós amávamos; talvez considerasse tudo boatos, a longa história de diabetes que a levou devagarinho — qual, eram murmurações, conversas de pouca fé. Acostumada a vê-la tão branca, quase alada, sob as asas engomadas da corneta, como poderia acreditar que havia um corpo sofredor, um pobre corpo de mulher que envelhecia e se acabava dentro do peso azul do hábito, Ma-Soeur? Da última vez em que a fui visitar, disseram-me que se levantou da cama, para me ver. Busquei ansiosamente no seu rosto as marcas da moléstia de que me falavam: mas nada notei, Ma-Soeur, o sorriso era o mesmo, o olhar o mesmo — a mesma a sua inalterável e sábia doçura. Saí de coração leve, afastando para longe qualquer ideia de morte.

*

Era uma irmã de caridade, dessas filhas de São Vicente que deram novo sentido à vida monástica, levando o seu claustro para as ruas, fazendo o seu convento onde quer que haja infância, abandono ou sofrimento. Professora do colégio, depois superiora, chamou-se no século Maria da Ascensão Simas, mas para nós nunca deixou de ter o nome que lhe dávamos quando nossa mestra: Irmã Apolline. Portuguesa de nascimento, entre nós se murmurava que era filha de fidalgos. E quando certa vez a interrogamos a respeito, ela sorriu e nos declarou que "os fidalgos de Nosso Senhor são os pobrezinhos..."

Alma lírica, como só o sabem ser os portugueses, gostava de histórias em que a lenda se mistura com a verdade e a natureza humana se mostra transfigurada pelas ações e virtudes heroicas. Amava as rainhas infelizes, suas heroínas prediletas eram Maria Stuart e Maria Antonieta. Curiosa lei de contraste, aquela alma tão doce e tão pura, escolher para o seu culto as duas imperiosas princesas. Outra das suas heroínas era Joana d'Arc, o que mostra que Ma-Soeur acima de tudo prezava o martírio — e daí a sua preferência pelas duas rainhas decapitadas. Monarquista que era, não se detinha nos pecados das suas prediletas, decerto os imaginava mentiras, pois o sangue real, a unção da coroa, as preservariam de todo crime. O fato é que sob aquele exterior humilde de filha de São Vicente, havia uma alma valente que sonhava com o martírio, com grandes feitos de heroísmo e imolação. Sendo sob muitos aspectos uma intelectual, contudo não prezava especialmente os santos intelectuais, os místicos e os solitários. Para ela os santos guerreiros, os reis combatentes. Tinha um trono especial, nas suas preferências, para São Luís Rei de França e Ricardo Coração de Leão. Muitas vezes lhe disse, brincando, que houvesse ela nascido de outro sexo, em outra era, seria na certa um monge cavaleiro, um Templário de cruz ao peito, a defender pelas armas o túmulo de Nosso Senhor. E Ma-Soeur não se zangava, sorria.

Dentro dos pátios fechados do internato ela nos arrastava para mundos novos, ou antes, mundos perdidos, longínquos e antigos, nos proporcionando uma evasão que talvez também fosse sua. A mim, pelo menos, emparedada no colégio e na adolescência, não sei o que teria sido feito daqueles doze, daqueles quatorze anos inquietos, se não fossem as fugas que Ma-Soeur me facultava, atrás de Inês de Castro, da rainha Fredegunda, no rastro do príncipe Negro, nas areias de Alcácer Quibir. Ou as estranhas viagens por terras de África e Ásia; ai, quanto velejamos, Ma-Soeur, quanto cavalgamos!

Ainda hoje recordo o dia em que entrei no colégio, menina magra de dez anos, que mal entrevira antes uma escola, a não ser em rápidas incursões de semanas, com Dona Julita, no Pará, com Dona Maria José, no Alagadiço. Tudo que eu sabia era ler com voracidade, escrever muito mal, decorar poesias. Aprendera de noite, no colo de meu pai, histórias da Grécia antiga e de Roma, dos reinos de Portugal e de França; e nos livros de Júlio Verne aprendera Geografia. O resto da ciência humana não existia para mim.

Pois fui examinada justamente por Ma-Soeur que, de saída, me interrogou sobre História Universal, onde brilhei. Depois me mandou dar a volta ao mundo, e juntas, sem olhar o mapa, bordejamos ilhas e continentes, hesitamos entre o canal do Panamá e o estreito de Magalhães, escolhemos afinal o Horn por causa das tempestades, e acabamos apanhando pérolas nos mares das ilhas do Sul. Ma-Soeur ficou entusiasmada e me classificou na segunda classe, que era a penúltima — concluía-se então o curso na primeira classe. Horas depois, quando passei às mãos das outras mestras para os exames seguintes, foi que se desmascarou a minha ignorância: eu não sabia tabuada, nem conta de multiplicar, quanto mais dividir e frações! Não sabia catecismo, nem ciência; não distinguia um advérbio de um adjetivo, só conjugava os verbos "de ouvido", não tinha a menor noção do que fosse análise gramatical, pior ainda análise lógica.

Pois no momento em que me punham abaixo do meu pedestal improvisado, Ma-Soeur não me abandonou. Deu-me a mão, pretendeu que eu depressa apanharia as matérias em falta, arranjou-me explicadores, manteve-me na segunda classe, com a sua autoridade de vice-diretora. E desde esse dia longínquo de 1921, sempre senti a sua mão na minha, nas horas de desvalimento e aflição. Como mãe e filha nos amamos até o dia de hoje, em que ela afinal descansou de sua longa passagem pelo mundo. Outras alunas terá tido mais queridas — as piedosas, as estudiosas, as primeiras da classe. Mas ouso pensar que entre Ma-Soeur e mim havia uma ligação que não houve entre ela e mais ninguém. Era um entendimento secreto, um conhecimento, um respeito recíproco — que da minha parte era devoção e da parte dela seria tolerância ou paciência. No fundo nós ambas sabíamos, que ela, uma santa, eu, uma pecadora, éramos entretanto duas almas livres; daí a nossa afinidade.

E não reparem nessa classificação de alma livre para uma religiosa, uma freira. Pois, irmã de caridade, a própria encarnação das virtudes da sua condição, fiel à disciplina da comunidade e igualmente fiel à pura disciplina da fé, ela recebera na sua amplitude essa grande riqueza do cristão, da qual não desconfiam aqueles que só o conhecem de longe: a graça da liberdade. Ninguém, mais que o santo, pode ser uma alma livre. O mundo de Deus é grande, muito maior do que o infinito físico com o qual nos comprazemos no nosso orgulho de incréus. Nós falamos em infinito, mas na verdade somos incapazes de conceber o ilimitado. Por detrás de uma muralha, sempre haverá outra muralha; e a ideia do sem-fim nos choca como um absurdo. Eles não: fazem do infinito a sua pátria, por onde vogam livremente, sem medida de tempo nem de espaço, sentindo-se verdadeiros donos da eternidade.

Eternidade onde agora Ma-Soeur passeia, de companhia com os seus heróis.

(Rio, agosto de 1953)

O homem rico

OUTRO DIA ESCUTEI pelo rádio a gravação em que se fazia ouvir o homem rico, a depor como testemunha num inquérito oficial.

Chegou, qualificou-se, displicente mas risonho, deixando que uma afabilidade de encomenda lhe transparecesse na fala gorda — assim como o patrão que condescende em comparecer por um minuto à festinha de aniversário, na casa humilde de um serviçal. Respondia às perguntas iniciais com paciência e tolerância — sua boa vontade ia tão longe que até arriscava uma pilhéria, pilhéria à sua moda, da qual era o primeiro a rir, com aquele riso artificial de mascate.

Aos poucos, entretanto — valia a pena ouvir — devagarinho, na lenta cabeça que só parece atilada quando se trata da sua especialidade — dinheiro — começou a entrar a suspeita desagradável de que aquela gente talvez não estivesse ali reunida para o homenagear ou, pelo menos, para dar conta rapidamente de uma formalidade amável, para a qual a graça da sua presença já fora talvez um dom excessivo. Começou a entender, pouco a pouco, que aqueles homens estavam ali para o utilizar e não para o servir, que se reuniam e o interrogavam realmente para saber coisas e não para o cortejar, que zelavam por um interesse maior, uma verdade maior, em nome dos quais passavam por cima até dos interesses dele, homem rico. Foi uma descoberta desagradabilíssima: verificar que aquelas cortesias de salão que lhe tributavam, vestiam na realidade a nudez agressiva de um interrogatório.

Irritou-se bastante. Mas viera ali resolvido a ser bom príncipe e decidiu-se a tolerar o interrogatório. Prestou-se a dar resposta àqueles cômicos homenzinhos, a maioria sem tostão (consolava-se talvez em pensar que, se quisesse, os compraria a todos com um único cheque). Mas, é claro, dava-lhes as respostas que achava eles mereciam: incongruentes, pró-forma, inverossímeis a olho nu — respostas de brincadeira, pois deve ser assim que ele exerce o seu sentido de humor.

Nova surpresa o feriu: os sujeitinhos em vez de se curvarem e lhe darem graças ou, talvez, prepararem com maior ou menor sutileza o caminho do cheque (que ele *não daria*, é claro; um dos poderes que mais gostosamente exerce é esse, justamente, de *não dar*...), os sujeitinhos não tomavam a atitude obsequiosa de quem espera a gorjeta, levavam a sério o seu papel de inquiridores, não aceitavam a piada por resposta, queriam saber mais, indagar mais, descobrir motivos, aclarar situações! Tentavam até apanhá-lo em contradições, ousavam enfiar o facho das lanternas atrevidas dentro da sua caverna de tesouros e lhe indagar dos mistérios!

Ele então se enfureceu e achou que era demais. Passava a brincadeira do limite. E usou a sua frase mestra, o seu *Fecha-te Sésamo*, diante do qual todas as perguntas se calam, todos os curiosos tremem, todos os pedintes ajoelham. Baixou sobre os perguntadores o olho miúdo, a vibrar irritado por trás das lentes caras, e encerrou a discussão com o mote da sua vida, a divisa que deve estar gravada no seu brasão de armas, pois que representa a sua própria razão de ser. Disse:

— O dinheiro é meu!

*

Pobre-diabo de homem rico. Tão temeroso, tão arrogante e acovardado, tão astucioso, tão desconfiado — e tão solitário.

Não tem nada por ele, a não ser o dinheiro. Começa que não tem pátria, sim, não sabe o que é este ingênuo e entranhado amor da terra que é uma das riquezas maiores dos nossos corações. Para ele, América, Europa, Ásia são apenas expressões geográficas, ou antes, expressões monetárias, áreas do dólar, da libra ou do franco, lugares de comprar e vender. São Paulo (nome que ele aliás deforma para "Zan Paolo") não é o berço, a cidade acima de todas amada, a serra, a garoa e as manhãs de sol, a gente apressada e amorável, as crianças nos parques, as moças no cinema: "Zan Paolo", para ele, é apenas "a Matriz", o balcão principal. E se São Paulo lhe é apenas isso, de que lhe valerá o Brasil, esse resto de Brasil "estrangeiro" e pobre, cujo povo ele desconhece e despreza, cuja língua ignora?

Sim, pois se o homem não tem pátria, logicamente não tem língua. Disse um comentarista que ele fala "com forte sotaque italiano, sua língua habitual". Não o creio. Ele não tem outra língua habitual, além daquela meia-língua bastarda, que não é mais italiano, nem chega a ser português. Há de falar o italiano tão mal quanto fala o brasileiro, pois que a Itália, para ele, decerto vale tão pouco quanto o Brasil; por que valeria mais? Há de ser apenas outro balcão. E se ele amasse a Itália com esse amor que não tem ao Brasil, seria ao menos uma justificativa, uma explicação. Não, o homem rico é, nitidamente, um apátrida. Não pertence a comunhão nenhuma, é, neste jângal de homens, estritamente um caçador solitário, um animal de presa. Não tem pátria, não tem língua, não tem bandeira, não tem consciência de pertencer a nada — não tem nada, senão o dinheiro. Despreza o país, o governo, as relações sociais, e, acima de tudo, despreza os homens seus irmãos. Seus irmãos, mentira: seus rivais, seus concorrentes, seus fiscais, seus parasitas, seus servidores, todos seus adversários. A pátria dele é o dinheiro, a língua o dinheiro, a comunhão a do dinheiro. O sentido de poesia e arte, o dinheiro. A sua medida de aferir o valor das criaturas é uma única: o dinheiro. E na sua atitude perante os homens do governo, atitude que oscila entre arrogante e obsequiosa, liam-se as alternativas do seu pensamento: era arrogante quando se lembrava do poder ilimitado do seu dinheiro; mas logo passava a obsequioso, ao recordar quanto aquele dinheiro é vulnerável, que mal um decreto, uma lei, um inquérito daqueles homens poderia fazer ao seu dinheiro.

*

Nem sempre é crime gostar do dinheiro; e, mormente, nem sempre é feio e vergonhoso. O dinheiro é um instrumento de felicidade e grandeza e tem aquela inimitável capacidade de comprar poder. Tem a sua poesia, poesia brutal e direta, mas poesia, sim. Os grandes capitães da indústria, os magnatas da finança, muitas vezes têm o seu lado heroico, podem ter o seu lado idealista, podem ser sonhadores, furiosos poetas da ação.

Mas a enorme, a degradante diferença, está neste lugar comum conhecido de todos: na maneira de tratar o dinheiro, em considerá-lo um instrumento, em vez de o considerar um fim. Essa atitude em relação ao dinheiro é que é o grande divisor de águas dos homens ricos: um, quer o dinheiro como chave para um mundo que ele ambiciona conquistar. Enquanto o outro, nos milhões que amealha, só enxerga os tostões — as pilhas fascinantes de tostões.

Para esses adoradores do tostão, nada mais existe. Os homens ao seu redor não são criaturas de erro e de verdade, de carne e de afeição, capazes de interesses gratuitos, de complexidade de bem e mal; não são seres variados e autônomos: são interesses.

Um indivíduo desses junta dinheiro como o glutão come; só para ter a sensação da plenitude. Pois, que mais o dinheiro lhe dá? As quatro paredes da casa onde mora, por mais rica, não será basicamente diversa da casa de toda gente; os sete palmos da cama em que dorme, o alimento que lhe enche o estômago, o ar que respira, o chão que pisa. Acontece que para o gozo mesmo da riqueza há um limite inexorável, que é o limite da natureza humana. O rico não pode dormir mais horas do que um pobre qualquer, nem ingerir apreciavelmente mais alimentos, nem ocupar espaço físico maior que o tamanho do seu corpo. O mais longe que vai o homem rico é tentar crescer artificiosamente essas limitações, tornando-se mais gordo, comendo mais, variando a dieta. Porém três quilos de línguas de papagaios, patê de trufas e caviar, quando comidos, vêm dar no mesmo que três quilos de feijão com jabá. Pois a tripa não distingue.

E o pior é que as prosaicas limitações da vida do burguês moderno ainda reduzem mais a sua capacidade de gozar a riqueza. Tem ele que se trajar de calça, camisa e paletó, como todo o mundo. Nem sequer se pode dar à extravagância de usar um casaco de *lamé* de ouro e camisa de renda feita a mão. Deve-se se conformar com a camisa de cambraia e a casimira inglesa no terno. Nem encher os dedos e o pescoço de joias, nem ostentar na cabeça bonés bordados de pérolas, nem ter um automóvel de ouro lavrado, com vidraças de cristal lapidado. Ah, os costumes modernos são duros demais para o homem rico. Nem mesmo em matéria de amor as extravagâncias dos potentados antigos lhe são permitidas. Como qualquer bacharel de província, tem que casar-se e viver monogamicamente com a sua senhora, mãe dos seus filhos, em vez de reinar num palácio povoado de huris ou sustentar um batalhão de dançarinas.

O dinheiro não lhe constitui realmente exceção nenhuma, senão a repleta sensação de o possuir, de o possuir a mancheias, qual, às burras cheias, de ter, ter, ter, e poder dizer em qualquer sotaque, ante qualquer assembleia: "Ô dinhêiro é mêo!"

*

Houve risos desconfiados quando o homem rico, narrando a sua curiosa história, contou que, para obter informações a respeito de certo negócio que lhe propunham, tomou o elevador e foi pedir essas informações ao porteiro do hotel. Ninguém acreditou que aquele homem eternamente cercado de secretários, assessores e peritos consultores, se satisfizesse, num negócio que interessava alguns milhões, com a precária informação de um humilde e ignorante porteiro de hotel. Mas há engano. A história, embora estranha, não é para duvidar, é para crer. Mostra, apesar da sua fortuna, do seu batalhão de servos, a terrível solidão daquele homem. Para ele tanto vale a opinião do porteiro quanto a do seu consultor oficial. Porque ele não acredita em pessoa nenhuma. Não espera sinceridade de ninguém. A verdade tem que a colher de surpresa, num flagrante ocasional, pegando o interlocutor desprevenido, como quem apanha uma contravenção. Todos o querem enganar. Todos o pretendem roubar. O ministro, o deputado, o outro homem rico, o repórter, o sócio, o parente, o afilhado, a cozinheira — ninguém, para ele, lhe fala de boa-fé. Ele é o homem mais só do mundo. Felizmente, tem o que lhe basta, acha que não precisa de pessoa alguma. Pois tem o que ninguém mais tem, o que defenderá à custa de qualquer risco, de qualquer astúcia, de qualquer afeto, de qualquer humilhação — já que aquilo representa a sua única segurança: é o seu dinheiro.

(Ilha, agosto de 1953)

O *avesso*

É COISA COMUM profissionais de qualquer atividade artística receberem cartas nas quais o correspondente assinala a "facilidade", a "naturalidade", a "espontaneidade", com que o destinatário pinta, dança, escreve ou representa. Não se apercebe o leitor ou espectador — e nisso está uma das vitórias do trabalho artístico — o quanto custou em sangue, em suor, em esforço e fadiga, aquela suposta naturalidade. Porque tudo no mundo tem o seu avesso. Quanto mais brilhante e escorreita a face do direito, mais a face do avesso encobre as dificuldades, os arremates feios, os remendos.

Representar, por exemplo. O bom ator está no palco, discreteando com aquela limpidez, aquela classe, aparentemente vivendo e não representando o seu papel. E a gente aplaude, ri e chora quando ele quer, e pensa: que naturalidade, o homem não está num palco, está sozinho, está "sendo" o personagem! E — nesse ponto, insisto, reside o maior milagre da arte — ninguém pensa no suado labor que criou aquela espontaneidade. Só o decorar do papel já é por si um esforço tremendo. Depois as miudezas do que poderemos chamar a "incorporação" no papel. As tentativas, as hesitações, as experiências. O esforço penoso de assimilação de cada frase, de cada gesto, cada passo, em cena. A terrível humildade que se exige do intérprete ante o texto, o diretor, o público.

E o trabalho, este nosso trabalho de escrever? Meu Deus, como às vezes chega até a ser sórdido! Aquele riscar, aquela grosseria do texto primitivo, aquele tatear atrás da palavra desejada e, ainda pior, da combinação de palavras desejada! A *gaucherie* do que sai escrito — tanta beleza que a gente sonhou, depois de posta no papel como ficou inexpressiva, barata e normal! Já dizia tão bem o velho Bilac: "A palavra pesada abafa a ideia leve" — e não é mesmo?

E as tentativas frustradas, as experiências sem resultado? Aquilo que você queria saísse gracioso e saiu canhoto, e o que desejava poético e saiu apenas enfático, e o que pretendia escorreito e claro e saiu amontoado, confuso, fatigante, chato. E as ideias que vieram nas horas de insônia e pareciam maravilhosas, pareciam a ponta da orelha da sua obra-prima — e que depois de postas no papel envergonham e decepcionam tanto que até lhe dão vontade de chorar?

As páginas em branco ainda são as melhores: aqueles dias de mãos amarradas, de cabeça vazia, de olhos no vago. Dão uma angústia, uma sensação penosa que não sei se se parece com fome ou parece com intoxicação — talvez pareça com as duas; mas pelo menos não ficou no papel a prova humilhante da incapacidade: diante da máquina aberta, do papel virgem, a gente pode continuar sonhando; é parecido com de noite, quando o sono tarda, as ideias borbulham e a gente quase acredita que tem talento... Precisa vir a luz do sol para trazer a humilhação e a humildade...

E depois — vocês já pensaram em outra circunstância muito importante? É que o bom dá tanto trabalho a fazer quanto o ruim. Mais ainda: pela quantidade do esforço despendido não se pode aquilatar nunca a qualidade do resultado obtido. Tanto luta e pena o bom escritor quanto o péssimo, quanto o medíocre. Quer dizer, o artista inferior dá à sua obra as mesmas horas de trabalho, o mesmo idealismo, os mesmos sacrifícios, os mesmos sonhos que dá à sua o bom artista, o grande artista. Talvez o primeiro dê até mais sacrifício, mais idealismo, pois que o bom tem o seu prêmio em aplausos, e o outro trabalha à toa, só recebe em paga a indiferença ou o esquecimento.

O fato é que se impõe a analogia com a natureza; no trabalho do artista há muita semelhança com a criação da vida — e um parto não tem nada de bonito. Mas o pior é que tanto custa pôr no mundo um Einstein quanto um idiota.

No beiral de minha varanda se aninhou um casal de andorinhas. E a gente acompanhou o trabalho dos pássaros, diariamente. Primeiro a confecção do ninho, palha por palha, galhinho por galhinho. Depois o lento, monótono, processo do choco. Depois o nascimento dos filhotes, pelados, viscosos, sempre esfomeados. O esforço de catar comida, de encher aqueles bicos insaciáveis. A paciência de esperar que os filhotes empenem, aprendam a usar as asas e se libertem do ninho. Mas, no fim de contas, aquele sacrifício todo tem a sua paga — resulta infalivelmente em um novo casal de andorinhas, tão belas quanto as primeiras, negras, lustrosas e perfeitas.

E a gente, quanto passarinho feio, quanto filhote aleijado põe no mundo! Como é difícil, meu Deus, como é raro produzir, já não digo uma andorinha inteira, mas um simples riscar de asa no céu, uma cantiga de ave, um atrevimento de voo!

(Ilha, setembro de 1953)

O homem morreu na serra

Parecia uma borboleta espetada num cartão; os braços em cruz, as pernas espalmadas, pendurado de cabeça para baixo na ribanceira a pique, sustido nos ombros por dois tocos rasos de arbusto entre os quais o pescoço se metera.

De longe já se entendia que estava morto. Há na morte um sinal, uma presença — será uma aura? que não permite enganos.

Veio um carro. Distante, o motorista avistou o homem estrategicamente colocado como um cartaz, e diminuiu a marcha, devagarinho, entre curioso e indeciso. Meu Deus, que coisa. Naquela espalda perdida de serra, o defunto estava só. Polícia, se chamada, não chegara ainda. E por perto não se via uma casa, um roçado, indicação nenhuma de gente próxima. Só no mato ralo, no morro roído de erosão, aquele céu muito claro, o sol forte, e um voo de urubu, bem alto.

O carro parou, afinal. Dele saiu um moço de camisa xadrez que andou rapidamente até a ribanceira, estacou, ficou um momento a olhar, depois acocorou-se; tocou com a mão esquerda a perna direita do defunto, que se adiantava para a borda da estrada. Mas recolheu a mão com medo, como se a coisa queimasse. Pôs-se de pé, lançou a vista em redor e foi falar com os companheiros do carro. Então desceram todos, foram todos até à ribanceira, todos se acocoraram, tocaram.

Um deles quis puxar o morto, tirá-lo daquela posição triste, mas logo o outro lhe segurou o braço; era entendido em romances policiais, sabia que num defunto não se mexe, mormente quando sofreu morte violenta. E isso trouxe novo motivo para o debate, porque não havia indício nenhum de morte violenta: embora visto de baixo para cima, o homem estava sereno. Sangue não aparecia, nem contusão, nem língua de fora que traísse estrangulamento. Nem espuma de veneno, na boca. A roupa mostrava-se inteira, sem traço de luta nem maus-tratos; era um blusão verde, calça de brim, sapatos abertos. Parecia que a criatura escolhera deliberadamente aquele vão entre os dois tocos para enfiar a cabeça: estendera-se, abrira braços e pernas e morrera.

— Quem sabe não se deitou assim para dormir? — disse um, de brincadeira. E o moço de blusa xadrez, que era do Rio Grande do Norte, lembrou-se de que, quando menino, em Mossoró, conhecera um palhaço de circo que dizia só saber dormir pendurado de braços e pernas na barra fixa. "Vocês aqui não dormem de rede? Pois eu tenho a minha rede invisível..."

Aí chegou um caminhão e parou, num grito brusco de freio. Desceram os três homens que vinham à boleia. Já os passageiros do automóvel, com a autoridade dos seus quatro minutos de antecedência, explicaram muita coisa aos recém-chegados. Nova tentativa, desta vez da parte do motorista do caminhão, para levantar o morto até à estrada; e novamente o entendido em polícia impediu o socorro.

— Tem que deixar tudo como está. E nem é bom a gente pisar muito por perto, para não apagar os indícios.

Ouvindo falar de indícios, um dos passageiros do carro abaixou-se e apanhou o palito de fósforo que inadvertidamente jogara por terra. Não fosse aquilo servir para o incriminar. Com polícia ninguém sabe.

Outro perguntou que é que se fazia então. E o dono da viagem do carro de passeio respondeu com autoridade que, claro, o papel era chegar à cidade mais próxima e notificar o delegado. Virou-se para o motorista do caminhão:

— O senhor podia bem fazer isso. Nós temos que chegar ao Rio hoje à tarde, para negócio urgente.

Mas o motorista também tinha negócio urgente, aquela carga toda para entregar. Além disso a cidade mais próxima ficava para trás, não para diante e, na estrada estreita, à beira da montanha, não havia espaço para o caminhão fazer manobra.

Não chegou a haver discussão porque, imediatamente, se escutou uma buzina, na curva apareceu uma camioneta carregada de gente; logo se entendeu que era a polícia. Polícia é como defunto: também traz consigo uma marca, um cheiro, uma coisa que não permite engano.

E os passageiros dos dois veículos, que já estavam a ponto de se azedar, se reuniram todos num grupo fechado, como se se defendessem dos dois secretas que apeavam da camioneta, do cabo fardado, do delegado de chapéu cinza puxado para os olhos. Sentiam-se nervosos. Com polícia a gente não adivinha, não é mesmo?

Calmo, só mesmo o defunto, com os seus olhos muito abertos, vidrados, recebendo em cheio a luz do sol. O moço de blusa xadrez ainda quis verificar uma ideia que lhe ocorreu: se olho de gente morta reflete luz, como olho vivo. Mas o vulto de um secreta se meteu na sua frente, e ele desistiu da experiência a fim de não mostrar curiosidade indevida.

(Ilha, outubro de 1953)

Os filhos que eu nunca tive

Bateram no portão, fui ver. O garoto rebocava os outros dois, embora não fosse o mais velho. O mais velho era um crioulinho de ar estonteado sem os dois dentes da frente; calçava umas chuteiras grandes de jogador de futebol, dependuradas como duas bolsas às canelas finas. O segundo garoto era bem miúdo, nos seus nove ou sete anos, ainda chupava dedo e tinha pestanas tão compridas que lhe faziam sombra na cara pálida e bochechuda. Mas o importante era o caudilho da turma — dez, doze anos talvez, quem sabe mais; com esses amarelinhos raquíticos a gente nunca pode dizer. Fala rouca, olhar direto, pequenas mãos nervosas que gesticulavam ajudando a fala, camisa de meia, calça comprida, cigarro na mão.

Quando me viu, atirou fora a bagana, num gesto de cavalheiro. Explicou que não estavam pedindo esmola — mas andavam longe de casa e queriam uns níqueis para o almoço.

— Posso dar os níqueis — falei. — Mas por que vocês não almoçam de uma vez aqui em casa?

Eles se consultaram entre si, acabaram aceitando. Embora o chefe pusesse uma condição:

— Mas a senhora garante os níqueis? A gente precisa da passagem de volta.

O bando de cachorrinhos *Dashund* fazia algazarra ao redor deles. O pequeno pestanudo se apaixonou logo pela cachorrinha Capitu, ajoelhou-se no chão, tomou-a no colo e consentia deliciado que ela lhe lambesse o rosto. O chefe olhou-o condescendente e observou:

— Bati aqui por causa destes cachorros.

— Você gosta assim de cachorros?

O caudilho cuspiu:

— Eu, de cachorro? Não senhora, detesto. Mas casa que tem cachorro pequeno, solto, a turma sempre gosta de criança. Já casa que tem cachorro grande na corrente é pessoal pão-duro, rezinguento.

O pretinho comia em silêncio, de olho no ar, espiando os passarinhos. O gorducho de vez em quando punha escondido, debaixo da mesa, um pedaço de carne para a cachorra.

Nisso o telefone tocou, vieram me chamar. Quando desliguei, dei fé de que o chefe da turma abandonara o prato, lá na mesa debaixo da jaqueira, e viera escutar a conversa. Verdade que ao se ver desmascarado teve a graça de corar e desculpar-se como *gentleman* que era:

— Tive medo que fosse telefonema para o SAM.

Contei que não, era um colega de jornal. Eles gostam de jornal. O chefe mesmo já vendeu numa banca, mas quiseram botar uniforme nele, para fingir de pequeno jornaleiro, e ele não é palhaço para andar fardado. E depois não tinha dinheiro para botina e tudo o mais. Só o pessoal internado ganha farda de graça — e vê lá se ele deixa que o internem.

Para provar que sabem ler, leu e obrigou o pretinho a decifrar todos os títulos da coluna de esporte. Gostam muito de esporte, também. O crioulinho, que se chama Zica, espera mais tarde ser goleiro.

— Não vê, ele vai ter altura. Para goleiro o principal é a altura.

Aliás fizeram essa viagem para dar uma espiada na concentração do Vasco, mas acharam tudo fechado. Depois a fome apertou e eles resolveram arranjar uns níqueis e comprar uns sanduíches de mortadela.

— Gosto de mortadela com cerveja, mas os homens só vendem cerveja à gente quando se traz o casco e diz que é para levar em casa.

Assim mesmo sofisticado, comia com apetite o arroz com ensopadinho e bebeu a caneca de leite.

Fizemos camaradagem fácil. Sempre me dei com meninos.

Zica é dos três o único que tem mãe e pai. O pai está doente, internado no Hospital São Sebastião, e a mãe lava roupa. Mas tem outros filhos, ganha pouco, Zica precisa ajudar. E ele ajuda; faz carreto na feira, pega xepa de comida num frege em Santo Cristo (mas a porcaria quase sempre vem azeda!), vai apanhar leite dos irmãos menores todas as manhãs, numa instituição que fica à boca do túnel João Ricardo. Há dias em que vigia automóvel defronte da estação de passageiros, no armazém 13, no Cais do Porto e leva algum, de gorjeta. Por causa disso tudo largou a escola — não tinha tempo.

O pequeno, o dos olhos bonitos, diz em voz baixa que o seu nome é Cincinato, mas chamam Nato. No mais, fala pouco. Não tem pai nem mãe, mora com a avó, que por sinal além de velha é doente e vive de favor num barraco que ela mesma arrumou, no lugar onde era um banheiro velho, aos fundos de uma casa de cômodos, numa daquelas encostas do morro que ficam entre o Cais do Porto e a Central. A velha pede esmolas e, quando era menor, Nato andava com ela, mas achava chato, e depois o Alcir — Alcir é o chefe — o convenceu de que aquilo não é ocupação de homem.

Quanto ao Alcir — bem, vê-se que é camarada vivido e experiente. Diz que esteve internado no SAM (a sigla do Serviço de Assistência a Menores é uma constante na conversa de garotos dessa espécie), depois espontaneamente explica que é mentira — ou antes, um modo de dizer. Quem esteve "lá" foi um primo dele e contou tudo como é. Que a ele, para o apanharem, não há de ser fácil. Pergunto o que ele quer ser, quando homem — um valentão assim como o Zé da Ilha e o Mauro Guerra? Surpreendentemente, Alcir diz que não, não gosta de malandro. Esse pessoal não vale nada; quem dá cartaz para eles é a polícia. Diz que o Carne-Seca até chorava, quando foi preso. E o Mauro Guerra é tuberculoso. Alcir tem vontade é de comprar um carro de praça e fazer ponto no Lido. Já foi várias vezes a Copacabana, mas ali é preciso ter cuidado para a gente não se perder. Acima de tudo, Alcir é um homem livre. Não tem pai nem mãe, mora oficialmente com os tios, mas passa dias sem aparecer em casa. A tia é uma chata, o tio tem uma tendinha de vender cachaça e pastel, e tem mania de botar Alcir no pesado. Um dia deixou que um bêbedo se metesse a dar cascudos no sobrinho; nesse dia Alcir se zangou e passou duas semanas sem aparecer. E como eu tentasse localizar a tendinha, fizesse menção de endereço, ele teve um gesto largo:

— A tenda não interessa. Eu moro mesmo é na rua.

Indaguei o que é que ele fazia para viver. Ele riu. Parece que na rua há muita coisa interessante para ocupar um homem resoluto. Por exemplo, já se ocupou em entregar lista a bicheiro.

— Quando a cana está dura, eles gostam de usar garoto, que não dá na vista.

Aos sábados, ajuda a lavagem dos ladrilhos num botequim da rua América, ganha um prato e uma grujinha que dá para o cigarro. Não é carregador de feira porque tem uma dor no umbigo, não aguenta peso. O médico do ambulatório diz que é hérnia; um dia em que estiver disposto ele procura o doutor e deixa operar. Pergunto se não deseja se operar no hospital aqui da Ilha. Mas Alcir não quer se preocupar com a saúde:

— Deixa pra lá. Serei moça, para me importar com umbigo grande?

Acabada a última banana, levantam-se, o chefe põe o casquete e lembra delicadamente o dinheiro do ônibus.

— Vocês vieram foi de ônibus?

Eles sorriem. Vieram de carona, num caminhão da Aeronáutica. O motorista tinha cara de bonzinho, nós dissemos que éramos da Ilha, tínhamos fugido para o Rio e estávamos perdidos. O cara passou um pito, disse que quem não cuida dos filhos devia entregar ao Juiz de Menores, mas acabou mandando a gente entrar.

Tentei detê-los por mais tempo; eles porém tinham pressa, ou estavam desconfiados. Prometeram voltar, a qualquer oportunidade. O difícil é a primeira vez, não é mesmo? E além do mais, não chegaram a ver a concentração do Vasco.

Dei o dinheiro, deixei-os sair. Que é que podia fazer? Conselho eles não aceitam. Chamar autoridade, para quê?

Autoridade não resolve, prende.

Os garotos saíram. Fiquei a olhá-los, do portão. Dez metros além o pequenino voltou-se, deu adeus com a mão. Me apertou o coração, dei adeus também, fechei o portão devagar.

(Ilha, outubro de 1953)

Da ética

Nós CONVERSÁVAMOS sobre ética. E então ele disse que mulher não tem ética. E eu retruquei que mulher tem ética, sim, apenas uma ética diferente. Ele riu, com grande desdém masculino, e afirmou que ética pode variar de povo para povo, mas dentro de um determinado grupo de indivíduos que se submete às mesmas leis, a ética tem que ser uma só e rígida.

Entrou aí a etapa de se recorrer aos dicionários e o debate se amenizou porque justamente pegamos em primeiro lugar no velho Antônio de Morais e Silva, que dá sobre "Éthica" o seguinte delicioso verbete:

"Parte da Filosofia que se occupa em conhecer o homem, com respeito à Moral e costumes; que trata da sua natureza como ente livre, espiritual; da parte que o temperamento e as paixões podem ter na sua índole e costumes; da sua immortalidade, bem-aventurança e meyos de a conseguir em geral; os Antigos comprehendião nella a parte que trata dos Officios ou Deveres."

Como a definição de Morais era longa e complexa e se prestava a sofismas, ele recorreu aos modernos; estes são sucintos e declaram simplesmente que *Ética é a ciência da Moral*, o que muito lhe agradou — a ele. Só o americano Webster, depois de repetir que Ética é a ciência da Moral, acrescenta que *ética é um simples particular de princípios e regras, refe-*

rentes ao dever, regras essas que podem ser verdadeiras ou falsas. E quando me agarrei nessa alternativa de verdadeiras ou falsas, ele opinou que aquilo era apenas intolerância de protestante, a definir logo como falsas as regras que não fossem suas, e não uma latitude concedida ao conceito geral de ética. E tornou com a sua teima: "Todos sabem muito bem que o conceito de moral varia de país para país, de século para século. Mas dentro de um mesmo grupo, as regras éticas são invariáveis. Quem as transgride renega a moral, não tem ética. E mulher, justamente, recusa muitas das regras morais que o seu grupo aceita: logo, mulher não tem ética."

E aí citou o caso que provocara a conversa: a senhora nossa conhecida que fora prevenir uma amiga de que o marido a enganava. Argumentava ele: "Dentro do nosso grupo social a delação é ato condenável, antiético. Mas nenhuma de vocês acha condenável essa delação: logo, vocês não têm ética."

Esquece ele uma coisa fundamental: aquilo a que chama de "ética do nosso grupo" é apenas "ética dos homens do nosso grupo". Porque a verdade não é que mulher não tem ética e sim que tem uma ética diferente da dos homens. Se não apregoamos a nossa ética própria, se a não codificamos em decálogos e em compêndios de moral, é porque em muitos casos a nossa ética entra em conflito com a ética que os homens inventaram; e nós, que dependemos deles para a nossa sobrevivência e felicidade, não podemos agredir de frente o que eles têm de mais sagrado, que é precisamente a moral, a ética. Pois que a ética ou as regras de moral dependem precisamente de um determinado senso de valores, de um equilíbrio de forças de resistência e tolerância, de um conceito de direitos e deveres — conceitos que, pela sua própria natureza moral e física, homens e mulheres não podem compartilhar. Há um senso viril de encarar os fenômenos e há um senso feminino de encarar os mesmos fenômenos. Esse caso de delação do adultério, por exemplo. Como podemos reagir da mesma maneira, se encaramos o adultério de ângulo absolutamente oposto ao ângulo masculino? A mulher informa a outra de que o seu marido a engana, a fim de que a enganada tome providências. Não providências destrutoras — divórcio, assassínio — como as tomaria um marido enganado (e por esse motivo é que um homem *não* informa o outro de que a sua mulher o trai), mas providências de mulher, providências construtoras, reparadoras: afastamento da cúmplice, arrependimento e recuperação do infiel. E tanto a mulher como o homem que fogem desse duplo comportamento — o marido complacente, a mulher que lava a tiros a honra conjugal — são anomalias, aberram do sexo — *fogem à ética do sexo*. Prova-se assim que a moça que denunciou as leviandades do esposo alheio, em vez de praticar ação feia, pelo contrário agiu rigorosamente dentro da moral defensiva da fraternidade feminina, fez obra construtora e útil, respeitou a ética.

Outro exemplo: se é atacado por um inimigo, embora mais forte, manda a ética masculina que o homem enfrente o ataque e o retalie. A mulher, ao contrário, considera indiscutível o seu direito de fugir ante qualquer ameaça e clamar por socorro. Falta de ética? não; ética de fraco, que não pode ser igual à ética do forte.

Não importa, aliás, que nem sempre o homem seja forte, nem sempre a mulher seja fraca. As regras estabelecidas têm muita força, e o homem, mesmo covarde e débil, tende a se acomodar às leis da ética, viril, enquanto a mulher, por mais forte e animosa, procura se submeter o mais possível às limitações da ética feminina.

E também não nos acusem de falta de ética por raramente confessarmos estas coisas, e nos curvarmos aparentemente aos ditames da ética dos homens, seus conceitos de moral, suas regras de bem viver, suas noções de propriedade, seus tabus de coragem e lealdade — quando, intimamente nos rimos deles e os infringimos sempre que achamos necessário. Que querem — como já disse, a nossa moral é moral de fracos — e a dissimulação ante o homem, a lisonja do homem, o trazer o homem iludido e feliz na sua senhoria — faz parte da nossa ética...

(Ilha, 1954)

Amistoso

Os VISITANTES ou adversários, convidados para aquela partida amistosa do chamado "esporte bretão", chegaram festivamente num caminhão ornado de arcos e guirlandas. Sim, no começo tudo são flores. Flores e palmas, discursos, garrafas de cerveja, e os cartolas, que se distinguem dos demais presentes pelos bonitos ternos domingueiros, gravatas, chapéus de seda, como convém a legítimos paredros.

Não havendo no campo instalações de vestiário, os craques descem do carro já devidamente uniformizados — camisa de azul-turquesa, meias e chuteiras, sim, chuteiras regulamentares, que isso é jogo de fato e não pelada de moleques. Deficiências, se as há, é no campo propriamente dito, que seria ótimo se não sofresse de uma depressão bem no seu centro geométrico, exatamente onde se costuma riscar aquele grande círculo de giz. E como essa praça de esportes se situa numa baixada, sempre que chove apresenta o aspecto de um prato fundo cheio de água — e quando não é água é lama.

Naquele dia, felizmente, era apenas lama, e pouca. E sob os aplausos da assistência, tanto mais animada porque gratuita (ainda é um problema a resolver, esse da assistência em campo aberto, sem possibilidades de bilheteria). Juiz, jogadores, cartolas, reúnem-se um pouco de lado, pois que os paredros estão de sapatos novos e aquela supracitada lama os assusta um pouco; faz-se o *toss*, os visitantes pegam o lado sul que é o melhor, o presidente dos locais dá graciosamente o primeiro chute. Começou a partida!

1º TEMPO

Xaveco, mulato brevilíneo de canelas arqueadas, revela imediatamente a sua classe de grande artilheiro: tem fôlego, tem velocidade, tem cada tiro direito ou canhoto — tanto faz — que arranca aplausos frenéticos da torcida. Outra grande figura em campo é o goleiro dos visitantes. E o jogo vai indo muito bem, bola para lá e para cá, passe, cabeçada, chute a gol, gol — não, gol não, passou por cima da trave. O couro vai para Bira, Bira perde para um galalau amarelo dos "estrangeiros", o galalau perde para Zico, Zico passa para Lucas, que perde para o capitão dos visitantes, um louro de gorro de meia. Aí Xaveco interfere na raça, toma a bola, o louro tranca, Xaveco dá-lhe uma carga, o louro acha ruim, revida, o juiz apita, os dois se agarram e por trás chega Bira, que é gordo e violento, e larga um pontapé no terço inferior da coluna vertebral do louro. Fecha-se o tempo, o juiz apita, a assistência pula a cerca e invade o campo, o pau começa a comer, mormente nas costas dos forasteiros, o juiz retira-se e se escosta à cerca, aguardando aparentemente que os ânimos serenem. Quem interfere são os paredros, austeros e educados, com as suas gravatas ao vento, chamam asperamente os craque à ordem, expulsam a assistência, interpelam o juiz, que relutantemente volta ao seu posto; aos poucos os craques se acomodam, o juiz apita, os paredros recolhem-se. O jogo recomeça.

Mas parece que o incidente estimulou os visitantes, que dão para jogar milhões. São uns húngaros. O time local perde terreno, o galalau passa a marcar Xaveco, que não dá mais uma dentro. E o diabo do louro tornou-se proprietário do balão, marca um gol de saída, depois o seu "secretário", um crioulinho ligeiro que é uma faísca, marca o segundo tento e aí Xaveco, desesperado (talvez dentro da área penal), atira uma canelada terrível no galalau, derruba-o, avança no crioulo, larga-lhe o salto da chuteira por cima do dedão, o crioulo grita, o louro acode, Xaveco já completamente louco lhe dá um tapa na cara, o juiz apita, uns gritam *foul*, outros gritam *penalty*, e um engraçado diz que foi só *hands*, já que Xaveco apenas meteu a mão na lata do loureba.

O juiz continua apitando, parece que vai mesmo marcar o *penalty*. E um torcedor local puxa o revólver, dizendo que aquele *penalty* só se for passando por cima de algum cadáver. O juiz nessa altura se declara cheio com a partida e larga o apito ali mesmo. Um paredro fala que ele será expulso do quadro de árbitros e o juiz dá o troco, que quadro de árbitros uma ova. Mas um dos bandeirinhas voluntários logo se apossa do apito, passa a dirigir o pessoal com surpreendente autoridade e, quando se vê, o jogo começa outra vez. Vai macio, vai de valsa, é um minueto, até que consultados os cronômetros verifica-se que acabou o primeiro *half-time,* passando-se ao recesso para em seguida dar início ao

2° TEMPO

que não houve, segundo passo a expor. Pois não vê que no Distrito havia uma queixa contra Bira — queixa dada por certa donzela que deixara de o ser por artes do craque. Bira escondera-se e só agora aparece em público, atendendo a apelos da torcida, por tratar-se de amistoso importantíssimo. Mas a Polícia, que não tem bandeira, aproveitara a ocasião e, antes que o réu pirasse, dava-lhe voz de "esteje preso".

A assistência, entretanto, que de nada sabia, cuidou que a prisão se prendia à queixa dos visitantes por causa do pontapé de há pouco. E vendo Bira ser arrastado campo afora, irrompeu num sururu dos diabos, vaiando as visitas com *buus* e nomes feios; as quais visitas, que tomavam Coca-Cola encostadas à cerca, vendo-se atingidas não só pelos doestos como por pedaços de pau e tijolo, revidaram com as garrafas de refrigerante. O tempo fechou outra vez. Os policiais largaram o preso e se meteram no conflito. E quando os de fora começavam a apanhar feio, o motorista deles teve uma ideia: encostou o caminhão bem perto e tocou a buzina. A turma entendeu logo (ou quem sabe já era manobra habitual em "amistosos"?) e de um em um foram deslizando da briga e subindo para o carro. O que sei é que, quando os locais deram pela coisa, os inimigos já partiam numa nuvem de poeira, abandonando na pressa um dos seus paredros, malferido, com o sangue escorrendo do nariz e o belo terno roto.

Bira, igualmente, aproveitara a confusão para ir saindo de manso; agachado numa moita, lá em cima do morro, ficou a espiar o tintureiro chegar, encostar e, de um em um, recolher os remanescentes da refrega. E só saiu do esconderijo tarde fechada, quando no campo completamente deserto uma garça vinda do Jequiá sobrevoava o alagado, bicando restos das flores do buquê ofertado pelos visitantes.

(Ilha, 1954)

Pescaria

Pescar, acima de tudo, é um esporte. Claro. Não tanto para o peixe — para o peixe há de ser guerra, e de emboscada, que é a pior de todas. Mas nós, seres humanos, somos gente de pouca perspectiva: quando fazemos as coisas, muito dificilmente nos colocamos dentro do ponto de vista do outro, ou seja, da parte adversa. E para nós é esporte.

Mas o que eu ia contando era que o senhor ainda jovem partiu para a pescaria. Quase escrevi "o moço". Será, porém que a palavra cabe aqui? "Moço", dito assim, faz pensar em vinte anos românticos, livros do Dr. Macedinho, "moço loiro" escrito com i, que é mais bonito. E moço moreno também. Poderia talvez dizer que o "cavalheiro" foi pescar, mas ainda fica pior. Curiosa, essa questão de palavras. Enquanto "cavalheirismo" traduz tão nobres ideias, a palavra "cavalheiro" sugere logo cafajeste, que deveria ser o seu contrário. E só por causa do h. Porque cavaleiro, sem o h, é nome belíssimo, capaz de fazer pulsar não só corações juvenis, mas além de juvenis. ("Mentes pela gorja, bradou o cavaleiro.") É uma beleza! E cavaleiro tem o dom de atrair outras vozes arcaicas, tais como "eia", "sus", "vilão" e, acima de tudo, "Bofe!"

Cavalheiro, entretanto, estragava tudo, porque, para começar, cavalheiro não desmente ninguém; o fato de ser cavalheiro parece que rouba o homem de todos os seus impulsos brutos e naturais.

Voltemos, porém, ao senhor ainda jovem que se partia em pescaria. Ia armado em guerra. Sapatos de lona vulgarmente chamados china-pau, calção americano, desses que parecem uma cueca sofisticada; à mão esquerda uma cesta com pertences miúdos — canivete, linha larga, anzóis e certo embrulho oblongo e misterioso, muitíssimo parecido com uma garrafa de litro. Ao ombro esquerdo, marcialmente, o feixe de caniços.

À esquina da padaria, esperava-o o companheiro, outro senhor "ainda moço" — igualmente quarentão, igualmente espadaúdo e similarmente adereçado. Apenas, em lugar de cesta, carregava um depósito-aquário de zinco, antichoque, para camarão vivo.

Reunidos os dois parceiros, dirigiram-se ao carro. Poderia dizer que partiram a pé, que seria mais esportivo. Faltaria contudo à verdade natural. E afinal, esporte por esporte, já não iam pescar? Caminhar é esporte de inglesa velha e necessidade de gente pobre, não convém de modo nenhum a tão intrépidos campeões.

Esqueci de falar que era madrugada, cinco horas, no mais. Um ventinho frio vinha das bandas do mar. O jovem senhor do cesto sentiu um arrepio nas costas nuas e fez menção de atacar o embrulho oblongo. Mas o colega (colega vem do latim, quer dizer aquele que lê junto — estava certo: leem ambos pela mesma cartilha), o colega, dizíamos, deixou o carro, entreabriu a porta da padaria, retirou de uma prateleira certo frasco de cor ambarina, excelente para combater o frio. Combateram-no e, como medida de segurança, para o carro conduziram também o combatente.

Partiram afinal. Estrada talhada na areia, pontilhada de filodendros e iúcas. Um cheiro de maresia cada vez mais vivo e estimulante. Ah, o maravilhoso esporte de enfrentar a manhã de verão, ver nascer o sol por trás do para-brisa! Enche o coração de um homem de pura euforia.

Fosse um corcel que conduzisse os cavaleiros, não se arrecearia de pedras nem de areia, iria intrépido por ravinas e dunas. Mas o automóvel não; burguês pacífico, acabada a estrada boa, sua companhia acaba. E assim terminada a faixa de aterro, lá se partiram os dois, a pé, carga à mão, caniço ao ombro, em demanda do Pontal. Sim, creio que é Pontal o nome. Ou será Boqueirão? Um dos dois é, ou ambos.

O que sei é que no momento da partida a pé, rumo ao Boqueirão ou ao Pontal, desce um véu sobre a história dos árdegos pescadores. Que haveria lá a esperá-los, ou a não os esperar e ser apanhado de surpresa, para além da acidentada faixa de rochedos e pedras que avança de mar afora, como um focinho de baleia? Sol havia, isso sei. E dunas. E mariscos. E outros pescadores, reais pescadores esses, profissionais, digamos. Ah, o que não sofre o homem por amor do seu esporte predileto!

Alpinismo em tremendos rochedos de bem vinte metros de altura, travessias a nado de braços de mar estreitos, é verdade, mas gelados. Sol a pino na cabeça, nas costas nuas. Mosquitos. Fome. E como, ao cabo de horas, doem os músculos das pernas ainda jovens, mas não tão jovens quanto aos vinte anos. E os rins; sabe-se lá o drama do esportivo pescador, empoleirado ao alto de uma lapa de pedra, forçadamente de cócoras, porque o sol abrasador, aquecendo ao rubro o granito, não lhe permite sentar-se nele?

Mas como disse, sobre essa etapa esportiva cai um véu de silêncio. O que é insinuado acima foi sabido aos poucos, através de capciosas indagações domésticas — assim como um delegado astucioso colhe aos pedaços a confissão de uma testemunha refratária.

Seja lá o que tenha havido, ao cabo de horas e horas um peixe sacrificou-se. E, senhores, que peixe. Tinha raça e tinha classe. Genuíno peixe de mesa, pesado, cor de prata, com belas riscas azuis.

Ao calor do meio-dia, o automóvel fiel depositou em terra os argonautas. Meio rendidos. Pernas e mãos esfoladas, calções americanos esgarçados, sem o matinal frescor. Rostos tostados do sol, nariz idem; no cesto, o embrulho oblongo desaparecera; mas não haveria rastro do seu conteúdo no olhar mais vivo, no suar discreto a porejar na testa e no pescoço dos heróis? Ou talvez fosse apenas o ardor do sol e da excitação esportiva.

Como uma dádiva, o primeiro dos senhores depositou nas mãos de sua dama, que o aguardava à janela, o belo peixe cujas cores seriam descritas em linguagem heráldica, como bandas de blau em campo de argento. E a dama, que o devera talvez comer embebido nas suas lágrimas, comeu-o embebido em azeite, ao molho de camarões. E lhe soube muito bem.

(Cabo Frio, 1954)

Praia do Flamengo

Por que mistério, sendo a Praia do Flamengo a residência mais "bem" do Rio, não é o banho do Flamengo igualmente bem?

Verdade, verdade, que se trata de uma nesga de areia nem sempre muito limpa e sempre terrivelmente superlotada. E enquanto praia não cobrar aluguel, a frequência do banho no Flamengo será sempre essa mistura tão brasileira de cor, raça, condição social e até confissão religiosa, que vai desde a epiderme retinta do crioulo atlético de profissão ignorada, até às flácidas carnes cor de leite da madame proprietária da pensão familiar numa das transversais à rua do Catete

Cedo começa o movimento do Flamengo. Mal desponta o sol, vão chegando os banhistas de idade provecta, aqueles que ainda são do tempo em que banho de mar se tomava como remédio e, para ter virtude, deveria ser praticado às primeiras claridades da manhã. São cavalheiros enrugados, alguns até com maiôs de malha negra, inteiriços, de alça. As senhoras usam em geral roupas de banho feitas em casa que, se não chegam à decorosidade perfeita dos "costumes de banho" do começo do século, estão a léguas das audácias impudicas das matronas que se exibem na Zona Sul. Mal descobrem o joelho, têm sempre um saiote, sobem num decote redondo. E as banhistas, no trajeto de casa à praia, envolvem-se num quimono discreto, ou enfiam uma saia desbotada; calçam chinelos gastos de *chagrin,* ou simples tamancos. Pé descalço, nunca. Mas não se infira dessa simplicidade, dessas roupas fanadas, um sinal de pobreza ou de baixo nível social dos seus portadores. É que no tempo deles ainda era considerada extravagância censurável luxar em banho de mar, estragar fazenda boa com sol e água salgada. Os maiôs de cetim, as saídas de praia luxuosas, são suntuosidades recentes.

Depois que passa a onda dos banhistas higiênicos, começa a vez das babás e das mamãs com os seus garotos. É a hora mais tumultuosa da praia. Choro de criança, palmadas, ralhos, papel de kibom pelo chão, o permanente tumulto da infância.

Junto com os infantes, ou pouco depois deles, aparece então a rapaziada — é a moçada das pensões das ruas Correia Dutra, Ferreira Viana, Buarque de Macedo e mais vizinhos. Também esses não gastam luxos. Poucos têm para exibir algum belo *short* lustroso, estampado de barquinhos e hibiscos, como tantos que a gente vê desfilar no Arpoador. O pessoal das nove horas põe o seu luxo nos músculos reais ou imaginados, na força da braçada, no bronzeado da pele. O calção é sempre o velho tricô de toda a vida, desbotado, muito justo, que já viu vários verões naquele corpo ou no corpo de um antecessor já doutorado, já devolvido à província.

Esses se misturam com os banhistas do meio-dia e da tarde, que são a nata dos frequentadores. Exibem-se nessa hora os brotos mais sensacionais das adjacências. E, por amor de tais brotos, muito gostosão cujo *habitat* é Copacabana arrisca o seu olho por estas bandas. É a hora das barracas, dos peixes, jacarés e cavalinhos de borracha — pois as venerandas sereias do romper da aurora se contentam com uma câmara de ar a servir de cavalete e salva-vidas. Surge o óleo de bronzear passado amorosamente nas espáduas esbeltas. Alguns *medicine-*

ball. Inúmeras petecas. Registram-se caldos, gritinhos, corridas de ponta de pé na areia atravancada, aulas de natação e demais divertimentos.

Mas todos esses horários são permeados pela *troupe* adejante das domésticas — vênus de ébano, bonecas de piche, celestiais mulatas, portuguesinhas de pernas grossas. Não têm elas hora certa, porque incerta é a hora da folga. Os bandos maiores surgem à tarde, no período dito da sesta, quando já se lavou a louça do almoço, a patroa saiu para o cinema e ainda não se pôs o jantar no fogo. E com elas (trajadas em audazes biquínis de cetim turquesa ou carmesim, pois é para o maiô caro e a rica fantasia de baiana que elas se escravizam o ano inteiro na cozinha dos outros), com elas vêm, também ao capricho das folgas, os seus galãs naturais — entregadores, caixeiros, ajudantes de feirantes, biscateiros, garçons de botequim, praças de várias corporações, simples bonitões sem emprego fixo e, mais raro, um príncipe entre os homens, quero dizer, um motorista, ou, como vulgarmente se fala, um chofer.

A toda essa gente, a água da enseada, tranquila e discreta (porque não muito limpa), recebe, embala e diverte. E com a água colaboram o céu claro, a vista enternecedora de uma vela de iate dobrando o Pão de Açúcar, um risco branco de gaivota cortando o ar, o calor, as cócegas da areia e dos seus bichinhos, por sob os ombros nus dos banhistas, estirados ao sol.

E tudo de graça. Sim, tudo completamente de graça — nem se acredita —, benza Deus.

(Rio, janeiro de 1954)

O viajante

O MENINOZINHO TOMOU o ônibus na sua cidade do estado do Rio, onde nascera e se criara, e foi trazido para a mãe a fim de ver a cidade grande nos seus esplendores de Natal. Embora não fosse *habitué* de tais passeios, mantinha-se sossegado e digno, espiando discretamente a paisagem a correr atrás da vidraça. A mãe é que lhe traía a condição de noviço, muito solícita, todo o tempo a apontar, mormente depois que entraram pela Avenida Brasil. Olha a igreja da Penha! Olha o balneário de Ramos! Olha a ponte do Galeão, filhinho! Olha Manguinhos! E, ou porque não o interessassem urbanística e arquitetura, ou porque lhe desagradassem demonstrações em público, o garoto, em vez de embasbacar para os sítios apontados, olhava de viés a mãe, talvez lhe sugerindo que calasse a boca. Ele afinal não era cego. O que o interessou mais foi o cemitério do Caju, que ficou a acompanhar longamente, chegando mesmo a ajoelhar-se no assento. O gasômetro também lhe despertou interesse e lhe arrancou uma pergunta — em voz baixa — se aquilo era uma caldeira. E onde é que estava o motor?

Saltaram na Praça Mauá. Tomaram um táxi que os levou à casa da tia, na Avenida Copacabana. Na longa viagem de automóvel, ao atravessar a Avenida Presidente Vargas, ele perguntou se era ali o Maracanã; desiludido, dedicou-se inteiramente ao estudo do relógio do táxi que evidentemente o fascinava. Não quis saber de Praça Paris, nem dos arranha-céus do Flamengo, nem do bondinho do Pão de Açúcar. A mãe, de início, lhe explicara o mecanismo da bandeirada e a marcha dos quilômetros no mostrador, traduzidos em dinheiro. Por brincadeira lhe dissera que ele é que iria pagar a corrida. A cada cruzeiro que aumentava, o pequeno levava nervosamente a mão ao bolso da calça, onde guardava, bem dobradinha, uma nota de cem cruzeiros, que a madrinha lhe dera à despedida para "desmanchar em brinquedos". Ao entrarem no túnel — o relógio estava na casa dos trinta — tão entretido vinha ele com o problema econômico que só deu de si quando já estava lá dentro: a princípio cuidou que passavam por dentro de uma casa — talvez uma estação; o ruído do eco lá embaixo era de fazer medo e a palavra "túnel" que a mãe gritou não lhe significava nada. Ao sair, ressabiado, olhou pela vidraça de trás — e pior ainda lhe pareceu aquele buraco cavado nas entranhas do morro.

Gostou do elevador, adorou. Infelizmente não consentiam que passeasse nele tanto quanto o seu coração pedia. Mas detestou o apartamento. Sentia-se enjaulado ali dentro, topando com uma parede a cada dez passos, sem uma nesga de ar livre defronte do nariz. Talvez apreciasse melhor a vertigem daquele décimo primeiro andar de altitude se o deixassem debruçar-se ao peitoril das varandas. Mal conseguiu, porém, ficar a olhar um momento, ajoelhado numa cadeira enquanto a mãe o sustinha pelos suspensórios. Várias vezes tentou espiar escondido, mas sempre havia por perto um delator. O mais que obteve em paga dos seus esforços foi uma palmada e cinco cascudos.

Interpelado pela tia se não gostava de morar num arranha-céu, respondeu que talvez gostasse se pudesse morar "por fora". É dado a essas frases lacônicas e meio herméticas. Teve várias delas, aqui no Rio. Por exemplo, atravessando o *rush* das seis horas, no Flamengo, tentaram maravilhá-lo com aquela quantidade prodigiosa de automóveis (veículos a que ele dedicava comovedora paixão).

— Veja, filhinho, tanto automóvel, chega a perder de vista.

Ele indagou se tinha mil. A tia afirmou que positivamente tinha mais de mil — bem uns dez mil. O pequeno abanou a cabeça, descrente: não há nada que seja mais de mil. Até dinheiro só tem até mil. Ele viu a nota e o pai lhe disse que era o maior de todos os dinheiros.

A outra insistiu — pois ali tinha, sim; quem sabe mais, até trinta mil. E ele, com a vista no rio de dorsos negros, deslizantes:

— Pois se fosse só mil, chegava.

Ao mar, em Copacabana, não ligou muito. Já vira mar livre em Cabo Frio. Embelezou-se foi pela boneca que uma garotinha de maiô amarelo levava consigo pela calçada, segurando uma mão da calunga, enquanto a babá segurava a outra. A boneca andava como gente, trocava a passada, e a cada passo movia para um lado e para outro a cabeça cheia de cachos. Isso realmente lhe pareceu uma invenção admirável. Não fosse homem, teria pedido por tudo no mundo uma boneca idêntica. Chegou a pensar — quem sabe? — ficaria mal se pedisse, não uma boneca, é claro, mas um boneco, de calças compridas, fardado de marinheiro... talvez não brigasse com a sua masculinidade... Sugeriu a ideia à mãe, timidamente, com medo de risos. Ela não riu, mas cortou rente:

— Você está doido? Dinheiro para comprar uma boneca dessas dava até para comprar uma bicicleta.

Não é que ela pretendesse lhe dar a bicicleta; falava só para efeito de comparação. Pois ele sabia muito bem — *hélas!* — quão inacessível é uma bicicleta, e assim haveria de entender.

Outra decepção teve ao lhe mostrarem o Papai Noel de carne e osso, na loja. Segundo uns, teve medo do velho. Ele nega, veementemente, o medo. Confessa o desagrado:

— Gosto de Papai Noel é em figura de livro. Assim, com aquela roupa e aquela barba, a gente está vendo logo que é fingido...

*

E da volta não falo porque da estação Mariano Procópio até plena serra, ele dormiu, a cabeça no colo da mãe; o pensamento, só ele e os anjos podem saber onde andava.

(Rio, janeiro de 1954)

História

ESTE CASO SUCEDEU faz anos — doze, quinze, por aí assim. Nesse tempo polícia ainda perseguia terreiro de macumba — que os jornais chamavam então candomblé. Qualquer pai de santo tinha mais entradas na polícia do que um gatuno contumaz. Por isso os de Quimbanda e até os de Umbanda trabalhavam em mistério, no meio do mato, em quebradas de morro; cantavam os pontos em surdina, mantinham nos caminhos espias tão bem treinados que, em geral, quando a cana batia no terreiro, a turma já tivera tempo de fugir, carregando os santos; o mais que os tiras achavam era a cera das velas, ou algum resto de comida ritual num alguidar. E acontecia também que outras coisas ainda mais encobertas se faziam passar por macumba, a fim de aproveitarem a simpatia do povo, que ia toda para os seus babalaôs, médiuns e cambonos, cruelmente perseguidos.

Ora este caso foi um deles. Sucedeu em Anchieta, por onde andava um investigador da Ordem Política, atrás de certo chefe comunista foragido da justiça e que, segundo denúncias, se escondia pelos arredores. Cinco dias rodava o tira por ali, fazendo perguntas, recebendo respostas tímidas, loquazes, desconfiadas, mas todas negativas. Já ele desanimava, já se encaminhava para a estação a fim de tomar o trem, quando viu um carrinho de sorveteiro (era homem gordo e guloso).

Parou, comprou uma casquinha; durante a transação, encostou-se à carrocinha um moleque, assobiando. E o polícia, escutando o assobio, quase soltou o sorvete no chão. O demônio do garoto estava calmamente assobiando a *Internacional*! Acontece que aquele polícia era um velho conhecido da *Internacional*. Da última vez em que a ouvira cantar fora num comício da Juventude, na Lapa. Os loucos dos rapazes desciam os degraus do obelisco, fazendo barreira, de braços dados, cantando o danado do hino, e os investigadores então foram atirando, os moços avançando, até que um judeuzinho ruivo caiu, ferido na coxa; só assim, vendo o companheiro tombado e talvez morto, foi que a turma debandou.

Natural portanto que ao som do assobio o gordo se voltasse rápido e indagasse do moleque:

— Onde é que você aprendeu essa música?

Estranha foi a reação do moleque: em vez de responder, virou-se rápido, deu no pé, atravessou a praça como um corisco e se sumiu numa rua lateral. Atrás correu o gordo, fumegando ao sol, dentro do terno de casimira azul. Tomou a rua lateral, só para ver lá ao fundo o crioulinho atravessar uma cerca viva e fugir.

A cerca protegia um capinzal imenso, atravessado por um córrego. Dentro dele o moleque sumira que nem um saci: bicho vivo, ali, só se avistava agora um galo carijó acompanhado de duas frangas, a debicar à beira da água.

O que faz um bom polícia é a sua capacidade de esperar; e o gordo, sentindo que estava na pista certa, instalou-se num botequim da mesma rua e de cujo balcão se avistava grande parte do capinzal. Engraçado é que o crioulinho morava longe; entrara ali, premido pela aflição da fuga. Porém, três dias depois da corrida, mexendo nos seus troços, deu com um papagaio vermelho de papel, e sentiu vontade de o ver navegando pelo céu azul; e, por puro acaso, lembrou-se do capinzal, tão grande e descoberto. Dirigiu-se para lá, levando consigo o papagaio, ou pipa, como o chamava.

O gordo pouco depois voltava do almoço; chegou-se ao balcão do boteco e pediu uma pinga para tirar da boca o sebo da carne-seca. Mais por costume do que por esperança correu os olhos pelo terreno baldio; e o seu coração quase parou de bater ao lhe aparecer o crioulinho, muito entretido, estirando a linha para o céu, os dois braços secos erguidos como se acenasse por alguém. O gordo engoliu o copito e saiu sem pagar (o botequineiro, sabendo quem ele era, nem piou); agachou-se perto da cerca, passou pelo rombo, foi se chegando quase sem respirar — mas nem carecia desses cuidados. O garoto, coitadinho, tão embebido estava com o seu papagaio nas alturas, que só deu pelo outro quando lhe sentiu no ombro a mão pesada. Aí baixou os olhos, soltou um grito fino, alto — só um. Porque a mão gorda, do ombro lhe passou para a boca. Depois o pequeno se sentiu levantado no ar, e foi carregado até à rua, sem que lhe adiantasse espernear e tentar morder a grossa palma suada.

O gordo chegou ao botequim com a sua carga, resmungou uma explicação — que o moleque era pivete de um ladrão conhecido. Ninguém acreditou — todo o mundo conhecia aquele garoto, que morava com a avó, esmoler na estação — mas também ninguém abriu o bico. Naquele tempo, pior que hoje, polícia podia dizer o que quisesse, todo o mundo se calava. Já andavam de boca em boca as histórias dos "banhos de sol", das "sessões espíritas" e outros divertimentos que se usavam na Central.

Sei que o gordo saiu com o pequeno dentro de um táxi; o que foi feito com o crioulinho para ele dizer onde aprendera a cantiga nunca se descobriu, nos quatro anos que lhe restaram de vida até morrer atropelado por um trem elétrico. Apenas, ao fim da diligência, um repórter escreveu que o menino confessara que aquela música "era um ponto cantado numa macumba que se fazia nos arredores de Anchieta, no rancho de um carvoeiro, isolado no meio do mato".

O gordo não precisava de ser nenhum águia para entender: se a *Internacional* era um ponto cantado, a macumba seria justamente a reunião dos comunas.

Arrumaram uma canoa em três automóveis, levaram o menino para ensinar o caminho e pelas dez da noite pararam o carro ao rebordo da matinha. Saíram a pé, cada tira com o seu revólver na mão e o gordo puxando o moleque com o braço esquerdo. De longe avistaram luz na casa, mas nada escutaram: evidentemente não era dia de reunião. Chegaram perto, espalharam-se, fizeram o cerco. Na sala da frente havia quatro homens. Na cozinha, uma mulher passava o café. Foi ela a primeira a dar com os estranhos e soltou um grito de aviso. Os homens, sentados em redor de um caixote, escutando o grito saltaram, mas já era tarde: na janelinha espiavam a cara feia do gordo e o olho da pistola; dentro da sala, já três tiras armados entravam. O chefe do grupo, que era precisamente o homem procurado, ainda tentou pegar o revólver numa prateleira da parede, mas levou uma coronhada no cotovelo que quase lhe rebenta o braço. E ninguém reagiu mais.

O moleque, enquanto os presos eram escoltados até aos carros, aproveitou a confusão e fugiu. Esgueirou-se no escuro e já era de madrugada quando afinal chegou em casa, quase morto de frio, de medo e de sono.

Meteu-se na cama da avó e, às interrogações assustadas da velha, não respondia nada, ficava calado, calado, mudo. Mais tarde, como a avó insistisse, deu para tremer e gritar que era ver um endemoniado.

E daí por diante, toda vez que alguém o interrogava a respeito da aventura, era assim que ele se portava: primeiro ficava mudo e, quando insistiam, gritava. Podendo, fugia; senão encolhia-se a um canto, gritando até que o largassem.

Com o seu segredo morreu, aos quinze anos de idade, como contei acima, esmagado por um trem elétrico, na Estação de Marechal Hermes. Caiu da plataforma debaixo do trem em movimento, ao ver aproximar-se dele, sorridente, como se o reconhecesse, um homem gordo, trajado de azul-marinho, chapéu puxado sobre os olhos, bagana apagada no beiço.

(Rio, maio de 1954)

O *padrezinho santo*

Hoje contarei uma história, a história de um padre. Sim, era uma vez um padre. Desses bem magrinhos, bem santinhos, que não se importam com roupa, casa e comida, que jamais desejaram ser cônego, monsenhor ou bispo. Andam de sapato acalcanhado, batina curta, muita vez esverdeada de uso. Este meu, quero dizer, este da história, desde pequenino sonhava com ser padre. O pai, todo satisfeito, certa vez explicou aos parentes:

"Ele quer celebrar, dizer missa, segurar na mão a hóstia consagrada... Não é, meu filho?" Mas, para surpresa geral, o menino ficou muito vermelho e explicou: "Não, isso não sei se posso..." O pai fechou a cara. O menino seria um idiota? "Não pode? Como é que não pode? Todo padre celebra missa e segura a hóstia." Mas o rapaz já não o ouvia, saíra correndo da sala. Anos depois, homem feito, explicou à mãe, num dia de confidências: "Naquele tempo eu falei 'não sei se posso', porque não conhecia outra palavra. O que eu queria dizer é que não sei se sou digno."

Ordenado, o padrezinho foi ser vigário de uma freguesia humilde, humílima, vilarejo à beira-mar habitado de pescadores; ficava tão longe de qualquer cidade grande que não dispunha de mercado para a pesca. O pobre povo da terra vivia quase como índios, morando em casa de palha de coqueiro, comendo peixe com farinha, sendo que a farinha era produzida por uns magros roçados de mandioca que eles plantavam de catacumba, na areia mais doce do lado de lá das dunas.

Na sua igrejinha de cem anos, cujo adro as areias às vezes encobriam todo, o padrezinho vivia feliz como um passarinho. Lá dentro, as paredes velhas eram caiadas por ele próprio; nos altares, uns santos de pau, feios e anões, tão antigos que o povo da terra nem sabia de quando datavam; era um São Francisco das Chagas, um São Miguel de saiote dourado e uma Nossa Senhora das Dores que carregava no peito a única riqueza da igreja: sete espadas de prata verdadeira cravadas no coração.

E, assim, vinte e cinco anos naquela freguesia viveu o meu padrezinho, celebrando, casando, batizando, comungando, levando extrema-unção aos moribundos. E, discretamente, sem que disso ele tivesse notícia, foi se espalhando pelas terras em redor que aquele padre magro era santo. A primeira história a respeito contou-a a viúva zeladora da igreja: certa tarde, o padrezinho rezava a sós, no altar, diante do Santíssimo (a devoção especial dele era com o Santíssimo) e ela enxergara bem clara uma luz que saía da altura do coração dele e ia reta na direção do sacrário. Depois foram surgindo as curas milagrosas. A mulher de parto que já perdera as forças, perdera as dores; quando mal se escutava o bater do coração, quer da mãe, quer do filho, chamaram o padrezinho para a extrema-unção. Pois ele ainda bem não se ajoelhara no chão da camarinha e iniciara as rezas, a mulher abriu os olhos, encarou o padre, sorriu, soltou um grito (era a dor que voltava) e a criança nasceu ali mesmo, muito roxa mas ainda viva, e assim se salvaram ambos, mãe e filho.

Depois foi uma moça entrevada que, ao sair da novena, foi beijar a mão do padre e, sem querer, deixou cair a muleta: surpresa, verificou que continuava de pé e devagarinho cruzava um passo e afinal saiu andando, trôpega, sem muleta, sem nada.

Como um rastilho de pólvora se espalhou pelo mundo a fama dos milagres do padrezinho; todos sabemos como anda carecida de amparo sobrenatural esta pobre humanidade devorada pelo natural. E começou a aparecer gente no vilarejo, gente vinda de toda parte, de quilômetros, de léguas, de incríveis distâncias.

Quem, entretanto, não acreditava naqueles milagres era o próprio padrezinho. Aliás, acreditar não é bem o termo, pois ele cria em milagres. Sua alma de anjo vivia num clima milagroso e não havia prodígio que ele não considerasse muito de esperar da miraculosa mão de Deus. O que não lhe ocorria é que fosse ele próprio, a sua indigna pessoa, mediador dos prodígios. Da luz que lhe saía do peito, ignorava tudo. Os doentes, os paralíticos, os cegos e os surdos-mudos que se diziam curados tinham rezado, não é? E a parturiente moribunda, natural que houvesse intervenção divina, pois não entrara naquele quarto na Santa Espécie o Autor Supremo de todos os milagres?

Contudo, a vozeria do povo teimava. Corriam atrás dele, a lhe beijar as mãos, a batina, até os sapatos. Furtavam-lhe, para guardar como relíquias, trapos de roupa, pequenos objetos de uso — o lápis, o canivete, as estampas de marcar o breviário. Obrigavam-no a benzer litros de água, diariamente. E, em redor da igrejinha, já se formara um verdadeiro arraial de romeiros.

Até que um dia o próprio coração do padrezinho se abalou: meu Deus, seria verdade, seria ele milagroso, realmente?

Resolveu fazer uma experiência. Chegou à porta da igreja e viu que na sua direção se encaminhava um grupo carregando um paralítico; recuou, não deixou que o doente o tocasse. Mandou-o em vez entrar na igreja, orar, pedir a cura. O enfermo, cheio de fé, obedeceu, orou, orou — mas saiu da igreja tão paralítico quanto antes. Aí o padrezinho, com o coração batendo como um martelo no seu magro peito, estendeu as mãos para o desgraçado e lhe ordenou que caminhasse. O entrevado, escutando aquela voz, lentamente se sentou na padiola, ergueu-se e saiu andando, até cair, em prantos, nos braços do santo.

Terrível foi o choque do padrezinho. Correndo, abandonou o miraculado, o povaréu que clamava, e foi se atirar aos pés do altar. Então era verdade? Então Nosso Senhor o castigava com aquele dom terrível? Ele, tão humilde, tão indigno, que jamais vencera o seu temor de segurar nas mãos a hóstia consagrada? — Não, é demais, Nosso Senhor, não quero. Não quero ser milagroso, como não quero ser bispo. Perdoai-me, Nosso Senhor, mas nem sequer quero ser santo. Quem sou eu, para ser santo? Quero apenas salvar a minha alma, nada mais. — E chorava e batia no peito, num desespero tão sincero e tão grande, que Nosso Senhor teve pena. E o raio de luz que do coração do padre saía na direção do sacrário, de repente cresceu, fuzilou como um corisco — e como um corisco se apagou. E então, docemente, cansadamente, o padrezinho ajoelhado apoiou a face no tapete gasto do altar.

*

Alguém entrou na igreja e deu o alarma. Tão pequeno era o padre, tão sumido, que um homem sozinho o carregou no colo e o deitou no banco da sacristia. Sim, estava morto e tinha um sorriso no rosto banhado de lágrimas. A zeladora murmurou que o padrezinho desde menino sofria do coração.

Ninguém entendeu que fora aquele o seu último milagre.

(Ilha, agosto de 1954)

Crime perfeito

PARA A POLÍCIA E PARA os romances de detetives é axiomático que não existe crime perfeito. Já se dizia nos tempos de dantes que o Diabo usa uma capa e uma campa; primeiro com a capa encobre o crime, depois, com a campa, põe-se a badalar, denunciando o criminoso.

Mas nós, os pessimistas, poderíamos pensar seguindo outra linha de raciocínio: como é que se pode dizer que não existe crime perfeito se a própria natureza do crime perfeito é justamente a sua "perfeição" — quero dizer, a sua capacidade de se manter encoberto? Sendo descoberto, deixa de ser "crime perfeito". Nesse caso, como é que poderemos afirmar que ele não existe?

Há ainda outro axioma, em negação à teoria do crime perfeito, que afirma não haver nenhuma manifestação de inteligência humana que outra inteligência humana não possa descobrir. Talvez. Mas a dificuldade está em se encontrar essa inteligência paralela à do "criminoso perfeito", na hora, no local e na situação adequados à solução do mistério. A pedra de Roseta levou alguns séculos esperando por Champollion. E há, espalhadas pelo mundo, talvez milhares de outras inscrições lapidares que jamais foram decifradas, porque não apareceu disponível para a sua leitura nenhuma inteligência especializada: assim se vê que a descoberta do crime perfeito, além de outras exigências, tem ainda a exigência da oportunidade...

Bem, claro que estas considerações não se destinam a fazer pregação dissolvente, nem a estimular os criminosos em potencial a tentarem essa coisa que, como o moto contínuo, não existe: o crime perfeito. Elas traduzem mais a perplexidade de um grupo de pessoas minhas conhecidas, que receiam haver localizado um crime até então perfeito, e que deixará de o ser, é óbvio, se as suspeitas dessas pessoas se confirmarem...

Aconteceu com um velhote cardíaco, morador de certa casa velha, situada em terreno amplo, casa onde já haviam nascido o pai do velhote e o seu avô. Até pouco tempo, casa e terreno não valeriam dinheiro suficiente para provocar cobiças criminosas. Mas, com a valorização alucinada dos terrenos, a coisa mudou: começaram a aparecer compradores que faziam suas ofertas na casa dos milhões de cruzeiros. O nosso cardíaco, entretanto, alimentava uma teima de velho: valesse o que valesse o terreno, aquela casa era sua, seus o jardim e o pomar; amava-os, considerava-os indispensáveis à sua vida, e não iria permitir que os arrasassem para erguer no lugar nenhum prédio de apartamentos. Debalde o filho e mormente a nora lhe expunham a insensatez daquela atitude, lhe falavam nas propostas de uma companhia imobiliária. Pensar que podiam ser milionários e no entanto viviam quase à míngua com os tostões contados de um mísero ordenado de funcionário municipal! E como prova da penúria que enfrentavam — embora morando em cima daquela mina de ouro — na primeira crise forte da moléstia, internaram o velho num hospital público, em cama de indigente, pois não havia dinheiro para lhe pagarem em casa doutor e tratamento. O velho sujeitou-se ao hospital, aceitou tudo: mas vender não vendia. Na enfermaria passou um mês, melhorou, teve que vir para casa. Doente crônico, assim que melhora, é mister desocupar o leito para outro que precise mais. Os leitos de hospital são escassos — e um doente crônico, bem tratado, pode ter uma sobrevida de meses, talvez de anos. Hospital não é asilo, infelizmente. Deixassem ficar, em pouco tempo as enfermarias estariam lotadas e onde que se punham os doentes novos? Mas isso já é outra história. O que interessa é que logo que lhe compensaram mais ou menos o coração, os doutores tiveram que devolver o velhote à família. Fizeram recomendações à nora: dieta, repouso, remédios, quem sabe? Talvez o velho ainda durasse muito. Não se afastasse contudo a ideia de algum acidente súbito, sempre de esperar... A nora ouviu gravemente, levou o sogro ao ônibus, à sua amada casa velha. Mas logo, no dia seguinte, apareceu por lá o corretor dizendo que a companhia não podia esperar mais pela resposta, era pegar ou largar: ofereciam dois milhões.

Quando o filho chegou à noite supõe-se que houve uma conferência dramática na alcova do velho. Pelo menos há indícios veementes disso, pelos retalhos de frases entreouvidas por um vizinho que viera pedir um baralho emprestado.

O que se soube é que na manhã imediata ouviu-se da rua um grande alarido — era a nora que encontrara o velho morto na cama, frio, já duro.

A princípio não houve suspeitas; a primeira só foi despertada quando a nora, mal saiu o enterro, correu até o açougue para telefonar ao corretor. Mas tudo se fizera regular, atestado de óbito declarando colapso cardíaco, assinado pelo doutor do hospital, que não poderia duvidar da *causa mortis*. Dizia ademais o conhecido que vestira o defunto não haver notado marca de violência, nenhum sinal no corpo.

Agora é que estão falando — quem sabe a nora, no desespero de responder um sim ao corretor, apertasse o travesseiro de encontro ao rosto do velho... ou talvez simplesmente lhe comprimisse com os dedos o nariz... Era um sopro de vida tão frágil!

*

Esta semana se assina impreterivelmente a escritura de promessa de venda do terreno.

(Ilha, agosto de 1954)

Natal

O MOÇO DA REVISTA telefonou; estava fazendo uma *enquête* rápida e queria saber de que Natal me recordava melhor. Fiquei pensando, para responder direito e verifiquei, envergonhada, que não recordo Natal nenhum. Natal de infância, não tenho saudades. Não gosto de infâncias e, por outro lado, meu coração não é dado ao pitoresco. Natal de adulto... Bem, basta dizer que não tenho sorte em Natal. Se me esqueço é de defesa, porque o recordar não vale mesmo a pena.

Se, como dizia Santo Agostinho (era mesmo Santo Agostinho?), "os sofrimentos são os cachorros de Deus", as celestes matilhas, quando chega o Natal, consideram aberta a temporada de caça — sendo que a caça sou eu...

*

Portanto, Nosso Senhor Menino, enquanto os outros, no Natal, pedem dinheiro ou alegria, eu só lhe peço uma trégua. Não me tire mais nada, não me diminua a pouca pobreza senão que será que fica?

Veja ao meu redor, olhe como está tudo despovoado. (Se eu tivesse medo de fantasmas, hem, Menino Jesus?) Tanto que eu tinha e hoje tenho tão pouco. Quer dizer que, ou você me deu de má vontade, ou, depois de dado, arrependeu, vendo que eu não merecia. De qualquer forma, tomou.

*

Sua festa de Natal, tão bonita, Menino. Anjinhos barrigudos, presepes, meu Deus, presepes! Presepes e pastorinhas. Pode haver neste mundo palavra mais linda do que pastorinha?

> *Ó vinde, vinde, ó colibris!*
> *Com as lindas faixas bordadas a ouro!*

São os ecos do Natal, vozes de outros que escuto à distância, pois a minha voz, rouca de choro, jamais pôde cantar as alegrias do Nascimento.

Este ano, a começar deste ano, já não falo em cantar, mas pelo menos me deixe ouvir, Menino!

*

No meu peito tem um bosque e no bosque uma pessoa. Meu de meu, meu sozinho, meu sem outro dono, hoje em dia só possuo essa pessoa. No botequim o conheci — não era Natal, naturalmente. Era carnaval. Sentado atrás da garrafa, tranquilo, belo e orgulhoso. Parecia que estava à minha espera.

E daí para cá, temos ficado tão quietos, tão humildes. Com um pouco de sol, uns cachorros, um gato, umas árvores e um automóvel, fazemos a nossa alegria. Há outros que lhe importunam muito mais. Menino, e você não se zanga nem castiga. Ai, tenha dó, Menino Jesus. Sua mãozinha rosada, erguida sobre a palha do presepe como um jasmim cor-de-rosa, sua mãozinha — a ela não pedimos nem o ouro nem a prata nem o sangue de Aragão. Como o filho bom da história, só lhe pedimos a sua bênção. Está tudo aí, no mundo, brilhando, chamando, e nós nem queremos. Nada, nada, nada. Nada queremos que nos acrescente.

Só pedimos e rogamos que não tire mais; que não míngue isto que, sendo pouco, também é tudo.

Amém, Menino Jesus.

(Rio, dezembro de 1954)

Metonímia,
ou a vingança do enganado

QUADRO I

METONÍMIA — a palavra me ficou na memória desde o ano de 1930, quando publiquei o meu livro de estreia, aquele romance de seca chamado O *Quinze*. Um crítico, examinando a obrinha, censurava-me porque, em certo trecho da história, eu falava que o galã saíra a andar "com o peito entreaberto na blusa". "Que disparate é esse?", indagava o sensato homem. "Deve-se dizer é: blusa entreaberta no peito." Aceitei a correção com humildade e acanhamento, mas aí o meu ilustre professor de Latim, Dr. Matos Peixoto, acudiu em meu consolo. Que estava direito como eu escrevera; que na minha frase, eu utilizara uma figura de retórica, a chamada metonímia — tropo que consiste em trasladar-se a palavra do seu sentido natural da causa para o efeito, ou do continente para o conteúdo. E citava o exemplo clássico: "taça espumante" — continente pelo conteúdo, pois não é a taça que espuma e sim o vinho. Assim sendo, "peito entreaberto" estava certo, era um simples emprego de metonímia. E juntos, numa nota de jornal, meu mestre e eu silenciamos o crítico. Não sei se o zoilo aprendeu a lição. Eu fui que a não esqueci mais. Volta e meia lá aplico a metonímia — acho mesmo que é ela a minha única ligação com a velha retórica.

Faz pouco tempo, por exemplo, dei com uma ocorrência de metonímia prática: certa senhora nossa conhecida, há anos hospedada numa pensão, saiu de repente da casa e passou a ser inimiga mortal da senhoria. Indagada da gente por que aquela inimizade repentina, quando todos sabíamos que a dona da pensão era boa alma, lhe dava injeções, lhe emprestava a bolsa de água quente e a acudia nos seus acessos cardíacos, a ofendida explicou:

— O que eu não perdoo a ela é o telefone. Todo o dia o telefone da copa me chamava — eu ia ver, era trote.

— Mas não era ela que dava trote!

— Não. Mas de quem era o telefone?

Agora sei de outro caso de metonímia aplicada, que ainda é mais importante, pois se trata de caso de crime. Relação de causa e efeito, ou mesmo culpar o continente pelo conteúdo — qualquer dos dois está certo.

Assim pois aconteceu numa cidade do interior — não conto onde, para não dar lugar a maledicência. Diga o pecado mas não diga o pecador.

Pois nessa cidade do interior havia um homem; não era velho, mas pior que velho, porque era gasto. Em moço sofrera de beribéri, o que lhe arruinou para sempre o futuro. Tinha as pernas fracas, o peito cansado e asmático, a cor terrosa, o olhar vidrado de doente crônico. Contudo era homem de algumas posses, casa própria com loja contígua, onde instalara o armazém; vivesse ele no Ceará, o armazém se chamaria bodega, em Pernambuco venda, no Pará mercearia, em São Paulo empório. E já que eu não quero designar o local do crime, qualquer nome desses serve. Bodega ou empório, era comércio, e quem tem comércio tem dinheiro; de jeito que, apesar de tão mal-ajambrado, o nosso homem casou. Justiça se faça, que não tentou a Deus com nenhuma beldade: procurou moça pobre, magrinha, operária numa oficina de roupas de homem. Diziam até que ela tinha cara de tísica. Mas não contava o prezado amigo com os efeitos da boa nutrição no metabolismo feminino. Sei é que a cara-de-tísica, livrando-se das oito horas de trabalho à mesa de costura, passando a comer bem, em casa sua, a boa carne fresca, o seu bom tutu, a sua salada de pepino, os doces de lata, as doces laranjas da serra que o marido comprava aos centos para a freguesia, mudou como se fosse encantada. Começou a botar corpo, a aumentar as polegadas nos lugares certos — parece até que estava crescendo. E as cores do rosto, então! Ainda mais que, com a afluência de dinheiro, deu para se vestir bem, se pintar, ondular cabelo, usar engenho e arte a fim de aumentar os dotes naturais, pois não sei se contei que, de cara mesmo, ela não tinha nada de feia.

 E assim bela e assim vestida e assim pintada e formosa, começou a lhe pesar o marido enfermiço, envelhecido antes do tempo. Que, mal fechava o armazém, tomava a janta de leite (tinha cisma com carne), pegava o jornal, sentava na cadeira preguiçosa até a hora de ir para a cama. Não queria saber de cinema, nem de futebol, nem sequer de rádio. Até mesmo por amor não se interessava grande coisa, que aquele corpo franzino, amarelo, não era de pedir amores. Só a convivência morna, insossa, *ite*, como se diz em São Paulo.

 E foi aí que o destino saiu dos seus cuidados e fez a primeira intervenção: suscitou um sargento.

Metonímia,
ou a vingança do enganado

QUADRO II

CLARO, NÃO ERA JUSTO que a jovem esposa depois de recondicionada graças às finanças do marido, tirasse vantagens dessa nova situação de mulher bonita, em prejuízo do supradito marido. Não era justo, mas este mundo vive de injustiças. E o sargento — quer fosse do Exército, da Aeronáutica, da Marinha ou dos Fuzileiros (não digo ao certo, firme no meu propósito de evitar identificação) — o sargento era simpático, era musculoso, era jovem, era formidavelmente marcial dentro da farda justa ao peito, o andar elástico, a fala ríspida habituada ao comando.

Aconteceu que, um belo dia, servia a dama ao balcão (segundo era costume do casal, enquanto o marido almoçava), quando sobreveio o sargento. O que houve, o que não houve? Hoje é difícil reconstituir. Parece que ele pediu um maço de cigarros. Depois queria um vermute. Por fim pediu licença para escutar o noticiário esportivo no rádio que tocava perto do balcão. Seria pretexto para se demorar ali, mas a moça consentiu. É difícil negar favores a sargentos, mormente um sargento daqueles. Contudo, naquele dia, além disso ele não pediu mais que olhares. Ou no máximo disse alguma palavra, mas murmurada tão baixo que a não ouviu o resto da freguesia presente, sempre atenta a mexericos.

Com três almoços o namoro pegara firme. E seguindo-se aos almoços uma gripe do marido, os dois caminharam muito além de namoro. Como se encontravam, onde e a que horas, não se apurou. Basta que se diga que eles se amaram de amor proibido, como Tristão e Isolda, como Paolo e Francesca.

E o destino, que não gosta de amores ilegais e costuma castigá-los com maus fados, fez a sua segunda intervenção: suscitou a transferência do sargento.

*

Diz que só quem ama conhece a dor da separação. Os bonitos olhos da moça incharam de tanto choro. O apetite diminuiu. Já lhe transparecia, por sob o *rouge* da face, a antiga cara de tísica. E há de ter sido esse desgosto, assim alardeado com pranto e fastio, que acabou por despertar as suspeitas do marido, não acordadas quando o amor florescia e tudo ainda eram rosas.

Passou o bodegueiro a vigiar a esposa; a lhe examinar os silêncios; a lhe escutar os suspiros e os murmúrios durante o sono. Deu para fazer pesquisas e acabou descobrindo um postal e um livro com um nome de homem escrito em ambos — e com a mesma letra. Descobriu um escudo da corporação do sargento — o que provava que o objeto de suspiros, silêncios e murmúrios, além de homem era soldado. E tantas descobertas pequenas levaram-no afinal à maior de todas, que era descobrir que o traíam. Porque descobrira as cartas, as cartas de amor que vinham com carimbo distante, por via aérea, assinadas com aquele nome fatal.

Durante cinco meses o pobre revolveu dentro do seu magro peito doente o punhal venenoso do ciúme. Como menino que descobre um ninho de pássaro e fica diariamente a vigiar escondido o número de ovos que aumenta, e depois os progressos do choco, assim conseguira o marido uma chave falsa para o cofre de guardados da mulher: era uma caixa de madeira do Paraná, com um pinheirinho recortado na tampa, que ele mesmo lhe dera durante a lua de mel, dizendo rindo: "Está aqui, para você guardar os seus segredos..."

E a ingrata obedecera ao pé da letra.

Todos os dias, naquela hora fatal do almoço, quando a mulher o substituía no balcão, ele nem cuidava de comer. Era só correr ao quarto, abrir o camiseiro, tirar a caixa de sob o monte de roupa branca, puxar do bolso a chavinha falsa e abrir ansiosamente a carta nova. E quando não havia carta nova, reler a velha, ou antes, uma das antigas, uma datada de 21 de agosto, tão cheia de recordações realísticas, que até parecia diálogo de filme francês. Depois de ler guardava tudo, corria à cozinha, engolia depressa uma colher de caldo, roía um pedaço de pão — seria impossível comer direito com aquele amor dos dois ladrões atravessado na garganta.

Até que um dia houve provocação maior...

Metonímia,
ou a vingança do enganado

QUADRO III

E UM DIA COMO DIZÍAMOS na semana passada, houve provocação maior ou o coração do homem enganado saturou-se de ódio e ciúme até ao ponto de não poder contar mais nada. Isso não se explicou. O que se sabe é que ele retirou da gaveta do balcão um revólver que lá guardava há anos, e que fora empenhado por um devedor desaparecido. Junto do revólver estava a caixa de balas. O nosso amigo carregou a arma; e numa manhã de sol claro, eram dez horas em ponto, quando o armazém estava cheio de fregueses, viu-se que o bodegueiro apurava o ouvido, pedia licença aos presentes e transpunha a porta de comunicação da loja com a sua casa.

Daí a pouco se escutou um ruído de altercação, um grito de mulher e três tiros cortaram o ar, em explosões secas.

A freguesia alarmada correu, rodeou a esquina até à porta da frente da casa de moradia. Lá estava armada a tragédia: a mulher na calçada, de joelhos, aos gritos, o marido de revólver na mão muito trêmulo, tentando soerguê-la, e, atravessado na porta, caído de borco, com o corpo para dentro da sala, um homem. Na posição em que estava não se lhe via cara nem torso, só as botinas pretas e as duas pernas, vestidas em calças cáqui.

E foi o próprio marido quem falou primeiro. Ergueu os olhos para o grupo apavorado, deu com a vista no seu freguês predileto, andou um passo, tapou com o próprio corpo a porta onde jazia o morto e pediu:

— Pode ir chamar a Polícia.

*

Na Polícia explicou que matara o homem porque era um marido enganado.

O delegado comentou:

— É raro. Em geral vocês matam as mulheres, que são mais fracas.

Mas o marido protestou, magoado:

— Não, eu não seria capaz de matar minha mulher. Ela é tudo que eu tenho no mundo, bonita, delicada, cuidadosa. Me ajuda no armazém, entende de contas, faz as cartas para os atacadistas. Só ela pode fazer a minha comida; eu só como dieta especial, o senhor sabe. Como é que eu ia matar minha mulher?

— Então — ajudou o delegado — matou o amante dela.

O homem tornou a abanar a cabeça:

— Também não. O amante era um sargento, que foi transferido e está longe. Além do mais eu só descobri o caso depois que ele viajou. Pelas cartas. Li tudo. Sei até uma de cor, a pior delas...

O delegado calava-se, sem entender, esperando o resto.

E o resto veio:

— Cada carta! Se cada carta daquelas tivesse vida, eu matava, de uma em uma. Fazia até vergonha — parecia coisa de livro. Pensei em tomar um avião e liquidar com o sargento. Mas não tenho saúde para andar de avião. Pensei em matar um colega dele, aqui mesmo, para eles tomarem ensino e não transviarem mulher alheia. Mas tive receio de enfrentar a corporação toda — o senhor sabe como eles são unidos. Tinha entretanto que dar um jeito. Já sentia medo de acabar ficando doido. Não tirava aquelas cartas da cabeça; nos dias em que não chegava uma, ficava aflito, mais aflito do que ela, que era a destinatária. Tinha que liquidar aquilo, não era? E hoje, afinal, carreguei o revólver, esperei a hora e, quando vi o desgraçado apontar do outro lado da rua, fui para casa, me escondi atrás da porta do quarto, esperando.

— O amante? — indagou o delegado, estupidamente.

O homem se irritou:

— Não, senhor. Não falei que não era o amante? Porém tinha culpa nas cartas. O sargento escrevia, mas era ele que trazia. Quase todo o dia estava ali na porta, risonho, com o desgraçado do envelope na mão. Apontei o revólver e atirei três vezes. Ele caiu sem falar. Não, não era o amante, seu delegado. Não era o amante. Mas era o carteiro.

(Rio, 1955)

Inverno em 1955

CADA UM TEM o seu profeta predileto: o meu se chama Roque Macedo, é filho natural do Rio Grande do Norte, mas mora no Ceará e se especializa há muitos anos em compreender de seca e de inverno, no sertão. Desde que o escuto, e não é de hoje, até agora ele não se enganou uma vez. Ainda no ano passado, com todo o mundo já se maldizendo e agourando desgraça, me larguei daqui para o sertão fiada na profecia do Roque e não me desapontei. Por sinal que isso mesmo declarei de despedida, pelo jornal, antes de embarcar. Quem me leu nessa ocasião não me deixe agora mentir.

Já este ano, mandado pelo meu amigo Dr. Moreira de Azevedo, tenho em mão outro recorte, tirado de um irmão Associado de Fortaleza, O *Unitário*, que foi o jornal do velho João Brígido. O profeta Roque Macedo nele repete as "experiências", e usando da sua autoridade de "pastorador de relâmpago e vaqueiro de trovão", explica ao repórter Alencar Monteiro que este ano de 1955 vai ser "invernão de papouco".

Meus camaradas do mato já me disseram. Vai ser cada pé-d'água como faz anos que ninguém vê. De cedo os animais estão se preparando. O chão ainda cheio de "tapiocas" de formigas: é só passar o cavador ou a chibanca nos trilhos das cercas, nos altos e nos baixios, e está tudo ali na flor da terra — os beijus de formigas carregados de filhos. Não vai nenhuma para o fundo da terra, que têm medo da pancada da água, nas primeiras chuvas. Os calangros estão suando; e os teiús ficaram com a cauda inteira, sem carecerem jogar fora o pedaço do rabo, como costumam fazer em tempo de sequidão. Os tatus estão carregados de crias, para janeiro. E por falar nisso, vaca que já não deu cria está amojada; vaca solteira é o que menos se vê. As asas-brancas esperam ninhada. E tudo quanto é bicho de asa no céu anda alvoroçado, numa alegria que é sinal de confiança no inverno bom.

Além do mais, a maritacaca do barranco já "revelou" que não vai passar o inverno na loca de pedra que usa na seca: tanto é que retirou a família para um cupim de barro, trepado num serrote. Gambá também adivinhou que o buraco de pedra onde mora vai alagar e se mudou para o alto.

E não é só vivente: as árvores também adivinham inverno bom: as carnaubeiras, os paus-d'arco, os paus-mocó, os mofumbeiros, os malmequeres, ou floram ou preparam flor. E os angicos-catingueiros soltam a resina, como há muitos anos não faziam. Só angico da Serra de Baturité não chora.

Abelha também: cupiras, arapuás, mandaçaias, breus, uruçus e jatis estão tudo com a cera grossa, prevenindo a friagem e a chuva. E as vespas, marimbondos, bocas-tortas, cabuçus, enxus e enxuís estão com as casas entupidas de filhos. E quando abelha põe filho no mundo não é para eles morrerem de fome. Abelha não é gente como nós...

O repórter indaga, agora, quando é que vai começar esse invernão. E o Roque é positivo:

Os "meninos" estão dizendo que é pra já. A partir do dia 5, no Cariri e no alto sertão, vamos ter chuva forte, espalhada pelo Norte todo. E não me admiro se chover muito dentro de uma semana. Mas o que sei ao certo é que antes do dia 25 vamos ter muita água. Depois começa um estio, porém é estio de inverno. E quanto à quantidade de água, nem me pergunte:

vai ser invernão chamado. Inverno muito, fartura muita, não sou eu que digo, são os bichos do mato, meus amigos, e eles não se enganam.

*

Assim falou o profeta Roque, e ele adivinhou a seca de 1952, o ano ruim de 1953 e o escasso de 1954. Experiência de chuva é assunto perigoso que já desmoralizou muito vidente. Mas Roque sabe o que diz.

Eu, por mim, sou uma que tenho tanta fé nele, que até já ando assustada com um açudeco cuja parede mandei levantar metro e meio; não vê, obra nova tem medo de água demais. E se a coisa vai ser assim exagerada, numa hora dessas até o Cedro, que é de pedra, treme, que dirá um barreiro como é o meu!

Mas qual, arrombe o açude e a água venha. Venha a água e, mesmo que eu tenha de morrer este ano, se antes de chegar a minha hora me deixarem ver o Choró dar uma cheia que vá de barreira a barreira, e estirar os olhos pelo Riacho dos Cavalos dando nado no pátio do Junco, e pescar traíra no sangradouro do açude, dou a morte por bem empregada, vou-me embora sem uma queixa, sem raiva, tranquilamente como quem mergulha. Já terei feito o que o coração pedia.

(Ilha, janeiro de 1955)

Vida

Do primeiro dia ao último, sempre essa ilusão, esse engano: você pensa que está vivendo — qual! — e todo o tempo você está morrendo. Ninguém vive — todo o mundo apenas morre. Acontece somente que o processo de morrer é lento, e a esse acabar-se devagarinho é que os homens chamam de viver. Nasce um menino, por exemplo. Veio roxo e mudo, é um pequeno defunto maltratado. O médico faz as manipulações clássicas, cabeça para baixo, palmada, ar no pulmão — o menino solta um grito agudo e dilacerante e o pai sorri, deslumbrado: "Meu filho está vivendo, começou a viver!" Viver nada, seu idiota, seu filho começou foi a morrer. Sim, desde aquele primeiro instante. Porque vida é um processo negativo, enquanto a morte é que é o processo positivo. Viver é andar para trás, é ceder terreno, é assim como um perde-ganha. A gente faz a conta da idade; quantos anos já viveu? Para que essa conta, senão por um único motivo: para fazer o cálculo provável do quanto ainda nos resta, antes de morrer. A cada ano, a cada dia, a cada hora e minuto, você tem menos vida dentro de si: menos coração, menos veia, menos músculo, menos reserva na fonte de energia. Viver, para resumir, é usar-se. Lanterna de bolso, com a pilha que não se substitui. Acabou-se a pilha, acabou-se tudo, joga fora o casco inútil, que luz não sai mais dali.

E assim, portanto, não adianta ambição. Você trabalhando por um lado, a morte trabalhando pelo outro, são como duas cobras que se mordem pela cauda. Você se agitando, cuidando que está construindo, enquanto ela, silenciosa, rói sem parar a estrutura interna, deixando apenas a ilusão da superestrutura: mas é oca, já não tem nada dentro. Você compra, vende, aprende alemão, constrói casa nova e faz ginástica. Tudo isso a serviço de quem se supõe vivo — pelo menos por um prazo; como se o relógio parasse para você gozar um momento a paisagem e o ar bom! Porém na verdade você desde o começo é um meio-morto, que aos poucos vai se entregando — todo dia um pedacinho, até à entrega definitiva.

E depois não adianta orgulho. Você ergue a voz — mas sabe por acaso com o que conta para apoiar a sua arrogância? Talvez na sua caixa do peito só reste um fole vazio. Seu passo é firme, agora, mas pode estar cambaleante dentro de dez minutos. Sabe, talvez você há anos esteja se mantendo de pé apenas por autossugestão.

E escute mais: nem o pudor adianta. Esse ciúme de si mesmo que muitos pensam que é virtude, essa valorização da carne viva, esse mistério, que nem aos olhos amantes se desvenda total, essa fração de corpo secreta e triste que todos escondemos até de nossa própria vista — talvez hoje, talvez daqui a pouco, seja tirada ao seu controle, entregue às mãos dos outros, exposta, manipulada, discutida, retratada. E ai de que serviram tantos anos de recato? Para chegar a tal exibição?

E então para que todo o esforço? Para que glorificar o que é um simples processo de desgaste e enfeitá-lo com paixões, conquistas e esperanças? Se viver é a própria negação da vida, ou a sua destruição — para que sofrer e lutar, enfrentando esse duro caminho que não leva a lugar nenhum? É como nadar de terra para o mar alto. Adiante não há mais nada, só água funda, oceano. Terra não há, nem ilha, nem nova praia; só a água funda, comedeira. Então que loucura é essa de oferecer o peito à vaga, furar a rebentação, cortar a água com os braços? Por mais que se esforce o nadador, mais hora, menos hora, terá que parar, exausto, mergulhando de vez na onda amarga. Digam, digam: para que deixar a praia, se há a certeza de que nada espera o nadador, nada, senão a asfixia final?

(Ilha, fevereiro de 1955)

Mationã

ELE CHEGOU NO AVIÃO da FAB, mandado pelos rapazes da Proteção aos Índios, numa derradeira tentativa de salvação. É um dos pouquíssimos remanescentes de uma tribo que se acaba — fala-se em meia dúzia de indivíduos — os turumais.

Mationã, o índio, tem uns oito anos; parecia um bichinho moribundo quando o vi pela primeira vez, deitado no leito branco, de uma magreza espantosa, o olhar vidrado, comatoso, um gemido monocórdio lhe saindo da boca chagada de febre, a mãozinha seca feito uma garra de pássaro abrindo-se e fechando no ritmo do gemido. Segurei-lhe a mão e ele cerrou com força os meus dedos. Gemeu mais alto. Sei que saí dali chorando.

No dia seguinte passávamos pelo hospital, vimos luz no necrotério. O doutor ao meu lado calculou que seria o índio. Mas não era. Semana atrás de semana, parecia ainda que seria ele o ocupante da sinistra capelinha; nunca se viu um ataque tão violento de febre maligna num corpinho tão débil. Mas terá sido o interesse apaixonado dos médicos, o carinho das enfermeiras, o hospital inteiro que rodeava a cama do indiozinho como a de um filho predileto? Parecia uma aposta com a morte. E a morte acabou perdendo. Foi-se a febre, foi-se a caquexia — só restaram as escaras enormes, que quase o levam. Verdade que ele ajudava, meu Deus, como ajudava.

Ainda imóvel na cama, tomando soro (era a terceira visita que lhe fiz), de repente abriu os olhos, pôs-se a chorar. A princípio só berreiro, mas logo se entendeu o que ele queria:
— Rapadura! Rapadura!
Rapadura era impossível, claro. O doutor sugeriu banana. Mationã imediatamente concordou:
— Banana, banana!
Pensei que fosse delírio da febre, mas qual! Mal chegou a banana, ele, assim mesmo de borco, por causa das escaras, arrebatou a fruta como um macaquinho e em três dentadas a devorou.

E eu, que ao vê-lo ali, cobrando consciência na cama de hospital, cercado de estranhos, atado para não arrancar a agulha das transfusões, imaginara o pavor que ele sentiria, o terror ante aqueles homens e mulheres de branco que só se aproximavam para o furar, apalpar, judiar — que medo imenso deveria apertar o seu coraçãozinho selvagem!

Sim, talvez ele atravessasse essa fase de medo. Mas se a teve, foi curta. Porque hoje não há neste mundo sujeito mais feliz, mais amado, mais eufórico, mais rico, mais contador de lorotas, mais saliente e bem-humorado do que Mationã, o indiozinho turumai. Pelo hospital inteiro, ostentando um cocar de penas de galo que lhe fez uma enfermeira, passeia de pijama e sapatos china-pau. Adora dar bom-dia e apertar mãos. Come como uma impingem. Armazena uma verdadeira dispensa no criado mudo. Tem um arco que lhe fez um doutor e a flecha prudentemente é uma longa pena: se fosse coisa mais dura daria em desastre, pois a pontaria de Mationã é mortal. A cama vizinha à sua, na enfermaria, parece um bazar de brinquedos. Todo o mundo no hospital lhe traz presentes. E ele, bom príncipe, distribui uniformemente os "obrigado" e os sorrisos. Aprendeu a cantar e adora rádio. Engordou que ninguém o reconhece. Exigiu que lhe cortem o cabelo à moda da sua terra, em cuia de frade. Estoico até ali. As escaras, ainda cobertas de curativos, devem doer muito; tanto que ele não se pode abaixar para apanhar objetos. Mas quando a gente indaga: "Dói, Mationã?" Ele sorri: "Dói". E muda de assunto. Não tolera um gesto de hostilidade. Um médico, brincando, deu-lhe uma palmada. Ele fechou a cara, correu para a cama. Foi uma luta fazê-lo voltar às boas. Acabou perdoando, a troco de um presente. Perdoou, mas não entendeu. Inteligente assim também nunca vi. O diretor lhe mostrou uma revista com reportagem sobre índios lá das suas bandas. E ele ia identificando as fotografias, sem um erro: "Calapalo! Bororo!" Nisso descobriu o retrato de um dos irmãos Vilas-Boas. Agarrou a revista, rindo, aos beijos: "Viraboa! Viraboa!"

E conta coisas. Outro dia, os médicos jantavam quando Mationã chegou à sala. Tomou do paliteiro e, na toalha branca, foi desenhando com palitos a taba dos bororos, seus inimigos tradicionais. Um grande círculo fechado com duas saídas. Dentro, uma porção de palitos apinhados — os bororos. Em redor, escondidos no mato, os turumais. Junto a uma entrada, um palito grande, sozinho — "pai". (Mationã tem um orgulho tremendo do pai, que aparentemente é o chefe. Diz que ele é grande, forte, valente, mata bororo com uma pancada só.) Na outra entrada, outro palito: "pai de pai" — o avô. Mationã descreve, numa mímica perfeita: os bororos, descuidados, saem do cercado — pá, borduna neles, bem em cima do nariz, caem mortos. Os outros fecham-se na taba. Mationã põe as mãos nos olhos, grita ui-ui! — são as mulheres chorando. De repente dois bororos saem do cercado. "Fazer xixi", explica Mationã. Os turumais esperam atrás da cerca. Borduna neles, ou flecha. — Terra. Afinal chega a hora do assalto. Gritaria, flechada, porretadas, o chão fica cheio de bororos. Turumais entram na taba e Mationã explica como é que eles com uma das mãos tapam a boca das mulheres, com a outra as agarram pelo pulso e as atiram às costas.

A gente indaga: "Mas para que matar os bororos, Mationã?" Ele ri, admirado da pergunta:

— Tomar mulher, ôi!

*

Vem me fazer uma visita. Corre pelo quintal, adora a cachorrinha, dança com ela; mas quando lhe mostro o gatão peludo, ele recua, franze o nariz, procura a palavra em português: "onça!"

Insisto em que é bichinho manso, onça nada, gato! Trago o gato até ele. Mationã estende rapidamente a mão, segura o punho do gato, espreme a pata, as unhas saltam: "Viu? Onça!"

Mostro-lhe uma moça da casa, cabocla do Ceará: "Olha, Mationã, esta moça é bororo!" Ele se interessa profundamente. Vem examinar a orelha da moça, furada, com um brinquinho de ouro. Aí abana a cabeça, rindo:

— Mentira! Bororo nada! Buraco da orelha muito pequeno!

Assim é Mationã, príncipe turumai. E, como diz a enfermeira dele, no dia em que esse índio for embora do hospital, muita gente vai chorar...

(Ilha, maio de 1955)

Carta de um editor português

...A necessidade que se impõe para uma edição portuguesa de obras de autores brasileiros, de certas e inofensivas alterações, como sejam a deslocação de pronomes (em certos casos), harmonização da ortografia com as determinações do Acordo Luso-brasileiro — que em Portugal é cumprido — e uma ou outra substituição de termos pouco usados em Portugal ou que tenham sentido diferente daquele que o autor lhes quis dar.

O TRECHO que acima transcrevo são palavras de uma carta em que ilustre editor português me faz a gentileza de solicitar permissão para publicar livros meus; parece que só mediante tais condições é que autores brasileiros podem ser editados no Portugal europeu e ultramarino.

Pois a resposta que tenho a dar ao prezado editor português é a mesma que já lhe deu, tempos atrás, meu editor e meu amigo José Olympio: — Muito obrigada, mas assim, não.

A primeira interrogação que nos ocorre diante de tal projeto de "alterações", é esta: será verdade, realmente, que o público português não entende a língua portuguesa do Brasil, tal como a falamos?

Não haverá, na ideia dessas alterações, mais uma questão de prestígio que de necessidade? Convivo com grande número de portugueses, tenho a felicidade de contar portugueses entre amigos e parentes, e nunca nos desentendemos por incompreensão de palavras ou de modismos. E a língua falada, com as diferenças de sotaque e pronúncia, é muito mais difícil de entender que a língua escrita.

O Brasil é grande, todos o sabemos. E os sessenta milhões de brasileiros falamos e escrevemos de inúmeras maneiras a língua que nos deu Portugal. Compare-se um texto de Simões Lopes a outro de José Lins do Rego e notar-se-ão as infinitas diferenças que separam os dois, no vocabulário e na sintaxe. Mas ousaria um editor do Norte ou do Sul propor alterações nas páginas do paraibano para que o entendessem os gaúchos, ou nas do gaúcho para que o entendessem os paraibanos?

Meu caro amigo português, talvez essa ideia o irrite, mas a verdade é que, hoje, a sua língua é um patrimônio tanto nosso quanto seu. Sei que o trabalho de formá-la, assim bela e nobre, foi dos portugueses. Mas, também, já há quatrocentos anos que a amamos e a apuramos ao nosso modo. Nem tinha ela mais idade quando a usou Camões. Vocês no-la deram, como nos deram tudo o mais com que se fez o Brasil. E hoje ela faz parte essencial da nossa vida de povo, tal como faz parte da sua. Por nós tem sido enriquecida e fecundada. Se em Portugal acham que a maltratamos e a desfiguramos, é porque cada um tem a sua maneira de amar e, nessas questões, o que é ortodoxia para uns é heresia espantosa para os outros.

Não, não me venha dizer que em Portugal não entendem o que escrevemos. E, fosse esse o caso, bastaria a aposição de um glossário no fim de cada livro para resolver as dúvidas. Mas o que nos propõe é outra coisa: é correção, é conserto de pronomes, é a revisão do caçanje brasileiro que fere o bom ouvido peninsular.

Acontece entretanto, meu caro amigo, que esse caçanje, que esses pronomes malpostos, que essa língua que lhes revolta o ouvido, é a nossa língua, é o nosso modo normal de expressão, é — ouso dizer — a nossa língua literária e artística. Já não temos outra e, voltar ao modelo inflexível da fala de Portugal, seria para nós, a esta altura, uma contrafação impossível e ridícula.

Digo mais: não acredito de modo nenhum que esse tal sistema de nos corrigir primeiro os livros para os entregar depois ao público português, represente um serviço à aproximação das duas culturas. Acho, ao contrário, que tal prática serve apenas para cultivar diferenças e marcar distâncias. Pode acariciar o vosso orgulho, mas fere fundo as nossas suscetibilidades, sem falar no quanto afeta a integridade e harmonia da nossa obra literária. Pois o que Portugal fica conhecendo, assim, não é a literatura brasileira na sua forma espontânea e genuína, mas obra mutilada e remendada, necessariamente grotesca. Que sobrará de um texto meu, por exemplo, depois de ter os seus pronomes recolocados à portuguesa, depois de me trocarem as palavras próprias por outras "de mais fácil compreensão" — mas alheias? Talvez os escritos daqueles colegas muito mais importantes que me citou na sua carta, e que se submeteram às correções, resistissem galhardamente à cirurgia. Eles são tão grandes, tão ricos que, por mais que lhes tirem, sempre fica riqueza suficiente para encantar a qualquer um. Mas, eu, coitadinha, que será feito de mim se me cortam e me deturpam a pouca pobreza? Que restará? Não sou escritor de imaginação que componha bonitos enredos, nem traço o retrato de uma época, nem sou capaz de profundezas de psicologia, nem criei nada de novo ou importante na ficção nacional. A pequena graça que me podem achar é neste jeito descansado de mulher do campo, que conta histórias do que conhece e do que ama. E como pode, de repente, essa sertaneja de fala cantada, desandar a trocar língua em puro alfacinha?

*

Portugal cometeu um erro trágico quando, à volta de D. João VI ao reino, não quis reconhecer ao Brasil o seu estado de adulto e tentou devolvê-lo à menoridade. Por culpa desse erro, rompeu-se a união luso-brasileira. De dois países irmãos e unidos que poderíamos ser, passamos a dois estranhos. Atravessada a crise da Independência, restou-nos, o que não é pouco, o patrimônio comum da cultura e da língua. Mas é preciso que haja respeito e consideração recíprocos, para que tal patrimônio se mantenha indiviso e perfeito. Que haja igualdade de tratamento, de parte a parte, nunca a um de nós ocorreria "adaptar" ao escrever e ao falar brasileiro, a obra do mais humilde escritor português. Que Portugal faça o mesmo conosco, procure nos entender e nos amar tais como somos, como nos fez o tempo e o gênio português transplantado às terras da América.

Afinal, o Brasil não é um filho bastardo de Portugal. É seu filho legítimo e, mais que isso, é o seu morgado — com todos os direitos e privilégio que estão inerentes à primogenitura.

(Junco, 1955)

Carta a Emília, Miss Brasil

Minha flor:
 Quando esta carta sair impressa, talvez você já esteja a caminho da América para a disputa do grande título. É que eu ando por longe, metida no sertão da sua e minha terra, o que dificulta a rapidez das comunicações; mas palavras de amor nunca são demais nem tardias e são justamente palavras de muito carinho que lhe quero dizer.
 Faz algum tempo que não a vejo. A última vez foi em sua casa — você e Iaci, de saída para um cinema, creio, se entremostraram rapidamente na porta da sala, para se fazerem apreciar pela "tia" que chegava de viagem. E reparei logo nessa sua esbelteza de galgo ou de garça, que é talvez o maior dos seus encantos, nesta nossa terra de brevilíneas, você, longilínea perfeita, é uma maravilhosa exceção. Porém, em lugar da sua beleza e da beleza de sua irmã, igualmente tão linda, o que a família quis comentar foram os seus triunfos de estudiosa, tão de acordo com as tradições dos Barreto e dos Corrêa Lima; as famílias sofrem essa preocupação de subestimar a beleza das suas moças. Têm medo de que elas fiquem por demais vaidosas, que percam o amor da virtude e dos estudos, pelo amor da bonita cara e do bonito corpo.
 Felizmente, minha querida Emília, você não se deixou iludir pelas boas intenções dos de casa e em vez de tratar

apenas de estudar, não se despreocupou de ser bonita. Teve a inteligência de dar valor a esse dom sobre todos os dons, que é a beleza. Sim, não acredite nunca quando lhe disserem que beleza é um acidente, que não tem valor, que não dá felicidade, que mais vale inteligência etc. Isso são chavões nascidos do desejo e da necessidade de consolar os feios. Uma bela mulher é uma perfeita obra de arte. Seja bonita com orgulho, com tranquilidade, com segurança; cuide bem do seu rosto e do seu corpo, pois nada neste mundo vale mais do que a beleza. Quando eu tinha a sua idade, recebi um prêmio literário. (Recordo isso porque seu pai, então no Rio, no entusiasmo fraternal pela estreante, foi o meu melhor eleitor.) Pois, querida, não só esse modesto prêmio, destinado a estimular uma principiante, mas todos os prêmios literários deste mundo, até o Nobel, eu o daria de bom gosto para ser bonita como você o é.

Eles dizem que não há mérito em ser bonita. Claro. Como não há mérito em ser inteligente, nem em ter bom caráter, nem em ser um gênio musical, nem um maravilhoso poeta. Manuel Bandeira, que foi um dos seus juízes, já nasceu com o dom divino; e com ele nasceu o seu poeta predileto, Carlos Drummond de Andrade. Tudo são dons, dons gratuitos, que se recebem da fonte de todos os dons. Valerão eles menos por isso? E a beleza, entre os dons, é o mais alto de todos: o maior elogio que se pode fazer a uma realização, a uma paisagem, a um poema, é dizer que são belos. Porque a beleza é a coroa que os completa. Nem a virtude se concebe sem beleza, nem a divindade. Não só os deuses dos pagãos eram belos: a própria Igreja, dentro da sua austeridade, pinta os santos formosos. Alguém poderia imaginar nossa Senhora feia? E Cristo, se viesse ao mundo na figura de um homem malformado, não seria até uma profanação? Vi outro dia o retrato autêntico de Santa Teresinha no seu leito de morte; era uma mulher de feições severas, nariz forte, rosto descarnado e precocemente envelhecido. Mas a hagiografia oficial jamais permitiu que a reproduzissem assim e, em todas as imagens do culto, Santa Teresinha nos é apresentada como uma jovem de angélica beleza. (E digo angélica, porque os anjos são também padrões de formosura.) Por que isso? Não será por frivolidade que a Igreja assim se empenha em tornar belos os seus santos; será antes porque, com o seu profundo conhecimento do coração humano, sabe que a beleza atrai o amor e a devoção. Porque a beleza é como um selo de Deus.

Filha de uma mulher muito linda, sempre adorei a beleza de minha mãe. Contam os de casa que um dia — eu teria uns seis anos — ela me pôs de castigo por motivo que me pareceu imerecido. E ao jantar, horas depois, ainda zangada com a injustiça, eu disse, encarando-a: "Só fico morando aqui porque você é bonita. Se você fosse uma mãe feia, eu fugia de casa." Ela era também muito inteligente mas, agora que a perdi, o que mais lembro da infância, da mocidade, de todos os tempos em que vivemos juntas, é aquele rosto formoso, que enchia a nossa casa como uma luz. E ao escrever estas palavras sinto uma saudade tão grande, parece que uma coisa rebenta dentro do meu peito, e talvez eu não a tivesse amado tanto se ela não fosse tão linda, Nós nos orgulhávamos daquela beleza como de um tesouro de família e a condição de seus filhos nos parecia um privilégio. Para nós era uma rainha.

*

Você foi escolhida a mulher mais bela do Brasil. É um grande título, não acredite em quem lhe deprecie o valor, nunca desdenhe o seu dom maravilhoso. Todos lhe queremos bem por isso, lhe somos gratos por ter nascido e se criado tão bonita, nos orgulhamos de você. Se na América não lhe derem o

título máximo, é porque os cegos são eles. Não viu que, no ano passado, em lugar da nossa radiante Marta Rocha, preferiram aquela pequena escocesa de lábios finos?
  Aqui ficamos, numa ansiosa torcida. Mas, volte você ou não com a faixa atribuída a Miss Universo, *de qualquer forma será a nossa* Miss; *a única que nos agrada e igualmente nos encanta, Emília Barreto Corrêa Lima,* Miss Maguari, Miss Ceará, Miss Brasil.

(Junco, maio de 1955)

Felicidade

OUTRO DIA, FALANDO na vida do caboclo nordestino, eu disse aqui que ele não era infeliz. Ou não se sente infeliz, o que dá no mesmo. Mas é preciso compreender quanto varia o conceito de felicidade entre o homem urbano e essa nossa variedade de brasileiro rural. Para o homem da cidade, ser feliz se traduz em "ter coisas": ter apartamento, rádio, geladeira, televisão, bicicleta, automóvel. Quanto mais engenhocas mecânicas possuir, mais feliz se presume. Para isso se escraviza, trabalha dia e noite e se gaba de bem-sucedido. O homem daqui, seu conceito de felicidade é muito mais subjetivo: ser feliz não é ter coisas; ser feliz é ser livre, não precisar de trabalhar. E, mormente, não trabalhar obrigado. Trabalhar à vontade do corpo, quando há necessidade inadiável. Tipicamente, os três dias de jornal por semana que o morador deve à fazenda, segundo o costume, são chamados "a sujeição". O melhor patrão do mundo não é o que paga mais, é o que não exige sujeição. E a situação de meeiro é considerada ideal, não porque permita um maior desafogo econômico — o que nem sempre acontece — mas sim porque meeiro não é sujeito.

A gente entra na casa de um deles: é de taipa, sem reboco, o chão de terra batida. (Sempre muito bem varrida, tanto a casa quanto os terreiros.) Uma sala, onde dormem os homens, a camarinha do casal ou das moças, o minúsculo puxado da cozinha, o fogão de barro armado num girau de varas. Móveis, às vezes, uma mesa pequena, dois tamboretes. Alguns possuem um baú; porém a maioria guarda os panos do uso num caixote de querosene. No fogão, as panelas de barro, duas no máximo, a lata de coar café, a chocolateira de ferver água. Noutro caixote trepado à parede, algumas colheres, uma faca, raramente um garfo; dois pratos de folha ou de ágata, duas tigelinhas de louça, numa forquilha, o pote de água com o caneco de folha, areado como prata, nos esteios das paredes, uma rede para cada pessoa. E pronto, está aí toda a mobília. Pode haver afluência de dinheiro; há anos em que o legume se colhe em quantidade, em que o algodão dá muito. Mas nunca ocorreria, a eles, usar da abundância para a compra de objetos domésticos — mesas, cadeiras, camas, relógio de parede. Uma dona de casa mais ambiciosa pode aspirar a uma máquina de costura. Raramente a consegue. E hoje está se generalizando o uso da máquina de moer — mas porque dispensa o trabalho do pilão, muito mais penoso.

De uma espantosa frugalidade, comem, almoço e jantar, de janeiro a dezembro, feijão na água e sal, raramente temperado com um pedaço de jabá ou de toucinho. Farinha de mandioca, café — nada mais. E poderiam passar muito melhor; mas às mulheres não ocorre usar o milho-verde para canjica ou pamonha, nem pisar o milho seco para o cuscuz. Isso são iguarias trabalhosas, só para dia de festa, ou mesa de rico. Comem o milho assado na brasa — ainda se deem por felizes. Cabras (que eles chamam de "criação") vivem aqui à solta, sem necessidade de pastoreio nem de trato, na seca engordam roendo casca de pau e comendo sementes do chão. Galinhas também se criam à lei da natureza. Pois raras são as famílias que melhoram a dieta com um frango, um pedaço de carne de bode. Bicho é para vender, ou como eles dizem, "negociar".

E não se culpe, por isso, apenas a pobreza. Mais a natureza do índio, que herdaram. Pobre, tão pobre quanto o caboclo é o camponês europeu, mas o hábito da poupança, geração após geração, fá-lo acumular objetos e móveis em grande quantidade, e não há dona de casa europeia, por mais pobre, que não tenha o seu pequeno tesouro de talheres, pratos, panelas de cobre, cobertores e lençóis, herdados de avós e bisavós. Elas, aqui, não guardam nada. Trastes se chamam "catrevage". O que se compra é para usar, gastar, jogar fora. Algum mais poupão que tenha o seu baú de guardados, cria logo fama de "rezina" que é o nosso sinônimo para avarento. A falta que mais envergonha um daqui é passar por "interesseiro".

Dispensam tudo o que para o homem urbano é o indispensável e nem ao menos conhecem o que, para este, é o supérfluo. Têm, entretanto, o seu supérfluo, que estimam e disputam, como expressão de abastança e luxo: o vidro de perfume, a boa sanfona ou harmônica, o dente de ouro, a dentadura postiça. Também gostam de joias, os brincos para as mulheres, os anelões para os homens, raramente um relógio de pulso. Vaqueiros, o seu luxo é no cavalo de campo, nos arreios e na roupa de couro. Nisso gastam, quando pegam em dinheiro. Também gastam em gulodices — doces de lata, guaraná, cerveja, quinado, nunca com trastes de casa, como já disse, e jamais, oh! jamais, na casa propriamente dita. Nunca vi, em vida minha, um caboclo que se preocupasse em tijolar o chão da casa, nem que esteja na maior prosperidade. A luz é a lamparina de gás, feita de um vidro vazio, de uma lata de conserva ou de uma velha lâmpada elétrica a que os flandeiros engenhosamente adaptam um gargalo de folha. A torcida é feita em casa, com algodão em rama.

Nessa nudez, nesse despojamento de tudo, dê-lhes Deus um inverno razoável que sustente o legume, um pouco de água no açude e não pedem mais nada. De que é que eles gostam? Gostam de dançar, de ouvir música — pagam qualquer dinheiro por um tocador bom e obrigam o homem a tocar ininterruptamente dois, três dias seguidos. Gostam de festas de igreja, e ainda gostam mais de jogo, baralho ou dados. (Conhecem pouco o jogo do bicho.) Namoram sobriamente e, se apreciam mulher, como é natural, pouco falam nisso. Gostam de doces de qualquer espécie, e de aluá, que é uma bebida feita com milho ou arroz fermentado e adoçada com rapadura. Adoram cachaça. Mas, acima de tudo, gostam desta terra velha, ingrata, seca, doida, pobre; e nisso estou com eles, e só por cima dela temos gosto em tirar os anos de vida, e só debaixo dela nos saberá bem o descanso, depois da morte.

(Junco, junho de 1955)

Alegria da pobreza

A TÉ DÁ MEDO regressar ao Rio. O povo daí anda tão bravo. Quando nos chega às mãos uma folha de jornal ou se escuta por acaso um noticiário de rádio, parece mesmo que o mundo vem se acabando. E tudo por aqui tão em paz; que essa agitação toda, no final de contas, mal arranha a pele do gigante que dorme.

Eles aí pensam que são os nossos donos. Mas aqui no meio do mato é que a gente vê como eles mandam pouco. Podem mandar uns nos outros; mandam no dinheiro de quem tem. Mandam nos ambiciosos e nos insofridos. Mas, saiu do calçamento das cidades, eles não são donos de ninguém. Não podem dar nem tirar — então, como é que mandam? Cobrar imposto — só se for da luz do dia. Terra? A terra não é de quem mora nela, é de quem a possui e vive longe. E igualmente o gado, a criação, os animais... Nem carne no corpo não se tem — malmente os ossos, cobertos com o couro curtido. E isso quem vai tirar é a terra fria... Sortear para soldado? Mas já é daqui que saem os soldados! Enxotar para fora? Também é daqui que partem os retirantes...

E então como alcançar as massas, as chamadas massas rurais? Quem são, senhoras e cavalheiros, as famosas massas rurais que os comunistas ameaçam agitar, que os fascistas sonham arrebanhar, que os chefes políticos contam e recontam nos seus cálculos eleitorais? Ai, as massas são esses homens distraídos, esquecidos, desiludidos e tão magros, raspando os torrões de terra com o caquinho da enxada, derrubando mais uma vez a soca da mata rala, criando um boizinho sem raça, tampando o rombo dos açudecos, olhando melancolicamente a água vasta dos grandes açudes, tão bonita e tão inútil, sem um palmo de canal de irrigação. Também são as massas essas mulheres com um cacho de filhos pendurados às saias e aos quadris, são esses meninos barrigudos, que nunca viram uma escola; são essas moças bonitas, que tão depressa perdem a flor e frutificam e pendoam, e se transformam em bruxas com tamanha rapidez. Ou são esses rapazes que se rebelam e não querem mais plantar em terra alheia e ficam meses e meses sem trabalho, sentados nos parapeitos, esperando que um caminhão lhes dê uma *chance*. Que sentam praça por desespero, lotam os *paus de arara* e vão virar *ítalo-sírios* em São Paulo.

Entendam: não é que esta gente chore, que eles se sintam por demais infelizes. Nem mesmo tristes. Sentem-se diferentes. Usados de maneira diversa. Incompreendidos, distantes. As coisas que eles querem ninguém lhes dá, o que eles amam ninguém os ajuda a possuir e o pouco que ainda têm, por isso ou por aquilo, lhes é tomado. E então, na nudez extrema, na pobreza absoluta, eles sossegam. Como dizem — de seu, têm a triste vida. Que com um prato diário de feijão é mantida mal e mal.

Que poderia agitar esses dormentes? Às vezes Deus Nosso Senhor agita. Ou alguém que eles acham que fala por Ele. Como o Padre Cícero, como o Conselheiro, como o Padre Antônio de Rio Casca. No Rio, a gente pobre sua irmã ainda tem o consolo das tendas e dos terreiros. Mas aqui eles são caboclos, não podem guardar lembranças de África. A igreja, que poderia ser mãe e madrinha, vive longe. Também mora nas cidades. O vigário, coitadinho, mal dá para a desobriga, para os casamentos e batizados, para as missas de mês em mês. Temos por cá um tão bom, tão bom, que os caboclos dizem dele que "só não faz milagres de bobo". Mas que pode um pastor sozinho para tantas almas, para tanto desengano escondido? As forças mal lhe chegam para os deveres essenciais — é um funcionário exausto e sobrecarregado de serviço.

De qualquer modo, para as grandes necessidades da alma, eles ainda têm os milagres de São Francisco do Canindé. O resto das exigências espirituais ou intelectuais — bem, têm os cantadores, têm os contadores de histórias, têm os tocadores de rabeca e de harmônica. Dançam. Comem quando podem. Bebem aluá, bebem mormente a cachaça — a "branquinha", a "moça loura", a "extremosa", a "vovozinha", a "apaixonada", a "mimosa", a "malvada", a "matadeira" — que é assim que eles a chamam, com esses dengues de noivo. Jogam. Casam. E vivem. Obscuramente, esquecidamente. Mas, de qualquer modo, vivem. E amados — uns com os outros, uns pelos outros. No colo da mãe, pequeninos; nos braços das mulheres, quando rapazes; rodeados de filhos, na força do homem e na velhice. E depois voltam à terra, à hora da morte; e o enterro é quase uma festa, com os carregadores se revezando no pau da rede, a aguardente correndo livre, um ar geral de bota-fora alegre, a quem não vai para muito longe. Sem nunca terem pegado num livro. Sem nunca terem assinado o nome. Sem saberem quem se chama rei nem governo.

*

Quer dizer — como é então que "eles" daí mandam nos de cá? Se mandassem, esta gente poderia viver assim à revelia tão completamente, embora no seu nome se armem soldados, se escrevam as leis, se façam discursos, se construam os palácios dos ministérios — e os dirigentes se afadigam e morrem de enfarte do miocárdio, de um em um, exaustos, pensando que carregam o Brasil nos ombros ? Qual, o que eles carregam é um fantasma; e, se sentem o peso, é porque assombração nunca foi leve: dentro de cada visagem que se trepa nos ombros da gente, há a carga de chumbo dos nossos pesados pecados e dos pecados dos outros, que ficaram para trás...

(*Não me deixes, junho de 1955*)

Tempo de surubim

Q<small>UEM ME CONHECE</small>, sabe da paixão quase imoderada que alimento pelo rio velho. Ah, rio São Francisco, como é que eu posso falar? O mais fácil de explicar é dizer que ele é meu parente: para nós daqui, parentela é coisa muito forte — e o que a gente ama assim tanto, há de ser pai ou irmão ou pelo menos tio ou primo. Ou avô, ou padrinho. Rio velho meu padrinho, quanto tempo que estes tristes olhos não te viam, e cada vez mais belo e importante, carregando tanta água, tanto peixe, carregando sabe Deus o quê!

Até 1943 a gente nunca tinha visto o rio cara a cara. (Só de avião, mas lá do alto parece mapa, mentira, cinema.) E aí chegamos em Belo Horizonte demandando a Pirapora e, pela primeira vez, ouvimos falar do rio nas conversas de um amigo cuja amizade foi um momento rápido da nossa vida: em poucos dias o conhecemos e em poucos dias também o perdemos, que ele de repente deu adeus e partiu, foi para o céu dos marinheiros que é melhor do que o nosso e em lugar de anjos tem sereias. — Sim, o comandante Otávio Machado foi que nos iniciou no culto do Velho Chico, como dizia ele. Contou-nos casos e lendas, nos deu uns mapinhas clandestinos que ele manuseava como se fossem cartas de amor, nos deu até retratos — pois ele chegava ao ponto de usar retratos no bolso. Ele e mais alguns, que há toda uma maçonaria de adoradores do rio, espalhados por esse mundo afora. Não são mais conhecidos porque eles não contam a ninguém; decerto gostam de amar em segredo, ou acham que o povo por aí não merece saber.

Saí de Belo Horizonte — conheci o rio numa madrugada que jamais esquecerei. Desde então...

Aliás, minto. O caso não começou diretamente em 1943. Foi muito tempo antes, muito mais tempo; quando eu tinha exatamente seis anos de idade e, junto com a minha família, ia de muda para o Rio. O navio passava entre Sergipe e Alagoas, e o piloto do navio, meu amigo inseparável (por nome Nestor de Noronha; onde andará esse moço que, se for vivo, moço mais não será? Ainda andará de farda branca e terá o retrato da noiva na corrente do relógio?), me chamou para a amurada e me mostrou uma correnteza amarela cortando as águas verdes do mar: "Ande, menina, venha conhecer o rio São Francisco!"

Fiquei olhando, olhando. Já estava longe, e eu ainda olhava. Que rio seria aquele, assim medonho de poderoso para romper as águas do oceano, o oceano Atlântico? Ah, começou de longe. Quando o comandante Machado nos iniciou no culto, na verdade só estava mesmo soprando brasas velhas.

Bem, agora vocês entendem a razão por que, agora, quando saímos do sertão de Canudos e alcançamos o São Francisco na Barra do Tarrachil, só o que não fiz foi chorar. Mas faltou pouco. Uma espécie de sentimento de culpa, porque vivo tão longe dele, porque só o visito de ano em ano, e assim mesmo as mais das vezes passando por cima, dando adeus de longe, voando a uma légua de altura. Perdendo todos os dias aquela beleza pungente e tão imutável porque intransferível. Uma espécie de beleza sem cura, que não encontra feiura de paisagem em redor, feiura de estrada, casebre e pobreza que a estraguem.

O sol se punha por cima da água e bem no meio da correnteza havia uma ilha. E na ilha havia garças e um guará cor-de-rosa. A balsa carregava o automóvel no colo, devagarinho, o motor roncando baixo para não incomodar, deixando que a gente visse tudo ao seu gosto. Um salto de peixe emergia da água vermelha. Aliás tudo era vermelho, a terra e o rio e o céu queimado do poente. Ajoelhei na tábua, molhei a mão na flor da água. Quase me benzi com ela, como se fosse água benta. E não será benta mesmo? Depois retirei a mão depressa, me lembrando das piranhas, aquelas piranhas vermelho-douradas que são os demônios do rio. Ah, rio velho. Tão constante, tão preguiçoso, se estirando de barreira a barreira, fingindo que está sem forças. Rio de águas vermelhas, rio sem arvoredo em redor, rio de caatinga, rio de nós mesmos, rio de caboclo.

Dois paquetes passavam, um de longe, outro de perto, duas borboletas de cor alvaçã com cabeça comprida de visagem. Podiam ser paquetes mesmo e podiam ser assombração. Ninguém sabe. Um menino pequenino que se escondera de carona na balsa, disse que era campo de surubim. Mentira, surubim com tanta água? Daí, qualquer tempo pode ser de surubim.

Adeus, rio velho, adeus. Se soubesse que me afogando não morria, me afogava nas tuas águas só para saber como é você lá dentro, naquele seu coração escondido.

(Junco, julho de 1955)

Os dois bonitos e os dois feios — I

NUNCA SE SABE direito a razão de um amor. Contudo, a mais frequente é a beleza. Quero dizer — o costume é os feios amarem os belos e os belos se deixarem amar. Mas acontece que às vezes o bonito ama o bonito e o feio o feio, e tudo parece estar certo e segundo a vontade de Deus, mas é um engano. Pois o que se faz num caso é apurar a feiura e no outro apurar a boniteza, o que não está certo, porque Deus Nosso Senhor não gosta de exageros; se Ele fez tanta variedade de homens e mulheres neste mundo é justamente para haver mistura e dosagem e não se abusar demais em sentido nenhum. Por isso também é pecado apurar muito a raça, branco só querendo branco e gente de cor só querendo os da sua igualha — pois para que Deus os teria feito tão diferentes, se não fora para possibilitar as infinitas variedades das suas combinações?

O caso que vou contar é um exemplo: trata de dois feios e dois bonitos que se amavam cada um com o seu igual. E, se os dois bonitos se estimavam, os feios se amavam muito, quero dizer, o feio adorava a feia, como se ela é que fosse a linda. A feia, embalada com tanto amor, ficava numa ilusão de beleza e quase bela se sentia, porque na verdade a única coisa que nos torna bonitos aos nossos olhos é nos espelharmos nos olhos de quem nos ame.

Vocês já viram um vaqueiro encourado? É um traje extraordinariamente romântico e que, no corpo de um homem alto e delgado, faz milagres. É a espécie de réplica em couro de uma armadura de cavaleiro. Dos pés à cabeça protege quem a veste, desde as chinelas de rosto fechado, e as perneiras muito justas ao relevo das pernas e das coxas, o guarda-peito colado ao torso, o gibão amplo que mais acentua a esbelteza do homem e por fim o chapéu que é quase a cópia exata do elmo de Mambrino. Aliás, falei que só assenta roupa de couro em homem magro e disse uma redundância, porque nunca vi vaqueiro gordo. Seria mesmo que um toureiro gordo, o que é impossível. Se o homem não for leve e enxuto de carnes, nunca poderá cortar caatinga atrás de boi, nem haverá cavalo daqui que o carregue.

Os dois heróis da minha história, tanto o feio como o bonito eram vaqueiros do seu ofício. E as duas moças que eles amavam eram primas uma da outra — e apesar da diferença no grau de beleza, pareciam-se. Sendo que uma não digo que fosse a caricatura da outra, mas era, pelo menos, a sua edição mais grosseira. O rosto de índia, os olhos amendoados, a cor de azeitona rosada da bonita, repetidos na feia, lhe davam uma cara fugidia de bugra; tudo que na primeira era graça arisca, na segunda se tornava feiura sonsa.

De repente, não se sabe como, houve uma alteração. O bonito, inexplicavelmente, mudou. Deixou de procurar a sua bonita. Deu para rondar a casa da outra, a princípio fingindo um recado, depois nem mais esse cuidado ele tinha. Sabe-se lá o que vira. No fundo, talvez obedecesse àquela abençoada tendência que leva os homens bonitos em procura das suas contrárias; benza-os Deus por isso, senão o que seria de nós, as feiosas? Ou talvez fosse porque a bonita, conhecendo que o era, não fizesse força por sustentar o amor de ninguém.

Enquanto a pobre da feia — todos sabem como é — aquele costume do agrado e, com o uso da simpatia, descontar a ingratidão da natureza. E embora o seu feio fosse amante dedicado, quanto não invejaria a feia a beleza do outro, que a sua prima recebia como coisa tão natural, como o dia ser dia e a noite ser noite. Já a feia queria fazer o dia escuro e a noite clara — e o engraçado é que o conseguiu. Muito pode quem se esforça.

O feio logo sentiu a mudança e entendeu tudo. Passou a vigiar os dois. Se esta história fosse inventada poderia dizer que ele, se vendo traído, virou-se para a bonita e tudo se consertou. Mas na vida mesmo as pessoas não gostam de colaborar com a sorte. Fazem tudo para dificultar a solução dos problemas, que, às vezes, está na cara e elas não querem enxergar. Assim sendo, o feio ficou danado da vida, e nem se lembrou de procurar consolo junto da bonita desprezada; e esta, se sentindo de lado, interessou-se por um rapaz bodegueiro que não era bonito como o vaqueiro enganoso, mas tinha muito de seu e podia casar sem demora e sem condições.

Assim, ficaram em jogo só os três. O feio cada dia mais desesperado. A feia, essa andava nas nuvens, e toda vez que o "primo" (pois se tratavam de primos) lhe botava aqueles olhos verdes — eu falei que além de tudo ele ainda tinha os olhos verdes? — ela pensava que ia entrar de chão adentro, de tanta felicidade.

Mas o pior é que os dois vaqueiros ainda saíam todo o dia juntos para o campo, pois eram campeiros da mesma fazenda e se haviam habituado a trabalhar de parelha, como Cosme e Damião. Seria impossível se separarem sem que um dos dois partisse para longe, e, é claro, nenhum deles pretendia deixar o lugar vago ao outro.

Assim estava a intriga armada, quando a feia, certa noite, ao conversar na janela com o seu bonito que lá viera furtivo, colheu um cravo desabrochado no craveiro plantado numa panela de barro e posto numa forquilha bem encostada à janela (era uma das partes dela, ter todos esses dengues de mulher bonita), e enquanto o moço cheirava o cravo, ela entrefechou os olhos e lhe disse baixinho:

— Você sabe que o outro já lhe jurou de morte?

(Vejo que esta história está ficando muito comprida — só deixando o resto para a semana que vem.)

Os dois bonitos e os dois feios — Fim

Falei que o desprezado jurara de matar o traidor. Seria verdade? Quem sabe as coisas que é capaz de inventar uma mulher feia improvisada em bonita pelo amor de dois homens, querendo que o seu amor renda os juros mais altos de paixão?

O belo moço assustou. Gente bonita está habituada a receber da vida tudo a bem dizer de graça, sem luta nem inimizade, como seu direito natural, que os demais devem graciosamente reconhecer. As mulheres o queriam, os homens lhe abriam caminho. E não é só em coisas de amor: de pequenino, o menino bonito se habitua a encontrar facilidades, basta fazer um beiço de choro ou baixar um olho penoso, todo o mundo se comove, pede um beijo, dá o que ele quer. Já o feio chora sem graça, a gente acha que é manha, mais fácil dar-lhe uns cascudos do que lhe fazer o gosto. Assim é o mundo, e se está errado, quem o fez foi outro que não nos dá satisfações.

Pois o bonito assustou. Deu para olhar o outro de revés, ele que antes vivia tão confiado, como se achasse que a obrigação do coitado era lhe ceder a menina e ainda tirar o chapéu. Passou a ver mal em tudo. De manhã, ao montar o cavalo, examinava a cilha e os loros, os quatro cascos do animal. Ele, que só usava um canivete quando ia assinar criação, comprou ostensivamente uma faca, afiou-a na beira do açude, e só a tirava do cós para dormir. E quando saía a campo com o companheiro, em vez de irem os dois lado a lado, segundo o costume, marchava atrás, dez braças aquém do cavalo do outro.

O feio não falava nada. Fazia que não enxergava as novidades do colega. Como sempre andara armado, não careceu comprar faca para fazer par com a peixeira nova do rival. E, sendo do seu natural taciturno, continuou calado e fechado consigo.

E o outro — nós mulheres estamos habituadas a pensar que todo homem valente é bonito, mas a recíproca raramente é verdade, e nem todo bonito é valente. Este nosso era medroso. Era medroso mas amava, o que o punha numa situação penosa. Não amasse, ia embora, o mundo é grande, os caminhos correm para lá e para cá. Agora, porém, só lhe restava amar e ter medo. Ou defender-se. Mas como? O rival não fazia nada, ficava só naquela ameaça silenciosa; as juras de morte que fizera — se as fizera — de juras não tinham passado ainda. Meu Deus, e ele não era homem de briga, já não disse? Tinha a certeza de que se provocasse aquele alma-fechada, morria.

Bem, as juras eram verdadeiras. O feio jurara de morte o bonito e não só de boca para fora, na presença da amada, mas nas noites de insônia, no escuro do quarto, sozinho no ódio do seu coração. Levava horas pensando em como o mataria — picado de faca, furado de tiro, moído de cacete. Só conseguia dormir quando já estava com o cadáver defronte dos olhos, bonito e branco, ah, bonito não, pois, quando o matava em sonhos, a primeira coisa que fazia era estragar aquela cara de calunga de loiça, pondo-a de tal modo feia que até os bichos da cova tivessem nojo dela. Mas como fazer? Não poderia começar a brigar, matá-lo, sem quê nem mais. Hoje em dia justiça piorou muito, não há patrão que proteja cabra que faz uma morte, nem a fuga é fácil, com tanto telégrafo, avião, automóvel. E de que servia matar, tendo depois que penar na prisão? Assim, quem acabaria pagando o malfeito haveria de ser ele mesmo. O outro talvez fosse para o purgatório, morrendo sem confissão, mas era ele que ficava no inferno, na cadeia. Aí então teve a ideia de uma armadilha. Botar uma espingarda com um cordão no gatilho... quando ele fosse abrindo a porta. Não dava certo, todo o mundo descobriria o autor da espera. Atacá-lo no mato e contar que fora uma onça... Qual, cadê onça que atacasse vaqueiro em pleno dia? E a chifrada de um touro? Difícil, porque teria que apresentar o touro, na hora e no lugar... Lembrou-se então de um caso acontecido muitos anos atrás, quase no pátio da fazenda. O velho Miranda corria atrás de uma novilha, a bicha se meteu por sob um galho baixo de mulungu, o cavalo acompanhou a novilha, e em cima do cavalo ia o vaqueiro: o pau o apanhou bem no meio da testa, lá nele, e quando o cavalo saiu da sombra do mulungu, o velho já era morto... Poderia preparar uma armadilha semelhante? Como induzir o rival?... Levou quatro dias de pesquisa disfarçada para descobrir um pau a jeito. Afinal achou um cumaru à beira de uma vereda, onde o gado passava para ir beber na lagoa. O cumaru estirava horizontalmente um braço a dois metros do chão, cobrindo a vereda logo depois que ela dava uma curva. A qualquer hora passariam de novo os dois por ali. E como só um passava pela vereda estreita, bastaria ele ficar atrás, apertar de repente o passo, meter o chicote no cavalo da frente; o outro, assustado com o disparo do cavalo, se descuidava do pau — e era um homem morto.

Mas não deu certo. Isto é, deu certo do começo ao fim — só faltou o fim do fim. Pois logo no dia seguinte se encaminharam pela vereda, perseguindo um novilhote. O bonito na frente, o feio atrás, como previsto. Quando chegaram à curva que virava em procura do cumaru, o de trás ergueu o relho, bateu uma tacada terrível na garupa do cavalo da frente, que já era espantado do seu natural, e o animal desembestou. Mas o instinto do vaqueiro salvou-o no último instante. Sentiu um aviso, ergueu os olhos, viu o pau, deitou-se em cima da sela e deixou o cumaru para trás. Logo adiante acabava a caatinga e começava o aceiro da lagoa. O bonito sofreou afinal o cavalo. Podia ser medroso, mas não era burro, e uma raiva tão grande tomou conta dele, que até lhe destruiu o medo no coração. Sem dizer palavra, tirou a corda do laço debaixo da capa da sela, e ficou a girar na mão o relho torcido, como se quisesse laçar o novilho que também parara várias braças além, e ficara a enfrentá-los de longe. O companheiro espantou-se: será que aquele idiota esperava laçar o boi, a tal distância? Claro que não entendera como andara perto da morte... Mas o laço, riscando o ar, cortou-lhe o pensamento: em vez de se dirigir à cabeça do novilho, vinha na sua direção, cobriu-o, apertou-se em redor dele, prendeu-lhe os braços ao corpo e, se retesando num arranco, atirou-o de cavalo abaixo. Num instante o outro já estava por cima dele, com um riso de fera na cara bonita.

— Pensou que me matava, seu cachorro... Açoitou o cavalo de propósito, crente que eu rebentava a cabeça no pau... Um de nós dois tinha de morrer, não era? Pois é assim mesmo... um de nós dois vai morrer...

Enquanto falava, arquejando do esforço e da raiva, ia inquirindo na corda o homem aturdido da queda, fazendo dele um novelo de relho. Daí saiu para o mato, demorou-se um instante perdido entre as árvores e voltou com o que queria — um galho de imburana da grossura do braço de um homem. Duas vezes malhou com o pau na testa do inimigo. Esperou um pouco para ver se o matara. E como lhe pareceu que o homem ainda tinha um resto de sopro, novamente bateu, sempre no mesmo lugar.

Chegou à fazenda, com o companheiro morto à sela do seu próprio cavalo, ele à garupa, segurando-o com o braço direito, abraçado como um irmão; com a mão esquerda puxava o cavalo sem cavaleiro.

Ninguém duvidou do acidente. Foi gente ao local, examinaram o galho assassino, estirado sobre a vereda como um pau de forca. Fincaram uma cruz no lugar.

E o bonito e a feia acabaram casando, pois o amor deles era sincero. Foram felizes. Ela nunca entendeu o que houvera, e remorso ele nunca teve, pois, como disse ao padre em confissão, matou para não morrer.

E a moral da história? A moral pode ser o velho ditado: faz o feio para o bonito comer. Ou então compõe-se um dita do novo: entre o feio e o bonito, agarre-se ao bonito. Deus traz os bonitos debaixo da Sua Mão.

(Junco, julho de 1955)

Engano de vocação

TALVEZ A GRANDE DOENÇA deste país, o seu grande mal, seja o emprego errado dos nossos recursos humanos, a mania de se situarem os homens em lugares diferentes daquele para o qual nasceram e são dotados. Põe-se um estanceiro a inventar leis, um leguleio a consertar finanças, uma flor do asfalto a cuidar dos índios, um soldado a curar doentes, um civil — bem, esse não; a não ser Epitácio, ninguém mais teve o topete de pôr um civil a mandar nos fardados.

Se nos corrigíssemos, se contratássemos técnicos americanos para cursos de orientação vocacional, se se consertassem todos, nomeantes e nomeandos, para entregar os homens às posições a que Deus os destinou — quem sabe o Brasil tomaria jeito?

*

Vamos começar os exemplos bem do alto, pois do céu é que se desce. O homem que anda aí de faixa ao peito, assinando os papéis do Governo, pondo a funcionar exaustivamente as viaturas presidenciais, quer aéreas quer terrestres: por consenso universal de todos que o conhecem, trata-se de pessoa excelente. Boa prosa, vivo, gracioso, com muita capacidade de improvisação, com enorme dose de um dom muito raro, que na profissão teatral se chama "presença de palco" e que poderemos também chamar de magnetismo; senhor de resposta pronta, de enorme mobilidade, de dons coreográficos espontâneos, de capacidade para aliciar seguidores com promessas mirabolantes — era esse um homem que, por virtude de nascimento, vinha talhado para o *show-business*. Mas os fados loucos e a sua louca ambição, em vez de o levarem a fugir com o primeiro mambembe que passasse em Diamantina, e assim iniciar uma carreira promissora, os fados se iludiram e o transviaram pelos mais inesperados caminhos: primeiro telegrafista, depois médico, depois coronel de polícia estadual, prefeito, deputado, governador, presidente, milionário do ar. Em todas essas múltiplas carreiras saiu-se mal, e a prova é que mudou de rumo com tal frequência. Os inimigos atribuem o insucesso a deficiências básicas do caráter do homem, o que é injusto, talvez. O de que o homem padece é apenas de falta de vocação. Ele é como um escarpim de baile num pé de vaqueiro, não cabe, não serve, não dá certo! Entretanto, entregassem-lhe uma companhia de teatro para empresar, dessem-lhe ao menos um papel de animador de *show de boîte*, e que gênio específico a ribalta nacional, quiçá a ribalta internacional, não ganharia! Tudo aquilo que é hoje negativo no supremo magistrado da Nação, seria valor-ouro no competidor do Sr. Carlos Machado. Sim, teríamos nele um novo "rei da noite". Aquela simpatia, aquele sorriso tão fácil, o audacioso senso de publicidade, a capacidade sensacionalista de oferecer papel pintado por ouro, aquela voz de mágico ou de *compère* ao microfone, que a gente escuta na Hora do Brasil com a vaga sensação de que apanhou no rádio a onda errada:

Agora, senhoras e senhores, teremos o prazer de apresentar o número mais sensacional de todos os tempos, coisa que não se tentava no país há mais de um século, desde os recuados tempos de D. João Charuto, agora (e a voz se eleva sobre o fundo de tambores em surdina) AGORA — A ABERTURA DOS PORTOS DO BRASIL!... (Música vibrante, Hino Nacional.)

Não é assim que ele faz? No dia seguinte não aparece porto aberto nem nada, mas isso não tem importância. Mágico também não faz mágica, o que faz é ilusionismo — e justamente o que ele é, é um ilusionista.

Outro há, sim, outro, que também nasceu para o *show-business,* embora de saída o não pareça. A questão é que teremos de lhe destinar gênero mais severo e perigoso, longe das amenidades do primeiro. Este nasceu para circo, para domador. Entrar em cena, olhar de águia, queixo para a frente, rosto glabro e rubro, abotoado na farda justa de alamares vermelhos (dizem que, sem farda, ele se acha despido), botas reluzentes, e um leão ou dois! Sem esquecer a pistola 45 à cinta e, em lugar do famoso volume de leis, o chicote da profissão. Faria a felicidade das plateias amantes do gênero e seria ele próprio o mais feliz domador do mundo — sem carecer de restrições mentais, sem Câmaras, sem leis, sem democracias, sem jornais que o inibissem, mostrando a todos os distintos públicos do Brasil, da América e da Europa, como ele é valente, como é danado, como acorda cedo, como todo o mundo o inveja e respeita e, como, a um simples estalo da ponta do seu chicote e a um *hop* gutural que emite, faz agachar-se e tremer o chamado rei dos animais!

E assim são quase todos: como aquele moço da Bahia, que faria história, se ficasse nas tribunas de júri do interior e veio se perder aqui, melancolicamente, tecendo chicanas de rábula na liderança parlamentar. Ou aquele outro líder, que já foi carrasco e dava tanto para o ofício, que só o deixou por causa do *lock-out* democrático. Ou o senhor gordo que saiu para embaixador na América, embora o seu habitat ideal fosse um balcão da rua Acre, da qual ele já seguia até mesmo a tradição de começar de caixeiro e acabar como genro e sócio. Ou o outro, ainda, o rústico peão de língua perra, que teima em se eleger parlamentar para jamais pôr os pés na Câmara, e hoje, guindado à presidência da Câmara Alta, se o forçam de longe em longe a comparecer e a abrir a boca, fá-lo tão constrangido, que alguns juram que há um ventríloquo atrás dizendo o que ele finge falar, apenas mexendo os lábios...

*

E até mesmo entre os que respeitamos e amamos: o único sobrevivente dos 18 do Forte não será outro caso positivo de engano de vocação? Será ele destinado a essa luta feia e desonesta que se chama política nacional — um homem que nasceu para o celibato, para a solidão, a pobreza, o silêncio; que, se vivesse alguns séculos atrás, seria decerto um anacoreta, mais séculos atrás seria um mártir cristão, e que, vivendo nos nossos dias, ninguém sabe como escapou do convento?

(Rio, 1956)

Amigos

DIZ MAURIAC, CITADO por Valdemar Cavalcanti, que os moços fazem amigos e os velhos fazem ingratos. Pode ser, com os velhos. Mas nós, que se já não somos propriamente moços, ainda não somos e mormente não nos consideramos velhos (ah, o lusco-fusco da meia-idade!), nós cometemos um erro quando fazemos amigos novos, mormente se esses amigos são de uma geração posterior à nossa. Amigo é como cachaça; quanto mais velho, melhor.

Pode haver nada mais confortável neste mundo do que um amigo velho? Não tem surpresas conosco, mas também não espera de nós o que não podemos dar. Não se escandaliza com o que fazemos, não se irrita, ou, se se irrita é moderadamente. ("Toda a vida ele foi assim...") Não precisa a gente lhe explicar nada, o mecanismo de novos interesses e até mesmo de novos amores, porque o velho amigo conhece todos os nossos mecanismos. Mas, além dessa capacidade de compreensão quase infinita, se o amigo velho nos é acima de tudo precioso é porque preciosos também somos nós para ele. Aquela ternura, aquela condescendência que ele tem conosco, na realidade tem-nas é consigo próprio, pois o que lhe representamos é a imagem, o memento, o atestado vivo da mocidade que ele já perdeu e que, entretanto, ainda lhe parece tão próxima, quase presente. Embora os demais não se deem conta disso. Somos, pode-se dizer, não apenas o símbolo, mas a certeza e a saudade do moço que ele foi — há tão pouco tempo! E somos também a testemunha. E aí entra o capítulo das recordações e da saudade, recordações que podem ser chatas para todo o mundo que as escuta evocar — menos para o amigo velho, que é personagem delas e para quem, portanto, as tais recordações têm o mesmo *glamour* que para nós. Aliás, nessa derradeira circunstância é que bate o ponto: pois a coisa trabalha dos dois lados. Se ele é testemunha nossa, nós somos testemunhas dele. Se ele está pronto a tudo entender e a praticamente perdoar tudo — nós, também, em relação a ele, tudo entendemos e tudo perdoamos. Se nós somos o espelho dele em moço, para nós ele é idem idem.

Um cavalheiro dos seus quarenta e tantos, já começando a engordar, já com as têmporas encanecidas (ele está convencido de que lhe ficam muito bem, de que lhe dão um ar romântico), um cavalheiro cuja simples designação mostra quem ele é, pois não se diz mais "um rapaz" falando nele — um cavalheiro assim é apresentado a um jovem. A cena é, com raras exceções, um espetáculo penoso. Começa a antipatia, o jovem tratando o outro de "senhor", e insistindo polidamente nisso, por mais que o senhor o trate por "você" e o ponha à vontade. Depois, assim que pode, à menor *chance*, o moço faz referência à sua mocidade, ou pelo menos ao que ele chama "a sua geração", o que é uma forma positiva de marcar distâncias. E o pior é quando o mancebo quer ser amável e diz que o outro está "bem conservado", como se se tratasse de um arenque de fumeiro ou de uma múmia peruana. E assim, ante o moço que oscila entre o respeito e a condescendência, o homem de meia-idade tem que escolher também entre duas atitudes: ou se faz de moço ele próprio, encolhe a barriga, risonho, otimista, falando a gíria do dia, dizendo que "não se troca por essa meninada"; ou cai no extremo oposto, toma ares de ancião, dá conselhos, lamenta os tempos de agora, é capaz de citar o Bilac ou o Emílio de Meneses — embora nesses dias pré-históricos de Bilac e Emílio ele provavelmente ainda mamasse. Qual, é um constrangimento, uma situação penosa, quiçá humilhante, como diria um contemporâneo.

Agora, veja o encontro de dois velhos amigos: olham-se com prazer, examinam-se, não em busca dos sintomas da velhice que chega, mas dos restos de mocidade que ainda permanecem. Batem no ombro um do outro: "Mas Fulano, você está ótimo, que diabo faz que não muda, qual é o seu segredo contra o tempo, rapaz?" E o "rapaz" emocionado, crédulo, devolve os cumprimentos, e é sincero, porque o outro realmente lhe parece moço, bonito e florescente; ambos sabem que podem ter aparência de mais velhos por culpa de uma ruga ou outra, um novo dente postiço, um pouco menos de cabelo; mas na alma — na alma! — digam o que digam o calendário e os filhos crescidos, nunca se sentiram tão jovens. E trocam o que se chama em inglês *ribald jokes* e que eu não reproduzo aqui porque sou uma *lady;* e dentro em pouco estarão trocando retratinhos dos netos, e isso não faz nenhuma diferença, porque ter netos é uma nova mocidade, não é mesmo?

E se despedem num abraço de estudantes, e cada um vai para o seu lado feliz, remoçado, pisando o chão com pé duro, olhando o sol bem de frente.

Moral da história: Conserve os amigos velhos ou, se tem que arranjar amigos novos, arranje-os da sua idade. Não se deixe humilhar pela arrogância dos moços — mantenha-se moço vivendo entre gente idosa. Lembre-se da *Ceia dos cardeais* (por falar em *Ceia dos cardeais,* afinal não somos assim tão velhos — quando ela esteve em moda nós ainda nem éramos gente!), pois lembre-se da *Ceia dos cardeais,* os três velhinhos reunidos, e aquele enternecimento:

"Sessenta anos só? Vossa Eminência é ainda uma criança!" Assim é que se diz.

(Rio, 1956)

Simples história do amolador de facas e tesouras

Era um desses portuguesinhos rosados — alegre, festeiro como um cachorro novo: tinha exatamente dezoito anos quando desembarcou no Cais do Porto. Vinha com um contrato de copeiro numa casa rica — contrato que lhe arranjara o irmão mais velho, já antigo no Brasil, trabalhando de garçom num dos bares da Zona Sul e que inculcara o menino a um freguês dono de palacete na Lagoa.

Puseram-lhe um uniforme (já não se dizia mais libré): colete de riscas para o diário, paletó branco e *black-tie* para servir o jantar. Tinha banho quente, quarto por cima da garagem que dividia com o chofer, folga domingo à tarde, boia sofrível, ordenado idem.

Mas não se sentia feliz. Não é que lhe parecesse pesado o serviço, nem penoso. Não há nada de especialmente difícil no oferecer um prato à esquerda e começar pela senhora mais velha, em dia de jantar cerimônia. Nem é mister ser doutor de Coimbra para arear as pratas ou correr a enceradeira no *parquet*. O que pegava o carro era o lado moral, ou para dizer melhor, era a alma. O portuguesinho viera para o Brasil a fim de ser um homem — um "hómem", dizia ele — não para ser criado de ninguém. Criado por criado, ficava mesmo na aldeia onde tinha o bom vinho e a boa sopa e criado só seria do pai.

O Brasil sempre lhe representara um símbolo: liberdade, dinheiro fácil, dizer a verdade nas fuças às pessoas, jamais chamar alguém de Vossa Excelência ou Vossa Senhoria. Aos íntimos e aos iguais tratar por tu, aos estranhos Você — que ele aliás dizia "Bócê". E amar, sobre todas as coisas, amar à larga, sem a família nem o cura da aldeia a exigirem casamento — que lá o jeito é casar mesmo, pois não são todos primos e primas? O Brasil da lenda, jardim imenso de mulatas em disponibilidade permanente — ai, o velho sangue de mouro que há nas veias de todo bom português, a exigir a sua cota de huris.

Tudo isso pensava tristonho o moço português, que não se chamava Manuel nem Joaquim, segundo a tradição, mas Veridiano, segundo a folhinha; assim pensava tramando planos de liberdade, enquanto mudava a água dos vasos da sala, ou fazia as camas, ou lustrava os talheres. E como desconfiava de que o mano não lhe aprovasse os sonhos, nunca lhe falou nada. Contentou-se em ir economizando o ordenado, sorrindo misterioso quando o irmão lhe reparava na poupança excessiva — que esse era um mão-aberta, não tinha tostão de seu, e olhe que ganhava não digo milhões, mas milheiros, só de gorjetas.

O fim longínquo de Veridiano era ser dono de uma cutelaria. O fim próximo estava ao alcance da sua mão; quando as economias deram para tanto, empregou-as na compra de uma roda de amolar instalada no carrinho próprio, e na licença da Prefeitura que lhe permitisse exercer a profissão de amolador. Aí despediu-se da madame, que quase chorou de desgosto, ouviu calado as descomposturas do irmão e, com a delícia que só os escravos urbanos podem avaliar, largou a libré de risquinhas, o jaleco branco e o *black-tie,* meteu o pé no tamanco, comprou na feira da Glória um blusão verde e uma calça de zuarte, e se iniciou no ofício de homem livre.

Falar a verdade, no princípio apanhou um pouco. Porque, se ele dava para homem livre, para amolador que era o bom, tinha apenas as mais mínimas noções e nunca lhe ocorrera que tal profissão exigisse aprendizado. Suou sangue, quebrou muita faca, sofreu prejuízos e humilhações, mas tudo se aprende, afinal.

Passado um ano, ninguém reconheceria nele quer o portuguesinho rosado e risonho do desembarque, quer o copeiro nervoso de quebrar a porcelana, a murmurar "com licença" ao redor da mesa e a enfiar na sopa o polegar da luva. Tinha agora uma segurança, um ar de alegria que lhe compensava de muito as cores da face um pouco desbotadas. Inventou até uma cantiguinha que era uma delícia entoar rua abaixo, rua acima, empurrando a "máquina", como ele gostava de chamar ao seu instrumento de trabalho: "Facas, tesouras, facões, tesoirinhas! Amoladoire! Amoladoire!" Cantava baixo, pois era homem de pequenas ousadias e além do mais já não se usam os pregões de outrora. O anúncio sonoro quem o fazia era o próprio chiar da pedra a afiar o aço, aquele silvo característico que lhe soava aos ouvidos como um gorjeio de anjo.

*

Esta história era para acabar numa grande tragédia, conforme me foi contada. Mas, pensando bem, por que fazer essa concessão à morbidez do público e lhe dar o sangue e as lágrimas em que ele, público, adora banhar-se? Sim, pois segundo me disseram, o amolador Veridiano, no segundo ano das suas andanças, foi misteriosamente morto ao pé da Ladeira do Senado. A radiopatrulha já o encontrou defunto, sorridente, de olhos abertos para o céu escuro da madrugada e com duas balas no peito.

Há ainda outra versão: que o Veridiano, de economia em economia, cruzeiro a cruzeiro, acabou juntando o suficiente para se estabelecer com uma lojinha de duas portas perto da estação de Madureira, no ramo dos seus sonhos: a cutelaria. Ficou noivo, renunciou às cabrochas, espera ficar rico e entrar de sócio no Ginástico.

Eu porém prefiro uma terceira versão e é esta que oficializo: o Veridiano continua no seu carrinho de amolador, a correr as ruas da Glória e do Catete, Lapa, Arcos, Lavradio, Mangue. Canta, amola, embolsa e gasta, e dispõe do mais deslumbrante jardim de huris com o qual já sonhou mouro ou cristão. Suas de amar, de dizer piadas, de dar presentinhos, de beliscar e de outras intimidades amatórias, são todas as copeiras, cozinheiras, babás, porta-estandartes, garçonetes e até algumas *taxi-girls,* da Cidade Nova ao Flamengo. Jamais pensa em ficar rico. É como um pássaro feliz, é um irmão dos pardais da cidade que, tal como ele, vieram da Europa para desfrutar o Rio. E como desfrutam, meu senhor!

(Rio, 1956)

Democracia

TALVEZ FOSSE MALICIOSA a pergunta daquele que me escreveu pedindo-me que defina o que é democracia. Em todo o caso, como falar no que é bom não faz mal, vamos nos fazer de inocente e aceitar a pergunta como genuína.

Claro que o perguntador, dado o caso de ser sincero, não pedia uma resposta ortodoxa, assim uma definição de compêndio ou de dicionário. Mas, por curiosidade, vamos ver o que diz a respeito o nosso velho Antônio de Morais e Silva; cá está:

DEMOCRACIA — *forma de governo na qual o summo império, ou os direitos magestáticos residem actualmente no povo e são por elle exercidos.*

A definição tradicional é que democracia é o governo do povo pelo povo. E como o povo não pode governar diretamente, entidade coletiva que o é, tem que delegar poderes a alguém, por intermédio de uma operação política que se chama eleição.

Para começo de conversa, vamos então fixar um ponto: não existe democracia sem eleição. Pois que a eleição é a única maneira pela qual o povo pode delegar poderes aos seus mandatários. Disso se conclui que, quanto mais perfeitas, universais e honestas sejam as eleições, mais legítimo será o mandato dos que o povo escolhe para o governarem em seu nome.

Agora outro ponto também muito importante: a qualidade desse mandatário não faz mais ou menos democrático seu governo. O importante é o mandato, não a origem social daquele que o exerce.

Vemos frequentemente, nas fases de propaganda pré-eleitoral, este ou aquele candidato alardear sua condição de "filho do povo" — que é operário, camponês, que é pobre de pai e mãe etc. Isso não tem importância nenhuma nem representa a menor garantia de que o homem vá exercer democraticamente o seu mandato, se eleito. Poderá ele vir a ser um excelente legislador ou membro do executivo, ou pode se revelar um puro demagogo, ambicioso, ignorante e, portanto, pouco apto para exercer funções melindrosas, que exigem preparo especializado. E, no polo oposto, um rei, um aristocrata, descendente de uma longa série de príncipes, pode dar um excelente governador democrático, consciente dá limitação dos seus poderes, respeitoso da letra da lei. Um exemplo? Os atuais reis escandinavos, o finado Jorge VI da Inglaterra.

Ousemos dizer até mais, embora sob o risco de cair sob as iras dos ditos "populistas": é preciso mesmo ter bastante cuidado com esses candidatos a cargos públicos que se declaram "legítimos filhos do povo". Há casos, realmente, de um legítimo filho do povo, um *self-made-man* nascido entre gente pobre e entre gente pobre criado e que, arrastado pela sua vocação política, chega a ser, graças ao esforço, à visão, à inteligência, à coragem, à honestidade das mãos (para não pegar nos dinheiros públicos) e à honestidade intelectual (para não recorrer ao jogo baixo dos demagogos) um estadista, um dirigente excepcional. Temos aqui no Brasil um belo exemplo deste caso, no presidente Café Filho, homem de origem modesta — não chegou sequer a cursar universidade nesta terra de bacharéis — e que, no entanto, é realmente um dos grandes homens públicos a serviço do país. Deu provas da sua classe e da sua raça de estadista em algumas das horas mais dramáticas que a nação brasileira já atravessou. Há outros casos, e muitos, aliás, em que o legítimo filho do povo não passa de um demagogo iletrado, que supre a ignorância com a audácia e a falta de escrúpulos. Desses temos tido grande variedade, sendo que o viveiro deles são os sindicatos mantidos à sombra do Ministério do Trabalho, e o povo, que eles pretendem representar, já lhes deu apelido pejorativo: são os famosos "pelegos". Outro conceito que a demagogia tem espalhado e que não corresponde à verdade, é que só é povo quem emana das classes mais desfavorecidas da população. Povo são esses, sim, e são todos os outros, e tanto pode alegar que é povo o pequeno-burguês, como o operário, como o lavrador, como o coronel, como o fazendeiro, como o comerciante. Só não se pode considerar povo, dentro da população do país, aquele que por sua atividade antissocial se excluiu da comunhão democrática — e esse excomungado tanto será o pequeno ladrão descuidista, como o tubarão dos lucros extraordinários, os contrabandistas de uísque e automóveis, os traficantes de influência; esses não são povo, não são brasileiros, não são nada, são ladrões apenas.

Outro tópico que é preciso esclarecer é que, atualmente, a forma de governo não implica na sua qualidade democrática. A palavra república pode esconder uma ditadura e a monarquia representar uma adiantada vida democrática. Já citamos as monarquias da Suécia, Noruega, Dinamarca, como exemplo de democracias. E temos o caso das chamadas "repúblicas" latino-americanas (Santo Domingo com o seu Trujillo, por exemplo), que são formalmente repúblicas mas, na realidade, sofrem de uma forma de governo das mais primitivas — o soba, o régulo, o tirano fantasiado de "presidente". Poderia ele se intitular rei, imperador, Fuehrer, guia, e sua condição não se alteraria substancialmente em nada.

*

Será esta democracia, que temos de praticar dentro dos padrões liberais-burgueses, a forma ideal de governo? Isso agora já é outra história. Para mim, que sou socialista, não o é. O ideal de governo, segundo penso, é a sociedade sem classes, com distribuição igual de riquezas e oportunidades. Mas, como já disse, isso é outra história. Mesmo porque o mundo, depois das duas guerras gerais, já não obedece mais àquela rígida divisão de classes do século XIX; as terríveis crises econômicas, o terror de uma revolução social que atormenta a burguesia detentora do poder, a influência da Revolução Russa, a insurreição generalizada dos povos coloniais, a chamada politização das massas, tudo isso torna muito mais fluidas as linhas divisórias entre uma classe e outra, e vai tirando à burguesia a hegemonia do poder político que ela arrebatara à aristocracia no fim do século XVIII.

Mas não vamos nos enfronhar em tais funduras, que nem cabem nos limites desta crônica. Limitemo-nos à palavra democracia e às lições práticas que ela nos dá. Fica pois dito que democracia, quer dizer, governo do povo por si mesmo mediante eleições livres e honestas, é o ideal de todo povo que merece esse nome. E, portanto, para termos qualquer coisa parecida com democracia, vamos cuidar das nossas eleições. A começar pela honestidade e limpeza do alistamento eleitoral, indo até à escolha conscienciosa dos candidatos. O ideal seria o povo conhecer quais são os seus melhores filhos e os indicar para os postos de comando. Mas isso é muito difícil: os bons se encolhem, os maus se agitam e os escondem. E o povo, na hora de escolher os seus mandatários, é vítima da velha mágica tão tola e tão manjada, que consiste em aceitar a carta que o ilusionista nos força; carta marcada, viciada, um miserável dois de paus, sem conteúdo nem substância, que o mágico habilidoso nos impingiu, sem nos deixar ver e pedir o ás de trunfos, que estava escondido por detrás da carta ruim.

(Rio, 1956)

O *arcebispo de Salde*

Como a um guerreiro Cruzado deram-lhe um principado titular em terras de África, a esse que foi o bispo e é agora o arcebispo de Salde, pequeno burgo da Argélia ainda em mãos de infiéis. Mas na verdade ele nasceu em Fortaleza, na rua que se chamava Formosa, perto dos terraços do Passeio Público que se debruçam sobre o mar. Criou-se ao pé da antiga Sé que hoje derrubaram, e onde, aos vinte e dois anos de idade, cantaria missa nova.

Não creio que, de menino, já o adivinhassem fadado para as grandezas do mundo. Devia ser pequeno, nervoso, magrinho e mormente aéreo. E todos nós, mesmo os pais mais amorosos, sempre associamos a grandeza às ideias de ambição, à vontade de vencer, aos pés bem firmes na terra. E, meu Deus, se jamais nasceu ninguém de asas nos pés, foi esse menino magro que agora nomearam arcebispo!

Como disse, criou-se numa das mais velhas ruas da cidade. A casa daria fundos para o riacho Pajeú, como as outras da rua Sena Madureira. E fico a conjeturar como teria sido a infância do arcebispo. Filho de professora, pode-se dizer que nasceu dentro de uma escola. Precoce e letrado isso ele era. Mas seria menino rezador, batedor nos peitos, tirador de novenas? Também não creio. Se era piedoso, e seria impossível que já não o fosse, haveria de ser de uma forma pessoal, tão pouco convencional como ele próprio. Sim, pouco convencional. Pois esse príncipe da Igreja, no cerne do seu coração é uma espécie de carbonário. Carbonário de Deus, carbonário santo, mas quão pouco nascido para o trilho comum, para rês de rebanho! Deus, quando o fez pastor, sabia isso.

E, decerto, há de ter sido a parte mais dura no seu aprendizado de levita, a conformação sem protesto à regra de todos, a renúncia à singularidade da sua pessoa.

Já o conheci adolescente, menino de seminário, miúdo e magro, perdido nas pregas pretas da batina, ora de sobrepeliz branca, passando com os outros seminaristas na nave central da capela do nosso colégio, ora entrevisto junto com o irmão doutor, livros sob o braço, a discutir qualquer apaixonante problema, sem sequer olhar o calçamento desigual onde pisavam.

Em que idade se terá revelado a sua vocação de orador? Isso não o sabemos, nem ele conta. Aliás, talvez faço mal dizendo que o arcebispo é orador, numa terra em que a oratória é sempre tão pomposa e vazia. Digamos antes que ele é uma espécie de poeta do púlpito, um homem de língua feliz, que sabe juntar harmoniosamente as palavras para exprimir os ardentes sentimentos do seu coração. Sem ênfase, sem arroubos, a catequese toma na sua boca a dignidade simples das coisas naturais. E, contudo, esse seu dom poético de que precisão se ajuda quando isso é necessário, como torna direitos e claros os problemas de teologia e de moral! Alguém já disse e eu sorri, porque é verdade, que ele é "um técnico de Deus".

Tenho a impressão de que ele chegou ao sacerdócio como ao corolário natural, o único desenlace possível para a sua vida. Foi padre como um anjo voa, porque tem asas, porque nasceu para isso.

Sabe-se que, a um certo período da vida, a política aparentemente o atraiu. Ele mal saía dos vinte anos e talvez a tradição dos padres heróis de que a história do Nordeste está cheia, talvez um sonho assim como o de Anchieta, de um Brasil retornado Terra de Santa Cruz, não apenas Cidade de Deus, mas verdadeiro País de Deus, o seduzissem. Mas, cedo e creio que sozinho, entendeu o perigo a que o poderiam arrastar tais sonhos; que uma coisa são os reinos deste mundo e outra coisa, muito diversa, são os reinos lá de cima. Viu que é impossível associar a coroa de espinhos à coroa de César. César é César, Cristo é Cristo, e quem é de Cristo não pode ser de César. Entendeu e renunciou.

Sendo um homem de grandes talentos e grande capacidade, constantemente o sobrecarregam com tarefas práticas; mas, enquanto dá conta exemplar dessas tarefas, imagino entretanto que ele vive realmente em dois planos, o plano de verdade e o plano dos sonhos. O mundo dos sonhos é este, onde ele trabalha, e lida com pessoas, e obedece e manda e come e se movimenta. O mundo de verdade é o mundo secreto da sua alma, onde o milagre é o clima. Neste mundo místico tudo é possível, nada o surpreende. Pois todo dia, no clímax da missa, não realiza ele um milagre estupendo? Ah, creio que se ele viesse atravessando uma rua da cidade e de repente brotassem lírios no asfalto, não sairia da boca do arcebispo nem um clamor de prodígio, nem de suas mãos um gesto de espanto. Provavelmente, vendo-os assim tão deslocados na rua hostil, apanharia os lírios com um sorriso feliz e os iria oferecer a Nossa Senhora, sua madrinha.

Por um singular destino, esse padre sem ambições, que se sentiria um rei na mais humilde de todas as paróquias, que confessa com a mesma ternura fraternal um esmoler, um ladrão ou um presidente, vem acumulando sobre os ombros as maiores honrarias do seu mistério. Tem quarenta e seis anos de idade, e já o fizeram monsenhor, bispo e arcebispo. Seus amigos, rindo e pensando na obstinada pobreza que é outra das suas vocações naturais, já falam em juntar dinheiro para poderem lhe oferecer, qualquer dia, os custosos trajos de púrpura do cardinalato. E ele recebe essas dignidades todas com grande humildade, mas também com grande tranquilidade. Se elas não o deslumbram, é natural também que o não assustem. Desconfio que ele sabe muito bem que, debaixo da mitra de bispo e de arcebispo, debaixo do chapéu de cardeal, e até — Deus que me perdoe — debaixo da tiara de papa, o sacerdote já traz uma coroa, mais pesada, mais importante que todas as outras, aberta à navalha na carne do seu corpo — a tonsura, a coroa de padre, o símbolo maior do seu cativeiro e da sua grandeza. E é essa coroa, ela sim, que a ele, humilde, magro, pobre homem igual aos outros, corpo e coração vulneráveis a todas as dores e erros da condição humana, lhe confere a suprema dignidade, o dom do milagre grande entre todos, o direito de desencadear o prodígio da Transubstanciação. Tanto é que, quando lhe pedimos uma profissão de fé, um resumo de suas crenças, o arcebispo sorri e nos diz apenas:

— Eu acredito na missa.

(Ilha, 1956)

Males do corpo

O HOMEM DE DANTES evidentemente sofria de mais doenças do que o homem de hoje. Morria-se moço, morria-se à toa — era a febre amarela, o tifo, a varíola, a tísica galopante, a malária, as pedras da bexiga, a hérnia, o volvo, a septicemia — para não falar do parto, que colhia as moças como a ventania às rosas. Não se tinha aperfeiçoado a técnica cirúrgica, nem se tinham inventado os soros, as vacinas e os antibióticos.

Hoje, quase que só se morre de acidente, de crime, de coração e de câncer — e note-se que todos os dias a medicina avança um pouco mais adentro desses dois terrenos proibidos. (Morre-se, também, de fome, um pouco por toda parte, mas isso não é culpa da medicina. É outra história que não cabe dentro desta.)

Contudo, esse novo conhecimento do corpo que já transcende do círculo dos profissionais da medicina e vai-se espalhando pelo vulgo (quem, hoje em dia, não arrisca o seu diagnóstico de apendicite ou de úlcera do duodeno?), criou um grande motivo de inquietação e desajuste, trazendo para o homem a preocupação constante com o dito corpo; a medicina preventiva nos alerta a todo instante e a gente está sempre a se palpar, a se estudar, a se defender — justamente porque pensa que sabe de onde é que vem o inimigo e onde é que ele, de preferência, pode ferir.

Já o homem de antigamente vivia muito longe desses sobressaltos. Enquanto se via vivo, enquanto uma chaga mais feia ou uma dor mais forte não lhe empanasse a resistência, ele se supunha são. Um velho, no uso dos seus braços, das suas pernas e do seu fôlego, considerava-se à altura de todos os esforços e fadigas da mocidade. Ninguém lhe media a pressão arterial, ou a ureia do sangue, ou o açúcar da urina, ou lhe traçava num mapa as pancadas do coração. O velho tinha à vida os mesmos direitos que o moço, até que a moléstia ou a própria velhice o derrubassem de vez.

E para nós, que ainda não somos velhos: gordura não era doença, nem conhecíamos nenhum dos mistérios essenciais do nosso saco de tripas. E por o desconhecermos o tínhamos como perfeito, até que ele provasse o contrário. O corpo, nos seus humores e nas suas entranhas, era qualquer coisa de quase tão ignoto quanto a alma; e a um como à outra deixávamos que se defendesse como Deus fosse servido.

Ah, foi um terrível prejuízo. Creio que quase tão danoso quanto o que resultou do fruto da árvore do bem e do mal. Pois se dizem que o mais precioso dos bens é a saúde, a mim me parece que o bem mais precioso é, não a saúde propriamente dita, mas a sua presunção. Porque o melhor de ser sadio é não pensar em doenças nem em entranhas — e pode-se lá ser sadio sabendo-se que o mal nos espreita a cada instante, que esta ligeira dor no braço esquerdo talvez seja o sinal da crise definitiva, que este pontinho doloroso, este ingurgitamento, quem sabe é o começo do tumor, esta leve surdez é o sintoma da esclerose das artérias, este cansaço ao fim da escada é a prova de que o velho músculo cardíaco não dá mais no couro?

Velhos, então, estragamos completamente a vida dos velhos. A gente lê nas histórias antigas o caso daqueles varões que aos sessenta e muitos, setenta, e até mais, se partiam em jornadas perigosas, empenhavam-se em corpo a corpo nas batalhas, comiam como leões, amavam como Romeus, bebiam de rolar no chão — sem que a ninguém ocorresse impedir tais façanhas, sob a alegação de que se tratava de um velho. Para todos, inclusive para o interessado, o velho enquanto aparentemente são, era o equivalente do moço, e as únicas restrições que sofria lhe eram impostas pela própria resistência.

Hoje, qual de nós é capaz de ver seu pai, avô, marido, sogro, tomar um segundo copo de vinho sem lhe falar na pressão? Quem deixaria o seu sexagenário doméstico empenhar-se numa briga? Não lhe permitimos sequer comer um naco de carne gorda sem o ameaçarmos com o colesterol! Se o homem é político, então vivemos em tremuras — as crises permanentes do ofício nos parecem abutres a lhe roer a vida preciosa e, a cada discurso que faz da tribuna, pelo nosso gosto o submeteríamos a um eletro, para ver se não houve alteração essencial naquele delicadíssimo traçado de coração.

Falei em sexagenário? Qual, a agonia começa mais cedo, muito mais cedo. Pois aos quarenta já sabemos que ele está dentro da faixa do câncer, aos cinquenta positivamente passou para a faixa do enfarte...

*

Não, saber não é bom. Como dizia um tio meu que sabia muito e morreu cedo, a felicidade na vida é nascer burro, criar-se ignorante e morrer de repente.

E ainda tem o ditado que fala que é melhor o burro vivo que o sábio morto: para mim, ainda melhor é o burro morto que o sábio vivo. Pois morre, mas não sofre por saber demais.

(Ilha, março de 1956)

Nem tudo é paisagem apenas

Não, não é verdade quando políticos, querendo fazer média, dizem que a inquietação existe apenas aqui no Rio e que o homem da província só pede aos seus dirigentes paz e silêncio para poder trabalhar. É mentira, ou é pelo menos uma meia-verdade, nascida da má observação e do interesse. É certo que o homem do interior não se agita como o carioca. Mas é que ele vive do lado de fora da empanada do circo e portanto não assiste ao trabalho dos palhaços, dos equilibristas e dos engole-fogo. Assim, não colabora na claque e nem vaia os mais desastrados. Mas usando de outra comparação, pode-se dizer que o homem do interior é como quem assiste a futebol pelo rádio. Não pode atirar garrafadas ou flores no time ou no juiz, mas torce, e como torce! Quando ele mostra desinteresse é porque está aborrecido, porque acha que há marmelada no jogo.

A gente pensa que eles não sabem de nada. Sabem, sabem muitíssimo bem. Um matuto semianalfabeto conhece em linhas gerais a situação do país e, se ignora os nomes deste ou daquele figurão, sabe direitinho quem são os ladrões e quem são os heróis — e é isso que importa. Agora, o que ele é, é um desencantado. Curioso, como ficou céptico o homem do interior. Crédulos, ignorantes, sugestionáveis, são estes frívolos homens urbanos, que um discurso ou um demagogo podem arrastar a qualquer parte. Mas lá dentro do Brasil o demagogo encontra outra resistência. Primeiro, porque ele não fala a linguagem local. Há na sua frase, nos seus conceitos e possivelmente na apresentação dos seus ideais humanos e sociais, uma falta de afinação essencial com os conceitos e ideais do homem da província. Porque o cidadão do interior é mais realista. Vive mais perto da terra, tem as suas reivindicações reduzidas às necessidades essenciais. Há uma desproporção tão grande entre o que o demagogo prega como conquista social e as coisas a que o povo de terra adentro aspira e necessita, que todas as pregações cívicas daquele parecem a este abstratas ou pueris. Maioria absoluta ou relativa, parlamentarismo e presidencialismo, voto secreto, reforma da Constituição, isso realmente são apenas palavras para ele. Porque na verdade, negadas ou concedidas, não lhe alteram essencialmente a vida em nada.

Ai, mas isso não quer dizer que ele esteja morto. Basta apenas que uma ideia ou uma esperança o convença ou o apaixone. Temos então a máquina desencadeada, e aí não se pode saber nunca quando é que ela há de parar.

Por isso considerei uma grande imprudência a declaração de certo homem-chave do momento: "Não fui ditador porque não quis". Pode ser que ele se proclamasse, pode ser que ele se agüentasse no poder por algum tempo. Mas a minha impressão pessoal é que ele, ao fazer as contas dos seus trunfos, pensou apenas em termos de tanques e tropa aquartelada, na plebe das cidades apavorada ante o aparato bélico. Não cuidou nesse imponderável, nesse fundo de mar, nesses sessenta milhões de criaturas espalhadas por aí — e que não são nem cegas, nem surdas, nem mudas, nem doidas. Esta gente que não parece mas está atenta. E que principalmente está farta.

Sim, achei a palavra. Eles não são indiferentes, nem amorfos e cretinos como se diz e se crê. Estão é fartos, cheios.

Teria pensado o homem-deus-da-guerra que essa gente toda — sem se impressionar com o armamento, mormente porque não o vê, porque o sabe longe — que essa gente poderia não concordar?

Um sintoma evidente do que digo foi o estranho interesse que esse povo dito indiferente — porque não se pronunciou a 24 de agosto, nem a 10 ou a 21 de novembro, nem a 31 de janeiro — o interesse apaixonado que ele tomou pela aventura Veloso-Lameirão em Jacareacanga. Ande-se por qualquer cidade ou povoado do sem-fim do Brasil — Quixadá ou Vitória da Conquista, e suponho que igualmente no Sul, pois este Brasil é todo igual, benza-o Deus! E ver-se-á, como eu vi, a singular paixão desses aparentes apáticos pela "revolução do Amazonas", como a chamam. Não quero entrar aqui no mérito do gesto dos aviadores. Discuto apenas as suas repercussões. Que foram mais profundas, muito mais apaixonadas do que aqui se imagina. Acaso ou ciência, os moços de Jacareacanga souberam tocar numa veia escondida no coração do povo. Seria o *panache*, seria o próprio desespero da causa, seria o louco desafio de um contra milhões. A verdade é que eles hoje andam na boca dos cantadores e nos sonetos das páginas literárias dos jornaizinhos de aldeia. Estão nos apelidos de rua e até no nome dos meninos que se batizam.

Sim, o homem do interior já descobriu, sozinho, que tudo está gravemente errado nesta terra. Não se mexe ainda porque é da sua natureza o ser vagaroso, porque carece de liderança e carece principalmente de um ideal ou de um programa. Mas a sua inquietação, o seu descontentamento e a sua capacidade de demonstrar esse descontentamento são fatos pouco reconhecidos e contudo inegáveis.

Disse certo autor que o principal fator de êxito da pregação cristã na sociedade romana foi a circunstância de ter o povo ficado ateu, descrente dos deuses velhos, pronto para receber no coração e no altar vazios o deus novo. Pois, comparando, pode-se dizer que o nosso povo politicamente anda ateu. Cuidado, se aparecer algum evangelista pregando uma fé sedutora.

Não há povo amorfo. Não há massa bruta e indiferente. A massa é formada de homens e a natureza de todos os homens é a mesma: dela é a paixão, o amor, a gratidão, a cólera, o instinto de luta e o instinto de defesa.

Todas as grandes convulsões históricas nasceram dessa incompreensão essencial: os homens de cima pensam que a massa é carne morta porque a trazem debaixo dos pés. Mas a carne viva não é carne morta, por mais pisada. Cito só um exemplo: lembram-se da China — massa amorfa, povo sem substância, vencido pela velhice e pela fome, de que todo europeu arrancava o seu quinhão, e humilhava, abusava, vendia e alugava? De repente, quase sem aviso, em que fera se transformou a massa amorfa!

Este é o meu humilde, sincero, honesto depoimento: o povo, o de lá de dentro, o homem do campo, da pequena cidade, da mata, da serra, do pampa, está ficando desesperado. Ganha tão miseravelmente que, se não reduzisse as suas necessidades a quase o mesmo nível de vida de um bugre, não se poderia manter vivo. Em lugares onde o jornal diário é de vinte cruzeiros (e há muitos lugares assim), o feijão está a doze, o açúcar a quatorze, a carne a quarenta. Pão, nem se come mais. Um metro de pano custa no interior mais caro do que aqui, e assim um talher, um cobertor, um carro de linha. O transporte não existe, as vias férreas falidas, a gasolina inacessível. Instrução — bem, isso são luxos.

Os "donos" do Brasil se embalam portanto numa falsa segurança. Pois se há países sem dono, é este. Se há um país desenganado, envergonhado de si mesmo, vencido, faminto, nu, doente, analfabeto, irritado, é este. E descrente, e danado da vida. E muito mais pronto do que se imagina a acompanhar alguém que lhe fale ao coração, que lhe dê não só esperança de dias melhores, mas um pretexto para se orgulhar de si mesmo. Que lhe devolva o seu amor-próprio, pois sessenta milhões de pessoas têm a mesma necessidade de amor-próprio que uma pessoa sozinha, multiplicada por sessenta milhões de vezes.

Oxalá esse alguém, esse estandarte, essa coisa que o povo espera, não seja um guia de desgraça, não seja um novo Antônio Conselheiro, porque, se o for, talvez o destino deste país seja se acabar como um imenso, um espantoso Canudos.

(Não me Deixes, maio de 1956)

O homem que plantava maconha
ou o Exu Tranca-Rua

I

ESTA HISTÓRIA é um pouco comprida e complicada e merece portanto ser contada em dois folhetins. (Aliás sempre tive paixão por folhetins.) O caso foi que em dias da semana passada apareceu um homem morto na esquina do Tenaro, aos fundos do cemitério. Homem ainda novo, preto de cor, vestia um calção de banho e tinha ao lado, caída, uma bicicleta velha — um caco de bicicleta, a bem dizer. Estava de borco o defunto; e quando o reviraram para lhe descobrir o rosto, viram que o seu corpo encobria uma oferenda a Exu, marafo, alguidar com farofa, charutos, fósforos, dinheiro. Tanto que a princípio pensaram que ele caíra de bêbedo, porque o cheiro da cachaça trescalava ao redor. Mas depois se viu que o cheiro vinha da cachaça derramada — quase a garrafa toda se embebera no chão e no cadáver. No corpo, não havia ferida, sangue ou sinal de violência. Se tinha injúria, era por dentro.

O despacho afastou os curiosos. Ninguém queria meter a mão naquilo. Nem uma vela acenderam para o coitado, que ficou ao sol da manhã, horas e horas, enquanto se esperava o rabecão.

Por fim o levaram para o necrotério. Lá ficou na geladeira uns dias e, como não aparecia ninguém a reclamar o corpo, fizeram autópsia. Que aliás tinha de ser feita de qualquer jeito, pois não podiam enterrar sem atestado, e médico nenhum daria atestado sem ver o que houvera por dentro. Mas em vão os doutores cortaram o homem de cima a baixo. Não se via órgão atingido, nem vestígio de veneno, nem corte de faca, nem marca de estrangulamento, nada. Não se descobria igualmente o menor sinal de moléstia que pudesse responder pela morte repentina. Tratava-se de um homem dos seus trinta e poucos anos, ossos rijos, pele intacta, coração perfeito, estômago, fígado, bofes, tripas e mais miúdos, tudo legal completamente.

Apareceu um investigador fazendo sindicâncias. Será possível que um homem achado assim, morto, de calção de banho e bicicleta — sinal de que morava perto — não tivesse um parente ou um conhecido?

Afinal apareceu um. Conhecido propriamente não — era o dono de um bar onde o rapaz costumava comprar cigarros. Informou que o falecido morava no Morro do Bugue-Iúgue, vivia com uma mulatinha por nome Ivonete, e não trabalhava efetivo — apanhava um biscate aqui e ali.

De déu em déu o investigador acertou com o barraco do defunto. Ivonete, porém, tinha sumido — por sinal o rancho estava de porta escancarada, os poucos trastes abandonados e, no meio da salinha, uma lata queimava um pó defumador, para descarregar, decerto.

No quintal, encostado ao telheiro da cozinha, uns canteiros, talvez de hortaliça. Mas o curioso é que neles uma folha não se via, fora tudo arrancado, revolvido, mal se descobrindo uns restos de raiz.

O polícia indagou de um vizinho, indagou de outro, ninguém sabia de nada. Ele não entendia o mistério. Por que o pessoal não falava? Aí o tira voltou ao bar, e o botequineiro então se lembrou de que a pequena, a Ivonete, dizia que tinha mãe em Mesquita.

Em Mesquita, não foi difícil encontrar: a mãe era moradora antiga, todo o mundo conhecia a Ivonete. A qual, posta debaixo de confissão, com um pouco de ameaça, bastante jeito, e diz que até algum carinho (porque polícia também é gente como nós), à rapariga acabou descobrindo tudo.

Não vê que o crioulo plantava maconha no quintal. Ele era do Norte, estado de Alagoas, e lá estava acostumado a cultivar o seu roçadinho da diamba, que vendia regularmente a um motorista de caminhão, desses que fazem a Rio-Bahia e aqui na cidade têm ponto no Campo de São Cristóvão. Mas veio a polícia de Arnon de Melo com novidade, perseguindo maconheiro, deu em cima do roçadinho; para escapar das grades o nosso defunto entupiu na caatinga, conseguiu passagem num pau de arara e emigrou para o Rio.

Aqui tentou serviço, servente de pedreiro, trabalhador braçal, essas coisas. Mas a pessoa acostumada na agricultura não se ajeita com outra lide. Mormente a agricultura dele, que era como plantar ouro em semente no chão, e ver cada folhinha virar ouro de novo, mas em moedas e notas de cem. Acostuma mal.

Agora, invenção nova que ele aprendeu e adorou foi de frequentar tenda, ou terreiro — que lá na terra dele não tinha disso. Tomou um gosto, que foi como se tivesse nascido naquilo. E daí se vê como a gente neste mundo é cega: pois a lei que ele adotou com tanto amor, largando da lei católica em que foi criado — essa mesma foi a sua perdição, como será contado no próximo folhetim.

II

Já falei que o nosso amigo se chamava Henrique? Henrique, sim, mas o tratavam de Rico. Pois Rico se meteu na lei do terreiro, e de Quimbanda era ela; e parece mesmo que o moleque tinha nascido para cavalo de santo. Era só começar a sessão, o primeiro a incorporar era ele, caía no chão, falando língua africana, dando grito, espumejando. E com o tempo foi ficando tão afiado que já nem precisava de sessão para incorporar. Recebia em qualquer parte, em casa, no trabalho — razão por que deixara de trabalhar de todo quem de trabalho já pouco apreciava.

Tempos antes fora ele a uma feijoada em Mesquita e arranjara namoro com a falada Ivonete, que acabou vindo morar com ele. E, como homem que tem mulher e procura aquietar a vida, foi tratando de se afazendar e plantou então os canteiros do quintal, com a semente que trouxera consigo, apesar da fuga precipitada. Para os vizinhos dizia ora que a planta era remédio, ora que era para banho de descarga; mas era mesmo a velha diamba, que ele, depois de colhida, secava no quarto por cima da cama, e por fim vendia àquele mesmo dito motorista, seu antigo freguês do Norte, e que continuava com ponto no Campo de São Cristóvão.

Esqueci de dizer que a Ivonete antes de contar sua história ao investigador, fora ao quarto e trouxera um embrulho de jornal contendo a erva que apanhara no barracão do Bugue-Iúgue, no momento de partir. Depois foi que ela disse tudo, aliviada daquele peso.

O mal de Rico, como se disse acima, foi, ao se meter em terreiro, não ter procurado linha branca de Umbanda que só cuida no bem e na caridade. Mas não: foi dar logo com tenda de Quimbanda, que faz magia negra e lida com tudo quanto é coisa ruim que ande vagando pelas falanges do mal. E com aquela facilidade do pobre de incorporar, de cair em transe como quem dá um suspiro, logo quem foi fazer cavalo dele — pois foi Exu, e não um Exu manso ou pequenino, mas Exu Tranca-Rua que, mesmo encontrando barreira, só sabe chegar mas é muito e é de com força. Quanto mais vendo-se à vontade, Exu fazia misérias com aquele seu cavalo. A fala era de assombrar, parecia um ronco de bicho, o revirar dos olhos, as danças, o comer e o beber, os tombos que só não quebravam perna, braço ou costela, porque na sessão sempre o guia faz a defesa. Defesa porém só pode ser na sessão. E quando começou aquela tal facilidade de incorporar até na rua, já se vê que o pobre do Rico estava perdido. E então ele começou a ter medo, e já fugia de ir ao terreiro, mas Exu não fazia conta, pois sabia pegar o seu cavalo onde queria.

Nesse desespero, Rico, que plantava mas nunca provara a erva era só lavrador e comerciante viu-se tão desesperado que, para aliviar o coração, um dia provou, gostou e ficou usando. Não fumava: apreciava mais a infusão da folha na pinga. Bastava um gole e se sentia forte e valente, a salvo da perseguição.

Pois lá vai uma noite, saiu ele para a casa de um conhecido, a apanhar o resultado de uma aposta na centena da borboleta que os dois tinham feito de sociedade. Ia pedalando — a Ivonete viu tudo, pois também vinha, montada no quadro da bicicleta — e quando chegou na encruzilhada do Tenaro com a ladeira, lá estava o despacho arrumadinho, posto ali fazia pouco, parecia até de propósito. Rico mudou a vista, deu força no pedal. Sabia que aquilo era oferenda a Exu das Encruzilhadas, que nada tinha com ele. Porém Exu Tranca-Rua, que todo o mundo sabe como é ciumento, não podia perder a ocasião. E tanto se divertiria em roubar a marafa do outro Exu, como em se vingar do seu cavalo que agora fugia do terreiro e que ele só podia ocupar quando o encontrava desprevenido. Sei que quando Rico deu de si, já desmontara da bicicleta. Ivonete desceu também, que não poderia se equilibrar sozinha, e ficou pregada no chão, morrendo de medo, pois logo sentiu que Rico estava incorporado. Quanto mais que ele bebera o seu gole de pinga dosada com a diamba, pouco antes de sair. Caminhando de perna dura, o olho vidrado, Rico deu dois passos até chegar junto ao despacho. Baixou a mão, revolveu a farofa, com o dedo, atirou longe uma moeda, sonâmbulo, sonâmbulo de todo. Apanhou o charuto, que chegou aos lábios, mas soltou antes de morder. Por fim pegou na garrafa, tirou a chapinha nos dentes — imagine só que força de transe — e foi tacando a marafa na boca.

Mas aquilo também era demais para o Exu dono do despacho. Vendo o cavalo do outro mexer no que era seu, baixou ele também, e ficaram os dois metidos dentro do negro, aos empurrões e aos sopapos. O pobre Rico dava cada gemido de cortar coração. Caiu por terra, espumando. Afinal não se sabe o que fizeram os dois Exus, de briga no couro dele; Rico ainda tentou se levantar, ficou de gatinhas, mas as forças não lhe deram para ir adiante: se arrastou um pouquinho e foi cair de borco por cima do despacho. Morto.

Ivonete, coitada, saiu dali correndo, não pegou sequer na bicicleta. De tanto medo ia sem fala. Chegou ao barraco, juntou os trapos na maleta, e ia saindo, quando se lembrou dos canteiros. Teve medo de ser descoberta — ou lhe deu ambição de vender, ninguém sabe, mas mulher por dinheiro é capaz de tudo, mesmo numa hora assim. Arrancou a folhagem, enrolou o molho num jornal e levou consigo — aquele mesmo jornal que agora apresentava ao investigador, tremendo o beiço e se desculpando.

O que a moça não compreendia era o caso da lata queimando com o pó de defumar. Isso ela não deixara. Havia de ter sido algum vizinho. Mas nunca se apurou direito qual.

(Ilha, maio de 1956)

Menino pequeno

ELE DESCIA A LADEIRA e vinha só. De cor era branco, de tez era pálido — dessa brancura descorada de criança que não come vitamina, filho de emigrante pobre que não herdou as cores rosadas da gente da terra velha e não adquiriu ainda o moreno igualitário da terra nova. Num pé só, calçava um acalcanhado sapato de lona. No outro, uma tira negra encordoada, que há tempos fora uma atadura. Vestia uma jardineira azul, que na certa pertencera a um menino mais velho, pois a barra das calças arrastava atrás; os bracinhos nus, ao frio da manhã sem sol, de tão arrepiados eram ásperos, azulados.

É de notar que o pequeno, ao descer assim a ladeira empedrada, não ia à toa, tinha um propósito, embora singular. Porque na mãozinha suja como ele todo, carregava — calculem! — carregava uma rosa. Uma grande rosa cor-de-rosa propriamente dita, tão bela, tão preciosa, dessas que só medram em jardim de governo ou em jardim de rico, pétalas de porcelana, mal desabrochada, formosa, frágil como uma bolha de sabão. E o pequeno, evidentemente, tinha consciência daquela beleza e daquela fragilidade. Pois caminhava de leve, a mão direita que segurava a rosa era mantida rígida, embora um pouco trêmula, e a mão esquerda de vez em quando se erguia à frente para afastar da flor uma rajada de ar, ou qualquer perigo invisível — assim como a gente levanta a mão a fim de proteger a luz de uma vela.

Para onde iria aquele menino com tais cuidados, carregando aquela rosa? Para dar, para entregar, ou para ficar com ela, embriagado pela enamorada alegria de ser dono do que é belo? Eram oito da manhã. Ele teria no máximo uns seis anos, levando-se em conta a desnutrição, o seu possível raquitismo de garoto pobre. Pois, se não fosse a carinha viva, pelo tamanho a gente diria que não passava dos quatro.

Cruzou comigo, que comprava os jornais na banca, e não levantou os olhos, embebido na flor. Virou a esquina. Depois se sumiu no meio dos transeuntes que iam em busca da feira da Glória.

*

Quem seria mais frágil, o menino ou a rosa? Ah, quem pode dizer neste país quanto durará um menino? Aquele, aquele, azulado pelo frio na sua velha jardineira sem mangas, será que escapa da pneumonia, será que escapa da septicemia com o pé infeccionado dentro da atadura negra, será que escapa do atropelamento, sozinho no meio da rua, absorto na sua rosa, sem ver o lotação matador que o aguarda no atravessar do asfalto, será que escapa da tuberculose assim tão mal comido e mal vestido, será que escapa da vida, menino sem dono, anão perdido na cidade grande?

Vi uma vez uma fita americana chamada *They were expendable*. Tratava de soldados na guerra e o título quer dizer mais ou menos — "Eles são para gastar" ou "Eles são para jogar fora". Assim também é menino neste país. Não nasce para nada — nasce para se perder, para morrer, para ser jogado fora.

Tanto trabalho, tanta agonia custa um menino. E mesmo que não custe nada, mesmo que nasça de parto sem dor e se crie sozinho pelas estradas sertanejas, pelos pés de serra, pelas calçadas do Rio; quanto custa a ele viver, quanto vale aquele pequeno milagre de vida que um dia pode chegar a ser homem!

Sim, sei que a gente nasce para morrer. Mas não tão cedo. Não tão depressa que não dê nem para sentir o gosto da vida. Quem se dá ao trabalho de vir ao mundo deveria ter pelo menos um direito garantido — o de sobreviver. Para que, afinal, a gente se organiza em sociedade, para que obedece às leis, para que aceita essa porção de contratos com a civilização — casamento, serviço militar, impostos, moral, semana inglesa, Ministério do Trabalho, eleição, justiça, polícia — se em troca nem ao menos se garante a *chance* de viver a um menino que nasce debaixo dessas leis? Ele nasceu perfeito, tinha pernas e tinha braços, tinha coração e fígado, tinha alma e tinha amor dentro do peito, e tinha ternura com a sua rosa. E então por que ninguém lhe assegura, como todos os bichos da natureza aos seus filhotes, o sustento e a proteção enquanto deles carece?

*

"Rose, elle a vécu ce que vivent les roses..." Ah, a eterna verdade cantada pela boca inocente dos poetas. Quem teria vivido mais, meu Nosso Senhor, aquele menino ou aquela rosa?

(*Glória, julho de 1956*)

O estranho

ELE NÃO CHEGOU "como um ladrão à noite" na frase da Escritura. Veio mesmo de dia e se não a ferro e a fogo, pelo menos entre ferro e fumaças de protóxido de azoto. Causou a princípio dor, apreensão, grande medo, e no fim muita alegria. Por que tanta alegria, não sei, aliás. O espectador desinteressado dirá que o estranho, ao chegar, não era movido por nenhum fim altruístico e, se por acaso visa algum bem, será unicamente o seu bem próprio. Dirá também o observador indiferente, que não é ele pessoa de tanta beleza que a sua simples presença já represente um sinal de bem-aventurança. Pois de cara é enrugado, de dentes é desprovido, de nariz não é nada clássico, de cabeleira terá mais uma lanugem do que cabelos propriamente ditos, de pernas é fino, de formas em geral não lembra nenhum Apolo, sem falar na ligeira tendência à macrocefalia que caracteriza todos da sua espécie.

É, além do mais, analfabeto, não fala a nossa língua e, aparentemente, não tem religião nem nenhuma espécie de código moral. Em relação ao temperamento, também não proporcionou nenhuma agradável surpresa aos que o receberam. É egocêntrico, oportunista, reclamador. Não tem o mínimo respeito pelas liberdades, quer privadas quer coletivas. Grita em público ou em particular à menor provocação, ou sem provocação nenhuma, por simples desfastio. Comete atos da mais afrontosa intimidade na presença de pessoas de maior prol. Defende os seus direitos e prerrogativas, ou o que considera como tais, com inflexível vigor; neguem-lhe à hora certa o alimento predileto, tentem impor-lhe banhos ou outras atividades desagradáveis, e articulará o seu protesto aos gritos mais ferozes, ou em lamentações as mais desadoradas, sem consideração pelo possível tardio da hora ou pelo justificado alarma da vizinhança.

Falei que era egocêntrico. Realmente, será este o traço característico da sua personalidade. Até um sorriso, quando sorri, é para si mesmo. Justiça se lhe faça num ponto: parece ter uma tremenda vida interior.

Chegou nu, mas minutos depois já estava vestido nas mais finas cambraias e lãs. Sem ter ainda contribuído o mínimo para o progresso coletivo ou para a riqueza nacional, tinha, entretanto, uma porção de direitos assegurados por lei: casa, alimento, pensão — quem vê pensa que se trata de um benfeitor público! Sem falar nas propriedades que já são dele, pequenas mas legítimas, e na posse, que diríamos legal, de dois autênticos escravos. Um que ele, literal e desapiedadamente, suga, o outro que malmena de todas as maneiras e que se pode dizer também, ao pé da letra, trata aos pontapés. Acorda-os ambos a altas horas da noite, para que lhe satisfaçam as exigências mais absurdas, não lhes respeita hora de refeição nem de trabalho, nem de visitas, domingos nem feriados. A retribuição que dá a tudo isso é a sua simples e impertinente presença que — fato admirável — os dois recebem com requintes de alegria e gratidão.

Tem ainda um avô e um padrinho, que embora manifestem justificado orgulho pela aquisição de tal príncipe, não conseguem esconder um relativo receio de muita aproximação física com o dito. Talvez, conhecendo-lhe a contumaz irreverência, tenham medo de algum atentado mais grave à sua dignidade parental.

A sorte o privou das avós mas procurou compensá-lo, embora fracamente, dando-lhe uma avó torta que, se não tem as virtudes das que estão no céu, sofre em grau agudo do mesmo enternecido deslumbramento e apaixonada cegueira que, provavelmente, caracterizariam as autênticas: e, no pequeno animalzinho egoísta, só enxerga um ente de beleza helênica e de extraordinários dotes de inteligência e moral.

*

Chama-se Flávio o pequenino estranho, e nasceu de cesariana. Está exatamente com vinte e dois dias de idade e, nesse pouco tempo de vida, tem conseguido absorver e ocupar totalmente uma família inteira. Como pessoa dessa família ou, mais exatamente, sendo eu aquela deslumbrada avó torta acima referida, sei que alguns podem dizer que o meu depoimento é suspeito. E contudo declaro, com toda humildade e com sinceridade absoluta, este fato realmente espantoso: como pode nascer de uma família média brasileira, sem nada de excepcional, sem gênios nem príncipes no seu seio, apenas honestas pessoas tementes da lei, amantes do trabalho e respeitosas do catecismo moral e cívico, como é que nesta família, afinal de contas nem melhor nem pior do que a maioria das famílias, pode nascer um meninozinho tão lindo, tão extraordinário, tão maravilhosamente alentoso, belo, excepcional?

(Rio, agosto de 1956)

Vida

O CASO QUEM ME CONTOU foi José Olympio e os personagens são pessoas ilustres de Minas, um dos quais morador aqui do Rio. Este último fora a Belo Horizonte, passear. Na primeira noite reuniu-se com os amigos num café, até tarde, revivendo velho costume da mocidade. No dia seguinte cedo encontrou um dos companheiros da roda, perguntou pelo outro; o da terra respondeu:

— Você ainda não soube? Morreu. Teve um enfarte hoje pela madrugada.

O visitante ficou sem entender:

— O quê? Fulano? Mas ficamos conversando até altas horas, ele estava ótimo, não se queixou de nada!...

— Pois é. Chegou em casa, sentiu-se mal. Era o enfarte mesmo. Morreu.

O visitante então abriu os braços, indignado:

— Mas não é possível! A gente não tem mais nenhuma garantia!

A coisa já deve estar correndo como anedota, mas é verdade mesmo. E, verdade, não apenas objetivamente, como subjetivamente.

Porque a sensação principal que nos dá a vida é essa insegurança ou, como dizia o mineiro, essa falta de garantia. Sempre foi assim, mas parece que ultimamente é pior. Não só porque aparentemente aumenta o número dos enfartes, como talvez tenha aumentado igualmente a arrogância do homem e a morte sem aviso prévio lhe parece uma falta de consideração da parte das forças lá de cima. Pois a humildade faz a gente aceitar com paciência tanto o esperado como o inesperado. Só o orgulho nos convence de que deveríamos estar acima das contingências.

Dirão que em todo tempo e em todo lugar a vida sempre foi insegura. Quem discute isso? A vida era insegura, mas o homem tinha outros valores a que se agarrar sem ser apenas essa triste vida. Era a tradição, era o senso de família, era a paixão pela pátria, era a segurança da sua alma imortal. Esperando sobreviver de tantas formas, defendia-se da morte e a morte não lhe parecia tão terrível. Mas nós, nós hoje em dia, o nosso único tesouro somos nós próprios. É este miserável feixe de ossos, músculos e banha que faz toda a nossa riqueza. Sim, parece que a grande chaga do nosso tempo é não se contar com o futuro. E se o futuro nada nos promete, por que cuidar do passado? Ninguém tem uma casa, um nome, uma ambição que não seja imediata. Filhos? Não se desejam, evitam-se. Quando muito são considerados um ônus a que não se pode fugir.

Culpa do homem? Não sei. Se fosse culpar alguém, diria que a culpa é do destino que nos faz nascer nestes tempos inseguros. Nestes tempos sem continuidade. O homem de dantes se iludia com vários sonhos de sobrevivência: se construía uma casa era para filhos e netos — sim, tinha a certeza de que com a sua semente estava plantando gerações. Se escrevia um livro — cada livro era uma vida e jamais lhe ocorreria providenciar a glória imediata, tinha que se fiar no julgamento dos anos, talvez dos séculos. Hoje, com a mesma pena com que escrevemos um livro, escrevemos também o anúncio que o divulga e sabemos que dentro de um mês ele estará esquecido; por isso dentro de um mês temos que escrever outro livro, que igualmente envelhecerá, como um jornal. O governante, que nos tempos de dantes começava a construir um templo ou um palácio, sabia muito bem que provavelmente não o inauguraria — e contudo eles governavam vitaliciamente. Hoje, os homens públicos fogem de empreender obra que exija para se construir mais de um quatriênio. Por isso mesmo quando se escavam chãos ilustres ainda se encontram os muros queimados de Troia, os palácios enterrados de Creta. E nós, daqui a uns poucos de séculos, que restará das nossas cidades erguidas às pressas com precários esqueletos de ferro? Como serão nossas ruínas quando o ferro enferrujar? Caliça miúda, nada mais. E a ciência, o progresso, as máquinas maravilhosas? Tudo metal oxidável, matéria plástica. Não ficará nada. Os antigos registravam os seus feitos em tijolos de argila cozida, em esteias de pedra. Nós registramos os nossos em cadernos de papel e em bobinas de celuloide.

Talvez porque tenha a obscura certeza disso tudo, da precariedade do momento presente, o homem de hoje se agarra com tanta fúria não só à vida, como mais precisamente ao instante que vive e procura tirar dele o máximo, em felicidade, em prazer, em glória, ou nos sucedâneos disso tudo — a agitação, o ruído, a embriaguez, a notoriedade. Por isso a propaganda, que deveria ser uma palavra quase desonesta para pessoas de boa-fé, se transformou numa necessidade legítima. O *public-relations*, que é o ponto mais refinado na hierarquia da propaganda e que parecia dantes uma singularidade de *business-men* americanos, tornou-se uma necesidade internacional, indispensável não apenas a empresas comerciais como às instituições públicas. Hoje, não só governos, mas até as forças armadas têm os seus *public-relations*. E atarefadíssimos.

E o mundo vai ficando mais penoso, incômodo, odioso de se viver para os tímidos, para os delicados, para os humildes de coração. Não adianta uma coisa ser verdade para nos dar segurança. Este ladrão público apanhado acaba botando na cadeia o seu denunciante. O contrabandista compra imunidades com o dinheiro do contrabando, e aí faz uma lei tornando o contrabando legítimo. E o cúmplice da ditadura enche a boca com declarações democráticas e acaba denunciando como fascistas os democratas que não se esqueceram de quem ele é.

Não, não se tem mais nenhuma garantia. Nem para a vida, nem contra a morte. Os tímidos, os delicados, os humildes, o melhor que fazem é renunciar. O Brasil é grande. Tanta terra a cultivar, tanto boi a criar, tanto minério a catar. Até o petróleo se pode procurar um pouco — pois o petróleo não é nosso? O mais sábio, parece, é deixar que eles se emaranhem e se desemaranhem sozinhos — ou morram, sufocados. E a gente, ganhar o sertão, arranjar uma garra de terra, construir um pequeno mundo para si mesmo. Poucos povos no planeta ainda têm esse recurso: a fuga com honra. Não precisa dar para *gangster* nem entrar para um convento. Basta cercar um roçado, levantar um rancho, plantar feijão e milho, criar umas ovelhas, uns burros. Mesmo com seca, com enchente ou geada, havendo trabalho e paciência, não dá para morrer de fome. Será a pobreza e a renúncia. Mas é sempre melhor que o desespero.

(Glória, agosto de 1956)

Elites

No Brasil está agora em moda falar-se em elites, mormente na "demissão das elites", no seu fraco prestígio, na sua "desassociação das massas" etc. A verdade verdadeira é que não se consegue (e agora vou dizer uma palavra que também está danada de na moda), não se consegue — lá vai! — *conceituar* o sentido real da expressão elite. De modo geral, chama-se aqui de elite o que não é senão o agrupamento heterogêneo dos filhos do êxito. A seleção se opera não pelo sentido da sabedoria, da eminência, do prestígio — mas pelo sistema do vencedor. O fato de o cavalheiro comprar uma eleição, barganhar uma estação de rádio ou possuir cinquenta ternos, guinda-o automaticamente à posição de membro da elite; e quando o eleito por dinheiro continua no seu sestro de se vender a si e de comprar os outros, e o figurino vivo continua a ostentar os seus terninhos, distantes ambos, logicamente, da coisa pública, dos caminhos da inteligência, da compreensão e da aplicação do processo democrático, dos mistérios da política internacional, dos mistérios ainda mais perigosos dos problemas de economia e finanças (como os poderiam entender, coitados, se quase invariavelmente são analfabetos de pai e mãe), os ingênuos se escandalizam e dizem que "as elites estão demissionárias"...

Mais lógico seria acreditar que, num país como o nosso, essa história de elite é um mito.

País de aluvião, país cuja sociedade é formada por camadas sucessivas de emigrantes ou nativos saídos das classes menos favorecidas, não temos tradição de cultura nem temos uma tradição aristocrática. Que os nossos aristocratas, benza-os Deus, eram feitos a dente de cachorro, comendadores que vendiam bacalhau ao balcão, coroas de barões e condes que se equilibravam sobre chapelões de palha de rudes homens de fortuna, enriquecidos na exploração da escravatura ou no favor imperial. Há ainda a tradição do bacharelismo — mas bacharel entre nós sempre foi tão pobre que jamais pôde fazer dinastia. Bacharel é funcionário, e funcionário é barnabé. (Os milionários burocratas são também uma invenção recente.) E existem igualmente os grandes burgueses de fortuna, mas esses também são muito novos, e seu único produto até hoje é o tubarão.

Fala-se na elite da inteligência e da cultura. Mas onde esse ambiente de cultura que forme para uso do país uma aristocracia de *scholars*? A impostoria da falsa cultura começa no colégio secundário com os exames por decreto, com o regime da cola, com os dilúvios de diplomas falsos. Falou-se muito no centro de estudos e preparação de estadistas que seria a Escola Superior de Guerra. E então, por causa dessa fama incômoda, deram sumiço à Escola Superior de Guerra.

Que elites então serão essas nossas? Elites de dinheiro? Onde foi que dinheiro fez elite? Dinheiro faz novo-rico e seu subproduto, o *café-society*. Os poucos elementos entre nós que poderiam realmente constituir o núcleo de uma elite são individualistas ferrenhos, que se trancam no círculo da sua modéstia, da sua omissão ou da sua náusea, e jamais interferem na vida nacional. E ainda há alguns, poucos felizmente, adoradores do bezerro de ouro, que abrem mão dos seus privilégios e alugam os seus talentos aos donos do dinheiro ou do poder.

Não, meus caros, vamos nos desenganar das elites. Vamos tocar para a frente usando mesmo o material da casa, que é fracativo, mas é o que temos. Vamos votando as nossas leis no meio dos boquirrotos que declamam em trêmolos acerca do azul do céu e o verde das campinas; entre o vozear dos chamados tupiniquins que repetem os chavões internacionais da imprensa stalinofascista (e nem ao menos têm o mérito de o fazerem em língua tupi-guarani, usam mesmo aquele jargão espanholado que é a linguagem universal dos mágicos e dos "linha-justa"); eu, por exemplo, que sou leitora contumaz do *Diário do Congresso* e escuto as irradiações das atividades parlamentares sempre que a censura governamental me permite esse entretenimento cívico — eu já me acostumei a conhecê-los todos: há os que sabem, há os que pensam que sabem, há os que entendem de qualquer coisa, mas é mister garimpar essa qualquer coisa entre o cascalho das bobagens e dos lugares-comuns; há os sérios entendidos, há os sérios bobos, há os ocos e há os que têm recheio dentro, havendo ainda a enorme variedade na qualidade desse conteúdo. E há, naturalmente, o contingente dos que não têm nada em todos os sentidos, que não servem nem na hora de votar, porque sempre votam com o pior.

Cito o Parlamento porque ele é, na verdade, uma representação viva do povo que o nomeia. E quando nós dos jornais censuramos a Câmara ou o Senado, não censuramos realmente nenhum desses augustos órgãos, mas o povo, ou as frações de povo que os puseram ali. Pois é com esse Parlamento mesmo que temos de ir vivendo. Com esse Executivo, com esse Judiciário. Com essas forças armadas. Negócio de elite é sonho, é pássaro azul. E quando algum bater no peito e gritar que é elite, ou apelar para as elites, riamos silenciosamente dele. Nós bem sabemos que elite é essa: — no terreno da cultura não sabe nem dar bom-dia em francês, no da elevação moral pleiteia a oficialização do jogo do bicho, no do espírito cívico faz eleição com ata falsa...

Houve, há pouco tempo, entre homens de dinheiro e iniciativa, um movimento em favor da formação de uma elite nacional, começando naturalmente com a mocidade das escolas. Em que deu isso? E esse sim, seria um passo para diante. Lamento nunca mais ter ouvido falar na marcha da iniciativa.

E enquanto os meninos não aprendem e não crescem, vamos lidando com a prata da casa, que não é prata, mas é lata, e aos trancos e barrancos, veremos em que é que dá esta nossa civilização de *plaqué*...

(Rio, novembro de 1956)

Este livro foi impresso nas oficinas da
DISTRIBUIDORA RECORD DE SERVIÇOS DE IMPRENSA S.A.
Rua Argentina, 171 – Rio de Janeiro, RJ
para a
EDITORA JOSÉ OLYMPIO LTDA.
em julho de 2021

*

90º aniversário desta Casa de livros, fundada em 29.11.1931